本专著是国家社会科学基金一般项目
"俄罗斯反乌托邦文学研究"（项目编号：10BWW013）的

结项成果

专著的出版得到了黑龙江大学对俄问题研究专项项目
"构建人类命运共同体背景下的中俄文艺战略比较研究"（项目编号：DEZ1905）的

资助

点亮洞穴的微光

俄罗斯反乌托邦文学研究

LIGHT IN THE CAVE

A Study on
Russian Anti-utopian Literature

郑永旺 著

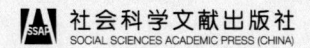

社会科学文献出版社
SOCIAL SCIENCES ACADEMIC PRESS (CHINA)

目 录

导 论 ……………………………………………………………………… 1
  第一节　反乌托邦文学的思想史属性 …………………………………… 1
  第二节　乌托邦作为乌有之地和反乌托邦作为实在之地 ……………… 7
  第三节　反乌托邦体裁的前世今生 …………………………………… 12
  第四节　俄罗斯反乌托邦文学的三个源流 …………………………… 25

第一章　俄罗斯白银时代的反乌托邦文学 ……………………………… 36
  第一节　《南十字共和国》和《2217年的夜晚》中的未来焦虑症
  ……………………………………………………………………………… 37
  第二节　十月革命后的乌托邦文学与反乌托邦文学 ………………… 41
  第三节　《胡利奥·胡列尼托》：反乌托邦乱世中的反英雄 ………… 46

第二章　沉寂与复兴
  ——20世纪50~60年代的俄罗斯反乌托邦文学 …………………… 57
  第一节　解冻时期文学叙事中的反乌托邦倾向 ……………………… 57
  第二节　停滞时期的结束与斯特卢卡茨基兄弟等人的创作 ………… 60

第三章　20世纪最后十年的俄罗斯反乌托邦文学 …………………… 65
  第一节　新俄罗斯文学的反乌托邦情怀 ……………………………… 67
  第二节　历史终结论与反乌托邦文学的宿命 ………………………… 72
  第三节　索罗金创作中的反乌托邦思维与世纪末超级英雄 ………… 76

第四章　崩溃的时代：21世纪俄罗斯反乌托邦文学 …… 80
第一节　文学创作中的文明冲突主题 …… 80
第二节　宗教冲突的文学表述 …… 83
第三节　文明对抗中的"国家、社会、人"三者间关系 …… 88
第四节　21世纪反乌托邦文学的新动向 …… 91

第五章　俄罗斯反乌托邦小说的时空体 …… 96
第一节　反乌托邦小说的时间秘密 …… 96
第二节　反乌托邦小说的空间秘密 …… 104
第三节　莫斯科：受反乌托邦小说青睐之所 …… 107

第六章　自由与幸福的博弈
——扎米亚京《我们》的反乌托邦叙事 …… 114
第一节　扎米亚京《我们》中的反乌托邦美学 …… 116
第二节　生存是一门精致而危险的科学 …… 126
第三节　一体号：I-330诱惑D-503的原因 …… 132
第四节　不可能之可能：诗意地栖居于玻璃天堂之中 …… 139

第七章　布尔加科夫创作中的反乌托邦思维
——以《孽卵》和《大师和玛加丽塔》为例 …… 150
第一节　反乌托邦图景的预言家布尔加科夫 …… 150
第二节　反乌托邦科幻小说《孽卵》 …… 152
第三节　反乌托邦奇幻小说《大师和玛加丽塔》 …… 159

第八章　《切文古尔镇》：非典型的反乌托邦小说 …… 169
第一节　反乌托邦叙事的多种可能 …… 169
第二节　普拉东诺夫的作品与反乌托邦思维 …… 175
第三节　《切文古尔镇》的体裁之惑 …… 185
第四节　死亡是切文古尔镇无法避免的命运 …… 199
第五节　德瓦诺夫与科片金之死的宗教意蕴 …… 202

第九章　纳博科夫《斩首的邀请》中的反乌托邦美学 ·············· 215
第一节　《斩首的邀请》的体裁问题 ·············· 216
第二节　此岸和彼岸 ·············· 221
第三节　此岸世界的表演性特征 ·············· 226
第四节　以词语碎片形式残存的彼岸世界 ·············· 232
第五节　时空要素与小说的反乌托邦属性 ·············· 238

第十章　反乌托邦小说中反英雄的生存语境 ·············· 242
第一节　反英雄形象与暴力美学 ·············· 242
第二节　《蝴衣》中的暗黑力量 ·············· 246
第三节　撒旦取代上帝的时代 ·············· 249

第十一章　末日图景
——《夜猎》中的反乌托邦意蕴 ·············· 254
第一节　《夜猎》的创作基调与内容 ·············· 255
第二节　《夜猎》的反乌托邦时空 ·············· 257
第三节　女性男性化：一种自然选择 ·············· 264
第四节　上帝是谁 ·············· 270

第十二章　《夏伯阳与虚空》：关于反英雄的神话 ·············· 279
第一节　作为存在的难民的反英雄 ·············· 280
第二节　被颠覆的集体无意识 ·············· 283
第三节　反英雄的哲学内涵和思想诉求 ·············· 289

参考文献 ·············· 298

后　记 ·············· 318

导　论

第一节　反乌托邦文学的思想史属性

　　尽管反乌托邦思维早就存在于文学叙事之中，但反乌托邦成为文学体裁的时间并不是很长，直到20世纪初，该体裁才得以定型并迅速发展。20世纪，是人类文明史上一个非常重要的时期，科学技术的飞速发展极大地开阔了人们的视野，使人们看事物的方式发生了根本性的改变，人们开始深究表象背后的本质，并对许多崇高之物产生深度怀疑。价值重估虽然是尼采在19世纪末提出来的，却成了20世纪三四十年代希特勒等德国法西斯主义者们的思想依据。更令人不解的是，那些饱受纳粹伤害的国家在进入八九十年代后，也出现了一股新纳粹主义思潮，新纳粹分子常在特定的日子（比如希特勒的生日），以夸张的造型出现在公共场合，并有可能袭击特定的人群。其实，这在艾里希·弗洛姆看来并不难理解，因为人的天性中存在"受虐倾向"和"施虐倾向"，"施虐倾向是希望使别人受难，或看别人受难"[①]。20世纪下半叶的西方后现代主义思维方式也让那些曾经高悬于神坛之上的宏大叙事变得卑微起来，西尼亚夫斯基（Синявский А.）在写于20世纪60年代、发表于70年代的《与普希金散步》（Прогулки с Пушкиным）中就对普希金的价值提出质疑。这是一部杂糅了随笔、评论、自传等多种元素的文学作品，这使得作者可以借助

---

① 艾里希·弗洛姆：《逃避自由》，刘林海译，上海译文出版社，2015，第95页。

多种文学手法重塑普希金形象，这种阐释的内在诉求就是解构，他用"一些人认为可以和普希金在一起生活。我不知道，没有试过。和他散步是可以的"①来解构普希金之于俄罗斯文学的伟大意义，这等于对普希金这个"万源之源"（начало всех начал）持不信任的态度。"作家用'散步'一词颇具深意，和普希金只能散步，不是没有道理的，因为在普希金许多诗歌当中，充斥了许多和'散步'有关的内容。"②

总之，对诸多重大历史事件和现实问题的价值重估在20世纪不仅成为可能，而且引领了人文科学的时尚。科技文明不仅使人类生活得以改善，同时还具有其他一些令人生畏的功能，比如第一次世界大战期间军队使用的马克沁机枪、坦克和重型火炮都使杀戮变得更加疯狂和容易，而第二次世界大战末期原子弹在广岛和长崎的爆炸，让全球直到今天都无法摆脱世界随时可能毁灭的阴影。20世纪初苏联在世界历史进程中的出现是世界文明史上的一次重大事件，这个践行了马克思主义实践哲学的政治实体给无数人带来过希望。然而，任何社会制度都需要不断对自身进行完善，但这既需要时间，也需要横空出世的伟人们的智慧。所谓的历史，就是无数偶然的和必然的因素相互混杂产生的不可预料的事件之总和。苏维埃俄国（1917~1922）和苏联（1922~1991）在发展壮大的同时，也出现了生产关系不适合生产力、上层建筑不适合经济基础的诸多情形，但不管承认与否，对历史的阐释永远建立在为阶级服务的基础之上。历史中被遮蔽的东西可能是最有价值的部分，正如一位白俄罗斯学者指出的那样，"每个独揽大权的领袖人物，实际上自己就是历史学家"③。主流意识为了巩固自身的地位，会对政治、经济和文化等诸多领域进行管理和控制，苏联第一次侨民浪潮以及"哲学船事件"④ 就是

---

① Терц А. Прогулки с Пушкиным. München: Im Werden Verlag, 2006, с. 68.
② 俄语中"прогулка"的动词形式"гулять"除了有"散步"的意思外，还表示"与某人关系暧昧"。普希金一些未曾发表的诗歌当中的确存在一部分色情诗。参见郑永旺《作为巨大未思之物的俄罗斯后现代主义文学》，《求是学刊》2013年第6期，第12页。
③ 转引自金雁《十月革命的真相》，《经济管理文摘》2007年第23期。
④ 指1922年夏天，根据捷尔任斯基拟定的名单，苏俄把知识分子精英遣送到"哈肯船长号"和"普鲁士号"上驱逐出境的事件。参见伍宇星《哲学船及其乘客》（代序），别尔嘉耶夫等《哲学船事件》，伍宇星编译，花城出版社，2009，第4页。

这种管理和控制的表现形式和结果。依据理论上完美的思想所构建的社会未必是完美的，只有通过不断改革，才有可能使相对的完美成为可能。不能否认，马克思主义关于美好社会的愿景在俄罗斯部分得以实现，十月革命的确如毛泽东于1937年写的《矛盾论》中所评价的那样，"十月社会主义革命不只是开创了俄国历史的新纪元，而且开创了世界历史的新纪元"。马克思主义在俄罗斯的胜利震撼了世界，推动了人类文明进步。现实的复杂性远远不是理论所能全部解释的，文学既可以折射这些问题，也可以掩盖这些问题。最初的苏联国家形象在绥拉菲莫维奇（Серафимович А.）的《铁流》（Железный поток，1924）、格拉特科夫（Гладков Ф.）的《水泥》（Цемент，1925）和奥斯特洛夫斯基（Островский Н.）的《钢铁是怎样炼成的》（Как закалялась сталь，1930～1934）中得到了较为全面的体现。法捷耶夫（Фадеев А.）的《青年近卫军》（Молодая гвардия，1945，1951）和肖洛霍夫（Шолохов М.）的《一个人的遭遇》（Судьба человека，1956～1957）等作品描述了苏联时期俄罗斯人性格的基本特征（隐忍、坚守、忠诚等），对俄罗斯民族精神的评价一般来说是正面的，作家大多沉浸于大国救世的弥赛亚情绪中，总体上表现为一种对其他国家文化的鸟瞰姿态。社会主义现实主义文学在某种程度上契合了乔治·萧伯纳关于文学的判断，即"所有伟大的艺术和文学都是宣传"[1]。苏联文学，特别是以社会主义现实主义为创作原则的苏联文学，用卢纳察尔斯基（Луначарский А. В.）的话说就是："充满了旺盛的战斗精神，社会主义现实主义本身就是建设者，它坚信人类的共产主义理想终究会实现，坚信无产阶级的力量，坚信党的组织。"[2] 由此可见，苏联文学的核心价值观就是在党的关怀和领导之下，把苏联打造成世界上最适合人居的伊甸园，也就是高尔基在《母亲》中所设想的人人平等且没有阶级压迫的社会。这样美好的社会图景在巴巴耶夫斯基（Бабаевский С.）的《金星英雄》（Кавалер Золотой Звезды，1952）及其类似作品中被历史地、具体地反映出来。帕斯捷尔

---

[1] "乔治·萧伯纳"，https：//zh. wikiquote. org/zh - hans/% E4% B9% 94% E6% B2% BB% C2% B7% E8% 90% A7% E4% BC% AF% E7% BA% B3。

[2] Луначарский А. В. Статьи о советской литературе. М. ：Учпедгиз，1958，с. 239.

纳克（Пастернак Б.）、左琴科（Зощенко М.）、皮利尼亚克（Пильняк Б. А.）、布尔加科夫（Булгаков М.）、普拉东诺夫（Платонов А.）、扎米亚京（Замятин Е.）等人则发现了这个国家诸多需要改善的地方，他们用寓言（притча）和喻言（аллегория）包装的文学作品隐晦地表达了主人公内心的焦虑和不满，其结果是，一些作家被迫乘坐"哈肯船长号"或以其他方式离开故乡，另一些作家在国内遭到排挤，无法发表作品，甚至遭遇不幸。

反乌托邦文学（антиутопическая литература）从诞生的那天起，就和国家的内在机制有密切的联系，当这种反乌托邦思维和文学的外部发展因素发生抵触反应时，一种体裁或者说一种夹杂着作者各种企图并与乌托邦文学有联系的文学叙事形式就诞生了。甚至可以说，这种文学样态是对文学外部因素——社会政治——变化的反映，俄罗斯乌托邦小说的代表作者梅列日科夫斯基（Мережковский К. С.）在《地球乐园或者冬夜之梦》（Рай земной, или Сон в зимнюю ночь, 1903）中断言："社会进步本身就是一个痛苦的过程，进步之路越往前伸展，给人类带来的痛苦就越多，这就是自然最可怕、最残酷的法则之一。"[1]作者的这一言说又把反乌托邦文学和科技文明联系在一起，但科技的发展未必会导致人类文明的悲剧。当然，社会的发展也不仅仅指科技进步，社会的变化还可以通过其他一些事件表现出来，比如在世界政治生活中，突发事件可以造成人类对未来的迷惘。[2]斯宾格勒发现了人类历史中所蕴含的秘密，即"世界历史即是世界法庭"[3]，斯宾格勒所要强调的是文化和文明之间是有区别的，文明是文化的结束阶段。在斯宾格勒眼里，一个衰落的文化不可避免地会变成一种文明，文明是没落的标志。但是，在文明成为文化的最后阶段，人类社会将出现什么样的景观呢？假设斯宾格勒的说法成立，这种文明

---

[1] Мережковский К. С. Прогресс отвратителен // Мережковский К. С. Рай земной, или Сон в зимнюю ночь. Сказка XXVII века. М.：Приор, 2001, с. 191.

[2] 比如2001年发生在美国的"9·11"恐怖事件和此后关于2012年世界末日的预言。

[3] 奥斯瓦尔德·斯宾格勒：《西方的没落》（第二卷），吴琼译，上海三联书店，2006，第470页。

图景一定会在文学作品中得到折射，对此，法国作家穆勒进行了如下的描述：

> 如果泛泛而论，那么可以说这个在我们眼前不断改变发展方向的文明只有在一种条件之下能够控制目前正发生的一切，这个条件就是这个文明能够将与自身相矛盾的各种思想收入自己的囊中，其中包括：无序的武装冲突和愤怒人群的怒吼。①

很显然，世界上没有哪种文明能够实现世界完全和平的目的，恰恰相反，正因为世界上存在不同的文明才会不断出现"无序的武装冲突和愤怒人群的怒吼"。反乌托邦文学的产生毫无疑问和人类发展所遇到的文明问题密切相关。

斯拉夫学界对反乌托邦文学这个概念的阐释是多层面的，既有宽泛的解释，也有较为科学的界定。尼科留金（Николюкин А. Н.）在其主编的《文学术语与概念百科全书》中给出的定义是："反乌托邦文学是对乌托邦体裁和乌托邦思想的讽刺性模拟之作（пародия），这类体裁与讽刺作品（сатира）十分相似，反乌托邦文学的特质可以在许多不同类型的体裁中找到，如在长篇小说、长诗、戏剧和短篇小说中。如果说乌托邦分子给人类开出了一张能够将其从社会弊端和道德灾难中拯救出来的药方，那么反乌托邦分子则让人们清楚地意识到，一个普通人为了获得幸福要付出怎样的代价。"②

在上述对反乌托邦文学的界定中，尼科留金首先强调了反乌托邦作为文学体裁与讽刺的关系，而且这种讽刺所指涉的对象为乌托邦思想，其次反乌托邦文学不但可以以小说的形式存在，还可以将反乌托邦思维嵌入包括长诗和小说在内的其他体裁之中。目前，学术界基本上从如下几个方面对反乌托邦文学进行研究：第一，在非文学语境下研究该体裁，并视其为对某

---

① Мюре Ф. После Истории // Иностранная литература, 2001, №4, с. 225.
② Николюкин А. Н. Литературная энциклопедия терминов и понятий. М.：НПК «Интелвак», 2003, с. 38.

种历史、现实或者意识形态的反映；第二，研究反乌托邦小说与其他文学现象之间的相互关系；第三，研究该体裁的目的在于建立关于该体裁的艺术模式，换言之，就是通过对反乌托邦体裁的阐释来理解并确定其独有的诗学架构和审美特征。然而，很难想象在进行以诗学建模为主的研究当中不涉及前面两项。所以，对反乌托邦小说的研究是一个涵盖哲学、政治学、文艺学和其他学科的交叉研究。从这个意义上讲，我们也可以对反乌托邦文学进行如下大致的描述：反乌托邦文学是一种文学样态，其内容是讲述社会（或具体国家及地区）的未来（或当下）图景。在这类作品中，未来世界的现实或者当下的现实被文学作品中的主流意识定义为社会理想的生存模式，但对生活于其中的普通人而言，这种模式可能是一个外表光鲜的人间地狱。

　　反乌托邦文学致力于描写一个非正义的社会（大多数情况下这个社会是虚构的，但具有现实依据），在这个社会里，所谓的进步不过是个体已经异化为如动物一样的存在物，仅为满足各种基本的生理需求而生存。同样，在这个社会（世界）中，任何试图回归人的本性的尝试都注定有悲剧性的结局，因为这样的尝试多与主流意识发生碰撞。所以，作者通常会采取一种和现实主义小说不同的叙事手法，即运用伊索式的语言，这使得小说的艺术世界和诗学品格产生了独特之处。单纯地把反乌托邦文学置于宏大叙事之下进行分析，或是把反乌托邦文学当成一种与历史、现实及思想史毫无关联的文学创作形式的观点也是不可取的。仅从政治叙事的角度分析小说往往陷入将小说当成某种思想代言的泥淖，无视小说的政治话语而专注其诗学研究往往也无法说明问题。科学的方法是把此类体裁的小说当成一个有机的整体，既要注重其诗学特征，同时不能忽略其中的哲学意蕴和作者的思想诉求。就反乌托邦体裁的政治叙事而言，这种小说脱胎于乌托邦小说，反乌托邦的存在是对乌托邦存在的定位与回声，因此有学者认为："反乌托邦小说是对多个世纪以来乌托邦传统的直接回应，这种小说似乎在20世纪登台亮相之时就已经拥有了完整的体裁要素和结构，对业已存在的'完美社会'进行了似乎非常精准的批判，仿佛突然向人们敞开人类个体性思维的全部秘密。但这一切都是假象，这种体裁不可能凭空诞生。"①

所以，对反乌托邦小说的解读需要考虑两个维度：一是其作为文学产品的属性；二是其作为思想史的价值。文学评论家斯科洛斯佩罗娃（Скороспелова Е. Б.）建议用两种完全不同的阅读方式来感受小说的审美价值，她认为："第一种方式是评论家沃罗宁斯基（Воронский А.）的方式，即以小说具体的政治内容为依托进行阅读，这样就能看到深藏于其中的对苏联社会主义的隐喻；第二种是布朗（Браун Я.）在《自我剖析的人：论叶甫盖尼·扎米亚京的创作》中提到的阅读方法，即把小说当成一个哲学文本进行研究。"② 不可否认，这两种阅读方式都能帮助读者或者评论家发现类似《我们》这样的反乌托邦小说中作者对所处环境等相关问题的认识，但似乎无法解决另外一个问题，即文学毕竟不同于思想史和哲学史，文学作品是语言的艺术，它所折射的问题尽管和现实有紧密的联系，但两者之间存在很大区别，这种差异性用别林斯基的话说就是"诗人用形象思索，他不证明真理，却显现真理"③，反乌托邦体裁就是形象思维所特有的方式之一。

第二节 乌托邦作为乌有之地和反乌托邦作为实在之地

"反乌托邦"一词是由希腊文"anti"（反向、相反、反对）和"utopia"（乌有之地）构成的，而"乌托邦"这个词又是由"u"（不存在的）和"topia"（地方）构成，其本身就是一种矛盾修辞（оксюморон）的产物。作为一种文学体裁，反乌托邦是在文学创作层面对乌托邦（如柏拉图《理想国》中的理想国、李汝珍《镜花缘》中的君子国和莫尔《乌托

---

① Арсентьева Н. Н. Становление антиутопического жанра в русской литературе. Ч. 1, 2. М.: МПГУ им. В. И. Ленина, 1993, с. 5.
② Скороспелова Е. Б. Комментарии // Замятин Е. И. Избранные произведения. М.: Советская Россия, 1990, с. 507.
③ 《别林斯基选集》（第二卷），满涛译，上海译文出版社，1979，第96页。

邦》中的乌托邦）的讽刺性模拟之作的总称。就思想史而言，反乌托邦则是对乌托邦世界的深度怀疑和对现实生活可能的恐怖未来的合理推测，从而向人类发出预警。无论乌托邦还是反乌托邦，都是人类对自身发展前景构想下焦虑的产物。这种艺术思维已经通过不同作家书写内容的转变和建构形式的改变完成了升级，直到今天，反乌托邦文学似乎依然具有旺盛的生命力。对此，当代俄罗斯作家沃伊诺维奇（Войнович В. Н.）找到了这种体裁生命力旺盛的秘密，他在接受访谈时说：

> 反乌托邦和人们对现实的整体失望密切相关，这种失望和浪漫主义者的行动相关。康帕内拉刚刚写出《太阳城》，马上就出现其他的乌托邦思想和许多乌托邦作品。但当人们用乌托邦理想改造生活的时候，就出现了扎米亚京的《我们》、奥威尔的《1984》等反乌托邦作品中的世界。此外，我们生活在一个在现实世界里用各种办法制造乌托邦社会的时代，契诃夫所说的"抬眼能看到镶嵌钻石天空"的信仰已经荡然无存……总之，理想的丧失是反乌托邦文学得以生存下去的原因，这种惯性一直持续到今天。[①]

沃伊诺维奇把反乌托邦的诞生与人类对乌托邦的失望联系在一起，乌托邦的诞生除了与人类对未来抱有幻想有关外，也与人类对现实不满存在关联，乌托邦与天堂和伊甸园一道，幻化成人类的终极理想。同时，反乌托邦以乌托邦为前提，因为乌托邦内部已经蕴含了反乌托邦的种子，在莫尔的《乌托邦》中，莫尔和拉斐尔之间的对话暴露出即便"最完美的国家制度"也存在让人费解的、给人带来不愉快的反常行为。

> 他们（奴隶）穿的衣服颜色完全一样。他们不剃头，把两耳上面的发剪短，并削去一个耳垂。他们可以接受朋友赠送的饮食以及符合规定

[①] 转引自 Щербак-Жуков А. Писать сатиру реалистичнее, чем пушут реалисты // Независимая газета, 18 марта 2010.

颜色的衣服。金钱赠予，对送者及收者都是死罪。任何自由公民，不问理由如何，若是接受犯人的钱，以及奴隶（定罪犯人的通称）若是接触武器，都冒被处死刑的危险。每一地区的奴隶带有特殊标志，以资识别；当他从本区外出，或和另一地区奴隶交谈时，扔掉这个标志构成死罪。①

《乌托邦》中的犯人与《我们》中的"号民"有相似之处，或者说《乌托邦》里的"奴隶"是被剥夺了当"号民"的权利之后的"号民"。而且十分关键的是，拉斐尔之所以向莫尔详细叙述乌托邦人的智慧和国家制度，是因为英国与之相比是一个不完美的国度，英国"羊吃人"的生存法则违背了人的自然天性。

"你们的羊，"我（拉斐尔）回答说，"一向是那么驯服，那么容易喂饱，据说现在变得很贪婪、很野蛮，以至于吃人，并把你们的田地，家园和城市践踏成废墟。全国各地，凡出产最精致贵重的羊毛的，无不有贵族豪绅，以及天知道什么圣人之流的一些主教，觉得祖传地产上惯例的岁租年金不能满足他们了。"②

反乌托邦文学的产生和演变离不开乌托邦思想，也离不开产生反乌托邦思想的肥沃土壤，别尔嘉耶夫（Бердяев Н.）对此有过很精彩的评价，他在赫胥黎俄文版《美妙的新世界》的序言中写道："人们以前认为，乌托邦的理想很难实现，实际情况看起来并非如此。现在人类却面临另外一个痛苦的问题，就是如何才能避免这种乌托邦出现。乌托邦理想是存在实现的可能性的……现在，在新的世纪里，文化阶层和知识分子所憧憬的是，避免乌托邦，回到非乌托邦的世界，回到并不是'那么完美的'但非常自由的社会。"③可见，别尔嘉耶夫拒绝那个貌似乌托邦实则是用谎言装点的反乌托

---

① 托马斯·莫尔：《乌托邦》，戴镏龄译，商务印书馆，1996，第27~28页。
② 托马斯·莫尔：《乌托邦》，戴镏龄译，商务印书馆，1996，第21页。
③ Бердяев Н. Через много лет // Хаксли О. О дивный новый мир. СПб.：Амфора, 1999, с. 5.

邦世界,他用"不是'那么完美的'但非常自由的社会"来形容曾经美好的过去,一旦某些人宣布他们所居住的地方已经乌托邦化,那其实意味着,其他人就生活在反乌托邦的世界。

文学辞典中出现"反乌托邦"(anti-utopia)这个术语是20世纪60年代的事情。"dystopian"(敌乌托邦人,即俄语"дистопист")比反乌托邦出现得更早。该词于1868年出现在英国哲学家乔·斯图尔特·米尔的著作中[1],而敌乌托邦(dystopia)作为一种文学体裁的标识则与格林·涅格力和马科斯·帕特里克紧密相关,两人在编撰《寻找乌托邦》(*The Quest for Utopia*, 1952)诗集时,首次将"dystopia"作为描述人类危险未来的小说体裁术语。需要注意的是,"dystopia"和"anti-utopia"是两个意义部分重合但并不完全相同的概念。有学者指出,就"dystopia"一词本身而言,其构词前缀"dys"是"dis"的变体,代表某种负面的力量,即让具有某种品质的事物丧失这种品质,如果说"utopia"代表人类的理想,那么"dystopia"就是让这种理想幻灭的力量,换言之,"dys"其实就是"minus"。[2] 美国学者查尔斯·布朗对敌乌托邦的理解更为具体,即把敌乌托邦理解为人类社会可能出现的末日图景,所以这类小说属于"警示小说"。他指出,在"科学幻想小说中,敌乌托邦这种力量被理解为对人类可能犯下错误的警示"[3]。据《现代高级英汉双解辞典》的释义,"anti-utopia"中的前缀"anti"和"against"相近,是指与某种具体的或抽象的事物相对立的东西。[4] 假设dystopia使utopia成为不切实际的理想,"那么反乌托邦则是指乌托邦的另外一种表现形式,反乌托邦并不强调消解,而是强调对立,即反乌托邦是对乌托邦世界的对抗,如同反英雄(anti-hero)也是英雄,不过反英雄是一种另类

---

[1] 参见 Антиутопия. Материал из Википедии-свободной энциклопедии, http://ru.wikipedia.org/wiki/%D0%90%D0%BD%D1%82%D0%B8%D1%83%D1%82%D0%BE%D0%BF%D0%B8%D1%8F.

[2] 郑永旺:《反乌托邦小说的根、人和魂——兼论俄罗斯反乌托邦小说》,《俄罗斯文艺》2010年第1期,第4页。

[3] 转引自郑永旺《反乌托邦小说的根、人和魂——兼论俄罗斯反乌托邦小说》,《俄罗斯文艺》2010年第1期,第4页。

[4] 参见 A. S. Hornby, E. V. Gatenby, H. Wakefied, *The Advanced Learner's Dictionary of Current English with Chinese Translation*, Hong Kong, Oxford University Press, 1982, p. 39.

英雄，因为他的价值观与传统的英雄所代表的价值观不同"[①]。可见，反乌托邦作为小说体裁应包含 dystopia 和 anti-utopia 两种元素：消解乌托邦的存在或者对抗乌托邦。

乌托邦在莫尔的《关于最完美的国家制度和乌托邦新岛的既有益又有趣的金书》（《乌托邦》的全名）中是以地名出现的，乌托邦作为人类对未来的美好想象存在于文学作品中，也是宗教文本为人们提供的遥不可及的彼岸世界。莫尔用希腊文"u"（没有）和"topia"（地方）组成的"utopia"就是表达人最为理想的居住地是什么样子。在这个地方，人们可以在"真理"、"正义"、"自由"和"幸福"的名义下建立稳定而统一的社会。还有一种可能，"u"在希腊语中尚有"好的"这样的意思，因此，"utopia"还是"美妙之地"。人们的终极理想就是寻找这样一个建立在最完美制度上的国家。有趣的是，无论这个"u"意为"没有"还是"好的"，学者都已经无从考查，因为该书最初以拉丁文写成，"utopia"实际是希腊语拉丁字母的转写。正因如此，西方学者对该词的内涵给出了另外一种解释，即所谓的"乌有之地，在文学中恰恰指的是任何可能之地"[②]，"任何可能之地"或许仅仅是一种理想，但至少具有了某种可操作性。比如，柏拉图在《理想国》中就试图勾画出这样的世界图景，在理想国里，柏拉图以"三"[③] 这个数字来平衡各个阶层的关系，从而达到统治者对国家的有效控制：社会阶层被划分为三个，并完全贯彻了神学的诉求，统治者是用贵重的黄金制造的，武士是用稍微逊色的白银制成的，农夫和手艺人（可以算为一类）则是用铜铁锻造而成的；人的灵魂被分为三部分，即理智、意志和情欲，与此相对应的是智慧、勇敢和节制三种美德；世界也被柏拉图分为三种形式，即理式的

[①] 郑永旺：《反乌托邦小说的根、人和魂——兼论俄罗斯反乌托邦小说》，《俄罗斯文艺》2010 年第 1 期，第 4 页。

[②] H. Himmel, "Utopia", in Lexicon der Weltliteratur im 20 Jahrbundert, Freiburg-Basel-Wien, Herder, 1960–1961, p.444.

[③] 在古希腊，"三"是一个具有丰富象征意义的数字。三神一体是观念世界的重要特征，如美惠三女神、命运三女神、复仇三女神等。甚至缪斯九女神亦暗示她们是三个三位一体的神灵。"三"具有力学上的平衡作用，柏拉图身处这种文化语境中不会注意不到"三"的隐喻功能。参见檀明山主编《象征学全书》，台海出版社，2001，第 561 页。

(理念的)、现实的和艺术的。然而,对乌托邦世界的向往通常和现实的缺憾有关,柏拉图之所以盛赞理想国的伟大庄严,是因为他作为奴隶制的拥护者,认为民主制度下泛滥的自由会弱化奴隶制,最终破坏奴隶制社会的和谐与完美,在他看来,"一旦铜铁做成的人掌握了政权,国家便要倾覆"①。同样,莫尔的《乌托邦》、康帕内拉的《太阳城》、培根的《新大西岛》、贝拉米的《回顾:2000～1887》和车尔尼雪夫斯基的《怎么办?》等,皆是通过对一个理想的乌有之地的描述来审视现实的不完美。在乌托邦的神话中,空间可能设定在城市(如太阳城),也可能在一个神秘的花园之国(如陶渊明的桃花源),城市一定是围绕着宗教中心建立起来的,而花园更多地强调其自然属性,即人在其中所能感受到的自由和惬意,其功能属性则被淡化。"无论城市还是花园,乌托邦作者考虑的是完美的社会政治制度和人与自然的和谐关系。"② 实际上早就有学者发现了乌托邦中的反乌托邦因素,1923年,美国历史学家曼福德(L. Mumford)就把乌托邦世界分成两类,"一是逃避主义的乌托邦,二是具有重建意识的乌托邦"③,西班牙历史学家马拉瓦尔(Antonio Maravall)在曼福德的基础上作了进一步的阐释,他发现:"最初的幻觉或者梦境破灭之后,随着时间的推移,世界其实沉醉于深度的平静之中,具有构建意识的乌托邦思想洋溢着人类的创造意志,让人类坚信靠双手和智慧完全可以建设一个美好的未来。"④ 可以说,反乌托邦的世界图景其实不过是乌托邦叙事中被刻意隐匿的部分而已。换言之,乌托邦的世界图景说明了反乌托邦存在的可能性和合理性。

第三节　反乌托邦体裁的前世今生

俄语"体裁"(жанр)一词出自法语"genre",意为文学作品的类型。

---

① 北京大学外国哲学史教研室编译《古希腊罗马哲学》,商务印书馆,1982,第233页。
② Гюнтер Г. Жанровые проблемы утопии и «Чевенгур» А. Платонова // Утопияи утопический мышление. М.: Прогресс, 1991, с. 253.
③ L. Mumford, *The Story of Utopias*, New York: Boni and liveright, 1922, p. 13.
④ Маравалль А. Утопия и реформизм: утопия и утопическое мышление. М.: Прогресс, 1991, с. 222.

该术语（概念）一直存在被多重理解和被过度阐释的现象。关于体裁的理论是由亚里士多德提出的，他在《诗学》中提到："史诗和悲剧、喜剧和酒神颂以及大部分双管箫乐和竖琴乐——这一切实际上是摹仿，只是有三点差别，即摹仿所用的媒介不同，所取的对象不同，所采的方式不同。"① 因为有这三点差异，所以最终的艺术文本所表现的内容和形式就不同，这也是关于体裁比较早的论述。然而，古典主义文艺理论并没有对体裁进行更为精确的描述，对当时的理论家而言，此举也的确毫无必要，因为在那个时代，体裁并不是一个抽象的和充满争议性的问题，各种体裁共存被视为绝对的真理。"很多古典主义者认为，体裁这个概念本身是自明性的，他们没有看出对其进行定义的必要。"② 这不难理解，因为在文学创作的早期阶段存在许多"纯粹的体裁"，这些体裁不会和其他体裁产生瓜葛，不会出现"越界"的现象。但现当代文学作品呈现体裁之间相互渗透、相互交叉的态势，相应的，学术界对体裁的界定也发生了变化。20世纪70年代季莫菲耶夫（Тимофеев Л. И.）和图拉耶夫（Тураев С. В.）对体裁的理解和21世纪初尼科留金等学者的理解就存在很大差异。在季莫菲耶夫和图拉耶夫看来，"体裁就是文学在历史发展进程中许多文学作品里重复出现的结构体，这些结构体因对所描写的现实之不同而显示出自己的个性"③。21世纪初尼科留金所编撰的《文学术语与概念百科全书》对体裁的阐释则显得小心翼翼，该书对"жанр"词条作了如下描述：

> 体裁是以语言为媒介的艺术作品的类型（тип），该类型有两个关联项：一是指民族文学史上或者一系列文献里已存在的、被传统术语加以标注的文学作品的类型，比如史诗、长篇小说、中篇小说、喜剧、悲剧等；二是具体文学作品的理想类型和依逻辑设计出来的模式，无论是理想类型还是模式都可以被看作文学作品的不变量。④

---

① 转引自胡经之主编《西方文艺理论名著教程》（上），北京大学出版社，1989，第58页。
② Уэллек Р., Уоррен О. Теория литературы. М.：Высшая школа, 1978, с. 246.
③ Тимофеев Л. И., Тураев С. В. Краткий словарь литературоведческих терминов. М.：Просвещение, 1978, с. 43.
④ Николюкин А. Н. Литературная энциклопедия терминов и понятий. М.：НПК «Интелвак», 2003, с. 265.

这两个关联项使"体裁"这个概念变得十分暧昧,如果把小说视为体裁,那么长篇小说、中篇小说和短篇小说也可以被视为体裁,或者说,在一种体裁的文学作品中可以存在多种体裁的影子,这使得对体裁界定的科学性大打折扣。所以哈利泽夫(Хализев В. Е.)直截了当地指出,给体裁划出一个清楚的界限几乎是不可能完成的任务,因为"体裁难以被系统化和分类(与文学类别不同)……首先是因为体裁是非常之多:在每一种艺术文化中体裁都是专有的(一些东方国家的文学中就有俳句、短歌、嘎泽拉诗体等)。况且,体裁有各自不同的历史范围"①。以《我们》为例进行分析,首先,这是一部叙事作品,或者按俄罗斯文论中常用到的概念亦可称其为散文(проза,与韵文对应的文体);其次,根据小说的体量,可确定其为长篇小说体裁,根据思想内容或思想诉求可称其为政治小说体裁,根据时间和事件判断,小说中存在一个以"绿色长城"(Зеленая Стена)② 来隔绝外部世界的"玻璃天堂",所以将其命名为"乌托邦体裁",这种乌托邦世界如此"完美",以至于人们丧失了基本的自由,未来如此可怕,以至于人们不得不放弃尊严为生存而战,所以又进一步称其为"反乌托邦体裁"。问题是这种划分方式使得众多体裁形成一种并列关系,进而可以得出这样的结论:一个文学作品可能是众多体裁的集合。因此,哈利泽夫得出一个结论,即现存的诸种体裁标识会对作品的各个不同的方面加以确定。③ 此外,由于作家对体裁的理解存在差异,他们会依照自己对体裁的理解对自己的作品所属的类别进行定位,比如果戈理称自己的长篇小说《死魂灵》为"长诗"(поэма),陀思妥耶夫斯基的《卡拉马佐夫兄弟》中的伊万也把自己讲给阿廖沙的关于"宗教大法官"的故事称为"诗"(поэма)。④ 俄语中"поэма"一词在奥热果夫《俄语词典》中的释义为"以诗歌形式写成的

---

① 瓦·叶·哈利泽夫:《文学学导论》,周启超、王加兴、黄玫等译,北京大学出版社,2006,第391页。
② 扎米亚京《我们》中"玻璃天堂"和外面"自然世界"之间的隔离带。
③ 瓦·叶·哈利泽夫:《文学学导论》,周启超、王加兴、黄玫等译,北京大学出版社,2006,第392页。
④ "我的诗题目叫做《宗教大法官》,——是一篇荒唐的东西,但是我愿意讲给你听。"陀思妥耶夫斯基:《卡拉马佐夫兄弟》(上),耿济之译,人民文学出版社,2007,第276页。

叙事作品，一般以历史和传奇题材为主"①。很明显，该词在这个释义里仅仅表示，诗歌是与散文完全不同的体裁，但其中依然可以找出该词与久远历史的联系，尽管这种联系十分模糊。"поэма"是希腊语"noiēma"的俄文转写，希腊文中"noiēma"是"noieō"的动名词形式，具有"思想、知觉、智力、理解力、悟性"等含义，是人在行动的过程中所依托的思想或理念。简言之，"诗歌"（поэма）一词中已经诗意地栖息着和哲学思想有关的概念了，因此，果戈理是在理解何为"思想"的意义上使用"长诗"一词的。《我们》之所以被称为反乌托邦文学的代表作品，既是因为小说诗学的规定性，也是因为小说的思想诉求，即"在某种体裁中可以窥见修辞上固有的印迹，更主要的是能窥见其中作者个人的世界图景"②。这种"个人的世界图景"使得很多研究者把反乌托邦小说定义为"警示小说"（роман-предупреждение）③ 和未来小说等。

乌托邦文学的目的是对在与社会制度对抗中的个体的精神成长和发展进行文学的阐释，这是两种体裁（反乌托邦体裁和乌托邦体裁）的独特综合。现实中不存在的但生成于艺术家想象之中的社会制度，尽管可能和乌托邦世界相似，但那个想象的社会同样可以使人体验到成长过程中社会给予个体的压力。在这个意义上，"反乌托邦文学的体裁组织结构（жанрово-композиционная структура）变得越来越容易辨认，因此会发生模仿这种组织结构的可能。所以，反乌托邦文学和其他文学体裁的界限变得模糊不清，最后可能完全消散到其他体裁之中"④。此种情况的发生不是没有可能，因为现在的反乌托邦文学作品并不能被简单定义为一种体裁，反乌托邦因素同样是人类集体无意识的一部分，人们对乌托邦世界的向往实际源于反乌托邦

---

① Повествовательное произведение в стихах, обычно на историческую или легендарную тему. 参见 Ожегов С. И. Словарь Русского языка. М：Русский язык，1982，с.510。
② Николюкин А. Н. Литературная энциклопедия терминов и понятий. М.：НПК «Интелвак»，2003，с.265.
③ 参见 Кузьмина Е. Ю. Поэтика романа-антиутопии (на материале русской литературы 20 века), диссертация на соискание ученой степени кандидата филологических наук. Российский государственный гуманитарный университе т. Москва，2005，с.10。
④ Новиков В. Возвращение к здравому смыслу: Субъективные заметки читателя антиутопий // Знамя，1989，№7，с.214.

的现实。所以，以体裁界定反乌托邦小说的合法性是一种很危险的行为。这一点早在 20 世纪 60 年代就有评论家提出过，只是没有得到足够的关注，如舍斯塔科夫（Шестаков В.）就反对把反乌托邦小说看作关于未来的文学文本，他认为赫胥黎的《美妙的新世界》貌似关于世界未来图景的文学作品，实际情况可能和未来无关，"当赫胥黎创作自己的长篇小说之时，他所感兴趣的（正如他不停强调的那样）不是人类将发生什么，而是现在已经发生了什么。乌托邦小说的结构使他能够从更为宏大的历史视角审视当下"①。国内有学者持类似的观点，认为"在《美丽新世界》（又译作《美妙的新世界》），新世界与消费社会一样，其主流的操控方式已超越了全面施行暴力惩戒的阶段，而以价值观的诱导、灌输等和平方式为主"②，换言之，赫胥黎所描述的一切在消费社会中并不鲜见，甚至构成一种洗脑的路径。

把小说，尤其是现当代小说，归入某种具体的体裁框架里是不可能完成的任务，因为文学叙事作为一种写作技术，已经发展到能够在一个文本空间里出现多种体裁的组织结构，扎米亚京将这种表现形式称为"综合"（синтез）。文学体裁反映了大众审美心理对文学作品所带来的愉悦的新理解，"过于熟悉的重复的写作套路让人觉得枯燥无聊，而过于陌生的套路又使人如堕云雾，所以，体裁总是在众多能被作者和读者接受的审美手段中游走"③。

尽管如此，依然不能把反乌托邦看成对乌托邦的简单否定。无论是乌托邦还是反乌托邦，就其本质而言都是理性思维的产物。乌托邦不仅是一种文学体裁，同时也是建设美好生活和未来理想国家的方案，作者力图描绘这个国度所有的方面，如政治经济体系、社会制度、生活习俗和伦理道德等④，但"乌托邦的作者首先考虑的不是描绘生活的美好，而是着眼于对生活的

---

① Шестаков В. Социальная антиутопия Олдоса Хаксли - миф и реальность // Новый мир, 1969, №7, с. 240 - 241.
② 王一平：《反乌托邦小说对"消费乌托邦"的预演与批判——以〈美丽新世界〉与〈华氏451度〉为例》，《外国文学评论》2013 年第 4 期，第 121 页。
③ Уэллек Р., Уоррен О. Теория литературы. М.: Высшая школа, 1978, с. 252.
④ 以这种标准来对比东晋诗人陶渊明在《桃花源记》中的生活可以得出一个结论，即陶渊明似乎没有描写这里的人们是如何建设家园的。这可能和中国人对政治的看法（出世与入世）有关，也可能和《桃花源记》的篇幅有关，在这篇短短的文章里，陶渊明似乎不太可能花大量的笔墨描写这里的人们如何建设家园。

建设"①。这种情形在车尔尼雪夫斯基的《怎么办?》中薇拉的第二个梦中出现过,薇拉和丈夫阿列克谢借泥土和农作物的关系来阐释生命存在和生长的奥秘。

"不错,缺乏运动就是缺乏劳动,"阿列克谢·彼得罗维奇说,"因为用人本主义观点分析起来,劳动是运动的根本形式,所有其他的运动形式,如消遣、休息、游戏和娱乐,其基础和内容都来自这个根本形式;它们一离开事前的劳动便失去了真实性。而没有运动就没有生命,也就是没有真实性,所以这是一种虚假的,即是腐朽的泥土。不久以前人们还不知道怎样使这种草地恢复健康,现在却发明了一种方法——排水:让多余的水从沟渠里流出去,只留下必需的水,水一流动,草地也获得真实性了……"②

在阿列克谢·彼得罗维奇眼里,劳动是一切人类行为的基础,一块看似健康的土地,如果没有人类的改造,依然无法长出健康的庄稼。他希望薇拉能相信,真正的美好生活不是幻想出来的,而是需要行动,所以,在第二个梦之后,"薇拉·巴夫洛芙娜的工场已经上了正轨"③。乌托邦小说的作者类似薇拉的丈夫,尽管他所描绘的地方是一个乌有之地,但他期望自己所传达的理念能够让读者坚信有实现的可能。

乌托邦小说的叙事套路没有多少变化。一般来说,小说的主人公是一位旅行者④,他借助神秘的外力或以其他方式闯入一个理想的(也有不理想的)国度,如《桃花源记》中的武陵渔夫,偶然走进一片桃花林,发现这里"土地平旷,屋舍俨然,有良田美池桑竹之属。阡陌交通,鸡犬相

---

① Тимофеева А. В. Жанровое своеобразие романа-антиутопии в руской литературе 60 – 80 годов 20 века. Диссертация на соискание ученой степени кандидата филологических наук. Российский университет дружбы народов. Москва, 1995, с. 43.
② 车尔尼雪夫斯基:《怎么办?》,蒋路译,人民文学出版社,1982,第 185~186 页。
③ 车尔尼雪夫斯基:《怎么办?》,蒋路译,人民文学出版社,1982,第 195 页。
④ 旅行者的身份可以有很多解释,如可以理解为像马可·波罗这样的职业旅行家,也可以理解为非此地的居住者、外来人或者游客。

闻"。作者（或主人公）的目的无非通过自己就是"目击证人"的事实来宣传乌托邦思想，使其显得更加可信。乔纳森·斯威夫特的《格列佛游记》使用了能增强亲历感的第一人称叙述视角，让读者认识到，人的善良和人的身高无关，巨人也可以拥有善良的心灵。无论以何种人称形式，作者的意图都在于让自己作品中的完美国家完全建立在清晰的、可操作的，同时又十分严格的法律制度之上（这种叙事范式最适合经典的乌托邦作品，如《乌托邦》《太阳城》等），其目的是为生活内容注入秩序的概念。但康帕内拉、莫尔和李汝珍等人太醉心于对理想世界的建设，所以对人性的复杂视而不见，这种复杂性在于，人无法容忍别人强迫其生活在哪怕田园诗一般的意境里，人一定会憎恨这种由强制的快乐、令人厌恶的奇迹构成的幸福，因为这些所谓的独一无二的奇迹都是由一个固定模式生产出来的。《我们》中 D-503 的生活不可谓不幸福，他处于"大一统国"中食物链的顶端，即便如此，他依然会受到 I-330 的诱惑，因为对于人性来说，没有比未知世界更让人着迷的了。对于乌托邦小说而言，人承担着某种符号的功能，是作者美好理想的代言者或某种社会现象的批判者，他通常按一定的预设功能生活在一个抽象乐园里，但在反乌托邦小说里，人的行为更符合人性，因此可以说，"乌托邦文学强调的是社会中心论，反乌托邦文学则是个人中心论，在反乌托邦小说里，世界从内部被发现，是通过一个从内部感受该世界法律的个体来表现的"[1]。这就是说，反乌托邦小说更倾向于表现复杂的人性和与这种人性对应的内部与外部世界，因为"反乌托邦小说是一个更为情绪化的空间，人物的行为与人物的性格之间存在合理的关系"[2]。从这个意义上讲，反乌托邦小说与现实的逻辑关系更为清晰和紧密。

　　反乌托邦小说不是凭空产生出来的。乌托邦小说中的宏大叙事为反乌托邦小说的解构操作预设了基础。

---

[1] Гальцева Р., Роднянская И. Помеха-человек: Опыт века в зеркале антиу топи й // Новый мир, 1988, №7, с. 219-220.

[2] Новыков В. Возвращение к здравому смыслу: Субъективные заметки читателя антиутопии // Знамя, 1989, №7, с. 215.

16世纪莫尔的《乌托邦》和17世纪初康帕内拉的《太阳城》是经典的乌托邦文学作品。莫尔塑造了一个完美的社会，那里没有私有财产，一切物质都是平均分配，人所追求的是通过自由支配时间来丰富自己的精神世界和身体的健美，钱已经不存在了，金子则用于打造最普通的生活用品。17世纪是乌托邦文学的黄金时代，英国人弗朗西斯·培根和詹姆斯·哈林顿分别发表了《新大西岛》和《大洋国》，18世纪另外两名英国人丹尼尔·笛福和乔纳森·斯威夫特则发表了具有反乌托邦因素的乌托邦作品《鲁滨孙漂流记》和《格列佛游记》。这些递增的乌托邦思维在法国找到了最佳的生产空间，这在巴贝夫（Gracchus Babeuf）的《永久地籍》和摩莱里（Morelly）的《自然法典》中均有体现。可以说，以上几人是圣西门和傅立叶等空想社会主义者的先驱，此二人关于理想社会的想象深深影响了马克思和恩格斯的科学社会主义理论体系。

作为反乌托邦文学母体的乌托邦文学在俄罗斯的发展要迟于欧洲诸国。18世纪，艾明（Эмин Ф. А.）发表了《变化无常的命运，或米拉蒙德的奇遇》（Непостоянная фортуна, или Похождение Мирамонда）①，谢尔巴托夫（Щербатов М.）发表了《俄斐地旅行记》（Путешествие в Землю Офирскую）。②到了19世纪，俄罗斯出现了维尔特曼（Вельтман А.）的《3448年》（3448 год）和奥多耶夫斯基（Одоевский В.）的《4338年》（4338 год）与《彼得堡信札》（Петербургские письма）等有反乌托邦思想倾向的作品。此外，拉吉舍夫（Радищев А.）、恰阿达耶夫（Чаадаев П.）、托尔斯泰（Толстой Л.）、陀思妥耶夫斯基、列斯科夫（Лесков Н.）、涅克拉索夫（Некрасов Н.）和车尔尼雪夫斯基等作家都从乌托邦小说中借鉴叙事技巧来丰富自己的创作方法。19世纪末到20世纪初，乌托邦小说已经成为大众文学最为普遍的体裁之一，其中大部分作品以幻想见长，甚至许多学

---

① 小说借米拉蒙德的仆人菲里达特之口讲述了两人在意大利威尼斯、佛罗伦萨和罗马等地的游历，书中通过菲里达特的叙述来描绘当时意大利的政治、经济和文化生活。

② "Земля Офирская"（俄斐）出自《旧约》的《列王纪》（上）9：26～28，讲述的是所罗门王在此地获得四百二十他连得金子的故事，"所罗门王在以东地红海边，靠近以禄的以旬迦别制造船只。希兰差遣他的仆人，就是熟悉泛海的船家，与所罗门的仆人一同坐船航海。他们到了俄斐，从那里得了四百二十他连得金子，运到所罗门王那里"。

者也加入书写乌托邦小说的行列，比如奇奥尔科夫斯基（Циолковский К. Э.）完成了科幻小说《涅槃》（Нирвана）和《痛苦与天才》（Горе и гений），他将乌托邦体裁和幻想捆绑在一起，这种创作方法甚至成了 20 世纪初小说的创作范式，这一时期出现了叶符列莫夫（Ефремов И.）、沃涅古特（Воннегут К.）、阿齐莫夫（Азимов А.）等以写作幻想小说为主的作家。从历史角度分析，之所以会出现乌托邦文学，是因为人们内心深处一直没有消除对现实社会的失望和对完美世界的期盼。美好的乌托邦世界与现实之间存在巨大的反差，这就是在后工业化社会人类必须面对的困境，"乌托邦代表人与人之间的和谐与完美的关系，但同时乌托邦也是水中之月和镜中之花"[①]。人们逐渐明晰捞取"水中之月"的徒劳，转而关注自身的生存困境。

　　与西方乌托邦小说的叙事模式不同，俄罗斯乌托邦小说中的主人公大多喜欢在梦中解决现实中遇到的问题，主人公在梦中进入幸福快乐的国度，对梦境作用的开发利用成了受俄罗斯作家青睐的叙事策略。俄罗斯 18 世纪的剧作家苏玛罗科夫（Сумароков А. П.）在乌托邦剧本《幸福社会》中，就让主人公通过梦境来阐释他对幸福社会的理解。[②] 随后，拉季舍夫在《从彼得堡到莫斯科旅行记》中用一章的篇幅[③]来讲述"我"所生活的社会及其制度的种种缺陷。这是这本日记体小说的核心，内容共分为三个独立又相互联系的部分。第一部分说的是旅行者"我"所听到的一个关于酷爱吃牡蛎的总督的故事；第二部分讲的是不公正的法律让"我的旅伴"家破人亡的故事；第三部分则充满了乌托邦式的憧憬，是"我"在听完上述故事后晚上做的一个梦。

　　　　我看到，我是沙皇、沙赫、汗、王、别伊、土酋、苏丹或类似这些称号的人物，端坐在宝座上，大权在握。

[①] D. Bell, *The Coming of the Post-Industrial Society*, New York: Basic Books, 1973, pp. 488 – 489.

[②] 《幸福社会》并不是苏玛罗科夫的代表作，但小说中的乌托邦元素十分明显。参见 D. S. Mirsky, *A History of Russian Literature from the Earliest Times to 1925*, London: Overseas Publications Interchange Ltd., 1992, pp. 91 – 92.

[③] 这一章为《斯巴思卡亚·波列斯季》。

我高踞的座位，通体都是纯金造成，精巧地镶嵌着无数色彩缤纷的宝石，真是鬼斧神工，光辉夺目。①

　　"我"可以按自己的设想管理国家，让天恩惠泽所有的人。但这毕竟是一个梦，所以在该章的最后，作者借"我"之口说出了普通人的希望，"世上的统治者，如果你在读我这段记梦时一笑置之或皱眉蹙额，那末（么）你要知道，我所看到的云游女人已经远远离开了你，她鄙弃你的宫殿"②。"我"虽然有一颗善良的心，但因为制度设计存在先天的缺陷，所以，这个梦的价值不在于解决问题，而在于赋予乌托邦文学一种批判功能。最具典型意义的应该是车尔尼雪夫斯基的小说《怎么办?》里薇拉的第四个梦，那不仅是车尔尼雪夫斯基通过薇拉描绘出的灿烂的社会主义远景，同时是作者对自己生活美学的文学阐释，梦中有艺术代言者诗人，还有为美服务的"象征艺术的美人"③。梦可以让乌托邦小说的主人公任意驰骋在想象的空间，跨越任意的时间。特殊的空间能让偶然闯入的游客（主人公）倍感诧异。时间则是乌托邦世界存在的依据，即小说中的空间一定是不同时间中的空间。如果单独给时间一个身份证明，可以称之为"时托邦"④，即一个不存在的时间。

　　这种时托邦叙事后来出现在反乌托邦小说里，反乌托邦的时托邦叙事能让时间作逆向运动，这种叙事常常以"穿越的形式"让小说中的主人公感受到由时间变化所产生的"眩晕感"。佩列文的《夏伯阳与虚空》⑤ 和《一个中国人的俄国南柯梦——一个中国的民间故事》（СССР Тайшоу Чжуань，又译作《苏联太守传》）突出地表现了时托邦叙事的特点。在这个故事

---

① 拉吉舍夫：《从彼得堡到莫斯科旅行记》，汤毓强、吴育群、张均欧译，外国文学出版社，1982，第34页。
② 拉吉舍夫：《从彼得堡到莫斯科旅行记》，汤毓强、吴育群、张均欧译，外国文学出版社，1982，第45页。
③ 车尔尼雪夫斯基：《怎么办?》，蒋路译，人民文学出版社，1982，第416页。
④ 本书中的"时托邦"一词出自希腊文"chronos"对时间的阐释，在希腊文中该词指不存在的时间。
⑤ 后面将有专章对该小说的反乌托邦性进行深度解读，这里不再赘述。

中，时托邦就是由这种叙事构建起来的。张七在梦里不但结婚生子，还成了庞大帝国的领袖。但是在小说的结尾，主人公发现他的辉煌不过是蚂蚁堆上的梦，那栩栩如生的莫斯科装甲大街其实仅仅是蚂蚁窝里的通道而已。这就是作者想要表达的"我们的世界其实存在于吕洞宾的茶杯里"①这种悲观的世界感受，当然也可能是"一花一世界，一叶一菩提"的佛教思维。佩列文更想表达的是，当梦结束后，在原来的蚂蚁窝上剩下的一片虚空以及在这片虚空中的人所面临的生存困境：张七从权力的顶峰又回到悲剧般的现实中，如果没有这场美梦，他可能不会这样沮丧。时托邦实际暗示人类社会的未来是没有未来的未来，充其量是张七梦中转瞬即逝的帝国。

文学中的乌托邦世界天然地和反乌托邦世界有关。在早期的乌托邦小说中，已经隐约可见反乌托邦的印迹，或者说，反乌托邦小说放大了乌托邦小说中的某些细节，使之具有反讽、戏谑和荒谬的效果。

在意大利作家康帕内拉的乌托邦小说《太阳城》中，人们穿着统一的制服，甚至留着一样的发型。他们完全否认个体存在的价值，让个人的"小我"融入集体的"大我"之中。"太阳城"中的"索利亚利人"② 没有自己的住房，没有妻子和儿女。每过 6 个月，首长便下令让居民调换住宅（因为有的住宅在阴面，有的在阳面）。生孩子同样是国家计划内的事情，只有那些优秀的青年男女才有资格为"太阳城"留下自己的后代，而尚处在哺乳期的婴儿就已经开始接受系统的教育。"太阳城"里的居民在放弃个人利益方面已经达到很高的境界，即便是那些被判处极刑的犯人也会非常愉快地走向行刑台。在扎米亚京的《我们》中隐约可见"太阳城"的生活方式，"大一统国"里的"号民"在穿衣方面和康帕内拉《太阳城》里的"索利亚利人"一样都要遵循制度化的品味，他们表现的是人在个性被彻底削平后如何继续活下去，而且看似活得还不错，每个人甚至抛弃了能够标识个人身份特征的姓名，而被迫贴上统治者"恩赐"的号码，早期"号民"

---

① 佩列文：《一个中国人的俄国南柯梦——一个中国的民间故事》，王进波译，《俄罗斯文艺》2003 年第 4 期，第 3 页。
② 俄文为"солярий"，出自拉丁文"solar"，即太阳。

整齐划一的生活说明"太阳城"对居民的管理是非常有效的。这种管理制度在《我们》中达到极致,并创造出机器那种金属有质感的美,"透过左右两侧的玻璃墙望过去,我所看见的仿佛就是我自己,我自己的房间,我自己的衣服,我自己的重复千百次的动作。当你看到自己是一个巨大、有力、统一的身躯的一部分时,你会为之振奋。这真是一种毫发不差的美:这里没有一个多余的手势,没有一个多余的转身弯腰动作"①。这种整齐划一的动作在"大一统国"中是一种被暴力胁迫的美,这种美产生于人出生的瞬间,因为人口的生存方式已经预设了后来一定会出现这样整齐划一的行为举止。《我们》中的"父亲标准"和"母亲标准"决定了人口生产方式的标准化,甚至性行为也被理解为一种按规范进行的文化生活。这些证据表明,《我们》中国家对个人性生活和生育标准的控制和《太阳城》中对城市居民基因质量的筛选如出一辙。在《美妙的新世界》里,生育和性已经分离,行使各自的功能。性可以被理解为一种文化娱乐活动,生育则是国家相关机构的事情。从对胚胎的培养到人的诞生都被预设,有的人生下来就是阿尔法和贝塔种姓,而有些人注定就是伊普西龙的命。伯纳属于最高种姓阿尔法,而且是阿尔法加,只因为在培养胚胎过程中受到了酒精的刺激而变得特别渴望自由和权力,但在这个一切按"福帝"法律运行的国度里,伯纳的高种姓也无法改变他的命运,最后他被送往海岛。《1984》里温斯顿的活动范围虽然比《我们》中的D-503和《美妙的新世界》中的伯纳要大些,但其婚姻和性依然被组织所掌控,"党员之间的婚姻都必须得到为此目的而设立的委员会的批准,虽然从来没有说明过原则到底是什么,如果有关双方给人以他们在肉体上相互吸引的印象,申请总是遭到拒绝的"。②表面上看,"大一统国"里的居民似乎安于现状。

　　立方体广场。这里有一个由66个巨大的同心圆组成的看台。66排

---

① 扎米亚京:《我们》,范国恩译,辽宁教育出版社,2003,第27页。
② 乔治·奥威尔:《1984》,董乐山译,辽宁教育出版社,1998,第57~58页。另外,在稍后的章节中,还会出现该作品的另外一个译本,之所以出现这种情况是因为专著写作时间不同,作者引用了不同的译本,特此标注。

座位上，一张张脸像一颗颗星星似的平静安详，一双双眼睛映射出天上的光辉，也许那是大一统国的光辉。那一朵朵朱红似血的花，是女人的嘴唇……全场是一派庄严肃穆的哥特式艺术氛围。①

但安详的表情只是假象，虽然"我们现在献给我们的上帝——大一统国的是一件令人坦然的、经过深思熟虑的、合乎理性的祭品"②，但这个祭品是有血有肉的人，在"庄严肃穆的哥特式艺术氛围"里，这个"四肢摊开的身躯（它被一缕轻烟笼罩着），眼看着以惊人的速度在融化，在消失。终于它化为乌有，只剩下一汪化学纯净水，而一分钟前它还汩汩地、鲜红地涌动在心脏里"③。D-503的悲剧在于，他被I-330诱惑，以至于无法把自己变成和其他人一样的"号民"，他有了自我意识。可见，"大一统国"的"号民"在还没有达到太阳城里"索利亚利人"的思想境界的情况下，就已经按"索利亚利人"的生存模式安排自己的生活了，这也使大一统国的铜墙铁壁出现了D-503这样的裂缝。对此类人物身上个体价值的判断可以把辛辛那图斯（纳博科夫的《斩首的邀请》）、D-503（扎米亚京的《我们》）、温斯顿（奥威尔的《1984》）等反乌托邦小说中的主人公联系起来，把他们变成跨越时空的难兄难弟。

反乌托邦小说中主人公不同的行动模式使得反乌托邦小说体裁呈现不稳定的动态属性，或者按勒内·韦勒克和奥斯汀·沃伦的命名方式，把反乌托邦小说体裁叫作文学的种类。随着叙事方法的多样化，人们对体裁的认识也发生了相应的改变，"米尔顿写《失乐园》的时候，他认为他的作品极像《埃涅阿斯记》，又像《伊利亚特》。而我们无疑地会很明确地把口头史诗和文学史诗区分开来，不管我们是否会把《伊利亚特》当作口头史诗"④。同样的道理，反乌托邦小说作为一种小说体裁，如《我们》和《美妙的新世

---

① 扎米亚京：《我们》，范国恩译，辽宁教育出版社，2003，第37页。
② 扎米亚京：《我们》，范国恩译，辽宁教育出版社，2003，第37页。
③ 扎米亚京：《我们》，范国恩译，辽宁教育出版社，2003，第40页。
④ 勒内·韦勒克、奥斯汀·沃伦：《文学理论》，刘象愚、邢培明、陈圣生等译，江苏教育出版社，2005，第267~268页。

界》等这样的经典性作品,其中的时空设置(巴赫金称为"时空体")也是建立在未来性事件、反极权的思想诉求和科技理性的反人类特征等关键词之上。尽管如此,同样存在所谓的非经典的反乌托邦作品,如佩列文的《夏伯阳与虚空》、索罗金的《蓝油脂》和《糖制克里姆林宫》(Сахарный Кремль, 2008)等。反乌托邦小说是一种体裁杂交品种,所谓的体裁杂交是指反乌托邦小说是乌托邦小说和其他小说类型相互作用而出现的新品种。当然,类似的杂交品种在文学实践中绝对不是个案,巴赫金在分析教育小说的特征时就指出,"教育小说"就是小说体裁中的一个变体,从古希腊色诺芬的《居鲁士的教育》到19世纪冈察洛夫的《平凡的故事》都属于这一类型。①

第四节 俄罗斯反乌托邦文学的三个源流

尽管俄罗斯文化具有东方性,但不能不把俄罗斯文化看成整个西方文化的一部分,即俄罗斯并不是一个远离西方文明的文化孤岛。基于此,在将俄罗斯反乌托邦文学作为一种独立的小说形态进行分析时,就要考虑俄罗斯文化的西方性。

俄罗斯反乌托邦源流之一为古希腊的犬儒哲学。

诞生于公元前4世纪的犬儒哲学思想中包含某些乌托邦和反乌托邦情结,这主要表现为犬儒主义者对自由的高度向往。自由成了早期的犬儒主义者在世的唯一目的。犬儒主义哲学家第欧根尼(又译作"狄奥根尼")之所以宣称与现实世界彻底决裂,之所以要对当时的政治制度、社会秩序、价值观念、风俗习惯提出质疑,不是因为上述一切有多么不合理,而是因为它们妨碍了他像狗一样生活。②

但是,当人处于像狗一样的生活情境时,人就是反乌托邦世界的一员。

---

① 《巴赫金全集》(第三卷),白春仁、晓河译,河北教育出版社,1998,第227~228页。
② 据记载,有一天,亚历山大御驾亲临,前来探望正躺在地上晒太阳的第欧根尼,问他想要什么恩赐;第欧根尼回答:"只要你别挡住我的太阳。"参见《犬儒哲学》,http://baike.baidu.com/link?url=us-BPTVXRip5mbPV1dI1aqRsU_4qh38Q6aSB75 n9P9gyRiJiV9_oXUT2lrHEz7Vb。

狗的生活代表人对世界的态度。第欧根尼所说的狗一定是居无定所、四处游荡的野狗，因为家养的宠物狗所享受的自由是有限度的，只有野狗才可以浪迹天涯。但是，获得充分自由的野狗们同样面临生存的困境，为了争夺食物、交配权和族群中较高的地位，野狗们会不惜一切代价去撕咬，这种生存方式具有某种反乌托邦的世界感受，即人在极端的情况下不仅是条野狗，而且是比野兽还要残暴的生物。任何争斗都会分出胜负，其结果是，狗们会根据自己的实力分出等级。实际上，犬儒主义对于整个西方文化传统而言，也许并不能成为一种主导性意识，进而左右人们的日常生活、政治生活和宗教生活，但对于俄罗斯民族而言，早期的犬儒哲学思想契合了俄罗斯人的性格。这种结果并不是有意识的，因为在第欧根尼潇洒地宣扬自己的生活哲学的时候，俄罗斯民族隐匿于其他部族中，甚至算不上一个独立的民族，似乎在学理依据上，俄罗斯反乌托邦文学与犬儒哲学思想无法达成有效的连接关系。但俄罗斯学者认为两者之间的确存在联系，这种联系被阿克休奇茨（Аксючиц В.）称为俄罗斯民族的"历史宿命"（историческая судьба），评论家指出俄罗斯民族性格中有一种不受约束的"癫痫病"特征，其特点就是不可预期的危险性和行为的随意性，这种性格所导致的直接后果就是群体的反乌托邦冲动。① 当然，这种对俄罗斯民族性格的描述并没有超越别尔嘉耶夫的俄罗斯民族性格"二律背反"② 说。这种历史宿命之于俄罗斯反乌托邦文学的意义是，以往评论界对俄罗斯文学总体的审美把握倾向于将其置于生活教科书的神坛上，殊不知，俄罗斯民族的历史宿命使得俄罗斯文学必然存在受第欧根尼青睐的大批反英雄。不要认为只有在奥威尔的小说《1984》里才能找到像温斯顿这样的"在五天之内工作了九十多个小时"③ 的小人物——一条在狗群中等级很低的狗，其实很早以前，在陀思妥耶夫斯基的《罪与罚》里就有和温斯顿一样的生活在阴影中的边缘人拉斯柯尼科夫（亦译拉斯科尔尼科夫或拉斯柯尔尼科

---

① 参见 Аксючиц В. Русский характер-современные выводы. Историческая судьба. http://www.apn.ru/publications/article23413.htm。
② 别尔嘉耶夫借用佩切林的诗句"憎恨祖国却又对她如此甜言蜜语!!/贪婪地期待着她的灭亡"来形容俄罗斯性格中的"二律背反"特征。参见尼·别尔嘉耶夫《俄罗斯思想》，雷永生、邱守娟译，生活·读书·新知三联书店，1995，第 37 页。
③ 乔治·奥威尔：《1984》，董乐山译，辽宁教育出版社，1998，第 161 页。

夫）了，后者能像真正的野狗一样为了实现一己私利（甚至不能算一己私利，而是主人公的妄想和对妄想的验证）而杀掉两个无辜的女人。在这个野狗的世界里，人的一切行为只能以生存的实用性为第一法则，那些华而不实的文学艺术无法帮助像野狗般生存的人们获得必要的生活与生产资料，所以才有这样的一幕："第欧根尼于是把一只家禽拔掉毛，然后拿到众人面前说：'这就是柏拉图的人。'"① 在第欧根尼看来，柏拉图那个由政客和哲学家组建起来的"理想国"不但无法建成，而且即便建成了也解决不了生活中的实际问题。早期的犬儒哲学思想充满了对政府的敌视，认为国家的存在实际上摧毁了人和人之间的和谐关系。犬儒主义哲学对自由的理解可用"自由是拒绝"②这一命题来加以概括。人的自由是拒绝财富，拒绝荣誉，甚至拒绝恐惧的自由，因为"像狗一样生活"是"绝对自由精神"的体现，其结果是自由与财富和荣誉无关。换言之，人如果要的是"狗的自由"，就应该生活在纯粹的自然状态中。在后来的反乌托邦小说中，这种纯粹的自然状态演变成人们为获得自由不得不牺牲所谓的幸福，如《我们》中的 I-330 宁愿背叛"造福主"，也要冒险让民众感受"绿色长城"外的生活。此外，这种纯粹的自然状态也可能变成玩世不恭的态度——既然明知末日将近，所以也就没有必要认真生活——如托尔斯泰娅（Толстая Н.）《野猫精》（Кысь）里那些靠老鼠生存的"乖孩子们"。最后，当整个世界完全陷入了所谓的自由状态时，幸福其实已经不可能，绝对的自由就意味着绝对的无序，而无序世界里的生存法则只能存在于像科兹洛夫（Козлов Ю.）《夜猎》（Ночная охота）里十八岁的文化部部长安东那样置自己于死地的死亡游戏之中。安东放弃苟活的方式，以野狗般顽强的意志来对抗现实的野蛮，最后成为一名能够蔑视生命的反英雄，这样的英雄坚守简单的生存法则，即"我"的生存要以他人的死亡为代价。有学者根据上述情况断言，犬儒哲学所崇尚的纯粹的自然状态成为世界反乌托邦文学的重要元素。③

---

① 杨巨平：《犬儒派与庄子学派处世观辨析》，《南开学报》（哲学社会科学版）2006 年第 3 期，第 88 页。
② Нахов И. М. Философия киников. М.: Наука, 1982, с. 123.
③ 郑永旺：《反乌托邦小说的根、人和魂——兼论俄罗斯反乌托邦小说》，《俄罗斯文艺》2010 年第 1 期，第 7 页。

源流之二是梅尼普体（мениппея）。换言之，梅尼普体是俄罗斯反乌托邦文学的前文本之一。

梅尼普斯（Menippus）是诞生于公元前3世纪的希腊文学家和犬儒主义哲学家，也是梅尼普体的奠基人。① 他喜欢在自己的作品，如《降入地狱》及《诸神信札》中，以讽刺手法推广犬儒派的生活理念，并以此闻名。对此种文体的特征有很多阐释，但普遍认为这是一种"严肃和戏谑兼顾的文体形式"（вид серьезно-смехового жанра）②。对于这种文体（体裁）的特征，纳霍夫（Нахов И. М.）作了如下的界定："所谓的梅尼普体就是一种讽刺性书写，作品充满了戏剧性、紧张而奇妙的构想，是将诗歌和散文融为一体的文学体裁。"③

巴赫金注意到了梅尼普体之于文学创作的重要意义，隐约地发现了梅尼普体进入俄罗斯文学的路径，他认为："'梅尼普讽刺'对古基督文学（古希腊罗马时期）和拜占庭文学（并通过它进而对古代俄罗斯文化）产生了十分巨大的影响。"④ 巴赫金已经感觉到，梅尼普体曾通过拜占庭文学影响了俄罗斯文学，并模糊地提出："在'梅尼普讽刺'体的范围内，还发展起来几种相近的体裁。"⑤ 就内容而言，梅尼普体以冒险和传奇为主，通过冒险和传奇来提炼作品的思想，考察真理的存在方式，正因如此，幻想元素和象征意义得以和最真切最朴素的现实共存于一个空间。尤里耶娃（Юрьева Л. М.）明确提出梅尼普体和反乌托邦小说之间存在联系，这种联系表现为，"梅尼普体中最早出现了道德心理的实验性描写，描绘了人的非正常心理状态"⑥，这种非正常心理被尤里耶娃阐释为"反乌托邦体裁的客观记忆"⑦。她以斯威夫特的《格列佛游记》为例，指出正是在梅尼普讽刺的帮

---

① 该术语的使用要归功于公元前1世纪的罗马学者发禄。
② 参见 Мениппея. http://ru.wikipedia.org/wiki/%CC%E5%ED%E8%EF%EF%E5%FF。
③ Нахов И. М. Философия киников. М.: Наука, 1982, c. 189.
④ 《巴赫金全集》（第五卷），白春仁、顾亚铃译，河北教育出版社，1998，第149页。
⑤ 《巴赫金全集》（第五卷），白春仁、顾亚铃译，河北教育出版社，1998，第149页。
⑥ Юрьева Л. М. Русская антиутопия в контексте мировой литературы. М.: ИМЛИ РАН, 2005, c. 5.
⑦ Юрьева Л. М. Русская антиутопия в контексте мировой литературы. М.: ИМЛИ РАН, 2005, c. 6.

助下，斯威夫特把人类乌托邦和反乌托邦中许多明显的特征融合在一起，"在20世纪末的苏联出现了反乌托邦小说的爆发趋势，如此说来斯威夫特所创造的系列形象对我们今天的社会还具有强烈的现实意义"①。这种非正常的心理状态后来演变成后现代主义文本中的"精神分裂叙事"②，梅尼普体的反乌托邦特质集中体现在阿里斯托芬的喜剧《公民大会妇女》中。妇女在公民大会上取得政权后，开始按自己的方式管理国家，她们提出了终止私人可拥有财产的法律条款，认为应该把包括男人在内的一切财产公有化。很显然，《公民大会妇女》是对某种既定的社会制度的讽刺性模拟作品，"而阿里斯托芬这种对社会改革的讽刺在很大程度上预言了公元5世纪末和6世纪初的某些社会发展动态"③。梅尼普体和反乌托邦小说的另外一种紧密联系表现在，梅尼普体可以将完全对立的两种事物置于同一个文本空间之中，构成奇妙的矛盾修辞效果，即"梅尼普体喜欢玩一种迅速变换层次和角度的游戏，让崇高和低俗、飞腾和跌落、未来和现在等毫不相干的事物突然相遇"④。巴赫金在这种"迅速变换层次和角度的游戏"中发现了"哲学的对话、冒险、幻想乌托邦"⑤，而其中哲学的对话关涉人类对终极问题的回答。这两个终极问题就是如何理解死亡和信仰，它们几乎是所有反乌托邦小说不能忽略的主题。

俄罗斯反乌托邦文学的第三个思想源流为俄罗斯本土文化。

之所以认为犬儒哲学和梅尼普体对俄罗斯反乌托邦文学产生了影响，是因为把俄罗斯文化看成整个基督教文化系统中一个不可分割的组成部分之理

---

① Юрьева Л. М. Русская антиутопия в контексте мировой литературы. М.: ИМЛИ РАН, 2005, с. 6.
② 《大师和玛加丽塔》中的报幕员边加利斯基之所以发疯是因为他的脑袋曾经被黑猫别格莫特当众扯掉又当众安上，流浪诗人别兹多姆内依被人送入精神病院则是因为他公开散布那些听上去根本不可能的事实。精神分裂的价值在于使小说主人公能够看到世界不为人知的一面。参见郑永旺《游戏·禅宗·后现代——佩列文后现代主义诗学研究》，人民文学出版社，2006，第37~38页。
③ Радциг С. И. История древнегреческой литературы. М.: Высшая школа, 1977, с. 323.
④ Юрьева Л. М. Русская антиутопия в контексте мировой литературы. М.: ИМЛИ РАН, 2005, с. 6.
⑤ 《巴赫金全集》（第五卷），白春仁、顾亚铃译，河北教育出版社，1998，第149页。

念，这和欧亚主义者的某些观点不同。但是，很难设想一个仅有外来文明而缺少本土文化滋养的文学会成为世界文学家族中的翘楚。文学的集体无意识决定了文学以表达某一民族的意志为己任。因此，俄罗斯反乌托邦文学除了上述两个源流之外，还有一个左右其文学诗学品格和审美特征的本土源流。

虽然俄罗斯反乌托邦文学出现很早[①]，但真正奠定这种体裁基础的是20世纪扎米亚京的《我们》。20世纪反乌托邦小说对信仰、自由、幸福和死亡的理解都能在陀思妥耶夫斯基的创作中找到相应的反映，但真正能称为反乌托邦小说前文本的是《卡拉马佐夫兄弟》中伊万·卡拉马佐夫嵌入的"诗"（поэма），即《宗教大法官》。

陀思妥耶夫斯基以伊万的"长诗"为武器，对俄罗斯乃至世界的乌托邦思想进行了总结，《宗教大法官》既是19世纪俄罗斯及世界乌托邦文学的结尾，又是20世纪反乌托邦文学的开端。陀思妥耶夫斯基在"长诗"中已经预见并表现了反乌托邦社会在思想层面上的卡拉马佐夫气质。作者创造了一个反乌托邦公式，即人类的天性和人类对自由的渴望永远处于对立的状态。在大法官喋喋不休的个人独白中闪现着人类两难的境地，自由和幸福几乎像鱼和熊掌一样不可兼得。红衣主教关于自由的论述中隐匿着两个在反乌托邦小说中常常出现的母题：一是<u>被强制赐予的幸福母题</u>，这个母题所要表现的是人类在暴力的威胁下被迫放弃个人的自由来接受统治者所赐予的"幸福"；二是<u>鲜活的个体与被标准化无特性的生命</u>相互对立的母题。

首先需要明确的是，《卡拉马佐夫兄弟》中的大法官代表了什么。罗扎诺夫（Розанов В. В.）认为大法官的身上隐藏着"恶毒之灵"（злой Дух），他发现："作者（这里指伊万）的心灵完全融入长诗那令人惊奇的字里行间……多张面孔在相互重叠，我们甚至忘记了是伊万站在大法官的后面在讲

[①] 奥多耶夫斯基（Одоевский В.）的《无名之城》（Город без имени, 1839）被认为是俄罗斯第一部反乌托邦作品。但严格来讲，该小说依然延续了乌托邦小说的叙事策略，即"我们"作为他者闯入无名之城，小说以此为契机展开故事情节。尽管作者的叙事策略延续了乌托邦小说的传统，但内容是和俄罗斯现实密切相关的，即资产阶级作为新兴的阶层给未来社会带来的种种可能性。

述,我们在大法官的身后看到的正是'恶毒之灵',如同两千年前一样,'恶毒之灵'呈现摇晃的且不清晰的形象。"① "恶毒之灵"实际为撒旦的化身,撒旦与"人子"展开了一场关于自由和幸福关系的对话。而自由和幸福的关系正是反乌托邦小说体裁最为关注的问题之一。在《宗教大法官》里,这一问题被大法官用能够控制人类的三种力量,即"奇迹、神秘和权威"(Чудо, Секрет и Авторитет),加以概括。宗教大法官依靠残酷的暴政,仰仗熊熊燃烧的大火来证明"权威"的在场,小说中的人们依稀记得,"他"曾经说过"看呀,我很快会来的"这样的预言,在宗教裁判制度最黑暗的时刻,西班牙的塞维尔就是靠大火来维护上帝的尊严和惩戒异教徒。在这个只能有一种声音存在的所谓乌托邦世界里,"他是悄悄地,不知不觉出现的,可是真奇怪,大家全认出了他"②。但作为一种力量的"神秘"③ 是什么呢?"长诗"中伊万并没有给出解释,事实上不可能有解释,因为"神秘"一旦被人类理解就不再是"秘密"了,神的秘密就在于无法理解的神秘灵氛(aura,本雅明语),但灵氛可以显现,"人们以不可抗拒的力量拥到他面前,围住他,聚集在他身边,跟随着他走……他的眼闪耀出光明,智慧和力量的光芒,射到人们的身上,使他们的心里涌起感激回报的爱"④。他像很早以前救活拉撒路一样救活了小女孩,向人们证明,"神秘"是神才有的特质,同时这个"神秘"和奇迹相伴随,而借助残酷手段控制民众的大法官和他相比,根本不具备"奇迹、神秘和权威"这三种力量,大法官仅仅是模仿了这

---

① Розанов В. В. Легенда о Великом инквизиторе Ф. М. Достоевского: Опыт критический, комментария // Розанов В. В. Мысли о литературе. М.: Современнк, 1989, с. 135.
② 陀思妥耶夫斯基:《卡拉马佐夫兄弟》(上),耿济之译,人民文学出版社,2007,第279页。
③ 耿济之的译本将"секрет"译为"神秘"似有些不妥,因为"секрет"出自拉丁语"secretum",指的是一种古罗马军队的侦察方式,两个或三个全副武装的罗马士兵隐藏在不易被人发现的掩体里观察敌人的举动,并随时向己方指挥所报告所发现的敌情。只有掌握了敌方准确动向的人才能克敌制胜,这就是"秘密"的最初含义。在《宗教大法官》里,只有"他"掌握了开启信仰之门的钥匙,所以比较准确的翻译应为"秘密"。"神秘"则很容易使人联想到"мистерия"一词,其词源是希腊文"mysterion",指的是"透过迷雾看到"(видеть сквозь туман)。可见,两者在意义上的确存在差异。本书保留了耿济之的译法,但对该词意义的理解和译文有不同看法。
④ 陀思妥耶夫斯基:《卡拉马佐夫兄弟》(上),耿济之译,人民文学出版社,2007,第279页。

三种力量，因此他所创造的乌托邦世界在神学意义上是反乌托邦世界。这是因为，在不了解"奇迹、神秘和权威"这三种力量的核心价值的前提下，大法官根本找不到祭起这些力量的法器，他的愿望和结果无法达成内部和外部的一致。让大法官为之痛苦的是耶稣在没有使用这三种力量中的任何一种之前，民众就已经拜倒在他面前，他爱所有的人，健康的和生病的、眼睛好的和眼睛不好的、富有的和贫穷的，同时也爱大法官本人。在"长诗"里，耶稣的爱就是奇迹、神秘和权威。大法官缺少的恰恰是爱，一种耶稣之爱。大法官和耶稣两人谁才是真正的俘虏呢？"长诗"用"耶稣之吻"作为答案，"但是他忽然一言不发地走近老人身边，默默地吻他那没有血色的、九十岁的嘴唇"①，这一吻意味深长，因为过后耶稣来到"城市黑暗的大街上"②，而大法官依然驻留在黑暗的牢狱之内，他没有跟随耶稣来到外面，这就等于拒绝和身上的"恶毒之灵"作别，如"长诗"所描述的那样，"那一吻在他的心上燃烧，但是老人仍旧保持着原来的思想"③。就《卡拉马佐夫兄弟》这个小说而言，宗教大法官的"思想"还是借助所模仿的三种力量来完成对人们的控制，而这也是无神论者伊万对上帝存在的真实性的怀疑的依据所在，但如果将耶稣的沉默置于陀思妥耶夫斯基宗教思想中加以考量，那么耶稣的离开依然能够证明神的伟大和三种力量必然战胜强权的可能，这种可能性在《罪与罚》中幻化为伟大的信仰，"他（拉斯柯尼科夫）的枕头底下有一本福音书"④，"罪与罚"的结果不是死亡，而是灵魂的解放，与其说拉斯柯尼科夫的故事是一个人获得新生的故事，不如说那是一个新的历史的开始。在《卡拉马佐夫兄弟》里则只能表达一个意思，即"被赐予的幸福"因为丧失了自由变得没有意义，同样，享有毫无节制自由的人因时刻面临死亡的威胁而又不幸福。陀思妥耶夫斯基笔下的宗教大法官认为，1500 年前，当基督给人类带

---

① 陀思妥耶夫斯基：《卡拉马佐夫兄弟》（上），耿济之译，人民文学出版社，2007，第 295 页。
② 陀思妥耶夫斯基：《卡拉马佐夫兄弟》（上），耿济之译，人民文学出版社，2007，第 295 页。
③ 陀思妥耶夫斯基：《卡拉马佐夫兄弟》（上），耿济之译，人民文学出版社，2007，第 295 页。
④ 陀思妥耶夫斯基：《罪与罚》，朱海观、王汶译，人民文学出版社，2006，第 540 页。

来自由的时候,也带来了灾难,这也正是大法官面对耶稣时的疑惑,他想知道,"你(耶稣)想进入人世,空着手走去,带着某种自由的誓约,但是他们由于平庸无知和天生的粗野不驯,根本不能理解它,还对它满心畏惧,——因为从来对于人类和人类社会来说,再也没有比自由更难忍受的东西了"①。大法官的困惑也是20世纪弗洛姆1941年出版的《逃避自由》中的困惑。

> 在天生的渴望自由之外,是否也可能有一种天生的臣服愿望?否则,我们又如何解释时下有那么多人臣服于一个领袖,对他趋之若鹜呢?臣服是否总是指对公然的权威,是否也有对内在的权威,诸如责任和良心,对内在的强制,对烦人的舆论之类权威的臣服呢?臣服中是否隐含着满足?其本质又如何?②

当惩处异教徒和叛教者的大火再次燃烧起来的时候,卑微的大众为了寻求安全感,会臣服于大法官的统治,不要责怪乌合之众的胆怯,因为这本身就是人性。弗洛姆试图从人性的维度给出正确的答案,那就是"为了克服孤独和无能为力,个人便产生了放弃个性的冲动,要把自己完全消融在外面的世界里"③,这也使得"我们的许多决定并非真是我们自己的,而是来自外部建议的结果"④。

事实是,大法官没有采纳任何建议,而是动用最直接也最残暴的手段迫使人们在三种力量面前屈服。大法官自己也知道,人们对耶稣的爱之所以长存,是因为只有他才能真正地掌控这三种力量,因为只有他是"以为了自由和天上的面包的名义而加以拒绝的"(指诱惑)⑤,人作为上帝的子民,作

---

① 陀思妥耶夫斯基:《卡拉马佐夫兄弟》(上),耿济之译,人民文学出版社,2007,第283页。
② 艾里希·弗洛姆:《逃避自由》,刘林海译,上海译文出版社,2017,第3页。
③ 艾里希·弗洛姆:《逃避自由》,刘林海译,上海译文出版社,2017,第19页。
④ 艾里希·弗洛姆:《逃避自由》,刘林海译,上海译文出版社,2017,第123页。
⑤ 陀思妥耶夫斯基:《卡拉马佐夫兄弟》(上),耿济之译,人民文学出版社,2007,第285页。

为耶稣基督教义的忠实接受者，比那些看似通晓教义的人更清楚，即"人类存在的秘密并不在于仅仅单纯地活着，而在于为什么活着"①。在扎米亚京的笔下，I-330不是因为贫困而反抗"造福主"的统治，而是因为她知道，与其拥有这种没有自由的幸福，不如奔向没有幸福的自由。I-330的行动是对古斯塔夫·勒庞的观点——"群体最渴望的不是自由而是被奴役"②——的一种回击，但从实际效果来看，结果不是很理想，因为个人总是希望在集体中找到安全感，在文化的意义上，"简而言之，个人不再是他自己，而是按文化模式提供的人格把自己完全塑造成那类人，于是他变得同所有其他人一样，这正是其他人对他的期望"③。

这种意识属于人对自己的使命有清楚认识的20世纪，也只有在这个历史阶段，才会出现I-330这样的女性，在反乌托邦小说中，她们是一批有世界主义情怀与梦想的人。对于19世纪描写"小人物"的俄罗斯文学作品来说，虚假自由所产生的重负并没有让"小人物"过于焦虑，因为他们除了苦难和重负之外一无所有。在反乌托邦小说里，"大一统国"的"造福主"随时都可能把重负变成自由的礼物赐给每个被标准化了的、毫无个性特征的、表面上顺从实则内心狂野的"号民"。

当人类发现信仰在与自由的搏斗中败下阵来时，个体就开始声称找到了仅属于他自己的上帝。宗教大法官断定："人……最不断关心苦恼的问题，无过于赶快找到一个可以崇拜的人。"④ 如果是为了信仰而生存，《罪与罚》中的索尼亚无疑是一个典范，但如果把信仰设定在生存的层面上，那么人对上帝的理解和《圣经》等宗教文本中对此的理解会截然不同。布尔加科夫的小说《孽卵》（Роковые яйца，1925）中的莫斯科动物研究所所长佩尔西科夫教授为了国家的养鸡事业呕心沥血，但是，他的动机与攫取名望的信仰密

---

① 陀思妥耶夫斯基：《卡拉马佐夫兄弟》（上），耿济之译，人民文学出版社，2007，第285页。
② 古斯塔夫·勒庞：《乌合之众：群体时代的大众心理》，张倩倩译，北京联合出版公司，2016，第145页。
③ 艾里希·弗洛姆：《逃避自由》，刘林海译，上海译文出版社，2017，第123页。
④ 陀思妥耶夫斯基：《卡拉马佐夫兄弟》（上），耿济之译，人民文学出版社，2007，第285页。

切相关。名望就是金钱,金钱对于拜金主义者来说就是信仰。如果他不执着于"为什么活着"的信仰,他那天才的眼睛在发现诡异的红光后一定会有所行动,比如不允许政客插手科研活动,让罗克远离"生命之光",如果是这样,就不会出现蟒蛇成灾的生态灾难。

《新约》中,《约翰福音》将"上帝"和"逻各斯"联系在一起,指出"太初有道,道与神同在,道就是神"[①],"道"即作为圣词的"语言"(the Word),而语言在希腊文中就是"逻各斯"[②],表示"存在"和"意义"。然而如果缺少以自由为背景的幸福,神不再是"逻各斯",神成了《美妙的新世界》中的"福帝",成了具有上帝威严感的"造福主",既然没有"道",那么宗教大法官所说的三种力量可以被任何人模仿。所以,反乌托邦小说中的反英雄们都希望具有上帝一样的力量,但拒绝承受耶稣承受过的痛苦,那些勇于接受痛苦的人(如 I-330)则可能是人类的希望。尽管 I-330 是在 D-503 在场的情况下被残忍地处以极刑,但至少在《我们》中,扎米亚京给人们留下了人类尚存在希望的蛛丝马迹。进入 20 世纪 90 年代,当科技的发展和人类的进步使得人真的不需要来自神的启示之时,"任何人都有上帝般的自由,任何人也有可能被自由地杀死"[③]。《约翰福音》中将"道"和"神"联系在一起的时间设定在"太初",而在反乌托邦世界里,"太初"已经被无秩序或者有高度秩序的未来所破坏,"道"还在,但让"道"存在的时间不在,"神"已黯然离去,于是,信仰变成了很私人化的个体叙事,对于人来说,上帝可能只是虚构的"真迹"。

---

① 《约翰福音》1:1。
② "逻各斯"在希腊语中意为"言语、理性、逻辑和上帝之言"。
③ 尤·科兹洛夫:《夜猎》,郑永旺、傅星寰译,昆仑出版社,1999,第 11 页。

第一章
俄罗斯白银时代的反乌托邦文学

　　文学的繁盛虽然不一定和国家的强盛有必然的联系，但一定和国家发生的一系列重大事件有关。白银时代，或者准确地说19世纪90年代至1917年十月革命爆发这段时间①，俄罗斯文化之所以呈现空前繁荣的景象，在一定程度上是因为这一历史时期俄罗斯的政治、经济和文化生活尽量保持与整个欧洲的发展同步。20世纪初，普朗克创立了量子论，提出能量并非无限可分，能量的变化是不连续的；1905年和1915年，爱因斯坦分别提出了狭义相对论和广义相对论：自然科学领域诸多重大发现不断刷新人们对世界本质的认识。丹纳将在一个相对稳定的时间段里的人之审美情趣和价值取向称为"精神的气候"，并确信"精神的气候"所统摄下的风俗习惯和时代精神能和自然界的气候一样，对所有的人都产生这样或者那样的影响。② 在这种文化语境中的俄罗斯白银时代文学创作充分反映了人们对乌托邦社会愿景的期待，特别是在1917年十月革命之后，作家对当下社会现实中存在的诸多问题一方面行使谨慎的批判权利，另一方面也愿意相信完美社会是存在的。因此才会出现一种很奇怪的现象，同一位作家既发表乌托邦小说来歌颂让人憧憬的未来，也创作一些反乌托邦小说表达自己内心的焦虑。其中，最为明

---

① 对白银时代的时间界定我们采用的是汪介之的观点，即"白银时代的概念有严格的上下限，涵纳1890~1917年这一整个时期的全部文学现象"。参见汪介之《俄罗斯现代文学史》，中国社会科学出版社，2013，第3页。
② 参见丹纳《艺术哲学》，傅雷译，人民文学出版社，1983，第34页。

显的例子是象征主义诗人勃留索夫（Брюсов В. Я.）和小说家费多罗夫（Федоров Н.）的创作实践。

第一节 《南十字共和国》和《2217年的夜晚》中的未来焦虑症

作为诗人，勃留索夫在自己的诗歌集《俄国象征主义者》和《花环》的某些诗篇中呼唤乌托邦世界早日降临人间。正如研究者所言："诗人总喜欢从现代的生活、久远的世纪里，揭示出高尚的、可敬的、美好的东西，并把这些特质视为人类存在的稳固基础。"[1] 至于其中的原因，俄罗斯研究者也给出了相应的答案，象征主义存在的意义在于，艺术家的探索既可以如勃洛克那样借助神话来触摸世界的秘密，也可以如别雷那样，用隐喻、丰富的语言把具象的世界隐藏起来。对于勃留索夫来说，"旺盛的求知欲和无限的想象力发生剧烈碰撞，这种碰撞把作者带入幻想的世界，引导他创造出和现实平行的神奇空间。我们很容易发现勃留索夫作品中的一个高频词'理想'（идеал），但这个词在作者的诗学中适用于各种不同的意识状态，但总是直接或者间接和想象有关"。[2] 作者的想象受"理想"支配，并与未来纠缠在一起，在作者的笔下，地球已经变得面目全非，机器成了世界的主宰，人被赶到一个狭小的、半透明的非物质空间，人已经无法掌握继续生存下去的本领。勃留索夫中篇反乌托邦小说中的主人公陷入毫无希望的境地，这就是《南十字共和国》（Республика Южного Креста，1905，又译为《南十字星共和国》）中人的生存状况。

小说以副标题《〈北欧时报〉号外文章》赋予了作品纪实的属性。借助《北欧时报》报道的纪实性（документальность），小说的内容获得了极强的现实感和真实性。号称"南十字"的国家位于南极大陆，整个国家实际

---

[1] 符·维·阿格诺索夫：《20世纪俄罗斯文学》，凌建侯等译，中国人民大学出版社，2001，第39页。

[2] Шервинский С. В. Валерий Брюсов // Литературное наследство. Валерий Брюсов. Т. 85. М.: Наука, 1976, с. 7.

是由300座炼钢厂组成的，世界上有15个伟大的国家承认其合法地位。这似乎暗示，该国并非与世隔绝，而是一个独立于其他空间的存在，正如诸多反乌托邦小说所构建的那样。共和国拥有完善的宪法，但"共和国的宪法就外部特征而言似乎可以保障最为极端的人权诉求"（Конституция Республики, по внешним признакам, казалась осуществлением крайнего народовластия）①，一个"казалась"（似乎）基本上否定了这个国家所有社会制度的公平性和正义性，但"крайнее народовластие"（最为极端的人权诉求）又在强调这里的人民能够享受最完善的人权保障，这种搭配被称为矛盾修辞，宪法的庄重性被"казалась"消解。矛盾修辞除了具有表述小说现实荒谬感的功能外，"还作为一种非蓄意的修辞上的粗心出现在文学作品中"②，这种矛盾修辞的可怕之处在于，即便在这部代表国家最高权威并统摄一切的法典里，统治阶级也出于维护自身利益的考量，设置了让平民无法在关键时刻伸张正义的文字游戏，最后的结果是，所有的平凡人只能是宪法合法的牺牲品。在这个寒冷的国度，首都星城（Звездный город）和其他城市通过架在高空的输电线路联系起来，到处灯火通明，一片繁荣景象，共和国所属工厂的工作人员作为这个国家的公民享受优渥的物质生活。但是，公民的物质生活以丧失自由为代价，前托拉斯的大股东们秘密操纵国家的一切对内对外政策。可见，在自由和幸福的关系中，白银时代的勃留索夫比20世纪的许多作家（如扎米亚京等）更早地在自己的创作中导入反乌托邦思维。比如，"为了能把权力牢牢地掌握在自己的手里，国务委员会就必须用无情的手段规划全国人民的生活。在看似自由的气氛里，公民生活中的各种细节均被标准化"③，这与后来扎米亚京笔下"大一统国"里"号民"按"作息条规"生活并无两样。"大一统国"中的统治者尚能借助手术清除"号民"大脑中的不良信息，但是"南十字共和国"显然还没有发展到如此先进的阶段。因此，当人们患上了思想的疾病之后，统治者只能使用

---

① Брюсов В. Республика Южного Креста. http：//az. lib. ru/b/brjusow_ w_ j/text_ 0360. shtml.
② Николюкин А. Н. Литературная энциклопедия терминов и понятий. М. ：НПК 《Интелвак》, с. 691.
③ Брюсов В. Республика Южного Креста. http：//az. lib. ru/b/brjusow_ w_ j/text_ 0360. shtml.

最粗野的手段来解决问题。勃留索夫在1904年给别雷的信里隐约地谈到了他对未来的焦虑，他说："是的，我知道，人们即将看到一种全新的生活……到处是狂热和沸腾的景象……我们根本无法把这一切写入我们的作品。但我们能够预见这样的生活会变成什么样，我们只能去接纳，尽管我们真的不想过这样的生活。"① 在象征主义美学视域下进行创作的勃留索夫，把担心变成了小说中的现实，在阿格诺索夫看来，他的这种探索体现了象征主义的普遍意义，即"艺术家们创作探索的范围无所不包……在任何一个文学创作领域，象征主义者们都有创新的贡献：他们使小说焕然一新"②。在《南十字共和国》中，勃留索夫的创新表现为他蔑视一般小说创作的常识，抛弃现实小说那种注重因果律的窠臼，为共和国的困境找到了一劳永逸的解决方案——疾病。疾病被描写成一场能够摧毁共和国宏大叙事的神秘力量，通过疾病这样的报应，作者否认共和国存在的价值。在没有战争的前提下，疾病作为一劳永逸的解决方案（疾病肆虐所带来的死亡）因伦理的缺陷被后来的扎米亚京、普拉东诺夫、沃伊诺维奇等反乌托邦作家摒弃。

费多罗夫的中篇小说《2217年的夜晚》（Вечер в 2217 году, 1906）发表的时间比勃留索夫的《南十字共和国》晚一年，所涉及的国家体制方面的内容远不如《南十字共和国》丰富。该作品通过阿格拉娅和帕维尔之间的爱情故事来阐释反乌托邦社会中被制度化的生育理念。两人深深相爱，但相见恨晚，因为根据"恋爱季"抽签的结果，阿格拉娅必须与别人完成生育使命。这个国家的公民尽管有名有姓，但相互间的往来和工作方面的交流是以号码称谓来实现的。③ 阿格拉娅的女友柳芭是一位绝对忠诚的"号民"，她无条件地执行国家赋予她的"光荣使命"，在她看来，"人类数百年数千年来因痛苦而呻吟，人类在鲜血和眼泪中抽搐、挣扎。终于，人类找到了消

---

① Смирнова Л. А. Русская литература конца XIX-начала XX века. М.: ЛАКОМ-КНИГА, 2001, с. 286.
② 符·维·阿格诺索夫：《20世纪俄罗斯文学》，凌建侯等译，中国人民大学出版社，2001，第24页。
③ 尽管根据现有的文献无法证明扎米亚京是否受到费多罗夫的影响，但用号码来标识人物显然并不是扎米亚京首创。

除痛苦的办法。不再有不幸的、赤贫的和被遗忘的人。所有的人都找到了通向光明的、温暖的道路，所有的人都有机会学习"。[①] 但是，在这条通向光明和温暖之路上行走的人只能是一群不再有主体意识的行尸走肉，所以，帕维尔听完柳芭的一席话后说道："这些人只能是奴隶。"人口生产是反乌托邦小说常常出现的主题之一。在这部小说里，作家通过两个相爱之人在国家意志面前对身体的态度来揭示个体的无助以及柳芭等女性在被洗脑之后对爱情的重新定义。人口生产问题在后来的许多反乌托邦小说中得到深化，并成为确定反乌托邦文本合法性问题的证据之一，如《我们》中的 O-90 尽管想成为母亲，但因为不符合"母亲标准"而被剥夺成为母亲的资格。后来 O-90 的怀孕事件使得 D-503 在社会角色和个人生命意志之间作出痛苦的选择，他为了保护 O-90 甘愿背叛"造福主"。在发表于 20 世纪 90 年代的基·布雷切夫的反乌托邦小说《宠儿》中同样能找到来自《2217 年的夜晚》的影响。小说中的人类已经沦为蟾蜍的宠物，"我"作为普通宠物深爱另外一个美丽的女孩，即宠物"依伦"，然而由于"我"的血统不及维克多的血统纯正和高贵，只能眼睁睁看着自己心爱的姑娘和别人一起去生一个血统纯正的宠物。身为宠物的悲哀是无法决定自己的命运，而在《2217 年的夜晚》里，身为人的悲哀和《宠儿》中"我"的悲哀没有本质上的区别，即在庞大的国家机器面前，一些个体存在的价值仅仅在于为另外一些个体提供优质服务，否则这些个体就只能选择死亡。人（除非英雄或者反英雄，以及其他一些具有特殊品格的人）面临死亡时，只能屈服。眼看着美好的爱情被剥夺，帕维尔只能发出这样的感慨："当我还是小孩子的时候，我的灵魂就被怀疑论所毒害，因此，我的灵魂是死的，是没有生命迹象的。我多么羡慕早年间的家庭习俗，我多想拥有自己的父亲母亲啊！我的父母不该是根据国家规定的抽签生出我的人……而是真正的、活生生的父母亲，是教育我成长，让我有一颗充满生机之灵魂的父母啊！"[②] 这也是扎米亚京《我们》

---

① Федоров Н. Вечер в 2217 году // Вечер в 2217 году. Русская литературная утопия. М. : Прогресс, 1990, с. 36.

② Федоров Н. Вечер в 2217 году // Вечер в 2217 году. Русская литературная утопия. М. : Прогресс, 1990, с. 27.

中 D-503 的悲哀，因为严格的"父亲标准"和"母亲标准"仅仅是为了生育有某种特定基因的人，而不是满足所谓的亲情需要，更确切地说，生育作为一种经济政策体现了国家意志对个体肉体的绝对控制权。所以，D-503 的双亲尽管十分优秀，但不能列入"国家花名册"。在赫胥黎的《美妙的新世界》中，"父亲"和"母亲"竟然是对人的侮辱，因为在人的繁殖已经成为一个巨大的产业链时，"父亲"和"母亲"的生产方式不仅低效，而且让人产生肮脏的联想。深爱帕维尔的阿格拉娅在清醒之后为了反抗无法更改的宿命，毅然决然地从飞奔的火车上跳下，摔死在站台上，这一幕颇似列夫·托尔斯泰笔下的安娜·卡列尼娜结束年轻生命之时的样子。重返"野蛮时代"，是勃留索夫的《南十字共和国》、费多罗夫的《2217 年的夜晚》、扎米亚京的《我们》、科兹洛夫的《夜猎》、佩列文的《夏伯阳与虚空》和托尔斯泰娅的《野猫精》等反乌托邦小说的理想，"野蛮时代"虽然科技落后，生活水平不高，但毕竟有爱情、亲情和友情。上述作品中的主人公无一例外地感叹这种"重返"只是梦想。

第二节　十月革命后的乌托邦文学与反乌托邦文学

1917 年的俄国十月革命是马克思主义实践哲学在现实中的胜利，世界上诞生了第一个社会主义国家。面对革命风暴，马雅可夫斯基（Маяковский В.）高呼"这是我的革命"，但也有人将革命比作寻神的运动，所以才会出现亚历山大·勃洛克《十二个》中的诗行：

　　漆黑的夜。
　　洁白的雪。
　　风啊，风，刮得让人站不稳。
　　风啊，风，吹在神的世界中！[1]

---

[1]　《勃洛克、叶赛宁诗选》，郑体武、郑铮译，人民文学出版社，1998，第 232 页。

对于白银时代的俄罗斯文化而言，这一阵阵在"神的世界中"漫卷的狂风吹乱了人们思想的格局，以至于有学者认为白银时代诸流派对后来俄罗斯文学走向的影响并不像想象的那么大，但的确是俄罗斯反乌托邦文学的催化剂。不可否认，十月革命改变了俄罗斯文化的发展方向，国家意志的介入使得苏俄文学和后来的苏联文学逐渐成为世界文学中一道特殊的景观。十月革命后不久，象征主义诗人别雷（Белый А.）在《革命与文化》（Революция и культура）一文中发出这样的感慨："革命如同来自地下的突袭，摧毁了一切，又像飓风一样荡平了一切有形式感的事物……在这个动荡的时代，用文学作品来描述革命几乎是不可能的事情。"① 不管作家的观点是否正确，也不论其立场是偏左还是偏右，是否"用文学作品来描绘革命"几乎是每个作家在革命年代和革命之后的岁月里不得不面对的问题，这也是白银时代后期反乌托邦文学得以诞生的土壤。

文学是时代风貌的一面镜子。作家虽然有自己独立的创作思维，但依然无法超越时间，正如丹纳所说，"作品的产生取决于时代精神和周围的风俗"②，俄罗斯文学犹如海德格尔那双"农妇的鞋"保存了世界一样，保存了革命给俄罗斯留下的种种印迹，只是在保留这些印迹的时候，每个作家都融入了自己的感情，马雅可夫斯基称十月革命为"我的革命"，而勃洛克在风雪交加的夜晚发现引领十二个赤卫队员的竟然是"耶稣基督"。但无论何种情绪，他们都在回答一个问题，即等待俄罗斯的将是什么样的未来。于是，以未来为主题的创作在十月革命后的一段时间里成为文学创作的主流，作家往往把对未来的想象通过乌托邦和反乌托邦的图景表达出来。这是一个作家必须作出选择的时代。布宁（Бунин И.）这个俄罗斯最后的贵族，用小说《该死的日子》（Окаянные дни, 1919）来"诅咒"十月革命，甚至连高尔基这样的"革命海燕"面对现实之时，也在1917~1918年完成了让列宁愤怒的《不合时宜的思想》（Несвоевременные мысли）。只有文学在忠实地记录这场革命的过程与结果，并从中预见了革

---

① Белый А. Революция и культура // Белый А. Критика. Эстетика. Теория символизма. В 2 томах. Т. 2. М.: Искусство, 1994, с. 451 – 452.
② 丹纳：《艺术哲学》，傅雷译，人民文学出版社，1983，第32页。

命在俄罗斯的未来存在多种可能的情形，并把这种现实的未完结的属性变成文学中的艺术图景。在 20 世纪 20 年代，书写未来之所以成为文学关注的目标，是因为作家迫切需要发现这场宏大的实验可能引发的种种不可思议的事件，文学的乌托邦和反乌托邦思维正是在这种文化生态中通过诸多象征性的方式表现出来的。

无产阶级文化派（пролеткультовское направление）和未来派的诗歌中充斥着难以抑制的乌托邦激情，这种激情源自理想即将实现的幸福。马雅可夫斯基、赫列勃尼科夫（Хлебников В.）和加斯捷夫（Гастев В.）等诗人创作了大量的歌颂未来的乌托邦诗歌（поэма-утопия），在他们眼里，未来已经触手可及。吉洪诺夫（Тихонов Н.）在一首名为《乌托邦的十字路口》（Перекресток утопий）的诗中热情洋溢地写道：

> 在鲜血与灰尘，在炮声和警报里，
> 世界正以新的规模扩张，
> 我们推开那些弱者，自己建造
> 乌托邦之城和伟大思想之邦。
> ……
> 乌托邦是宇宙中耀眼的天体，
> 或是不可见的光明中新的一天。
> 在新的不可见的黑暗里，
> 智慧的诗人，请你尽情而又疯狂地预言吧！
> (Мир строится по новому масштабу,
> В крови, в пыли, под пушки и набат
> Возводим мы, отталкивая слабых,
> Утопий град-заветных мыслей град.
> ...
> Утопия-светило мирозданья,
> Поэт-мудрец, безумствуй и пророчь,
> Иль новый день в невиданном сиянье,

Иль новая, навиданная ночь!)①

这的确是一个伟大的、激情燃烧的时代，车尔尼雪夫斯基关于"美是生活"的命题在革命的风暴中得到完美的展现，马雅可夫斯基用《150000000》这样夸张的题目把对未来的蓝图描绘成地球人智力无法企及的图景。诗人们在充满乌托邦幻想的诗行里，以包容宇宙的胸怀，运用20世纪初最炫目的艺术手段，描绘出理想的生活，如科学把人们带入广袤的宇宙空间，人类不再是自然的奴隶，而是通过各种工具，尽情享受自然的馈赠。遗憾的是，类似的作品存在共同的缺陷，即"享受无限自由的人类之精神生活问题被忽略"②。征服的欲望淹没了人作为文化动物的属性，这使得20世纪以未来和革命为主题创作的乌托邦诗歌激情四溢、数量巨大，"在十月革命之后起步的年轻苏联文学以世界文学中罕见的狂热震撼了新一代……呼唤绝对的理想之城拔地而起"③。

乌托邦激情同样感染了小说的创作，出现了诸如恰亚诺夫（Чаянов А.）描写"自然人"（естественный человек）的中篇乌托邦小说《我的弟弟亚列克谢到农民乌托邦的旅行记》（Путешествие моего брата Алексея в страну крестьянской утопии, 1920）、伊金（Итин В.）的科幻小说《贡古利国》（Страна Гонгури, 1922）和奥库涅夫（Окунев Я.）的科幻小说《1923~2123年的未来世界》（Грядущий мир: 1923 - 2123, 1923）等作品。上述乌托邦小说几乎都是对十月革命和国内战争的歌颂之作。其中，恰亚诺夫的《我的弟弟亚列克谢到农民乌托邦的旅行记》无疑是最值得关注的乌托邦小说。该作品虽然在叙事上采用了乌托邦小说的常用套路，但就批判意识而言，无疑是一部具有反乌托邦倾向的作品。

作品的主人公亚列克谢·克列姆涅夫是一名年迈的社会主义者、著名圣像收藏家和出版商、知名的苏联科学家。一个偶然的机会，主人公从自己生活的20世纪20年代的苏联穿越到1984年的未来时空。在该小说发表的

---

① Тихонов Н. Полдень в пути. М.: Советская Россия, 1972, с. 10 - 11.
② Мюре Ф. После истории // Иностранная литература, 2001, №4, с. 227.
③ Семенов С. Преодоление трагедии. М.: Современный писатель, 1989, с. 262.

1923年，写出《1984》的乔治·奥威尔才二十岁，在当时英国的殖民地缅甸当警察。我们目前还没有证据表明，乔治·奥威尔是受恰亚诺夫的影响才创作了著名的反乌托邦小说《1984》（1949）。不过恰氏作品中的某些思想印记的确能在乔治·奥威尔的《1984》里找到回响。为什么非得穿越到1984年？有学者认为："年代相同，纯属巧合。"① 作品的反乌托邦性表现为，通过亚列克谢的偶然闯入，揭示1984年这个美好未来有诸多令人不安的因素。特别是当知道这里所宣称的"舒适的家庭生活只能产生可恶的私有欲望，小业主的快乐中暗藏着资本主义的种子"② 这样的生活理念之时，亚列克谢·克列姆涅夫对自己所坚守的信念产生了深度的怀疑，以至于赫尔岑关于未来美好生活愿景的论述也不能打消他的疑虑，他发现："人类社会发展到一定程度后会出现相当严重的问题，而且这些问题十分荒谬。到那时候，否定的声音将从革命少数派巨人般的胸膛中迸发出来，一场恶战不可避免。"③ 如此看来，这种循环往复的权力争夺战将给人民带来深重的灾难，所以他发出了"我同意，我们的国度远不是什么伊甸园，但是您能给我一个什么样的社会来取代它呢？"④ 的疑问。这个被当成美国公民查理·梅穿越过来的亚列克谢·克列姆涅夫几乎认不出1984年的莫斯科，因为"这里不再是适合生活的地方，而是举行各种庆典、举办大型会议和进行其他大规模活动的场所。这是一个重要地方，但不是社会存在（социальное существо）"⑤。这部中篇小说对未来的想象相当准确，甚至预测到了现实中的事件，如1931年莫斯科基督教救世主大教堂被拆除。小说中，根据《莫斯科城市建设法令》，整个城市在1937年改造重建。这部小说的伟大之处就在于它同先知的预言一样，准确地预测了俄罗斯未来的发展之路，正如文学

---

① Казак В. Лексикон русской литературы XX века. М. : ТИК «Культура», 1996, с. 455.
② Чаянов А. Путешествие моего брата Алексея в страну крестьянской утопии // Вечер в 2217. М. : Прогресс, 1990, с. 167 – 168.
③ Чаянов А. Путешествие моего брата Алексея в страну крестьянской утопии // Вечер в 2217. М. : Прогресс, 1990, с. 169.
④ Чаянов А. Путешествие моего брата Алексея в страну крестьянской утопии // Вечер в 2217. М. : Прогресс, 1990, с. 169.
⑤ Чаянов А. Путешествие моего брата Алексея в страну крестьянской утопии // Вечер в 2217. М. : Прогресс, 1990, с. 179.

评论家乌利斯（Вулис А.）所说的那样："恰亚诺夫的出色才华表现为他那不可思议的先知般的力量，这种力量直到今天仍能让我们感觉到他的存在。为现实建模，在未来可能的情况下检验这种模型，所有这一切都给卡夫卡和拉美的许多作家带来荣誉。但是，这种对未来精湛的设计首先是我们的亚历山大·瓦西里耶维奇·恰亚诺夫在（20世纪）20年代提出的。"①

关于未来的种种设想促进了乌托邦文学的蓬勃发展，同时，这些创作融入了反乌托邦的元素和色调。扎米亚京的《我们》、爱伦堡（Эренбург И.）的《胡利奥·胡列尼托》（Хурио Хуренито，1922）在乌托邦合唱中发出了各自的反乌托邦声音。

第三节 《胡利奥·胡列尼托》：反乌托邦乱世中的反英雄

人们一般认为俄罗斯经典反乌托邦小说是扎米亚京创作的《我们》，但人们似乎忽略了几乎与《我们》在同一时间创作的《胡利奥·胡列尼托》②。长期以来，爱伦堡在俄罗斯文学界最大的贡献被认为是开创了苏联文学的解冻时代，他的小说《解冻》（Оттепель，1954）反映了斯大林去世之后人们呼唤自由的诉求，成为苏联文化之春的第一只燕子。事实上，爱伦堡对自己的长篇小说《胡利奥·胡列尼托》情有独钟，但他强调："这不是传统意义上的讽刺小说，有时人们称其为争论性长篇，有时把其归入'观察小说'和'表演性小说'的范畴。我想说的是，这是一部不是长篇小说的长篇小说。"③ 这部小说也是以第一人称视角（小说中的"我"就是作家爱伦堡本人）写成的，化身为胡利奥学生的爱伦堡，对自己小说所表达的广度和深度非常自信，他否认这是一部仅供消遣之用

---

① Вулис А. Литературные зеркала. М.：Советский писатель，1991，с. 397.
② 这部小说拥有一个冗长的名字《胡利奥·胡列尼托和他的门徒们的奇遇记》（Необычайные похождения Хулио Хуренито и его учеников），本书简称为《胡利奥·胡列尼托》。
③ Эренбург И. Главное - страсть // Вопросы литературы. 1969，№4，с. 23.

的长篇小说，他更希望读者在其中发现更多奇妙的思想。所以，他在"序言"中暗示："如果你把这本书仅仅当小说来阅读，那我真有一种被侮辱的感觉，不管你说这部小说多么引人入胜。因为这就意味着，我没有完成师尊在1921年3月12日交给我的使命。那真是漫长而又痛苦的一天，也是师尊去世的日子。"① 如果立足于当时的历史文化语境分析，不难发现他在《胡利奥·胡列尼托》里表现出的反乌托邦思想。作家特尼亚诺夫（Тынянов Ю.）敏锐地嗅出《胡利奥·胡列尼托》中的特殊气味，他说："读者已经厌倦了各种中短篇小说里无休无止的和不可思议的暴力流血情节，也厌倦了主人公不着边际的思考。爱伦堡在给负载沉重思想的俄罗斯小说减负，在《胡利奥·胡列尼托》中，惨烈的故事中流出的不再是血，而是讽刺的墨水……尽管在爱伦堡的哲学体系里有陀思妥耶夫斯基、尼采、保罗·克洛岱尔②和斯宾格勒，但这有什么关系呢？任何人都可以进入这个体系中充当巨人。正因如此，《胡利奥·胡列尼托》中的主人公之意义轻如鸿毛，他的存在仅仅是为了证明讽刺的力量。"③ 讽刺的力量蕴藏于讽刺意义的双重性之中，即文本表层含义和事实截然相反，两者之间的反差越大，讽刺的意味就越明显和越有力。《胡利奥·胡列尼托》无疑是这方面的典范。

这部小说的结构并不复杂，情节也很简单，但其中的事件与相同体裁的作品相比显得十分奇特。1913年3月26日，胡利奥·胡列尼托突然出现在他最忠实的门徒——犹太人伊利亚·爱伦堡面前，当时爱伦堡正坐在巴黎蒙帕尔纳斯林荫道上的咖啡馆喝咖啡。这时，"门开了，一个头戴圆顶礼帽，身穿紧身外套的普通男人走了进来"④，爱伦堡莫名其妙地被这个男人吸引，

---

① Эренбург И. Необычайные похождения Хулио Хуренито и его учеников. СПб.: Азбука, 2012, с. 25.
② 保罗·克洛岱尔（Paul Claudel, 1868 – 1955），法国著名诗人、剧作家和外交官。他是法国天主教文艺复兴时期的重要人物，他的大部分作品带有浓厚的宗教色彩和神秘感，他创作了许多戏剧、诗歌，发表了大量关于宗教与文学之间关系的评论文章。
③ Тынянов Ю. Литературное сегодня // Тынянов Ю. Н. Поэтика. История литературы. Кино. М.: Наука, 1977, с. 153.
④ Эренбург И. Необычайные похождения Хулио Хуренито и его учеников. СПб.: Азбука, 2012, с. 29 – 30.

短暂的接触后,这个男人突发惊人之语:

> 我所希望的是,没有创造者,一切失去意义,无所谓善,也无所谓正义。有的只是"什么都没有",既然什么都没有,那就意味着有现实,有意义,有神灵,有创造者。①

于是,爱伦堡放下杯子,决定追随胡利奥寻求终极真理。胡利奥是墨西哥国内战争时期的英雄、成功的淘金者、百科全书式的学者,懂十多种现在的和过去的语言。但他广为人知的称号在小说中是"师尊"(Учитель)②,他幻想成为这个时代最伟大的宗教领袖,以理顺世界混乱不堪的秩序。为了证明"师尊"的能力,作者为其安排了七个性格不同、身份不同、国籍不同的"门徒"(ученики)。他们分别是:

伊利亚·爱伦堡,俄罗斯犹太人(和作者身份完全重合),是胡利奥天真而又忠实的追随者、胡利奥传记的写作者。

库尔先生,传教士,曾给世界文明带来重大影响的人,他深信世界受两个杠杆的支配,一是美元,二是《圣经》。他最有创意的广告是写在面包包装上的一句话:人不能单靠面包活着。(Не единым хлебом жив человек.)③

艾沙,塞内加尔人,巴黎一家酒店的服务生,胡利奥的狂热崇拜者,整

---

① Эренбург И. Необычайные похождения Хулио Хуренито и его учеников. СПб. : Азбука,2012, с. 33.
② 胡列尼托的"师尊"称号显然和《新约》福音书中对耶稣的称谓有关,如在《马太福音》第 23 章第 8~10 节中就有这样的言说:"А вы не называйтесь учителями, ибо один у вас Учитель-Христос, все же вы - братья; и отцом себе не называйте никого на земле, ибо один у вас Отец, Который на небесах; и не называйтесь наставниками, ибо один у вас Наставник-Христос."大意是:但你们不要受拉比的称呼,因为只有一位是你们的夫子,你们都是弟兄;也不要称呼地上的人为父,因为只有一位是你们的父,就是在天上的父;也不要受师尊的称呼,因为只有一位是你们的师尊,就是基督。
③ 小说中的这句话出自《马太福音》第 4 章第 4 节:"Он же сказал ему в ответ: написано: не хлебом одним будет жить человек, но всяким словом, исходящим из уст Божиих."(耶稣却回答:"经上记着说:'人活着,不是单靠食物,乃是靠神口里所出的一切话。'")苏联作家杜金采夫(Дудинцев В. Д.)的小说《不是单靠面包》(Не хлебом единым, 1956)就是借用了这句话。俄语中"面包"和"粮食"(食物)都是"хлеб"。

日鼓动"师尊"对世界各地的宗教活动进行大胆批判,他对人假仁假义,并以此为乐。

亚列克谢·斯皮里多诺维奇·季申,俄罗斯知识分子,是一个酒鬼将军(一个沉湎于各种淫荡恶行的坏蛋)的儿子,其思想和行为与《卡拉马佐夫兄弟》中的阿廖沙相似,虽然身上有混蛋的基因,但现实里是忧国忧民的哲人。他喜欢读索洛维约夫的著作,在认识到现实中人的丑陋和柯罗连科及高尔基笔下人的崇高后,开始天天用"我到底是不是人"这样的问题来折磨自己。

艾尔克尔·巴姆布奇,团队在罗马遇到的懒汉,他以吐口水的绝技著称,在大街上,"他朝附近的建筑物吐了一口,口水准确地落在二楼写着接生婆的牌子上"①。至于为什么要收留这样的无赖,胡利奥的回答让人深思:"你(爱伦堡)问我为什么要带上这个无业游民?那你告诉我,我该爱什么?爱炸药不成?艾尔克尔不是艾沙,他看见一切,并践行一切。"②

此外,团队中还有处理丧事的专业人士戴勒先生和严格按时间表生活的德国大学生施密特。

作者通过七个门徒不同的身份特征来使小说具有广泛的地域性,从而强调胡利奥思想的普遍价值能使不同的人团结起来,就像当年的耶稣让不同地区的人团结在他周围一样。在一连串不可思议的奇遇里,胡利奥常常身处险境,但总能因各种各样的"突然"和"但是"而逃过一劫。该团队在法国因从事间谍活动险些全体被枪毙;在德军占领区和德军战斗的前线地段几乎丧命;曾到荷兰海牙参加俄国社会革命党代表大会,在公海上乘船撞上水雷,便乘舢板来到艾沙的家乡塞内加尔。稍事休整后,团队成员参加了在彼得格勒一个名为奇尼泽利的马戏团举行的群众集会,从此以后,团队成员开始了在俄罗斯的冒险,正是在这里,"师尊"的预言一一应验。在俄罗斯,他们不再受到命运的眷顾,在革命的熔炉里他们每日都要与庸俗、愚蠢和野

---

① Эренбург И. Необычайные похождения Хулио Хуренито и его учеников. СПб.: Азбука, 2012, с. 88.

② Эренбург И. Необычайные похождения Хулио Хуренито и его учеников. СПб.: Азбука, 2012, с. 92.

蛮为伍,整整七年,他们天天提心吊胆。"师尊"根据这一连串的奇遇,总结了这个世界存在的本质:"如果每天早晨你用上千门大炮轰击太阳,太阳照样升起。也许,对新一天开始的憎恨,我并不比你们少。但是,为了在明天继续苟活,我们只能面对残酷的阳光,帮助人们穿过这灼人的光线,而不是躲到教堂圆屋顶下感受阴凉,因为在屋顶之下还残存着昨日的余热。"①因此,能够活下去才是王道,太阳给世界带来了幸福,但也带来了灾难,两者相辅相成、互相依存,而灾难要多于幸福,正如此前胡利奥·胡列尼托用深情的诗句向他的门徒们发布的预言:

在不远的将来,
在布达佩斯、基辅、雅法、阿尔及尔,
在世界上许多地方,
会上演一场
杀戮犹太人的精彩大戏。②

《胡利奥·胡列尼托》和扎米亚京的《我们》完成时间基本一致,所面临的文化语境相同,在叙事策略方面,两者既有相似之处,又有相异之点。有的文学研究者已经注意到《我们》和《胡利奥·胡列尼托》之间的相似性,那就是两部小说都是一部关于未来的作品,都宣扬一种批判精神。"20世纪许多关于不幸的预言都很容易实现,这也就是人们喜欢阅读奥威尔的《1984》和扎米亚京的《我们》这样的反乌托邦小说的原因。但胡利奥·胡列尼托远比这两部小说中的人物伟大,他的预言更具有挑战性。"③

---

① Эренбург И. Необычайные похождения Хулио Хуренито и его учеников. СПб. : Азбука, 2012, c. 263.
② Эренбург И. Необычайные похождения Хулио Хуренито и его учеников. СПб. : Азбука, 2012, c. 118. 另外,雅法(Яффа)是以色列的一座城市名称,阿尔及尔(Алжир)为阿尔及利亚的首都。小说创作于20世纪20年代,但胡列尼托的预言在三四十年代不幸成为现实,第二次世界大战期间,希特勒对犹太人的大屠杀验证了胡列尼托预言的准确性。
③ Фрезинский Б. Сатирическая энциклопедия Ильи Эренбурга // Эренбург И. Необычайные похождения Хулио Хуренито и его учеников. СПб. : Азбука, 2012, c. 21.

《胡利奥·胡列尼托》的叙事方法也很有特点。《我们》运用伊索式的语言来描写或者暗示当下的现实,在情节设置方面与乌托邦小说差异也很大,这种差异用扎米亚京的话解释就是"综合"。① 《胡利奥·胡列尼托》则是用一种传统漫游记的方法来表现团队的思想路径和他们的诉求,这与涅克拉索夫《谁在俄罗斯能过好日子》类似,而且《胡利奥·胡列尼托》的确和这部长诗存在文际关系(интертекстуальность)。涅克拉索夫的长诗中七个庄稼汉聚到一起,"七张嘴争了起来:谁在俄罗斯能过好日子,过得快活又舒畅?"② 胡列尼托也有七个门徒,他们在一个团队里同样整日争吵不休,与庄稼汉寻找快乐的人不同,他们的目的是帮助"师尊"完成整顿世界秩序的重大任务,而且这些人国籍不同,生活背景各异。他们在一起"能够显示社会和人之间的那种被撕裂的关系"③。但这种叙事策略似乎并不能证明《胡利奥·胡列尼托》是一部反乌托邦作品。

一般来说,经典的反乌托邦小说,比如《我们》,其突出的特点是强调国家和个人的对立,强调国家的强大和个人的弱小。《我们》对人物的刻画是素描式的,人物的心理是粗线条的,作者以冷静客观的目光审视他所面对的世界,人物作为"号民"因主体意识被禁锢,所以也力争把自我融入庞大的"我们"的海洋之中,从而避免受到伤害。人们当然可以用"乌合之众"来贬低《我们》中的"我们",但不要忘记,人生活在历史当中,普通民众无法超越平凡,更谈不上超越时代的局限,当代俄罗斯文化学者梅茹耶夫(Межуев В. М.)表达了普通人的无奈,即"个体并不是以个体方式(作为绝缘的原子)而存在,而是存在于历史中,历史为所有人构成了一个共同的存在媒介,在统一的时间之流中把人们联系起来"④。但英雄或者时代的智者则不同,《胡利奥·胡列尼托》中的胡利奥·胡列尼托就要扮演这

---

① 参见本书第六章"自由与幸福的博弈——扎米亚京《我们》的反乌托邦叙事"中的相关论述。
② 尼·阿·涅克拉索夫:《谁在俄罗斯能过好日子》,飞白译,上海译文出版社,1979,第3页。
③ Белая Г. Закономерности стилевого развития советской прозы. М.: Наука, 1977, с. 121.
④ 瓦季姆·梅茹耶夫:《文化之思——文化哲学概观》,郑永旺等译,黑龙江大学出版社,2019,第195页。

种超越时代的"师尊",而且他的七个门徒各个性格鲜明,他们不是"号民",而是鲜活的生命个体,这些个体"是构成一个稳定系统的子系统,这个稳定系统的诸多显著社会特征使某个生活共同体中的个人或者成员具有不同于其他个人或成员的特性"①。但需要注意的是,这些特点鲜明的性格并不能变成一股力量来动摇胡列尼托的决定,这正是《胡利奥·胡列尼托》与《我们》隐在的相似之处。"师尊"胡列尼托是一个假定性色彩很强烈的人物,如果说他的门徒身上反映了某种社会和民族的习性,那么这不但代表一种社会力量,也代表一个明确的思想,即否定和摧毁。而且,他的七个门徒基本上是社会各个阶层的缩影,其中有资本家、知识分子、流氓无产者、哲学家等。扎米亚京所描绘的是已经定型的"大一统国",爱伦堡所刻画的是这个"大一统国"的开始阶段,这个国家的建设方案就是由"门徒"施密特制定的。这个方案的核心内容就是强调"一致性"。爱伦堡(指小说中胡列尼托的门徒)对该方案感叹不已,他说:"我一下子就发现您了不起。您将是第七个,也是最后一个门徒。您的愿望肯定会实现。您想一想我的话,也请您相信我。而你们,先生们,好好看看,就是这个人将成为人类这条航船的舵手。"② 扎米亚京的《我们》把机器当成人类的终极之美,"在淡蓝色阳光的照耀下,这一台气势恢宏的机器芭蕾是何等壮美"③。胡列尼托希望他的团队成员在听到他"美妙的口令"后,能变得像战争中严守纪律的军人一样,按口令行动,不需要拥有自己独立的思想。胡列尼托的角色不是 D-503,而是男人版的 I-330,他不但能够预测,更主要的是能煽动团队为某一目标奋斗,因此,他要成为历史上伟大的宗教领袖,在这方面,他与《我们》中的 I-330 没有区别。扎米亚京对爱伦堡和他的这部作品评价甚高,因为他在《胡利奥·胡列尼托》中发现了与《我们》的家族类似性(family resemblance),即他们都试图超越时代,写出一部无论在诗学和

---

① Философский энциклопедический словарь. Под общей редакцией Ильичева Ф., Федосеева П. Н., Ковалева С. М., Панова Г. В. М.: Советская энциклопедия, 1983, с. 314.
② Эренбург И. Необычайные похождения Хулио Хуренито и его учеников. СПб.: Азбука, 2012, с. 117.
③ 扎米亚京:《我们》,范国恩译,辽宁教育出版社,2003,第 3 页。

审美方面，还是在对待主流话语的态度方面都别具一格的作品。所以，他对《胡利奥·胡列尼托》的艺术性大加赞赏：

> 爱伦堡也许是俄罗斯作家当中——无论是在国内的还是在国外的——思想上最具现代意识的作家，他有超前的国际视野，感觉敏锐，他首先成为的不是俄罗斯作家，而是欧洲作家，甚至世界作家。他的《胡利奥·胡列尼托》同样具有这样的特征……不得不说，俄罗斯文学最近十年里写了太多的傻瓜、白痴、蠢货、幸运儿，但一写聪明人，写出来的人物感觉并不聪明。爱伦堡在这方面做得很好。还有一点，就是讽刺。这是欧洲人擅长的武器，俄罗斯人对此知之甚少。讽刺在人家手里是长剑，在我们手里就变成了棍子和鞭子。爱伦堡可以用这柄长剑把帝国战争、道德、社会主义、国家等穿成一串。①

扎米亚京对《胡利奥·胡列尼托》的评价是相当高的，至少他认为爱伦堡的作品对讽刺的拿捏特别到位。爱伦堡的《胡利奥·胡列尼托》创作于20世纪20年代，小说注重可读性，情节以悬念见长，爱伦堡把自己写入小说当中并以真实姓名示人，其目的不仅仅是强调事件的可信度，同时更是表明创作主体对诸现象的态度。这是对古典文学常用手法的借鉴，但这种手法在作者的笔下是讽刺性模拟的支撑，而且作者的讽刺像难以发现的暗器，当感觉到的时候，已经击中目标，比如在论述嫖娼卖淫是否该被禁止时，胡利奥长篇大论地谈起人类的理智和卖淫之间的关系，将这种人类的丑恶现象和文明联系在一起，经过缜密的论证，胡利奥指出："卖淫是我们文化最富有色彩的表达方式之一，所以我建议，我们不但不能与之对抗，而且要将其置于国际法的保护之下，要平等对待妓院、议会、股票交易所和艺术研究院这样的地方，因为这些机构都是受人尊敬的地方。"② 反讽（ирония）是反乌托邦小说的特征之一，黑格尔在评价苏格拉

---

① Замятин Е. Новая русская проза // Серапионовы братья. М.：Школа-пресс, 1998, с. 604.
② Эренбург И. Необычайные похождения Хулио Хуренито и его учеников. СПб.：Азбука, 2012, с. 85.

底的反讽艺术时指出，反讽是"人与人的特殊往来方式"，也是"主观形式的辩证法"①，无法想象没有反讽的反乌托邦小说是什么样子。这些反讽手法反复出现在胡利奥对未来的构想和预言之中，尽管小说没有详细地展开，但在胡利奥和他的门徒施密特的预测里，仍然能看到后来反乌托邦小说常常涉及的问题，如在上帝缺席的现实条件下世界可能发生的剧变、基督教和伊斯兰教在未来的命运以及和这些命运变化联系紧密的相关图景和时代的哲学问题、存在主义问题和性别问题等，这使得这部作品具有启示录的特性。在《启示录》中，有大权柄的天使发布了这样的消息："巴比伦大城倾倒了，倾倒了！成了鬼魔的住所和各种污秽之灵的巢穴。"②但是，巴比伦大城在《我们》等反乌托邦作品中仅仅出现坍塌的征兆，其真正坍塌出现在科兹洛夫的《夜猎》和托尔斯泰娅的《野猫精》等反乌托邦小说中。

《胡利奥·胡列尼托》的反乌托邦性有自己的特点，具体来说如下。

首先，小说的时空设置清晰明了，即从1913年3月26日至1921年3月21日这段时期。这也是俄罗斯历史上最为动荡的时期之一，沙皇俄国以协约国的身份参加了第一次世界大战，战争尚未结束就爆发了十月革命，俄国退出战场，从此出现了世界上第一个社会主义国家，紧接着外国军事力量干涉年轻的苏维埃政权，国内狼烟四起，在这样的背景之下胡利奥和他的门徒来到俄罗斯。胡利奥等人希望成为乱世中的英雄，而且他们确实成功过，比如施密特就曾经在苏维埃政府中担任重要职务，但乱世之中人很难自我保全，政权更迭频繁，人无法稳定生活，"在三个月之内，我们见证过十一个不同类型的政府"。③事实上，就现实场景而言，作者不是在预言反乌托邦的图景，而是直接将这种图景在现实中展示出来。

其次，胡利奥不是《我们》中D-503那样需要被人启发才产生自我意识的人，他是自己理论的践行者，而他的理论是建立在"一无所有"的基础上。在遗言中，他坦率地告诉爱伦堡："你知道，我是没有任何信念的人，所以我从任

---

① 黑格尔：《哲学史演讲录》（第二卷），贺麟、王太庆译，商务印书馆，1979，第79页。
② 《启示录》18：2。
③ Эренбург И. Необычайные похождения Хулио Хуренито и его учеников. СПб.：Азбука，2012，с. 271.

何一个省、任何一个警备司令部、任何一个契卡和反间谍机关出来时都能面带微笑，为了信念我不会死，我现在唯一的希望就是皮靴。"这句话的潜台词是"为了皮靴我会死"，也可以理解为"没有任何信念，其实也是一种信念"，但这个伟大的"师尊"的确不是因信念而死，皮靴成为胡利奥死亡的真正原因。这何尝不是一种隐喻，其功能是通过皮靴反映俄罗斯目前混乱的状态，如胡利奥所言："我只会死在这双皮靴上……无奈，我只好去南方，那里生活习俗更为简单。"① 1921年3月12日，胡利奥最后一次对门徒宣讲自己对未来的预言，然后一个人离开了，没过多长时间就传来凄厉的叫声，门徒发现"师尊"已经死了，脚上的皮靴也不见了。

最后，依据爱伦堡在最后一章对门徒命运的描述，可以得出如下结论：所谓真实有两种，一种是表面的真实，这显然和胡利奥的预测没有多少关系，因为他们就生活在其中；另一种是内在的真实，验证方法就是胡利奥死后门徒的命运，这恰恰验证了胡利奥的伟大。库尔在胡利奥死后依然坚信美元和《圣经》的伟大，他一边生产杀人的武器，一边撰写各种伦理学方面的论文来宣传和平的可贵。因为有库尔这种人的存在，这个世界的反乌托邦属性就不会改变。戴勒在旅游业方面表现出惊人的才华，他以回忆为卖点，利用一个以第一次世界大战战场为噱头的旅游线路大发横财。可以想象，战争对某些人来说是痛苦的回忆，对戴勒而言则是商机，他的专业（处理丧事）对其事业的崛起起到了很大的作用。毫无疑问，死亡除了带来阴冷和绝望，也是一门生意，当初他受胡利奥的影响浪迹天涯，如今回归本行，但这门生意暗示了人类生存的悲剧。以吐口水见长的艾尔克尔是这个世界上流氓无产者的代表，他们的存在只是为了给世界制造麻烦，但这些人恰恰是生活中的绝大多数。在胡利奥死后，他流浪至罗马，因朝人群开枪而被捕，在法庭上他宣称，"他不同情那些受害者，在世上，他最爱无尽的混乱和五彩的焰火"②。总之，让这个世界呈现反乌托邦图景的不是别人，正是不可逆

---

① Эренбург И. Необычайные похождения Хулио Хуренито и его учеников. СПб.: Азбука, 2012, c. 286.
② Эренбург И. Необычайные похождения Хулио Хуренито и его учеников. СПб.: Азбука, 2012, c. 300.

转的人性，而胡利奥的门徒能够准确地折射人性的弱点。就连胡利奥的传记作者爱伦堡也承认，他无力改变世界，这等于背叛了自己的"师尊"，在走过许多国家之后，爱伦堡只能发出这样的感叹："俄罗斯、法国、战争、革命、饕餮之宴、造反、饥饿和安宁，关于它们的一幅幅画面在我面前浮现。我不争论也不屈服。我知道，所有的枷锁都由各种金属打造，虽样子各异，但还是枷锁，我那软弱无力的手臂永远不会伸向其中任何一副枷锁，不会。"[1]

这是事实，也是反乌托邦无法避免的原因中的几个。

---

[1] Эренбург И. Необычайные похождения Хулио Хуренито и его учеников. СПб.：Азбука，2012，с. 303.

第二章
沉寂与复兴

——20 世纪 50~60 年代的俄罗斯反乌托邦文学

第一节 解冻时期文学叙事中的反乌托邦倾向

50 年代末至 60 年代，苏联文学迎来了"解冻时期"。这个时期的文学创作提倡"关注普通人和他的日常生活，关注现实问题与矛盾冲突"[①]。20 世纪三四十年代作家们惯用的伊索式语言在这一时期失去了对经验主义的现实的戏谑功能，如伊斯坎德尔（Искандер Ф.）在 1966 年发表的《科兹洛图拉星座》（Созвездие Козлотура）中就使用了大量的委婉语，只是这些委婉语不再试图去创造元世界，而是成为传达作者喻言形象（аллегорический образ）的重要手段。俄罗斯文学后花园里的科幻文学也开始突破意识形态的樊篱，在伊索式的语言中融入了大量的象征意义。如叶符列莫夫（Ефремов И. Е.）的长篇小说《仙女座的迷雾》（Туманность Андромеды, 1957）就描绘了这样的图景：在 2850 年，共产主义在地球上已经彻底取得胜利，人类对下一代的教育更强调集体主义精神，地球人和其他地外行星上的居住者保持良好的关系，一些行星被地球人开发成犯罪分子永久的居住地。这种叙事手法把苏联的社会现实和艺术现实两种乌托邦融为一体，这部

[①] 符·维·阿格诺索夫：《20 世纪俄罗斯文学》，凌建侯等译，中国人民大学出版社，2001，第 484 页。

小说的意义在于开创了苏联乌托邦文学新的叙事模式，让可能成为反乌托邦小说的科幻小说拥有了合法的生存空间，那些原来不被允许的批判意识可以用伊索式的叙事手法在具有反乌托邦元素的科幻小说中找到出口。与小说创作相呼应的是60年代诗歌创作中的乌托邦热情，出现了诸如沃兹涅先斯基（Вознесенский А. В.）的《反世界》（Антимиры，1961）、罗日杰斯特文斯基（Рождественский Р.）的《邮往30世纪的信件》（Письма в ХХХ век, 1964）等作品。尽管如此，解冻时期的苏联文学并没有完全摆脱社会主义现实主义的创作范式，作家们在保持"对二三十年代乌托邦式的艺术实践的忠诚"①的同时，也在用反乌托邦的方式表达对缺少活力的社会主义现实主义创作的不满，反乌托邦和乌托邦在许多作品中处在一个复杂而紧张的对话之中，这在列昂诺夫的《俄罗斯森林》（Русский лес）、艾特玛托夫（Айтматов Ч.）的《别了，古里萨雷!》（Прощай, Гульсары!）以及索尔仁尼琴（Солженицын А.）和格罗斯曼（Гроссман В.）等人的创作中均有所表现。

在20世纪60年代的文学创作中，思想具有众声喧哗的特征②，作家在审视苏联文学的乌托邦品格的同时，也在关注苏联社会现实的反乌托邦特质。两者之间的紧张关系已经宣告理想（идеал）的存在更像一个谎言，战后国家糟糕的经济形势和文学创作所鼓吹的国家发展状况的美好形成鲜明的反差，社会主义现实主义的创作原则由原来作家所依靠的参天大树变成了一棵无法救命的稻草。之所以马雅可夫斯基面对十月革命的胜利尚能在长诗《好》（Хорошо，1927）中从内心深处发出"我高兴/我的诗集/就陈列在众多的书柜之上/这是我的成果/它融入我的共和国/共同的劳动之中"这样真诚的声音，是因为在创作初期马雅可夫斯基的确把他的满腔热情奉献给了让

---

① "对二三十年代乌托邦式的艺术实践的忠诚"（верность утопическим художественным практикам 20–30 гг.）是指这个时期文学艺术领域内的一种泛宗教情绪，即相信社会进步所具有的神秘力量能完成艺术对生活的建设任务，相信机械文明或者工业文明具有强大的拯救力量，相信人类一定拥有美好的未来。参见 Ковтун Н. В. Русская литературная утопия второй половины ХХвека. Томск：Издательство Томского университета, 2005，с. 530.

② 参见符·维·阿格诺索夫《20世纪俄罗斯文学》，凌建侯等译，中国人民大学出版社，2001，第491页。

他无限向往的"我的革命"。马雅可夫斯基生命悲剧（自杀）的原因"是诗人面对现实和信仰间无法逾越的鸿沟时之绝望"①。在1921年发表的悼念勃洛克的《亚历山大·勃洛克死了》（Умер Александр Блок）一文中，马雅可夫斯基就有诗人"再往前无路可走"（дальше дороги не было）② 的悲观判断。到了20世纪20年代末，社会的动荡和文化政策的收紧让包括马雅可夫斯基在内的很多诗人感到不安。同样是歌颂乌托邦，20世纪60年代的诗人们更愿意把激情寄托在无法触及的遥远未来，以回避因为离现实太近而产生太多不必要联想的麻烦。在《邮往30世纪的信件》里，尽管沃兹涅先斯基依然激情四溢，但其指涉的对象是可望而不可即的30世纪：

> 我们把岁月永恒之色的旗帜，
> 传递给下一代。
> 让大旗更加鲜红！
> 但那绝不是因为，
> 上面涂抹了鲜血和耻辱！
> （Знамена наши перейдут к потомкам,
> Бессмертным цветом озарив года.
> Еще краснее будут пусть!
> Но только-
> Чтоб не от крови и не от стыда!）③

也是在这一时期，文学开始呼唤人性的复归，要求重新确认"人"的地位和价值，作家开始对"无冲突论"进行清算，别洛夫（Белов

---

① Русские писатели 20 века: Биографический словарь. Главный редактор и составитель Николаев П. А. М.: Большая Российская энциклопедия; Рандеву-А. М., 2008, с. 462.
② Русские писатели 20 века: Биографический словарь. Главный редактор и составитель Николаев П. А. М.: Большая Российская энциклопедия; Рандеву-А. М., 2008, с. 461 – 462.
③ Рождественский Р. Собр. соч. в т 3 томах. Т. 2. М.: Художественная литература, 1985, с. 119.

В.)、拉斯普京（Распутин В.）、阿斯塔菲耶夫（Астафьев В.）和阿勃拉莫夫（Абрамов Ф.）等人的"农村小说"（деревенская проза）让读者看到了苏联文学中的一线光明。在爱伦堡发表《解冻》前的 30～50 年代，以显流方式存在的苏联文学更像语言的乌托邦，相当一部分作家充当了御用文人的角色，他们笔下的国度仅仅存在于文学作品中。那么，进入 60 年代，文学的乌托邦游戏面临终结的可能，这也意味着停滞时期的结束。

第二节 停滞时期的结束与斯特卢卡茨基兄弟等人的创作

停滞时期结束的标志是斯特卢卡茨基兄弟（Стругацкий А., Стругацкий Б.）的科幻文学创作，他们的作品影响了整个 20 世纪 60 年代的苏联读者。自从发表了描写宇宙空间的作品《深红色云彩的国度》（Страна багровых туч, 1959）和《飞向木卫五之路》（Путь на Амальтею, 1960）之后，兄弟二人的创作发生了转向，他们的科幻作品开始充盈社会和哲学元素。在《星期一始于星期六》（Понедельник начинается в субботу, 1965）、《世纪的凶猛之物》（Хищные вещи века, 1965）、《可恶的天鹅》（Гадкие лебеди, 1972）、《路边野餐》（Пикник на обочине, 1972）和《蚂蚁窝里的甲虫》（Жук в муравейнике, 1979）等作品中，两人的批判意识越来越明显，这些创作成为斯特卢卡茨基兄弟 80 年代两部反乌托邦之作的前期准备。1988 年，两人完成了反乌托邦长篇小说《厄运难逃的城市》（Град обреченный）和《以施恶来行善者或者四十年之后》（Отягощенные злом или Сорок лет спустя）。"以施恶来行善者"的形象在很多俄罗斯文学作品中出现过，他们是拥有不同面孔但拥有相同灵魂的人，比如这部小说里的杰米乌尔格类似布尔加科夫笔下的沃兰德，只是比沃兰德多出几分戏谑，阿卡斯菲尔·卢基奇则和《约翰福音》里的约翰形象近似。小说所描写的故事和《圣经》中基督带领团队四处宣传自己的主张类似，这个团队的领袖阿卡斯菲尔·卢基奇（师尊）和他的门徒所要做的一切事情，都是为了烘托师尊的伟大和门徒的机智，这又与爱伦堡的《胡利奥·胡列尼托》构成互文本。这种对耶稣圣迹的重新阐释也是一种反乌托邦叙事策略，比如明茨就在梅列日科夫斯基的《基督与反基督》三部曲中看到了作者的反乌托邦构想，认为："梅列日科夫斯基的历史小说是以未来的视角写成的，与以往的历史小说不同的是，三部曲将乌托邦式的希望和反乌托邦式的怀疑论融合到作品之中。"① 这种反乌托邦作品未必把叙述时间设定在未来的某一时刻，宗教反乌托邦的意义在于对前文本的颠覆，这种颠覆会直接动摇人们信仰的基础。比如，人们一直认为的叛徒加略人犹大在安德列耶夫（Андреев Л.）的笔下是一个为了信仰而成为叛徒的人物，"犹大是耶稣坚定的信徒，对于信仰者来说，死亡可能是诗意人生的开始"②。这就如同在《以施恶来行善者或者四十年之后》中一样，师尊卢基奇坚信，他的第二次受难不可避免，但这同样是一种救赎，这何尝不是陀思妥耶夫斯基在《卡拉马佐夫兄弟》中的《宗教大法官》中出现的"他"呢？

《厄运难逃的城市》③放弃了扎米亚京《我们》中叙事上的科学伦理④，转而采用了托尔金《魔戒》式的奇幻手法，因而具有新神话诗学的特征。在这部小说里，斯特卢卡茨基兄弟所描写的是在悬挂人工太阳的城市进行社会实验，来自苏联不同历史时期的逃亡者会聚此地，就是为了参与这场大型实验活动。离开居住地的时间其实正是人物的死亡时间，因此，在这个城市中游荡的人实际上是没有灵魂的躯体。死亡之城的人们通过对权力

---

① Минц З. Г. Отрилогии Д. С. Мережковского «Христос и Антихрист», http：//novruslit.ru/library/? p =47.
② 郑永旺：《圣徒与叛徒的二律背反——论安德列耶夫小说〈加略人犹大〉中的神学叙事》，《外语与外语教学》2014 年第 2 期，第 90 页。
③ 这部小说在内容和情节设置方面可能受到了德国小说家赫尔曼·卡萨克（Hermann Kasack）的反乌托邦小说《河对岸的城市》（Die Stadt hinter dem Strom, 1947）的影响。主人公罗伯特在这座城市的档案馆得到了一份工作，他是城中唯一的活人，但在相当长的时间里他没有意识到这点。很快，罗伯特发现，这里的人们所进行的工作毫无意义，人们把一家工厂的产品运到另外一家工厂，在这里把产品还原成原料，或者把好砖和好瓷砖变成废件，一切在无意义中循环。
④ 即小说故事的背景是，依照科学发展的现状，尽可能合理地展示在这种状况下人的生活状态及多种可能性。

的租用（权力可以转让），来体验人在权力位置上的各种感觉，以此来证明人性中恶的因素和权力意志对个体的影响。小说中的故事隐喻的是一段在时间上经过压缩的血腥历史，在这段历史中，人物只是换了位置，换了面具。主人公安德列·沃罗诺夫生前是一名对领袖忠心耿耿的共青团员，来到厄运之城后坐上了法西斯独裁者顾问的宝座，在那一刻他真的变成了法西斯分子，他通过屠杀朋友和逼迫朋友自杀来体验对顾问一职的认同感。这部小说中蕴藏着非常深刻的思想，这个思想的表达方式尽管和扎米亚京的《我们》存在差异，但核心内容是相似的，即意志自由之前提是拥有良心和责任感，丧失了良心和责任感的自由意志必然导致灾难，而人恰恰在权力面前很容易抛弃良心和责任感，这与人性之恶相关，同时与无法约束权力的社会制度相关。所以，"安德列在这场实验中没能经受住考验。这也让人产生怀疑，在这种极端条件下考验人在诱惑面前的忍受力是不是目的本身？我们的世纪（20世纪）已经证明，所有的人无一例外都要被迫参加这场生存实验，这场生存实验不但有肉体方面的，还有社会方面的。"①对人进行肉体上、精神上和智力上的生存考验不但是通常意义上的现实主义小说的创作主旨，也是现实主义的反乌托邦小说的特质，这种主题突出了人作为社会动物与一般动物的区别，同时证明了人这种动物在丛林法则面前和一般动物没有区别，那就是人对待同类比一般动物对待同类更加残忍。这部小说在反乌托邦层面的意义用谢尔比年科（Сербиненко В.）的话说就是："斯特卢卡茨基兄弟在这场现代乌托邦的实验中表达了很多想法，他们告诉读者，在引人注目的口号和良好祝愿的表象之下隐藏着令人沉郁的空虚。也许，这种糜烂已经侵蚀了这场实验的核心思想：难道乌托邦世界正在崩塌吗？"②

　　谢尔比年科的预言成真了。那些20世纪50年代登上文坛的作家也开始被反乌托邦的批判意识所吸引，如田德里雅科夫（Тендряков В. Ф.）在《幻影刺杀》（Покушение на миражи，1987）中表现尖锐的、冲突感强烈

---

① Ревич В. Перекресток утопий. М.：ИВ РАН, 1998, с. 285 – 286.
② Сербиненко В. Три века скитаний в мире утопии // Новый мир, 1989, №5, с. 255.

的事件。总之，20世纪60~80年代，俄罗斯反乌托邦文学迎来了复兴时期，除了斯特卢卡茨基兄弟外，一些侨民作家所发表的反乌托邦作品也引起了苏联国内读者的关注，如杰尔茨（Терц А.）①的《柳比莫夫》（Любимов，1967）、季诺维耶夫（Зиновьев А.）的《撕裂的高度》（Зияющие высоты，1976）和《苏联人》（Гомо советикус，1982）、沃伊诺维奇（Войнович В.）的《莫斯科2042》（Москва 2042，1982）等。

  20世纪20年代出生的季诺维耶夫创作了一系列反乌托邦作品，其经典性表现为这些作品具有传统俄罗斯文学所崇尚的哲学精神和对社会现实问题的关注。季诺维耶夫反乌托邦小说的独特性在于，作者并不死守该体裁的窠臼，但作品中所具有的讽刺和批判精神恰恰是反乌托邦小说的核心价值。在《撕裂的高度》中，作者用涂上了保护色的委婉语（伊索式的语言）来展现苏联社会的现实状况，这些委婉语更有讽刺意味，能更具体地对荒谬的现实生活进行大胆的揶揄，小说中的人名均冠以某种具有特殊社会属性的绰号，其中的大量缩略语很容易使人想起某些权力机构。季诺维耶夫喜欢在看似形式单一的作品中力争实现作品唯一的目的，就是用讽刺小说的形式和社会学的分析方法，来揭露某种社会模式的弊端。《撕裂的高度》依然采用了作者所喜欢的叙事模式，即把许多独立的片段组合成一个作品，这些片段从不同的角度展示出苏联当代知识分子的生活。在那些看似单调而又抽象的人物类型中很容易发现他们的原型。季诺维耶娃高度评价了《撕裂的高度》中的艺术世界，认为这部作品能比较全面地展现他的创作诗学，"每个片段的发生几乎都是这样的，如果没发生不可预见的事情的话，那么这个片段就可能到此结束，然而事情总会出意外……文本的整体性来源于思想的条理性和人物行为的连贯性"②。《撕裂的高度》继承了经典反乌托邦文本的一些特质，如批判意识、对个人追求自由的肯定、人在善恶之间的摇摆、时空体的未来属性等。但同时，季诺维耶夫也是独特的，其独特性表现为他能将语言中看似不兼容的成分，如文学语言和科学论文的语言，巧妙地融合在一起并置于

---

① 即安德列·西尼亚夫斯基（Андрей Синявский），《与普希金散步》的作者，亚伯拉罕·杰尔茨是其笔名。
② Зиновьева О. Начало // Наш современник. 2002，№10，с. 202.

一个文本空间里。这其实在《我们》中已见端倪，只是季诺维耶夫更进了一步，这一步就是作家创制了一种新的语言，这是精妙的讽刺语言，是各种令人意想不到的充满矛盾修辞法的语言。

总之，整个30~50年代，反乌托邦文学经历了漫长的沉寂，终于在文化解冻之后苏醒，并迎来七八十年代的崛起时期。如果说斯特卢卡茨基兄弟用科幻小说成功包装了反乌托邦思想，那么季诺维耶夫则将反乌托邦文学的创作推向了新的小高潮。

第三章
20世纪最后十年的俄罗斯反乌托邦文学

1991年12月25日，也就是西方圣诞节这一天，克里姆林宫上空飘扬起白蓝红三色旗，从此以后，苏联作为一个国家的历史已告终结，苏联文学从此变为俄罗斯文学，亦称新俄罗斯文学或后苏联文学。对文学而言，这的确是一个新的时代，作家可以尽情地宣泄情感，说出一切想说之言，这是俄罗斯文坛真正意义上的解冻。当然，苏联文学终结的征兆在苏联解体事件发生前的1990年已经显现，叶罗费耶夫（Ерофеев Вене. В.）以《为苏联文学送葬》（Поминки по советской литературе）提前宣告文学新时代的到来。叶罗费耶夫所宣称的"苏联文学之死"清晰无误地表达出他对由某种权力或意志支配的主流价值观丧失的惊喜，因为这就意味着宏大叙事的危机已经成为现实，它变成了后现代主义者们任意戏谑之物。叶罗费耶夫曾用"拆卸"（раскрутка）一词来评判后现代的血液注入文学创作之后的效果①，如果"拆卸"一切成为可能，那么尼采提出的"重估一切价值"的构想在20世纪末的俄罗斯将不再是梦想。新俄罗斯文化的重建既需要时间，也需要高度的自

---

① "раскрутка"出自动词"раскрутить"，根据奥热果夫《俄语词典》的解释，该词具有"развить скрученное"之义，即"拆开"或"松开"，叶罗费耶夫所用的"拆卸"一词和德里达等人提出的与后现代主义密切相关的"解构"（deconstruction）十分相似，解构是对西方形而上学传统思维方式的反思，反思的结果是在后结构主义那里建出颠覆形而上学的哲学话语。对于叶罗费耶夫来说，"раскрутка"是对俄罗斯文学一直引以为傲的传统的反思，因此，"肮脏的现实主义"实际上是作家创作过程中的后现代创作诗学的表现形态。作家在小说《俄罗斯美女》（Русская красавица，1990）中对俄罗斯女性之美的解构践行了他的"拆卸诗学"。参见郑永旺等《俄罗斯后现代主义文学研究——理论分析与文本解读》，人民文学出版社，2017，第296页。

由，因为"高度的自由是一种高度的不确定性、可能性、模糊性、超越性和无限性的总和"①。正是在这种不确定的文化生态中，俄罗斯文学迎来了不可预测的时期，这是俄罗斯文化史上的另一个寒武纪，各种思想相互交织，在充分的自由状态下尽情狂欢，完全实现了巴赫金所说的"复调"构想，只是这种"复调"不仅存在于文学中，而且存在于社会的各个领域。各种声音都在呐喊，试图最大限度地彰显自己的存在感。潜流文学逐渐浮出水面变成显流文学，对宏大叙事的解构变成创作的范式。20世纪80年代末，苏联文学创作领域已经开始弥漫文化解冻以来最自由的思想信息素，这当然要归功于戈尔巴乔夫的"新思维"。在文学上，"异样小说"（又译作"异样散文"）（другая проза）② 泛滥成灾，这是文学创作的"复调时代"。"异样小说"大致相当于俄罗斯后现代主义文学文本，或者在"异样小说"中有一部分作品可以归入俄罗斯后现代主义文学。③ 在"异样小说"的创作群体中有托尔斯泰娅、皮耶楚赫（Пьецух Вяч. А.）、叶罗费耶夫和彼得鲁舍夫斯卡娅（Петрушевская Л. С.）等。在这个群体中，由于价值观差别很大，作家所选择的题材也各有不同。伊万琴科（Иванченко А.）、托尔斯泰娅和帕雷伊（Палей М.）等人热衷于描写人在封闭条件下的生活方式，这种生活的显著特征是人的意识已经被机器操控；卡列金（Каледин С.）和彼得鲁舍夫斯卡娅则醉心于探索社会生活阴暗的角落；波波夫（Попов В.）、叶罗费耶夫等人借助过往岁月的文化沙砾来过滤现代人的情感，试图从中找到所谓的新时代中的过去的印记；库拉耶夫（Кураев М.）和皮耶楚赫等人以俄罗斯历史为资源

---

① 高宣扬：《后现代论》，中国人民大学出版社，2005，第12页。
② 不能简单地把"异样小说"理解为在俄罗斯后现代主义创作诗学影响下的文学创作，丘普里宁（Чупринин С.）在提出这一概念时指的是由"潜流"和"显流"及侨民文学汇聚而成的包括后现代主义文学在内的俄罗斯文学。参见 Чупринин С. Другая проза. Литературная газета. 8 февраля 1989.
③ 当然，能否把"异样小说"和俄罗斯后现代主义文学完全等同起来在俄罗斯学界尚有不同的看法。这里需要指出的是，尽管伊万诺娃（Иванова Н.）把这类与主流意识所追寻的价值取向迥异的文学作品称为"新浪潮文学"，尽管利波维茨基把那种无论从风格还是内容上都与传统文学不同的文学称为"表演性文学"，但不同的名称并不能掩盖此类文学作品共同的特征，即对传统的颠覆性言说和对主流价值观的冲击、内容的繁杂多样和形式上的创新性。参见郑永旺等《俄罗斯后现代主义文学研究——理论分析与文本解读》，人民文学出版社，2017，第15页。

进行颠覆历史的创作。虽然文学评论界论及这些作家时常常为他们贴上后现代主义者的标签，但他们中的很多人以创作后现代主义的反乌托邦小说起家，如托尔斯泰娅的《野猫精》就是一部用后现代主义创作诗学包装的反乌托邦作品。

第一节　新俄罗斯文学的反乌托邦情怀

从某种意义上讲，俄罗斯文学的不停"解冻"和不断"封冻"表现了主流意识对文学艺术的高度重视，同时孕育了俄罗斯文学的反乌托邦思维。后现代主义的解构意识是 20 世纪最后十年反乌托邦思维继续发展的重要原因之一。而且，俄罗斯的后现代主义文学和西方的后现代主义文学在发生学路径上存在巨大区别，这是因为西方没有出现俄罗斯那样的文化断裂事件。乌瓦洛夫对这种断裂所导致的后果进行了解释。

  在俄罗斯文学中，国家的政治意识和后现代主义那种对世界的观察视角紧密结合的思想并不是什么新鲜东西。20 世纪 90 年代初研究者就发现，那种日益增长的对能产生光行差（аберрация）的后现代主义的兴趣和具有断裂感觉效应的后苏联共产主义意识之间存在悖论。[①]

意识形态和后现代主义思维之间存在弹簧效应，强烈的压制会产生强烈的反弹。反弹的表现方式就是解构，俄罗斯文化中的反乌托邦情结不过是解构的成果之一。20 世纪最后十年还有一件大事和俄罗斯反乌托邦文学有关，这就是 1994 年 5 月 27 日索尔仁尼琴重新踏上俄罗斯的土地。但是，这位"俄罗斯的良心"对当时的文化现象和一系列政策十分不满，他在 1995 ~ 1998 年发表的一系列"双部短篇"（двучастные рассказы）[②] 中表达了自己

[①] Уваров М. С. Русский коммунизм как постмодернизм. Отчуждение человека в перспективе глобализации мира. Санкт-Перербург：Петрополис，2001，с. 275.

[②] 这些小说包括《纳斯坚卡》（Настенька，1995）、《杏酱》（Абрикосовое варенье，1994）、《在边缘》（На краях，1994）、《无所谓》（Все равно，1994 – 1995）和《亚德里格·什维基坦》（Адлиг Швенкиттен，1998）等。

对俄罗斯现状的关注。具体而言，这些小说在形式上"把对俄罗斯生活的理性探索和小说结构完美地结合起来，将艺术现实所特有的多重意义与幻觉融为一体"①。回归之后，索尔仁尼琴在文学创作领域追求的是"文学干预生活"的目标，他不断表达对新俄罗斯文学的焦虑和不满，甚至开始怀念制造"古拉格群岛"悲剧的年代。这种情绪在政论文《坍塌的俄罗斯》（Россия в обвале，1997～1998）中表现得尤为明显，面对俄罗斯文化生态的混乱与恶化，索尔仁尼琴在该文中声称作家应把自己的智力和思想奉献给对真理的追寻，奉献给为神服务和为俄罗斯服务的事业。索尔仁尼琴式的"文学干预生活"因为缺少强有力的权力支持而大打折扣。文学评论家伊万诺娃（Иванова Н. Б.）对作为社会活动家的索尔仁尼琴表达了自己的尊重之情，但对他在俄罗斯文坛上所起的作用表示怀疑。在索尔仁尼琴去世后，伊万诺娃撰文指出："亚历山大·索尔仁尼琴之死让大众意识到此人的重要性。他是一个文学家，从他的创作、在社会上的所作所为来看，他更像一位政治人物。"②苏联解体后，俄罗斯政府通过"布克奖"或者"大书奖"的价值取向来暗暗提醒作家应该承担的责任。③新俄罗斯文学犹如一匹野马在欲望的大道上狂奔，创作的高度自由让俄罗斯作家突然之间获得了前所未有的孤独感。这十年，《新世界》《旗》《友谊》等传统"厚本杂志"的发行量锐减，登载通俗文学的"光面杂志"（глянцевые журналы）④ 受到消费者的欢迎。文学创作越来越具有私人化的特性，作家的收入不再和政治捆绑在一起，而是取决于市场的好恶，专业公司与作家签约，对作家的"产品"和作家个人进行炒作和包装（比较成功的个案有佩列文、阿库宁和玛丽宁娜等人），"这从一个侧面表明了文学界的亚稳固状态和一个相对独立新时

---

① Николаев П. А. Русские писатели 20 века: Биографический словарь. М.: Большая Российская энциклопедия · Рандеву-А. М., 2000, с. 659.
② Иванова Т. Писатель и политика // Знамя, 2008, №11, с. 175.
③ 比较著名的文学奖项有"俄罗斯联邦国家奖"（Государственная премия Российской Федерации，设立于 1992 年），这是俄罗斯国家奖中的最高荣誉，具有影响力的非国家奖项主要包括"大书奖"（Большая книга，设立于 2005 年）和"俄罗斯布克奖"（Русский Букер，设立于 1992 年）。
④ 指铜版纸印刷的、色彩丰富的、封面人物多为性感女郎的杂志。

代的开端"①。这个相对独立的时代是在20世纪末俄罗斯文化的阵痛中开始的,它伴随着对未知世界的探索和对当下困境的迷惑,有学者得出这样的结论,这个时段的俄罗斯文学是具有独特品格的世纪末文学,"是等待奇迹的文学苦难之旅。因此,'世纪末文学'是处于相对动荡的社会背景下的、产生于'世纪末'这一特殊阶段的'文学状态'"②。在苏联解体前的最后几年,"鲜明的反乌托邦精神是苏联文学最后七年的'主旋律'"③。当苏联国旗从克里姆林宫上空徐徐落下之时,"封冻"从此成为历史的记忆,"解冻"成为文化的常态,文化政策的改变,让英雄有成为反英雄的可能。反乌托邦作品可能会穿上后现代主义的外衣或者新现实主义的新装招摇过市,于是,未来俄罗斯发展的走向、人类可能的前景、当下俄罗斯人的生存境遇成了20世纪末至21世纪初俄罗斯文学发展不可或缺的力比多。如果把20世纪初扎米亚京等人的创作成果称为"经典的反乌托邦文学",那么20世纪末至21世纪的反乌托邦文学可称为"最新的反乌托邦文学"。这类文学作品,似乎都对俄罗斯乃至人类的未来有浓厚的兴趣,当然,可以把这种兴趣理解为俄罗斯文学的传统或俄罗斯文化所具有的弥赛亚意识。普希金《叶甫盖尼·奥涅金》的第七章第三十三诗节就表现了俄罗斯文学的反乌托邦基因:

> 我们会让更广阔的地盘
> 受到良好的教化,那时候
> (根据哲学家的图表的计算,
> 还得要再过五百年左右),
> 我们的这些道路就必然
> 会得到不可估量的改善;
> 一条条的公路纵横交叉,

---

① 郑永旺:《论世纪末的俄罗斯文学》,《新疆大学学报》(社会科学版)2000年第4期,第25页。
② 郑永旺:《论世纪末的俄罗斯文学》,《新疆大学学报》(社会科学版)2000年第4期,第25页。
③ 董晓:《乌托邦与反乌托邦:对峙与嬗变——苏联文学发展历程论》,花城出版社,2010,第290页。

将整个俄罗斯联成一家；

河面上将有一座座铁桥，
像宽阔的彩虹，拦腰横跨，
开山辟路，还将会在水下，
凿出许多条艰险的隧道，
文明世界将在每个驿站
为旅客们开设一家饭店。

〔Когда благому просвещенью

Отдвинем более границ,

Современем（по расчисленью

Философических таблиц,

Лет чрез пятьсот）дороги, верно,

У нас изменятся безмерно:

Шоссе Россию здесь и тут,

Соединив, пересекут.

Мосты чугунные чрез воды

Шагнут широкою дугой,

Раздвинем горы, под водой

Пророем дерзостные своды,

И заведет крещеный мир

На каждой станции трактир.〕①

普希金对世界的未来充满了希望，但诗歌的结尾略显不足，"受洗的世

---

① Пушкин А. С. Полное собрание сочинений В 10 т. Т. 5. Л.：Наука，1978，с. 134. 本书采用的是智量的译本。参见亚历山大·普希金《叶甫盖尼·奥涅金》，智量译，长江文艺出版社，2008，第247～248页。但智量将"крешеный мир"译为"文明的世界"似有些不妥，因为"крестить"并无"文明"这样的含义，其基本含义是"给某人施洗礼"，译为"受洗过的世界"更符合普希金的本意。

界（即智量译本中的"文明世界"）将在每个驿站/为旅客们开设一家小酒馆[1]。把此前的激情转化为不可思议的平静，关于人们所期待的美好，其结果无非"为旅客们开设一家小酒馆"，而"受洗的世界"代表着基督教文化圈，如果该文化圈继续保持基督教传统，人类所谓的终极美好肯定就是"小酒馆风格的生活"。关于人类将面临何种未来，普希金时代似乎已经有了相关的预言，基督教在极速发展的工业面前无法提出拯救人类的终极方案，人们的精神需求将渐渐消失，唯一能够给人们安慰的是"为旅客们开设一家小酒馆"，精神需求将让位于工业化的劳作。俄罗斯作为西方基督教文明的组成部分，无法脱离整个西方文明发展的轨迹。俄罗斯族群在最近五百年的历史进程中，与其他白种人族群一道，参与了人类全球化的过程。全球化是一个无法倒转的历史车轮，这也是使威斯特伐利亚体系[2]解体的力量之一。加列茨基（Галецкий В.）为2017年的俄罗斯可能出现的生存状态提供了一个参考图，其中一个就是俄罗斯将比世界上许多国家更早出现反乌托邦图景，因为"过去的俄罗斯和今天的俄罗斯实际上并无太大区别，只是现存的社会矛盾比过去更加尖锐，富的越来越富，但与过去相比，俄罗斯产生了一个人口数量不大但群体相对稳定的中产阶级，处于两者之间的是数量庞大的为生存而挣扎和混日子的人群"[3]。加列茨基把这种人口贫富分布地图确定为俄罗斯乃至世界反乌托邦图景出现的前提。美国学者福山提出了更为激进的观点，认为人类建立的所谓全人类的国家将面临两个严重挑战，即法西斯主义和共产主义的挑战。[4] 俄罗斯学者涅克列萨（Неклесса А.）在福山的基础上提出了新的可能，她认为苏联解体之后，"全球局势变得越来越让人焦虑，最近十几年来频繁发生的事件也许用人道主义灾难这个词语是

---

[1] 俄语"трактир"（小酒馆）的含义为"ресторан низшего разряда"，即"档次很低的饭店"，译成"小酒馆"更符合该词本来的意义。参见 Ожегов С. И. Словарь русского языка. М.：Русский язык，1982，с. 717。

[2] 威斯特伐利亚体系（Westphalian System）的形成象征着30年战争的结束，交战各方于1648年10月24日签订了《西荷合约》，正式承认威斯特伐利亚一系列合约生效。

[3] Галецкий В. Россия в контексте вызовов демографической глобализации // Знамя，2007，No4，с. 187.

[4] 参见 Френсис Фукуяма. Конец истории? http：//www.ckp.ru/biblio/f/hist_ ends.htm。

无法解释清楚的,因为这些事件已经摧毁了未来主义者们的预言,并预示着21世纪更大悲剧的到来"。①

第二节　历史终结论与反乌托邦文学的宿命

20世纪末21世纪初的俄罗斯反乌托邦文学将苏联历史的终结作为主要的写作素材,尽管这种体裁依然保持着和《我们》等作品一脉相承的"家族类似"特征,但已经摒弃了描写某一具体国度的极权主义现象,新一代的反乌托邦文学厌倦了从人的外部寻找人与人之间的疏离感和压抑感,而更倾向于在人自身内部发掘巴比伦塔无法建成的原因。这一时期的反乌托邦小说以情节复杂并具有极速变化感而著称,小说家推崇寻找事件的发生和发展与人性的关系,当人类(或者就小说而言是某一族群或相关人物)进入一个社会动荡的时刻,超级英雄就出现了。

20世纪末21世纪初的俄罗斯文学发生了不同于以往的巨大变化,消费社会使得文学从传统的"生活教科书"变成日常生活的消费品,高雅文学的地位受到威胁,而玛丽宁娜(Маринина А.)、阿库宁(Акунин Б.)、苏霍夫(Сухов Е.)等通俗小说家的作品成为大众的宠儿,介于两者之间的佩列文的作品更是左右逢源。当然,那些"40年代作家"则渐渐淡出文坛,虽然邦达列夫(Бондарев Ю.)在20世纪90年代依然发表了《不抵抗》(Непротивление, 1996)和《百慕大三角》(Бермудский треугольник, 1999)等探索道德救赎的作品,但影响力显然不如从前。拉斯普京在整个90年代一直保持着旺盛的创作热情,发表了《意料之外和情理之中》(Нежданно-негаданно, 1997)这样脍炙人口的作品。马卡宁能够紧跟时代浪潮进行快速转向,发表了《地下人,或当代英雄》(Андеграунд, или герой нашего времени, 1998)这样具有鲜明后现代风格的后现实主义作品。当然,19世纪经典文学文本和苏联时期具有史诗价值的小说(如《普

---

① Неклесса А. Пакс экономикана(Pax Economicana), или эпилог истории // Новый мир, 1999, №9, c.135.

希金全集》、《陀思妥耶夫斯基全集》、肖洛霍夫的《静静的顿河》、瓦西里耶夫的《这里的黎明静悄悄》等）依然占领着文化的高地，但这也不妨碍原来沉寂的潜流文学和地下文学快速浮出水面并走进人们的视野。就俄罗斯反乌托邦文学来说，反乌托邦体裁的创新是这个时期俄罗斯文学最为显著的标志，这种自我更新和艺术空间的拓展与反乌托邦的最基本特征密切相关，这种基本特征就是该体裁的时空体（хронотоп）。具体而言，在这一阶段的反乌托邦作品中，空间具有很强的流动性、变化性，被各类困难和障碍填充，这种时空也决定了活动于其中的主人公们的系列特征，他们时刻在奔跑，没有方向感，甚至没有明确的生活目的，时间处于错乱状态，这也是很多主人公在现实中眩晕的原因之一。

寻找超级英雄的主题或寻找超人的主题成为 20 世纪世界文学和其他艺术形式的共同现象，这种现象在具有科幻元素和魔幻色调的反乌托邦作品中更为常见，如美国作家雷·布雷德伯利（Ray Bradbury）的《疯人的墓地》(A Graveyard for Lunatics, 1990) 等。俄罗斯文学中尽管也诞生了不少超级英雄，但总体来说俄罗斯缺少诞生超级英雄的传统，因为俄罗斯文化的土壤是被俄罗斯本土化的东正教，即便在 20 世纪，忏悔贵族的身影依然在文学文本中闪现。[①] 布尔加科夫《狗心》中的沙利科夫是不成功的人类实验案例，而《大师和玛加丽塔》（Мастер и Маргарита, 1966–1967）里的沃兰德虽然有超级英雄的特质，但遗憾的是，他并不是俄罗斯人，甚至不能算作人类。别利亚耶夫（Беляев А.）于 1925 年发表的《道维尔教授的脑袋》(Голова профессора Доуэля) 是俄罗斯版超级英雄的诞生地，但这类作品不是俄罗斯文学的主流。俄罗斯文学中的超级英雄与西方文学中的类似人物有很大的不同，出现这种现象的原因是，俄罗斯的超级英雄一般出身卑微，他们像果戈理笔下的巴什马奇金一样，仅仅幻想有一件体面的"外套"，如果外套穿在身上，他们就如同伊万·伊万诺维奇和伊万·尼基福罗维奇一样，可能为吃瓜子从大头还是从小头开始嗑而争吵，一旦"外套"丢失，

---

① 这里有一个前提，即此处所说的文学是与通俗文学相对应的雅文学，苏霍夫的俄罗斯"黑手党与政权"系列小说中的确存在超级英雄，但这种描写对于传统的俄罗斯文学而言并非主流。

他们就有可能从超级英雄变成超级杀人者,《罪与罚》里的拉斯柯尼科夫失去的是一件看不见的关于"身份"的外套,所以他可以用斧头砍死两个无辜的女人,从"超级英雄"成为"超级掠夺者"。俄罗斯人的乌托邦理想往往和某些不可思议的行为紧密联系在一起,如车尔尼雪夫斯基笔下的职业革命家拉赫美托夫用折磨自己肉体的方式锻炼意志。此外,这种乌托邦理想常常是普希金笔下的凯恩,是"一闪即逝的幻影"(как мимолетное видение),实现此理想的英雄可能从温顺的、勇于自我牺牲的理想主义者变成残暴的、不顾一切的杀人狂。当然,俄罗斯文学中不乏梅什金(《白痴》)这样圣愚式的人物,他们具有一般人所不具有的行为上的神秘性,相信世界在基督爱之光芒的照耀下是可以得到拯救的,遗憾的是,这些人仅仅具有精神上的力量,缺少强大肉身的支撑。不过,在斯拉夫神话中不乏超人,但俄罗斯科幻小说家和乌托邦作家似乎在20世纪末对这些神话英雄缺少兴趣,但在反乌托邦图景中,核爆之后的现代原始社会很像托尔斯泰娅在《野猫精》中描述的、坐落在七个小山丘上的费多尔-库兹米奇斯克城。亚索尔斯基(Азольский А.)的作品《破坏者:一本对男女青年有教育意义的长篇小说》(Диверсант: Назидательный роман для юношей и девушек, 2002)中的超级英雄是一位十五岁的苏联少年,名叫列昂尼德·菲拉托夫,他接受了充满爱国主义激情的教育,他是以志愿者的身份走上战场的。战争初期,苏联军队的溃败让许多人对战争的前景感到悲观,但菲拉托夫坚信:"撤退的军队实际上在等待一个能阻止溃败的人,让他们重新面对可恶的侵略者并使侵略者陷入险境。这个人不是别人,而是我,列昂尼德·菲拉托夫。"[①] 他以看似柔弱的少年的双肩承担起拯救苏联的历史重任,这就是这部小说的主旨。像很多童话一样,伟大的英雄终能抱得美人归,《破坏者》也为主人公预设了这样一个美好的结局,正如小说的副标题《一本对男女青年有教育意义的长篇小说》所暗示的那样。然而超级英雄终究要和子弹为伍,如何摆脱死亡成为主人公必须要考虑的问题。亚索尔斯基采用了神话所特有的叙事模式,即英雄不死的定律,其人物常常和大仲马与

---

① Азольский А. Диверсант // Новый мир, 2002, №3, с. 11.

斯蒂文森笔下的英雄构成互文。小说的主人公之所以能成为超级英雄，是因为无所不在的幸运，对于包括菲拉托夫在内的超级英雄而言，战争本身并不是灾难，而是表现他们英雄气质的绝佳场所，因为菲拉托夫无所不在的幸运是以一个崇高的目的（保卫祖国）为前提的，在解释自己为何隐瞒年龄加入军队时，菲拉托夫说："我……真诚地以为，只要我的目的足够高尚，那么手段就无关紧要了，可以欺骗，可以有些令人不齿的行为，可以进行破坏活动，包括与保卫祖国愿望相悖的行动。"① 如果菲拉托夫能够幸运地一直活下去，他极有可能成为老年版的梅尔库洛夫。高尔基在小说《以身试法的人》中把梅尔库洛夫描写成一个杀人不眨眼但每次都能躲过法律制裁的人，幸运女神福尔图娜似乎对他情有独钟，最后，为了克制自己犯罪的欲望，他上吊身亡。② 无论是亚索尔斯基笔下的菲拉托夫，还是科兹洛夫《夜猎》中的安东，或者是托尔斯泰娅《野猫精》里的本尼迪克，他们都有一个共同的特点，即混乱的时代成就了这些少年们的英雄梦。

俄语"герой"一词出自希腊文"heros"，意为神的儿子、神的后裔和凡人中非凡的人。普罗米修斯、阿喀琉斯和赫拉克勒斯等都属于英雄。但传统意义上的英雄往往会受到命运的捉弄，比如阿喀琉斯注定会因自己没有被冥河水泡过的脚踝而死亡。但超级英雄情况不同，超级英雄的命运更多仰仗战争或者自身拥有的神性代码，这部分代码是他们行动中最为隐秘的东西之一，"英雄不死，因为他们拥有神的属性"③，正是这部分和神性相关的属性使反乌托邦文学中的主角能成为超级英雄。在这部小说里，作者把菲拉托夫的幸运理解为神的庇佑和他作为战士所具有的超强职业素养（杀人），诚如叶里谢耶夫（Елисеев Н.）对这个英雄所作的评价一样，"这些勤奋而快乐的孩子试图让一切变得美好起来，只是他们不知道生活里根本没有什么美好事物，这些人甚至有一些堂吉诃德气质……菲拉托夫颇似索尔仁尼琴短篇小

---

① Азольский А. Диверсант // Новый мир, 2002, №3, с. 14.
② 参见高尔基《以身试法的人》，郑永旺译，《俄苏文学》1989 年第 4 期, 第 10 页。
③ Ильяхов И. Г. Этимологический словарь: античные корни в русском языке. М.: АСТ · Астрель, 2010, с. 111.

说《科切托夫卡站上发生的小故事》（Случай на станции Кочетовка）中的小傻瓜"[1]。实际情况是，菲拉托夫作为超级英雄存在的前提是放弃生命，也只有放弃生命才能得到未来，那些惜命的人恰恰最先死去，所以他说："我坚信，我的孩子不会默默无闻，因为我为自己设定了一个原点，从这个点出发有无数条通向未来的路线和通向遥远彼岸共产主义的路线。"[2] 亚索尔斯基的主人公远离伦理价值的评判，对于俄罗斯反乌托邦文学而言其意义在于，在死亡阴影之下，超级英雄能够凭借本能去完成几乎无法完成的任务。亚索尔斯基关注的不是人的慈悲之心，他所关注的是在极端困难的条件下，当生存成为人的第一选择之时，英雄能够牺牲自己完成伟大的使命，而超级英雄不但能够完成不可能的任务，还可以全身而退，实现英雄不死的神话，就像好莱坞《碟中谍》系列电影中的伊森，无论多么艰难的任务和危险的环境他都能轻松应付，无论子弹多么密集，总是碰不到英雄。英雄不死，与其说是主人公的幸运，不如说是作者的一厢情愿。

第三节　索罗金创作中的反乌托邦思维与世纪末超级英雄

国内外斯拉夫学界对索罗金（Сорокин В.）的评价褒贬不一，对于转型期的俄罗斯文学而言，索罗金无疑是20世纪末21世纪初一位十分重要的人物，他的重要性体现在他的作品能够帮助人们更好地理解俄罗斯脆弱的现实，作者能够比较准确地把握时代的脉动，并用"幻象"叙事来降解俄罗斯文化的伟大和崇高。就诗学特征而言，"索罗金打破线性和因果叙述结构，造成时空交错，时序混乱，空间漂浮不定，给人以乱、怪，甚至荒诞的感觉"[3]。他的小说以描写转型期人们（主要是苏联人）的道德堕落见长，

---

[1] Елисеев Н. Азольский и его герои // Новый мир, 1997, №8, с. 215.
[2] Азольский А. Диверсант // Новый мир, 2002, №3, с. 48.
[3] 温玉霞：《颠覆传统文学的另类文本——索罗金作品解读》，载曹顺庆主编《中外文化与文论》第十二辑，四川大学出版社，2005，第104页。

格尼斯（Генис А.）的结论是："索罗金笔下的苏联人完全失去了罪恶感，他们从社会主义的伊甸园里蜂拥而出，进入一个完全无序的世界，根本不受任何社会规范的约束。"①作家拥有一套关于描述无序世界的创作诗学，无序不仅仅是指其写作的背景，也是指人物的生活方式，如果说在亚索尔斯基的作品中超级英雄尚能等待未来，那么在《蓝油脂》（Голубое сало，1999）、《四人之心》（Сердца четырех，1999）、《冰》（Лед，2002）及《布罗之路》（Путь Бро，2004）等作品里，人物更注重眼下的生存，或者说更注重眼下的享乐生活。有学者指出，索罗金及其小说的出现标志着俄罗斯"反文化"勇士的诞生，作家可以将人物粪土化、妖魔化和丑陋化，"这是作家对俄罗斯文学美学传统观念的反驳，对和谐优美的俄罗斯文学审美的'冲击和亵渎'"②。其中，《23000》（2006）对超级英雄的表现与《冰》和《布罗之路》有密切的关系，三者可以构成"超级英雄三部曲"。

《23000》③在某种程度上是对前两部的注释与说明，许多前两部没有厘清的线索在这部作品中逐渐明晰起来。比如关于"最初光源"的问题在第三部小说《23000》中终于尘埃落定。运动母题（мотив движения）分成泾渭分明的两部分："肉机器"（мясные машины）的世界和"光源"的世界。"肉机器"的运动呈现活跃态势，并达到令人惊悚的速度；"心灵"（сердце）运动则越来越慢，最后趋于消失。前两部作品的空间仅仅局限于俄罗斯和部分欧洲国家，而在《23000》中，其空间已经涵盖美国和中国，俄罗斯在这部小说里被称为"冰之国"，德国则为"秩序之国"。就时空塑造而言，这是典型的反乌托邦叙事，类似《我们》和《斩首的邀请》，强调空间的封闭性，也与《夜猎》和《美妙的新世界》构成内容上的关联，强调人

---

① Генис А. Соч. в 8 т. т. 2. Екатеринбург: У-Фактория, 2003, с. 504.
② 张建华：《丑与恶对文学审美圣殿的"冲击和亵渎"——俄国后现代主义小说家索罗金创作论》，《外国文学》2008 年第 2 期，第 4 页。
③ 该作品虽然发表于 2006 年，但写作手法和 20 世纪 90 年代的几部作品有密切的联系，它具有 20 世纪最后十年的文化余韵。参见 Воробьева А. Н. Русская антиутопия XX начала XXI веков в контексте мировой антиутопии. Диссертация на соискание ученой степени доктора филологических наук. Самарская государственная академия культуры и искусств, 2009, с. 394.

类科技发展到一定程度后人所居住环境的广阔性和世界性。第三部小说的开头恰恰是《冰》的结尾。那个智力残缺的男孩子被人遗弃在空房子里,他发现房子里有一个奇怪的盒子,里面放着一块冰,于是,小男孩开始摆弄这块冰。这就是《23000》的开头。然而,这个美好的开端有一个令人惊悚的情节发展线路,小男孩被"光源"世界的兄弟劫持,从这一刻起,"心灵"兄弟开始了漫长的犯罪之旅,他们变得越来越邪恶,彼此间"心灵"的沟通越来越乏味。小说的名称"23000"是指 23000 颗心脏(心灵),这是关于人类生存图景的隐喻,暗示人类兄弟般的耐心和同情一代代越来越少,与之相反,心中的恶越积越多。失去心性(сердечность)的心灵只知道杀戮、压制和拷问。对心灵兄弟"心性"的矮化在小说主人公首次犯罪时就已经显现。在三部曲的头两部中对"心灵"兄弟的行为尚可抱以同情之心,是因为他们当时是在一种崇高思想的鼓舞下为了一个看似无私的目的而行动的,而在第三部作品中,因为失去了心性,他们成了不为任何目的而杀人的职业犯罪专家,"索罗金的叙事焦点就是把刽子手的残忍描写成英雄的行为"[1]。

"心灵"或者"心脏"(сердце)的母题贯穿索罗金的整个创作,"心"被大众和国家的卑鄙行为摧残,被生活的残酷蹂躏,"心"已经失去了抵抗外力的能力,面对强权和暴力无动于衷。在这种情况下,人们对"心"的处理只有一种可能,即将其置于暴力模具中塑型。以索罗金的《四人之心》为例,《四人之心》指向一个以雷布罗夫为首的犯罪集团,集团成员以性和其他犯罪为自己的生活方式,即便杀掉自己的父母也丝毫不会感到内疚。但就"сердца четырех"这个词组本身来说,它是指向爱情的,或者确切一点,"四人之心"中的"心"指的是爱情。该词组之所以能引发联想,因为《四人之心》的前文本是卫国战争之前苏联人拍摄的一部反映人们战前爱情生活的名为《四人之心》[2]的电影。故事围绕一对姐妹的恋爱故事展开,姐姐嘉琳娜是献身数学研究的科学家,妹妹头脑简单、活泼好动。妹妹的同事

---

[1] Латынина А. В ожидании золотого века // Октябрь, 1989, №6, с. 177.
[2] 这是一部抒情喜剧,由苏联著名导演康斯坦丁·尤金执导,莫斯科电影制片厂 1941 年出品。该电影由康斯坦丁·西蒙诺夫的妻子瓦莲金娜·谢洛娃(Серова В.)担任主演,西蒙诺夫那首脍炙人口的抒情诗《等着我吧》(Жди меня)就是写给她的。

格列布对这个略显轻浮的女孩很有好感，但妹妹喜欢年轻的军人彼得·克尔琴，这名军人通过阅读嘉琳娜的科学专著，对献身科学事业的女性（姐姐）产生了爱慕之情。电影中的爱情故事一波三折，有泪水，有欢笑，最后有情人终成眷属。电影虽然拍摄于1941年，但直到1945年战争结束后才得以面世。电影《四人之心》表现的是以爱情为基础的感情生活，电影《四人之心》中的"心"和情欲无关，"心"是爱情的象征。无论是《四人之心》中的"心"还是《23000》中的"心灵"兄弟，在格尼斯看来，都充满了沉郁的宗教内涵，"揭示这些宗教内涵对索罗金来说要靠人类肉体中充斥的卑鄙，作家热衷于描写这种卑鄙的意义就在于此……人这种动物在索罗金眼里不是自然的主宰，而是外面蒙着一层皮肤，里面是散发着臭味的内脏的玩偶"[1]。英雄被坎贝尔理解成为崇高目的而死的人，并确信"这也是世界各地英雄的主要品德和历史功绩已经解决了的问题"[2]。但问题真的解决了吗？或者说英雄能否在不同的历史文化语境中保持同样的精神面貌呢？英雄真的有一种所谓的恒定品质吗？坎贝尔也承认没有，因为"如果想要长期生存下去就必须在灵魂中、在社会整体内用持续的'重复出生'（palingenesia）来使不间断的重复死亡无效"[3]。不能指望《破坏者》中的菲拉托夫能表现出普罗米修斯的境界，不能要求科兹洛夫笔下的安东（《夜猎》的主人公）能在险象环生的末日世界用高尚换得生存的空间。"英雄"与"主人公"是同义词，就生存的紧迫性而言，《四人之心》里的雷布罗夫等并不存在生存的紧迫性问题，但存在一个用不断的刺激，即所谓的"重复出生"，来感受自己存在的问题。从这个意义上讲，索罗金笔下的超级英雄更像新时代的"新人"。

---

[1] Генис А. Соч. в т-х т. т. 2. Екатеринбург: У-Фактория, 2003, с. 104.
[2] 约瑟夫·坎贝尔：《千面英雄》，张承谟译，上海文艺出版社，2000，第12页。
[3] 约瑟夫·坎贝尔：《千面英雄》，张承谟译，上海文艺出版社，2000，第13页。

第四章
崩溃的时代：21世纪俄罗斯反乌托邦文学

第一节　文学创作中的文明冲突主题

　　早在20世纪90年代末，后现代主义的春风就已吹绿了俄罗斯的文学江南岸，"解构"成了许多作家的创作利器。不过，俄罗斯式的解构依然与西方式的解构在操作方式上有显著区别，马卡宁式的具有世纪末情结的"地下人"和佩列文式的"存在的难民"始终摆脱不了"教科书情怀"，这就是所谓的俄罗斯文学的思想情结。的确，"最深刻最重要的思想在俄国不是在系统的学术著作中表达出来的，而是在完全另外的形式——文学作品中表达出来的"①。文学家充当哲学家的传统在21世纪这个一切被物化的时代在俄罗斯文学领域仍有一定的存在价值和活动空间。

　　20世纪90年代以及此前的俄罗斯反乌托邦文学同样无法完全摆脱经典反乌托邦文学的创作范式。进入21世纪，俄罗斯反乌托邦文学的创作有了一些新的特征，这种变化与世界文化生态和世界经济生态发生重大改变密切相关，和俄罗斯在经历了解体的阵痛和巨大的文化洗礼后重装上阵相关。

　　这些新的特征和一个时间点密不可分，即2001年9月11日震惊全球的美国"9·11"恐怖袭击事件，世界文明的两大阵营——基督教文明和伊斯

---

① 弗兰克：《俄国知识人与精神偶像》，徐凤林译，学林出版社，1999，第4页。

兰教文明——的对抗走向公开化和白热化,以美国为首的西方发达国家作为基督教文明的代言人在全球充"当正义先锋"的角色,但该文明本身所具有的多元性特征使得美国并不能让天下都发出同一个声音,其在伊拉克和阿富汗等地接连受挫很好地证明了这一点。但有一点似乎没有争议,即"9·11"事件之后,人类社会进入了无法摆脱恐怖主义梦魇的暗黑时代,"十几年间,从局势动荡的中东到和平稳定的北美,恐怖袭击都未曾离开人们的视线。根据全球恐怖主义数据库的统计,2000～2012年,全世界发生的恐怖袭击事件达到25903起,平均每年发生2000起左右,每天发生逾5起……在这些地区,盘踞着几大活跃的恐怖组织,如塔利班、基地组织、博科圣地组织等"①。与此同时,高度发达的互联网技术进一步改变了人们的沟通方式,信息传播速度空前加快,娱乐至上的精神像流感一样感染了地球人。互联网时代消费社会的文学在很大程度上被读者消费,这个"消费"有两种解释,把文学当作商品或者抚慰心灵的良药。如果承认文学是商业活动的一部分,那么"文学已死"的言说并不是那么耸人听闻;如果把文学依旧当作抚慰心灵的良药,那文学的教科书功能尽管有些被削弱,但还是残存了些许的药效。罗兰·巴特所说的"作者之死"是不是真能把文学作品都变成思绪遄飞的文本,这在俄罗斯这个文学王国同样是个疑问。但毋庸置疑的是,反乌托邦文学的产生代表了创作者悲剧性的世界感受,无处不在的恐怖主义活动的确可以成为世界反乌托邦小说的创作素材。21世纪不是人类发展史上最好的时期,甚至可以借用狄更斯在《双城记》中的一段话来形容人类的21世纪:

  这是最幸运的年代,也是最倒霉的年代,这是智慧的年代,也是愚昧的年代;这个时期信仰与怀疑共存,这个时期光明与黑暗共存;这是希望之春,也是失望之冬;人们面前琳琅满目,但又一无所有;我们正直达天堂,我们正直通地狱。②

---

① 《恐怖袭击弥漫全球,每年平均2000多起》,http://data.163.com/14/0504/23/9REI6E0D00014MTN.html。
② 查尔斯·狄更斯:《双城记》,叶红译,长江文艺出版社,2001,第3页。

说是最幸运的年代，是因为人们可以充分享受科技带来的舒适和便利；说是最倒霉的年代，是因为所谓的幸运一定会变成过眼云烟，繁荣的经济是以破坏环境和疯狂攫取资源换来的，及时行乐般的末日美好时光更像人类的回光返照，"人类仿佛要在末日到来前尽情狂欢，为此不惜放纵自己，在盛宴上对美食浅尝辄止，把大部分的食物扔在地上，还踏上一脚"①。在最幸运的年代，人们的内心不会塞满后现代主义的解构冲动，只有在末日到来之前，人们才会不顾一切地宣泄自己的不良情绪，反乌托邦思维才能成为左右作家创作的"未思之物"。美国小说家吉姆·德维尔和凯文·弗林在报告文学作品《双子塔》中的一段话就能证明"9·11"事件对整个时代的巨大影响，同样能从侧面说明，在人类社会发展进程的最不美妙的时代之一，人向自己提出了一个严峻的问题，即"我"该如何存在。

整个美国东北部地区的人们一下子惊醒了，一夜之间他们就进入了新的时代，那个昨天还能保护他们的年迈国家，现在已经无力再让他们安然无恙，曾几何时，这个庞大的国家机器和身居要职的大人物信誓旦旦说要保护他们。冷战的终止、苏联的解体、中东地区永无宁日的未完结历史、世界上唯一的超级大国首都里权力机构的哪怕细小的无意义的动作，都是这次此前数十年历史上全球范围内不可思议的"9·11"事件的起因。②

美国无疑是恐怖主义活动的受害者，也是层出不穷的恐怖事件的始作俑者；美国一方面赢得了全世界的同情，另一方面也引发了人类对自身命运悲剧性的思考。好莱坞电影梦工厂制造了大批拯救世界的超级英雄，向全世界输出唯有美国英雄才能拯救世界的价值观，可突然之间美国人发现，他们的英雄不仅无法拯救世界，甚至自身都难保。电影《华氏911》以电影语言来明晰美国成为恐怖袭击对象的必然性，表面上看，布什总统到处充当正义的

---

① Волков А. Можно ли научиться жить без всего? http://ogrik2.ru/b/aleksandr-volkov/100-velikih-tajn-zemli/26144/mozhno-li-nauchitsya-zhit-bez-vsego/102.
② Дауэр Д., Флинн К. Башни-близнецы. СПб.：Амфора, 2006, c.399.

使者，实际上在一系列恐怖活动的背后，是布什家族和阿拉伯世界富商间的利益博弈。21世纪世界上较有影响力的文学作品往往紧扣恐怖主义的主题。较早在文学作品中表现由基督教文化和伊斯兰文化碰撞导致毁灭主题的是美国作家约翰·厄普代克（John Hoyer Updike）的短篇小说《多种宗教体验》（Многообразие религионого опыта，2003年译成俄文）。小说由多个片段构成，所有的片段都和那束刺眼的毁灭之光有关，毁灭之光过后，小说中的人物除了惊恐和不解之外，尚没有意识到这是一场民族的悲剧。邓·克洛格来纽约看望女儿和外孙，他目睹了世贸中心南侧大楼的垮塌。每个情节中，作者都安排了两双眼睛，一双眼睛从大楼的内部注视毁灭的场面，另一双眼睛则从外部观察惨剧发生的细节。此外，作家还安排了第三个视角，即恐怖分子的视角。他们坐在基督教国家的某个"不洁"之地（酒吧），吃着这个国家"不洁"的食物，喝着异教徒"不洁"的白酒，等待为真主献身的神圣时刻。这部小说的反乌托邦性表现为对信仰的深度怀疑。当灾难发生时，邓突然发现年轻的恐怖主义者穆罕默德完全控制了局势，上帝并没有现身帮助他的孩子。恐怖分子似乎在向上帝和上帝的审判发出挑战。这挑战即作家在小说中提出的问题：谁（上帝还是安拉）的力量更为强大。

第二节　宗教冲突的文学表述

21世纪的俄罗斯反乌托邦文学正是在这种世界文化语境中表达自己对俄罗斯现实的感受和认知。这期间，俄罗斯的现实生活充斥着比小说更具想象力的各种令人震惊的事件，令人震惊的不仅仅是可怕的恐怖行为、国家展开的以铲除恐怖组织为目的的大规模军事行动，还包括在这些事件中俄罗斯人的自我定位。许多现实中的恐怖事件被作家写进小说，被导演搬上大荧幕或改编成电视剧。最近10余年，和车臣战争有关的俄罗斯电影赢得了较高的票房，如2006年的《爆破》（Прорыв）和《风暴之门》（Грозные ворота）深受观众青睐。前者讲的是一支仅100人的俄罗斯军队和2000多名车臣恐怖分子战斗的故事，尽管战斗以失败告终，但充分显示了俄罗斯军人的勇气和爱国情怀。后者同样讲的是一场力量悬殊的战斗，仅100人的俄罗斯突击队守在一处关隘与车臣分离分子展开殊死搏斗并最终取得胜利。21世纪的俄罗斯在法国作家、文学批评家、电影导演兼电视节目主持人弗雷德里克·贝格伯德（Frederic Beigbeder）的小说《世界之窗》（Windows on the World, 2002, 俄文版书名是 Окно в мир, 于 2004 年出版）中, 以弱国的形象出现。作者坦言，俄罗斯曾经是唯一能抵抗美国这个超级大国的大国，"美国过去只有一个敌人，那就是俄罗斯。事实上，拥有一个强大的对手也不是件坏事，因为这样世界上其他人都有了选择的机会。这种选择就是：你是希望商店里空空如也，还是希望里面的商品琳琅满目？你是选择自由批评的权利还是缄口不言？而今天，美国人失去了对手，成了全球的领袖，当然也就成了众矢之的"①。失去了与美国抗衡实力的俄罗斯日子过得并不舒坦，这主要是因为"9·11"事件之后，车臣和南奥塞梯地区的伊斯兰分离分子在基地组织的支持下进行爆炸、暗杀、劫持人质等多种形式的恐怖活动，比如震惊世界的 2004 年 9 月 1 日别斯兰人质事件。② 20 世纪末和 21 世纪初的两次车臣战争并没有一劳永逸地解决问题。21 世纪俄罗斯的反乌托邦作品大多和高加索地区的分离主义分子有密切关联，成为 19 世纪以来俄罗斯文学中高加索主题的延续。但两个主题具有明显的差异。普希金的《高加索的俘虏》一方面赞叹年轻俘虏的勇敢机智，另一方面也没有贬低契尔克斯人的信仰和习俗③，不过需要指出的是，普希金特别强调了一个信奉基督教的欧洲人（即俄罗斯俘虏）眼中信奉伊斯兰教的高加索人形象。在后来的《一八二九年远征时的埃尔祖鲁姆之行》中，

---

① Бегбедер Ф. Окно в мир. М.：Иностранка, 2005, с. 175.
② 该事件是指 2004 年 9 月 1 日车臣分离主义武装分子在俄罗斯南部北奥塞梯共和国别斯兰市第一中学制造的一起劫持学生、教师和家长作为人质的恐怖活动。事件中，有 1200 多人被劫持为人质，事件共造成 333 名人员死亡、958 人受伤，31 名恐怖分子被击毙、1 名被生擒。别斯兰发生的劫持人质事件开创了向社会最弱势群体——少年儿童大开杀戒的先例，它对人们的心理打击是巨大的。参见 "别斯兰人质事件"，https：//baike.baidu.com/item/别斯兰人质事件/6787648? fr = aladdin。
③ "然而这个奇特的民族/吸引着欧洲人的全部注意。/俘虏在山民中间观察/他们的信仰，风俗和教育。/他喜欢他们的朴实好客，/和他们对战斗的渴望；/他佩服他们迅疾的动作，/敏捷的腿脚和有力的手掌。"参见普希金《高加索的俘虏》,《普希金全集》（第四卷），郑体武、冯春译，河北教育出版社，1999，第 131 页。

普希金明确地阐释了高加索地区的居民仇视俄罗斯的原因。

  契尔克斯人仇恨我们。我们把他们赶出广阔的牧场；他们的山村被焚毁，一个个部落被消灭。他们一天比一天更深地藏到山里去，并从那里发动突然袭击。①

为了彻底解决民族问题，普希金提出了一个自认为不错的解决方案，"还有一种比较有效、比较道德，也比较符合我们时代的教育精神的手段：这就是传播《福音书》"②。今天看来，宗教信仰对某些民族而言实际上是一种生存方式，深入其骨髓，变成一种集体无意识，但这种集体无意识不能在短时间内取代另一个民族的集体无意识。对于普希金的解决方案，今天依然有人在卖力推广，但效果很不理想。此外，即便是拥有相同信仰和相同起源的民族之间（比如俄罗斯民族和乌克兰民族）也存在集体无意识上的对抗。托尔斯泰的《高加索的俘虏》基本上延续了普希金作品的核心价值，只是增加了对人性的理解，俄罗斯俘虏日林依旧勇敢机智，但已经看不出普希金那种直书民族矛盾的勇气，小说中的鞑靼女孩吉娜身上闪烁着超越民族情感的人性光辉，但这丝毫无法抹杀鞑靼人和俄罗斯人之间的仇恨。在马卡宁1998年发表的《地下人，或当代英雄》第二部中的《高加索的痕迹》里，高加索形象的书写方式具有了日常生活的属性，作者试图用更加具有生活质感的场景来表现俄罗斯人和高加索人之间的民族矛盾，小说的主人公彼得罗维奇之所以杀掉高加索人，是因为此前他亲眼看见三个高加索人对工程师的侮辱和讽刺，彼得罗维奇认为这是一个民族对另一个民族的宣战，高加索人告诉彼得罗维奇："你说你是俄罗斯人？……哎，老爷子，你还别跟我争。这已经是尽人皆知的。俄罗斯人完了。已经彻底完了……'富克'！"③ 这种

---

  ① 普希金：《一八二九年远征时的埃尔祖鲁姆之行》，《普希金文集》（小说二、散文），冯春译，上海译文出版社，1993，第231页。
  ② 普希金：《一八二九年远征时的埃尔祖鲁姆之行》，《普希金文集》（小说二、散文），冯春译，上海译文出版社，1993，第232页。
  ③ 马卡宁：《地下人，或当代英雄》，田大畏译，外国文学出版社，2002，第183页。

宣战充满了戏谑,表现形式是比拼酒量,虽然看似缺少战场上的血腥,但民族间的仇恨恰恰通过酒这个俄罗斯民族喜爱之物得以表达。在《罪与罚》中,拉斯科尔尼科夫杀掉高利贷者除了受超人哲学的影响,还因为梦见那匹被虐待的老马和受到马尔美拉托夫关于赤贫的言论的刺激。而彼得罗维奇在目睹三个贩卖蔬菜的高加索人用刀威胁俄罗斯人的场景之后,一个狂妄的念头占据了他的心灵。最后,在一个高加索人对他进行勒索并与其比拼酒量之后,他杀掉了这个高加索人。马卡宁在这里运用了元小说的写作策略,在整个环节之中有意暴露彼得罗维奇和拉斯科尔尼科夫的关系,甚至里面的警察也有意识地扮演《罪与罚》中的侦查员波尔菲里:

"喂,怎么样啊?"又是那种特别的讥讽,似乎他在扮演着一个明察秋毫的侦探或者那本著名的小说里的波尔菲里(要知道拉斯科尔尼科夫也是个文人呐,你看看!——脑子里闪过这个念头)。但现在行不通。对不起,不是那个世纪了!他妈的。①

俄罗斯人与其他民族(主要是信奉伊斯兰教的高加索地区各民族)之间的矛盾是历史遗留问题,但自从"9·11"恐怖袭击事件之后,这个矛盾暴露了其国际背景。具体而言,这个背景就是基督教世界和伊斯兰世界(以伊斯兰宗教极端主义者为主导的力量)之间的斗争,在每个信仰背后都有强大的利益集团和政治诉求,在伊斯兰宗教极端主义者所推崇的"一个信仰——伊斯兰教,一个神——安拉"的理念之下,信仰基督教的西方世界成为限制其生存空间的最大敌人。车臣分离分子的背后是基地组织。拉蒂尼娜(Латынина Ю.)的长篇小说《哲罕南,或地狱中相见》(Джананнам, или До встречи в аду, 2005)②和沃罗斯(Волос А.)的长篇小说《动画师》(Аниматор, 2005)所要表现的正是在广阔的俄罗斯领土上车臣人为

---

① 马卡宁:《地下人,或当代英雄》,田大畏译,外国文学出版社,2002,第190页。
② "Джаханнам"(哲罕南)是伊斯兰教中地狱的名称。

"独立"而进行的斗争。在这类小说中有标准的反乌托邦小说要件，即关于个人和国家间关系的主题。20世纪90年代及90年代之前的反乌托邦小说多是对经典反乌托邦文本修补性的继承，在体现强烈政论性和争议性的同时，对前文本进行讽拟性书写和解构，以人的个体性普遍遭到践踏为显著标记。21世纪的反乌托邦小说在情节上对这种人之个体性的普遍践踏作了进一步的细化，使个体性可以忽略不计，换言之，由于环境的变化，在21世纪人的价值变得更加无足轻重，就像《地下人，或当代英雄》中的彼得罗维奇，甚至不需要姓氏就可以在人间苟活。人所具有的实现理想的愿望在与现实的残酷性对抗时变得愈加渺茫。人为了生存的需要只能服从丛林法则，反乌托邦小说主人公身上残存的人性在21世纪的残酷、暴力、欺骗、难以提防的生活暗流冲刷之下很快消失得一干二净。21世纪的俄罗斯反乌托邦文学无须再从现实中寻找塑造形象的灵感，原因是俄罗斯现实太过夸张，本身就是苦难的隐喻。苦难源于在俄罗斯经济转型期寡头对国家的控制，源于俄罗斯人民为了维护国家领土完整和统一所产生的精神和物质的损耗。

在经典的反乌托邦小说里，未来社会制度的缺陷通过三个维度得以反映，即"国家、社会、人"。三者在小说中承担着不同的使命。国家以独裁者的面貌出现，如《我们》中的"造福主"、《美妙的新世界》里的"总统"和《1984》里的"老大哥"。独裁者拥有支配普通人生活乃至生命的权力，他们通过所掌握的人类资源建立起意识形态的幻象体制，他们用依靠强权建立的体制操纵温斯顿们和D－503们的个体意识和人格。社会存在的意义更多地在于它具有一种审美造型的功能，即可以向"号民"们展示国家制度的牢固性、幸福的实在感和自由的虚无等属性，向"号民"们灌输对国家要绝对忠诚的思想。那些偶然获知自己之卑微存在的人一定会被赶出其赖以生存的（肉体或精神层面的）"伊甸园"（玻璃天堂），他们不得不和强大的国家机器进行绝望的战斗，两者之间的决战从一开始就注定了D－503们的失败。21世纪的反乌托邦小说构建了新的生存空间，"国家、社会、人"三者之间的关系不再如以前那样承担不同的功能，相反，三者的功能正在相互融合，国家的监察功能被削弱，已经失去了以前的充满意识形态色调的话语权，国家的概念逐渐融入社会意识之中，而人则不再像以前那样，为了某种目的而不顾一切。这一点奥威尔似乎已经预见到了，他在《1984》里用"真理部"墙上的三句口号来说明人在未来所面临的困境，以及这种困境对人所能产生的作用。

> 战争即和平
> 自由即奴役
> 无知即力量①

奥威尔在他创作这部作品的1948年就预言，国家一定会将人灵魂中最后的人性挤出去，让人彻底成为没有思想的傻瓜，即便你有思想，也只能装成傻瓜的样子生活。

第三节 文明对抗中的"国家、社会、人"三者间关系

沃罗斯在《动画师》这部长篇小说里，为哲学家费多罗夫②的乌托邦思想涂抹上了一层奇幻色彩，依据费多罗夫的方案，沃罗斯设计了一种能帮助生者回忆死者的艺术文本，即根据信息员提供的有关死者的信息，把死者在世前的某些重要生活片段制成动画片，本来这项工作的意义在于寄托死者家属或亲人的哀思，但政府的安全部门对这项工作产生了浓厚的兴趣，其根据这些动画片提供的情报，来掌控某些活着的危险分子（比如恐怖分子）的活动情况。动画师巴尔敏对这项工作有着浓厚的兴趣，在他看来，动画片中深藏着灵魂的奥秘，因为"анимация"（动画片）来自拉丁语"anima"，即俄语的"душа"（灵魂）。巴尔敏为死者编写了类似传记的个人生活史，并将其变成动画的脚本，这些死者中有因犯罪进了监狱的、曾任车间主任的尼基弗洛夫，有幻想家捷波罗夫、倒卖军火的少校科林等。③ 类似的内容

---

① 乔治·奥威尔：《1984》，董乐山、傅惟慈译，万卷出版公司，2010，第33页。
② 此人不是作为一个鲜活的人物出现在文本里，而是巴尔敏在给大学生上课时提到的一个人。
③ 参见 Волос А. Аниматор. http://royallib.ru/book/volos_andrey/animator.html.

佩列文在《天堂的铃鼓》(Бубен верхнего мира, 1993)中也描述过, 只是在佩列文的笔下, 死者可以复活, 并成为一些人的丈夫, 但他们在世的时间仅仅能维持3年左右。小说中描写了一个叫特伊梅的妇女带领一群妇女来到荒郊野外招魂, 一名苏联卫国战争时期死去的飞行员来到她们面前, 向其讲述自己在冥界的生活。特伊梅的方式显然比巴尔敏的更实在, 她不是想复活死人来获取信息, 而是让他们复活之后和那些没能出嫁的剩女结婚,"我们复活死人是有条件的, 就是让他们娶我们"①。然而, 即便在阴间, 人的价值也是不同的,"我们一般要德国人。一具德国人尸体和一个津巴布韦活黑人价格相当, 我们也要说俄语而且没有前科的犹太人。最值钱的是'蓝色师团'中的西班牙亡者。当然, 我们也需要意大利人和芬兰人。罗马人和匈牙利人我们碰都不碰"②。《天堂的铃鼓》和《动画师》在内容上有一定的文际关系, 但沃罗斯对死者价值的挖掘显然比佩列文更有深度, 巴尔敏是用死人残存的有用的信息来建立社会安全保障系统, 以挽救这个濒临灭亡的国家。所有因暴力而死的人都是这个可怕链条上的重要一环, 链条上的人都与一次恐怖事件构成连接关系。如尼基弗洛夫的犯罪行为和捷波罗夫不切实际的幻想有关, 后者和科林贩卖军火有关, 军火卖给了恐怖分子马迈德, 马迈德把剧院中的观众当人质, 俄罗斯军队打击恐怖主义分子时, 巴尔敏和情人克拉拉刚好也在剧院, 为了保护巴尔敏, 克拉拉不幸中弹。个人在暴力面前无足轻重, 只是恐怖分子和政府间的筹码。小说有一个令人浮想联翩的结局, 巴尔敏将前往克拉拉母亲所在的城市卡尔戈波利, 看望情人出生不满五十天的女儿, 主人公没有为情人制作动画, 因为他已经把她的一切都记在心中。这是一篇以人性为核心的作品, 小说中除了克拉拉(遗憾的是, 她死得很悲惨)外很难找到一个传统作品中的正面人物形象。虽然俄罗斯少校科林和恐怖分子马迈德属于两个不同阵营, 但他们皆患有不同程度的人格缺陷综合征, 马迈德的爱国主义情怀更多地和童年不幸的经历有关, 而科林的贪财和躁狂症则和他的军队生活密不可分。总之, 在《动画师》这篇小说

---

① Пелевин В. Бубен верхнего мира // Желтая стрела. М.: Эксмо, 2005, с. 320.
② Пелевин В. Бубен верхнего мира // Желтая стрела. М.: Эксмо, 2005, с. 320.

所描绘的世界里，人尽管可以拥有最大限度的言论自由，但过度的自由则成为幸福的负担，这一点恰好和《我们》中对待"自由和幸福"的态度相反，但结果都是一样的，即未来之人和幸福无缘，这是个人的悲剧，更是人类的悲剧。

拉蒂尼娜的长篇小说《哲罕南，或地狱中相见》进一步挖掘在恐怖主义肆虐的时代人性丧失的主题。在这部作品里，所有的人物都被迫在国家这驾残暴又破旧的战车之上被动地狂奔，所有的人在自己的行动和日常行为里都不会考虑国家的利益，也不会考虑自己所居住的名为科萨列夫的城市的福祉。经验丰富的恐怖分子哈立德·哈萨耶夫很清楚俄罗斯人精神世界的污浊，他带领一群训练有素的人员渗透进石油加工厂，在厂长阿尔焦姆·苏里珂夫和俄联邦安全局当地分支机构首长雷德尼科将军的配合下，出其不意地占领了这家工厂。这情形和《动画师》中的片段相似，只是在《哲罕南，或地狱中相见》中，俄罗斯人表现得更加无耻和贪婪，参与恐怖活动的人级别更高。为了攫取个人利益，他们不惜出卖国家，从而堕入万劫不复的深渊。那些混入工厂车间的精心准备恐怖活动的人，在作者看来，不但得到了工厂负责人的默许，而且得到了俄罗斯寡头的暗中支持。在恐怖分子哈萨耶夫的眼里，他手下的每个人都是"敬业的"，他们的"敬业精神"就是俄罗斯将军们的噩梦。哈萨耶夫的"敬业行为"源于他总是病态地感觉有人试图侵犯和侮辱他的人格，而这种感觉的直接源头就是俄罗斯民族和高加索地区信奉伊斯兰教的居民之间无法消除的世仇。

小说留下了一个光明的结尾，只是从叙事真实性的角度看有些牵强。雷德尼科将军良心发现、人性回归，他以自杀谢罪。真正拯救人质的不是俄罗斯军队，而是寡头丹尼尔·巴罗夫，他成了小说中唯一的英雄，但这个英雄的双手同样沾满了鲜血。人性的缺失与生存的压力有关，在一个死亡随时降临的世界里，在神性变异的环境中，很难说是上帝还是安拉的力量更大。两种文明的厮杀让人回到高尔基在《丹柯的传说》中描述的蛮荒时代，但这种回归是有缺陷的，而且是可怕的，因为携带了现代意识的人用野性思维争取生存权利的斗争只会把人变得更野蛮、更缺少人性。尼采在《查拉图斯特拉如是说》中对人性的评价很契合俄罗斯反乌托邦小说的"野性思维",书中写道:"你们走过了由蠕虫变人的道路,可是你们中仍有许多人是蠕虫。你们曾是猿猴,可现在的人比任何一种猿猴更猿猴。"① 其实,用猿猴来形容科林、雷德尼科等小说人物是对猿猴的侮辱,因为在猿猴的世界里虽然争斗不断,但它们恪守严格的游戏规则,即争斗不以杀猴为目的。作者认为人是卑鄙的动物,如果没有严格的制度制约,缺少人性但充满阴谋的人无疑是这个世界最难清理的癌细胞。小说中科林和雷德尼科的所作所为证明,经历了现代性洗礼的人类重新进入丛林后会比自己的祖先变得更加凶狠、面目更加狰狞、杀伤力更加巨大。

第四节　21世纪反乌托邦文学的新动向

以上两部作品与现实世界密切相关,从这个意义上讲,与经典的反乌托邦小说创作诗学尚存在一定的距离,或者可以用"具有反乌托邦倾向的小说"(проза с антиутопической направленностью)来命名。21世纪俄罗斯文学创作,特别是反乌托邦体裁的创作,除了和民族分离分子及恐怖分子(姑且称其为"高加索主题")有密切联系外,也和人类的共同价值(或称具有启示录特质的普遍价值)有紧密的联系。斯拉夫尼科娃(Славникова О.)的长篇小说《2017》(2006)是这一时期较为经典的反乌托邦作品。

小说的名称《2017》本身就暗示着这是一部关于未来的作品。用数字标识年份暗示某种未来世界图景在俄罗斯反乌托邦文学创作中的先驱者之一是奥多耶夫斯基(Одоевский В.),他在19世纪完成的《4388》使年份几乎成为世界反乌托邦小说书名的标准配置,仅在俄罗斯就有诸多以年份为名称的反乌托邦小说,如多连科(Доренко С.) 2005年出版的《2008》,该作品以普京为主人公讲述俄罗斯政坛未来的走向,又如沃伊诺维奇1986年完成的《莫斯科2042》等。小说《2017》中故事发生地是俄罗斯外省,根据文本提供的信息(如寻找、开采宝石以及对地貌的描述)判断,利费斯

---

① 尼采:《查拉图斯特拉如是说》,黄明嘉译,漓江出版社,2000,第6页。

边疆区首府在乌拉尔地区。小说中 2017 年的俄罗斯与作者写作时的俄罗斯在国家体制上没有变化,这使得小说叙事具有较强的现实指向性。此时,这一地区贫富分化严重,市长和议员、寡头勾结来控制矿产开发,工程技术人员和博士们仅仅靠自己可怜的薪水勉强维持生活。小说的主人公克雷洛夫是一个有两个名字、过两种生活、有两种截然不同爱情经历的大学历史老师。他的过人之处就是能准确判断一块石头是宝石还是普通的石头。他在前往火车站送安菲洛夫教授去原始森林寻找宝石的过程中认识了一个同样拥有两个名字并过着双重生活的女人。他们两人都属于在暗处接近猎物的潜伏高手。小说的情节存在许多共时性的分支,而且现实和现实之间的转换颇具蒙太奇色彩,如克雷洛夫和娜塔莎在随机选定的城市见面时,娜塔莎给了他几把奇怪的钥匙。

安菲洛夫还出现在另外的情节中,这个情节始终伴随着一个神秘的形象——大山的女主人,正是这个形象指引教授找到富集的矿藏,但矿藏暗藏诅咒,它注定要把其中的两名寻宝者带入死亡的深渊。和经典的反乌托邦作品所强调的科学伦理不同的是,该作品具有该体裁所不常见的奇幻色彩,这种奇幻叙事一直伴随着小说的现实叙事,其作用在于将小说人物的过去和将来系在一个逻辑链条之上,命运因果律时刻作用于小说的主人公和次要人物身上。小说中的内容是假定的,从诗学角度看,整篇小说更像一个大型的游戏,顶层人士为参加游戏的人设定了规则,但参加游戏的人不清楚这是什么样的规则,因为他们身处社会的底层,如克雷洛夫的依靠可怜的退休金生活的母亲等人。这种游戏与佩列文在《夏伯阳与虚空》中写的游戏相似,"名词 игра 既是游戏者动作指涉的间接客体(играть 的间接客体),同时也是虚空这个游戏者要游戏的内容,因为 игра 保留着与动词 играть во что 相同的支配关系"①。这就意味着,《夏伯阳与虚空》这个文本本身就是一个游戏,里面的游戏规则建立在"кто играет во что"的语法规则之上,而主人公知道"во что"中"что"的内容。在《2017》中,同样的"кто играет

---

① 郑永旺:《作为俄罗斯后现代主义小说叙事策略的游戏》,《外语学刊》2010 年第 6 期,第 122 页。

во что"却有完全不同的所指,"кто"指的是那些既制定规则又是裁判的寡头,"играет"是"кто"发出的动作,关键是"во что"中的"что"实际上不是指物,而是指那些被玩弄的自认为是游戏动作发出者的普通人。克雷洛夫的前妻塔玛拉是这部反乌托邦小说中制定游戏规则的人,她富有、机智、美丽,但因为良心发现而成为"во что"中的"что",她的一番话表明了这部反乌托邦小说的主旨:如果按这种规则来进行游戏,人类的未来一定是没有希望的。

> 今天的人类在自己秘密的口袋里藏着全新的世界,不过人类自己将无法在这个新世界中生存。因为在这里,人类的大部分活动,包括您的(克雷洛夫的)活动都毫无意义。世界上80亿人口中有75亿是在混日子。用不了多久,地球上必将出现一场旷世大乱,消除大乱的唯一办法就是战争,但需要的是一场考究的、谁都不容易发现的、甚至悄无声息的战争,也只有这样的战争才能将超级科技发挥到极致……①

关于未来的启示录不是由男人说出,而是出自一个商界女精英之口。她清晰地知道她那个时代人们的需要,试图在悲剧性的人生中发现某些喜剧元素,即便是残酷的战争,她也希望能够体现以更为精致的方式实现杀人于无声的审美效果。作为殡葬业的寡头,她认为自己所从事的行业会越来越兴盛,因为"人们愿意为追求良好的感觉付钱。这种感觉应该是正能量情绪。我们的礼仪服务公司仅仅是把人们以前做过的事情进行了升级"②。其潜台词则是,这个社会无论是穷人还是富人,其死亡速度都会加快,死亡加速给这个行业带来巨大的利润,富人追求葬礼的豪华,是因为这本身就是一次审美造型活动。小说结尾处彼得洛娃(第一频道的总裁)的一席话将塔玛拉的"圆顶"项目变成这个城市里最重要的工程。但根据小说中故事发生的时间推算,这个"圆顶"项目实际是墓碑的隐喻(因为2017年是十月革命

---

① Славникова О. 2017. М.: Вагриус, 2006, с. 212–213.
② Славникова О. 2017. М.: Вагриус, 2006, с. 177.

100周年）。小说中的多条线索和多个人物的命运在2016~2017年逐渐明晰起来。在沃兹涅先斯基广场的叛乱中，克雷洛夫失去了他心爱的女人。小说对改变俄罗斯历史的十月革命持不确定的态度，认为正是这场革命与小说中2017年的大混乱相关。

21世纪的世界文学不断传达出人类面对未来时的焦虑，好莱坞电影（如《后天》和《2012》）向世界传达出强烈的末日情绪。科学技术似乎无法解决人类面临的诸多重大问题，文明的冲突不但没有被削弱，反而出现激化的倾向。文学是文化的载体，是对现实生活诸现象的折射，尽管这种折射会发生偏差，甚至误读，但至少表达了作家们不同的世界感受，而作家的感受是时代情绪的镜像。21世纪的俄罗斯文学与世界文化的联系日趋紧密[1]，俄罗斯反乌托邦文学和其他文学体裁相互渗透和"综合"的趋势也更加明显，这已经成为21世纪俄罗斯文学的基本色调。如瓦尔拉莫夫的《九月十一日》（11 сентября，2005）就把历史上大大小小的事件和普通人的命运之间的关系进行了有趣的分析，在看似小概率的事件里总有一些规律在起作用，比如A空间的一件事能够改变遥远的B空间某人的命运，可见，"蝴蝶效应"是无所不在的。小说的时空不再局限在俄罗斯，主人公瓦丽雅生于萨尔瓦多·阿连德执政时期的智利，认识了生于贝尔格莱德的季莫菲耶夫。除了非洲外，故事涉及的地点有莫斯科、加里宁格勒、阿姆斯特丹、纽约、墨西哥城、巴拿马、旧金山、西藏等地。该小说中的大人物、小人物、主人公，最终都把自己的命运和美国"9·11"恐怖袭击事件联系在一起。这种强调故事的"世界性"特征的写作手法和爱伦堡的《胡利奥·胡列尼托》很相似。瓦尔拉莫夫强调人不要和命运抗争，宿命是无法改变的。总之，21世纪的俄罗斯作家在自己的创作中表现了具有相同价值取向的反乌托邦主题。以苏霍夫、阿库宁和玛丽宁娜等人为代表的通俗文学家继续书写俄罗斯黑帮的传奇，继承了19世纪俄罗斯文学传统的作家在21世纪的文学创作中

---

[1] 这种紧密联系表现为两点：一是俄罗斯文学作品所涉及的内容具有全球性，比如环境污染、末日情结、生态灾难等；二是古老的东方思想成为俄罗斯文学创作关注的领域，以索罗金和佩列文等人为代表的作家对东方思维进行了大胆的创新，创作出了《蓝油脂》和《夏伯阳与虚空》这样的东方色彩浓郁的作品。

则发现了俄罗斯未来的困境。他们对毁灭主题的青睐与作家的使命感有关,当然也和俄罗斯民族性格有关。英国哲学家以赛亚·伯林对此有很深刻的认识,他的论述有助于理解俄罗斯文学的反乌托邦倾向。他在《俄国思想家》一书中借用赫尔岑的观点来描述俄罗斯民族性格。他认为,俄国人总是试图"将这些乌托邦图式付诸实践,而立即受挫于警察者,幻灭之感油生,而且容易陷入一种冷漠忧郁或狂暴激怒的状态"[1]。这种民族性格依然可以在当代俄罗斯文学作品中得到鲜活的反映,反乌托邦思维就是其中一种。人与社会的关系是反乌托邦文学永恒的内容,而且,这也是该体裁的最主要特征之一。以上几部作品均涉及这样一个问题:为什么主人公心目中理想的社会形态与其所处的当下社会形态会有如此巨大的反差。

---

[1] 以赛亚·伯林:《俄国思想家》,彭淮栋译,译林出版社,2001,第154页。

第五章
俄罗斯反乌托邦小说的时空体

第一节 反乌托邦小说的时间秘密

确定反乌托邦小说作为一个相对独立体裁的前提是，这种文学样式一定在其内部有一整套专属或者类似专属的叙事模式。这种模式的形成，如前文所述，和乌托邦体裁关系密切，即强调作品的内容关涉人类悲剧性的未来图景，而这样的世界图景完全是根据现实情境所隐含的内在逻辑对即将发生的种种之推演。这种推演在20世纪初成为反乌托邦文学创作的范式之一。科技的发展和意识形态领域的巨大变化（如20世纪末21世纪初的"颜色革命"）使得20世纪成为让人类疑虑重重的时代，具体表现为："20世纪使乌托邦理想蒙羞，人类试图把乌托邦理想变成整个社会的现实，这需要改变人自身和人所生存的世界，但这又意味着对理想本身的否定。"[①] 反乌托邦体裁叙事手法的相同或相似及作家诉求的相同或者相似构成了该体裁的"家族类似性"，而"家族类似性"很容易在这类体裁的时空设置模式上反映出来。文学作品对人类未来发展之路的想象不仅受制于作家对事物经过沉思之后的建构，还取决于现实的发展变化和历史事件对现实的影响程度。如果说经典的反乌托邦小说更强调思想性，那么随着各个体裁之间"综合"程度的加深，随着叙事手段的多样化，当代反乌托邦小说的结构更富有生活内

---

① Сербиненко В. Три века скитаний в мире утопии // Новый мир, 1989, №5, с. 242.

容，即便在那些充满幻想的作品里，幻想也是理性思维基础上的合理书写，而不是不着边际的奇幻文本（当然，也有一些例外情况发生，如第四章"崩溃的时代：21 世纪俄罗斯反乌托邦文学"所分析的斯拉夫尼科娃的作品《2017》）。这一点在沃伊诺维奇的《莫斯科 2042》、阿克肖诺夫（Аксенов В.）的《克里米亚岛》（Остров Крым，1979）、卡巴科夫（Кабаков А.）的《一去不归的人》（Невозвращенец，1988）、彼得鲁舍夫斯卡娅（Петрушевская Л.）的《新罗宾逊家族》（Новые Робинзоны，1989）和托尔斯泰娅的《野猫精》等反乌托邦小说中得到映射。对这些作品的深度解读，有助于了解反乌托邦体裁面对当代生活所作出的结构上的调整和内容上的回应。

巴赫金的"形式兼内容的范畴"（формально-содержательная категория）[①]可以帮助我们理解，为什么反乌托邦文学中常常将时空作为"有意味的形式"来解释作家在其中蕴藏的思想。这个"形式兼内容的范畴"被称为"时空体"（хронотоп）。巴赫金认为"时空体"决定了小说的体裁，"可以直截了当地说，体裁和体裁类别是由时空体决定的；而且在文学中，时空体里的主导因素是时间。作为形式兼内容的范畴，时空体还决定着（在颇大程度上）文学中人的形象。这个人的形象，总是在很大程度上时空化了的"[②]。巴赫金关于长篇小说时空体的理论，原则上对分析不同发展阶段的长篇小说体裁都有效，当然，同样适用于分析反乌托邦小说体裁，因为这种体裁是各种不同体裁相互杂交的产物，即扎米亚京说的"综合"。

在经典乌托邦小说中，时代有一种静止的表象，时间之流在小说中仿佛已经停止，作家所描写的是一个早已经存在的、社会制度已经成型的世界。作家的任务就是让自己小说的主人公与这个世界偶然结识，并通过主人公的眼睛来向小说的读者展示这个世界的细节，让其相信这里是一个人类终极的生存之所。主人公不参与这个世界的建设，他仅仅是游客或偶然的闯入者。

---

① 《巴赫金全集》（第三卷），白春仁、晓河译，河北教育出版社，1998，第 275 页。
② 《巴赫金全集》（第三卷），白春仁、晓河译，河北教育出版社，1998，第 275 页。

游客对当地社会而言是一个他者,他者所看到的一切被作家用循序渐进的描写展示出来,作家的笔墨一般集中在描写社会制度和社会结构上。故事的内容具有假定性的特征,如莫尔《乌托邦》中的乌托邦就是由波利来赖塔人告诉拉斐尔的,而波利来赖塔人在希腊语中是"一派胡言"① 的意思。作家所描写的社会以完美著称,但这种完美在深层次上是作家对当时英国现实的焦虑。这种焦虑来源于整个社会所奉行的"羊吃人"的丛林法则,"佃农从地上被撵走,为的是一种确是为害本国的贪食无餍者,可以用一条栏栅把成千上万亩地圈上"②。在这个"几乎四面环山,物产完全自给自足"的社会里,人们过着安逸幸福的生活,拉斐尔试图通过这样一个法律条文简单、人人遵守道德规范的制度为英国面临的困境提供一种解决问题的方案。

反乌托邦小说则完全呈现另外的格调。与乌托邦小说中人不过是偶然闯入的他者不同,反乌托邦小说中的事件多与主人公的命运息息相关,他是这个世界的有机组成部分。③ 主人公如果顺应命运,会成为类似《我们》中的"号民","号民"式的生存法则可以构成反乌托邦小说的背景,但不能成为主人公所必须遵循的游戏规则,否则小说将陷入平淡,其批判价值更无从谈起,进而小说不具有反乌托邦小说的合法性。所以,主人公的反抗是以试图摆脱社会强加给他的种种限制为目的的,这才是反乌托邦小说的意义所在,而人物悲惨的结局或可能的悲剧性结局成为这类作品的叙事套路。小说的内容和事件受制于主人公试图改变既定环境的诉求。在情节发展的开始阶段,主人公与环境之间没有冲突,但这种情况不会持续太长时间。《我们》中,

---

① 拉斐尔告诉莫尔:"任何国家的制度都比不上我旅行波斯时在一般叫波利来赖塔人中所看到的那种制度。他们的国家很大,治理得宜,除向波斯国王进贡年税而外,他们生活自由,按本身立法施行自治。他们的地方离海很远,几乎四面环山,物产完全自给自足。因此,他们和别的国家极少互通往来。按照他们多少年来的国策,他们不求扩张自己的领土,而且,既有高山作屏障,又对他们的霸主进献贡物,因此,保卫本国领土使其不受侵略也不费力……"托马斯·莫尔:《乌托邦》,戴镏龄译,商务印书馆,1996,第26~27页。"波利来赖塔人"(Polylerites)是用希腊语成分杜撰出来的一个词,意指"一派胡言"。见该书第26页的译者注。
② 托马斯·莫尔:《乌托邦》,戴镏龄译,商务印书馆,1996,第21~22页。
③ 《乌托邦》中,作家莫尔不是偶然闯入者,拉斐尔也不是,拉斐尔是根据波利来赖塔人的讲述来向莫尔宣传他的主张,真正的亲历者应该是波利来赖塔人,但该词具有"一派胡言"的含义,所以乌托邦的确变成了"乌有之地"。

D-503 在认识了 I-330 之后就产生了改变生活的梦想，但无论是《野猫精》里的尼基塔·伊万内奇，还是《美妙的新世界》中的伯纳与赫姆霍尔兹，都注定无法实现这个梦想。但是，巴赫金基于历史诗学的角度，特别强调小说时空体中的时间维度，并将其置于空间维度之上，认为"在文学中，时空体里的主导因素是时间"①。然而在现代小说中，空间不仅仅是时间在其中流过的河床，空间的实际价值在于其就是现实本身，现实在小说中是主人公生活的背景，而这个背景，在韦勒克和沃伦看来，"又可以是庞大的决定力量，环境被视为某种物质的或社会的原因，个人对它是很少有控制力量的"②。以《我们》为例，扎米亚京把小说的空间分成内外两部分，一道"绿色长城"将两侧隔绝开来，在它之外的是他者，在它之内的是自己人。表面上看，玻璃天堂内的一切要比外面的世界更高级，这样安排的目的当然是把"大一统国"看成一个封闭的自足体，也只有这样才能感受到彻底消除自由之后的幸福。为此，作家在小说中设置了两个重要的空间标志物，一个是"立方体广场"（площадь Куба），另一个是"古屋"。前者是许多重大仪式的举行地和重大事件的发生地，如对一个"号民"执行死刑和在"一致同意节"上发生史无前例的造反行动。前者是"大一统国"官方社会生活的具有表演性质的场地。该场地存在的意蕴刚好和"古屋"相反，"古屋"具有私密性，并和 D-503 内心世界有紧密的联系，"'古屋'是主人公短暂的死亡和再生的场所"③。"绿色长城"之外的空间对于 D-503 而言是他性的，这个巨大未思之物的代表是 I-330，"外部空间具有史诗情节的全部特征"④，对扎米亚京而言，小说的时间是恒定的，即未来的某个时段，其所要体现的是，在这个时段里生活的个

---

① 《巴赫金全集》（第三卷），白春仁、晓河译，河北教育出版社，1998，第 275 页。
② 勒内·韦勒克、奥斯汀·沃伦：《文学理论》，刘象愚、邢培明、陈圣生等译，江苏教育出版社，2005，第 260 页。
③ Максимова Е. Символика «Дома»-«Антидома» в творчестве Е. Замятина // Аврора，1994，№9 – №10，c. 72.
④ 塔马尔琴科指出，史诗性情节至少有如下五个特征：第一，中心事件的双重性；第二，遵循史诗性事件叙述的延迟性；第三，事件叙述的平均性和诸事件的同等重要性；第四，作品中存在一个事件的周期模式和事件发生的积累模式；第五，情节边界的假定性。参见 Тамарченко Н. Д. Эпика // Теория литературы. Том 3. Роды и жанры（основные проблемы в историческом освещении）. М. : ИМЛИ РАН，2003，c. 219 – 244。

体,在被断绝了获得任何自由可能性的前提下,个体是否具有幸福感。在《我们》中,主人公所要改变的不是时间,因为时间具有不可逆性,或者说,时间就是历史本身的不同形式的显现,未来是没有变成历史的时间,历史是时间在空间河床流过后的痕迹。小说中主人公致力适应的是某种时间维度下的现实。当然,时间和空间是无法割裂的,巴赫金把"突然间"和"无巧不成书"①看作希腊小说中的"独特的逻辑"②,正是这两种要素决定了文学作品中的人物命运。以 I-330 和 D-503 的命运为例,他们的人生结局何尝不是在某个特定时刻,在某些事件之后,现实(空间)变成"小说的全部内容"③的过程呢?当然,反乌托邦小说中的主人公也可能因这种"独特的逻辑"而拥有另外一种生活前景,如科兹洛夫《夜猎》里的安东,在"突然间"跳下火车,又"无巧不成书"地进入一片看似受到核污染,实则是一片干净的、聚集了大量残疾人的地区,最后还能邂逅美女佐拉,"突然间"成为帕诺尼亚 YI 低地省的文化部长,但小说这种结尾仅仅是"看上去很美",并无法从根本上改变安东的生活。从时空联系的角度分析,安东以及安东的同时代人其实已经被时间绑架,他们只能被固定在某种空间里。勃留索夫在《南十字共和国》中塑造的主人公则更加充分地说明了时间和空间的关系。这部小说的伟大之处在于预见了科技发展带来的种种弊端,即在没有变成历史的时间里(历史现在时),作者推测共和国的科技已经发展到前所未有的程度,但科技并没有带来和谐,其成果仅仅是服务于居住在中心城市里的某些人,而城外的广大地区成为一片片不毛之地,"野生动物早已经不存在了,人在那里根本不知道靠什么活下去"④。那里的人都患上了一种可怕的疾病,其症状是人的原始本能和最低级的感情被充分激活,于是,各种能想象到的人类恶行出现在共和国中心城市里,社会启动了自我毁灭机制。自我毁灭成为时间在空间中流淌时必然要留下的痕迹,这痕迹是一种可能,但最终被理解为一

---

① 《巴赫金全集》(第三卷),白春仁、晓河译,河北教育出版社,1998,第282页。
② 《巴赫金全集》(第三卷),白春仁、晓河译,河北教育出版社,1998,第282页。
③ 《巴赫金全集》(第三卷),白春仁、晓河译,河北教育出版社,1998,第283页。
④ Брюсов В. Республика Южного Креста. http://az.lib.ru/b/brjusow_w_j/text_0360.shtml.

种必然的世界图景，而且毫无疑问，这个世界图景就是人类的未来。

反乌托邦小说中的时间处在不同的运动当中，但这种运动因没有传记性的历史事件在场而使得叙事具有假定性特征，缺乏历史事件的标记，无法判断所属的时代，为了使思想得到说明，作家常用幻想的内容或者科学的外衣来包装这个时代。总之，小说中的世界以及主人公命运的变化受制于作家的思想诉求，换言之，故事的发展取决于作家个人的意志。当然，假定性并未阻断作品中的现实和现实世界的对应关系。虽然时代特征被弱化，虽然故事具有假定性，但并不是说作家完全沉浸在对未来的遐想中，恰恰相反，反乌托邦小说里的情景是对现实最为深切的观照，或者说这种小说就是关于现实的隐喻，即假定性甚强的艺术手段也适用于书写当下的社会制度，比如普拉东诺夫笔下的《切文古尔镇》就是关于现实的隐喻和喻言。罗曼诺夫（Романов С. С.）在这部讽刺作品中看到了反乌托邦小说的审美取向，讽刺作品的目的就是批判作家所处的那个时代的生活方式，虽然"反乌托邦小说表面上远离现实，但只是作家创作了一个新的现实，一个与当下没有直接联系的现实而已"[①]。问题是，塑造"与当下没有直接联系的现实"几乎是所有文学创作的特点，因此，这似乎不能成为确定小说反乌托邦性的重要标志。阿纳斯塔西耶夫（Анастасьев Н. А.）认为，反乌托邦小说除了和讽刺作品（сатира）具有某些相同的特征外，与寓言同样关系紧密，讽刺作品、寓言和反乌托邦小说在"存在哲学问题"（бытийно-философские проблемы）层面具有很多相同之处。所以，他的结论是："这些体裁里的主人公形象缺少鲜明的外部特征，缺少复杂的心灵世界，他们不是艺术观察的客体，更像伦理选择的主体。"[②] 但这种观点依然存在问题，《我们》中的D-503不仅性格鲜明，而且形象特征明显（毛发很重，具有明显的返祖现象）。就时间而言，反乌托邦小说中的时间与现实不完全重叠，但能使人联想到现实。当然，这种时间也可能是所指明确的非假定性时间，如《切文

[①] Романов С. С. Антиутопические традиции русской литературы и вклад Е. И. Замятина в становление жанра антиутопии. Диссертация на соискание ученой степени кандидата филологических наук. Курск, 1998, с. 33.

[②] Анастасьев Н. А. Феномен Набокова. М.：Советский писатель, 1992, с. 171.

古尔镇》中的时代特征。这部小说之所以在当时难以发表,就是因为小说中的时间太接近现实,所以高尔基既认为该小说"极其有趣"和"具有不容争辩的长处",又认为该小说无法得到发表的机会,因为该小说"对现实的描述带有抒情讽刺色彩……笔下的人物带着讽刺意味……与其说是革命者,不如说是一些'怪人'和'疯子'"①。这就是反乌托邦小说中假定性时间和现实时间的复杂关系。在这种关系中,现实作为空间的表现形式,其意义被当代俄罗斯文化学者德米特里·扎米亚京(Замятин Д.)定义为"地理形象"(географический образ),而"地理形象在《切文古尔镇》中指的是主人公或者作者的空间地理(作为主体)与现实存在的地理空间(作为客体)相互作用的过程所产生的形象,正是这种作用的不断改变才导致了小说空间的非均质性环境"②。在《切文古尔镇》中,该镇与周围的草原相互挤压,把各自所代表的时间投向对方的空间,诸地理形象的挤压和拓展在改变行动的进程。事实证明,小说的基本行动都是围绕着地理形象展开的。当然,情节发展和事件发生的主动权完全依照作者的意志,主人公不过是作者意志的工具,作者的意志建立在小说中预设的现实逻辑基础之上。因此,主人公的结局往往和主人公的设想不同,理性的因素在与现实发生冲突之时让位于现实本身所具有的属性,这种属性是动态的、和时代语境密切关联的。德国学者威尔伯特(Gero von Wilpert)对反乌托邦这个概念的诠释有助于我们理解反乌托邦小说中的艺术时空,"反乌托邦小说和乌托邦小说的区别在于对历史时间的处理不同,前者将现实当作变量进行解读,使人们相信现实从来没有远离读者"③。俄罗斯学者约宁(Ионин Л.)对乌托邦小说时空体的分析有助于理解反乌托邦小说的时间叙事,他认为:"乌托邦小说的全部秘密是时间,那个社会是自古就存在的,并且在主人公发现之前已经趋于完美,时间其实已经完成了自己的使命。社会时间(социальное

---

① 参见薛君智《与人民共呼吸、共患难——评普拉东诺夫及其长篇小说〈切文古尔镇〉》(代译序),载 A. 普拉东诺夫《切文古尔镇》,古扬译,漓江出版社,1997,第9页。

② Замятин Д. Н. Империя пространства-Географические образы в романе А. Платонова «Чевенгур», http: //imwerden. de/pdf/o_ platonove_ d_ zamyatin. pdf.

③ Wilper Gero von. Sachwörterbuch der Literatur. 7. Verarb. U. Erw. Auf. Stuttgart: Kröner, 1989, s. 40.

время）同样终结。大家日子过得很悠闲,白天与黑夜平静交替,四季在轮转,人们在生死轮回中品味生活,但历史已经停止。"[1] 换个角度看,反乌托邦小说的秘密同样是时间,如果乌托邦小说里的社会时间已经终结,那么在反乌托邦小说里它才刚开始;如果说乌托邦小说里的人物具有僵尸特征,那么反乌托邦小说里的人物则充满了正面的或者负面的激情（大多数情况下人物是充满负面激情的反英雄),是活着并行动着的人。

反乌托邦小说的时间特征决定了其空间特性。乌托邦小说中的故事大多发生在一些虚构之地,但反乌托邦小说故事所依赖的空间甚至可以在地图上进行标注,或者尽管无法标注但具有现实的质感性,而不像陶渊明的"桃花源"那样虚无缥缈,更不像斯威夫特的"利立浦特"那样奇幻。扎米亚京的"玻璃天堂"和其中的"造福主"很容易让人联想到一个很具体的人物,这是一种和时代主流话语相悖的文学创作实验,作家所采用的叙事策略当然有别于后来赫胥黎在《美妙的新世界》和奥威尔在《1984》中的叙事策略,对扎米亚京来说,他需要用伊索式的语言来指涉现实,读者可以毫不费力地发现,《我们》所刻画的场景只是看上去模糊而已,"大一统国"很明显是一种隐喻。赫胥黎笔下那个首都为伦敦的"世界国"和扎米亚京的"大一统国"没有差异,都象征着科技理性到达疯狂的程度后人类面临自我毁灭的过程。

反乌托邦小说尽管存在某种"家族类似性",但由于时代的不同,人物的行动方式和理念自然有所不同,主人公的结局当然会千差万别。20世纪20年代的《我们》和《切文古尔镇》将焦点集中在极权神话方面。即便是这两部小说,其中所强调的东西也各有侧重。前者用玻璃天堂为掩护来解构完美社会的乌托邦神话,后者则让德瓦诺夫和科片金等人用满腔的热情在远离政治文化中心——莫斯科和列宁格勒的切文古尔镇里建设封闭的共产主义社会。有趣的是,根据弗雷德里克·詹姆逊的解读,这是因为普拉东诺夫在创作《切文古尔镇》时（1927~1928）,苏联独特的管理模式尚没有在全国铺开。[2] 詹姆逊将这部作品归为历史小说显然有些牵强,因为历史总是某种

---

[1] Ионин Л. То, чего нигде нет. Размышление о романах-антиутопиях // Новое время, 1988, №25, с. 39–41.
[2] 参见弗雷德里克·詹姆逊《时间的种子》,王逢振译,江苏教育出版社,2006,第71页。

事实在时间长河中的积累，正是这种准确的"警示"和"预测"功能，使《切文古尔镇》成为当之无愧的反乌托邦小说。沃伊诺维奇所描写的2042年的莫斯科基本上就是当下现实的升级版本，卡巴科夫的小说《一去不归的人》中的事件尽管看似并不可信，但依然有些描述能被识别，彼得鲁舍夫斯卡娅的作品同样具有类似的倾向。如果说扎米亚京和奥威尔的小说是当代的"醒世恒言"，那么普拉东诺夫的《切文古尔镇》中德瓦诺夫和科片金所做的一切就是把乌托邦的构想落实到现实之中，以完成对切文古尔镇地理形象的塑造，是当代版的"古史纪年"。沃伊诺维奇《莫斯科2042》中的莫斯科是一个新的地理形象，该形象所要告诉人们的是这个世界（莫斯科）毁灭的原因是什么。在对那些根据反乌托邦药方构建起来的社会进行深度凝视后，沃伊诺维奇得出的结论是，乌托邦社会无法生存下去，因为那种按抽象的思辨思想所建设起来的国家终究有一天会坍塌，乌托邦社会往往具有意识形态色彩，这些色彩又和对理论的想象紧密相关，乌托邦固然可以存在一段时间，但因为人类多面的性格以及现实土壤不适合这种理论，所以乌托邦必然会继续停留在想象的层面，这恰恰证明了反乌托邦存在的合理性。

第二节 反乌托邦小说的空间秘密

文学作品中的空间对应的是世界，更确切地说，对应的是现实。将反乌托邦小说的空间与时间区别开来的意义，借用斯维利达（Свирида И. И.）的话说，就在于"更真切地感受作为物质现实和精神现实的文化空间，通过这种感受来恢复某种现象或某种特征的原始空间语义"[①]。"мир"（世界）的原始空间语义为"人类日常生活所有形式的总括，和日常俗世生活相对应的是教会的、僧侣的和宗教的生活"（все формы обычной человеческой жизни, в противоположность церковной, монашеской, религиозной）[②]。

[①] Свирида И. И. Пространство и культура: аспекты изучения // Славяноведение, 2003, №4, с. 15.

[②] Андреев И. В., Баско И. В. Православная Россия в русской литературе. М: Издательство Флинта・Наука, 2005, с. 110.

俄罗斯文化视域中的"мир"和中国文化语境下的"世界"存在差异①，"мир"更强调这个空间中的人和人的生活。空间是人存在的前提，人与人之间的相互遭遇（用海德格尔的话来说，即"相互照面"）一定是在空间中进行。作为群居动物，人与人之间的"照面"所具有的诸多意义是这个现实存在的价值所在，没有人的世界和没有世界的人都是不可想象的。空间范畴以各种不同的形式出现在文学作品中，但对于诸多俄罗斯反乌托邦小说而言，空间是一个能使人参与诸多活动的现实。在扎米亚京的笔下，这个空间被固化为城市。扎米亚京选择城市作为"大一统国"的形象代言者并不是偶然的，因为城市集中反映了现代工业文明所取得的成果，但文明的成果不但没有造福人类，反而使人类生活在黑暗之中。扎米亚京在《杰克·伦敦短篇小说集》的"前言"中对城市化生存作过如下阐释："我们的城市生活已经衰落。城市像老人一样将自己包裹在柏油路和钢铁之中，以抵御坏天气。城市的确是老人，害怕多余的运动，城市用机器和按钮取代了人有益健康的肌肉运动。"② 扎米亚京《我们》中的城市与"大一统国"合二为一，"城市即国家"成了反乌托邦小说一个常见的构建时空的手段，比如沃伊诺维奇的《莫斯科 2042》和托尔斯泰娅的《野猫精》等作品。

选择什么样的城市作为国家的代言者，是俄罗斯文学中另外一个重要的范畴。这个地理空间责无旁贷地落在了莫斯科的头上。俄罗斯民族思想中的"莫斯科是第三罗马"把莫斯科变成俄罗斯历史和现实的宏大叙事。与此同时，莫斯科也是俄罗斯历史阴暗面的象征，它代表了宗法制的社会和俄罗斯落后于西方的残酷现实。③ 高度的文明和落后的现实、极度的贫困和难以想象的奢华、帝国的荣耀和高加索的噩梦都在这里汇聚，这使得莫斯科成为文

---

① 汉语里的"世界"出自佛教《楞严经》，根据"世为迁流界为方位，汝今当知东西南北，东南西南东北西北上下为界，过去未来现在为世"来判断，佛经中的世界是时间和空间的结合体。
② Софронова Л. А. Культура сквозь призму поэтики. М.：Языки славянских культур，2006，с. 525.
③ 参见傅星寰、车威娜《俄罗斯文学"彼得堡—莫斯科"题材及诗学范式刍议》，《辽宁师范大学学报》（社会科学版）2010 年第 4 期，第 69 页。

学作品无法忽略的地理空间形象，恰达耶夫在《哲学书简》中第一封信的落款处写的是"1829年12月1日于大墓地"。这个"大墓地"指的正是莫斯科，莫斯科不仅是帝国的首都，也是俄罗斯民族精神的象征，但这种象征并不具有"第三罗马"的正面意义，而是将其置于反乌托邦的思维之中，从莫斯科这个大墓地的形象里，恰达耶夫发现俄罗斯是人类精神的空白之地，它所引以为傲的是用强权奴役其他民族，进行残暴的异族统治，"这一统治方式后来又为我们本民族的当权者所继承"①。

俄罗斯文学中一直存在两个独立但又相互联系、互成对比的空间：以圣彼得堡和莫斯科为首的帝都空间和两地之外的外省空间。无论是黄金时代还是白银时代的俄罗斯文学都把莫斯科当成展开自己小说情节的重要空间范畴。莫斯科集中了俄罗斯这个庞大国家最优质的资源，是最有资格承担俄罗斯代言者重任的地理形象大使。在诸多和莫斯科有关的文学作品里，莫斯科以元乌托邦文本的面貌出现，负责讲述主人公（也包括作家）的世界观、国家体制和国家未来的故事。在作家的笔下，莫斯科已经成为主人公生活中的一个事件。在这些具有反乌托邦倾向的作品中，如托尔斯泰娅的《野猫精》、沃罗斯的《莫斯科麦加酒店》（Маскавская Мекка，2003）②、维列尔（Веллер М.）的《Б.瓦维隆斯卡娅》（Б. Вавилонская，2005）、索罗金的《特辖军的一天》（День опричника，2006）与《糖制克里姆林宫》等，作家都是根据对未来的理解来重塑莫斯科城。这些莫斯科形象几乎毫无例外地在哈罗德·布鲁姆所说的"影响的焦虑"之下来展示莫斯科可能的现实。这些"影响的焦虑"来自安德列·别雷，在他的《彼得堡》中，莫斯科是与彼得堡相对的代表俄罗斯东方性的地理形象；在布尔加科夫的《大师和玛加丽塔》里，莫斯科是历史灾难的发生地（作协所在地和剧院是灾难的发生地）；普拉东诺夫的《幸福的莫斯科娃》（Счастливая Москва）（这里的"Москва"是一个和首都发音及写法相同的姑娘）把女主人公和城市变成一个巨大的隐喻以象征女主人公获得了

---

① 恰达耶夫：《哲学书简》，刘文飞译，作家出版社，1998，第35页。
② "Маскавская"是塔吉克语"московская"的俄文转写。

"乌托邦的幸福";在维涅季克特·叶罗菲耶夫的后现代小说《莫斯科—彼图什卡》(Москва-Петушки, 1988–1989) 里,从莫斯科出发根本找不到一条通向彼图什卡的道路,小说主人公维尼奇卡的彼图什卡之旅成了一趟酒醉之旅和死亡之旅,维尼奇卡虽然最后回到了莫斯科,但在克里姆林宫的墙下,"他们的改锥刺进了我的喉咙"①,莫斯科成了他的葬身之地。

第三节 莫斯科:受反乌托邦小说青睐之所

在以莫斯科为背景的反乌托邦小说中,沃伊诺维奇的《莫斯科2042》和托尔斯泰娅的《野猫精》是比较有代表性的作品。《莫斯科2042》是一部穿越小说,但卡尔切夫不是向过去穿越,而是进入未来。主人公于1982年乘坐飞机来到2042年的莫斯科,由于主人公此前曾经在此生活多年,再次回到故地,这里翻天覆地的变化让他非常吃惊。在离开慕尼黑之前卡尔切夫认识的列什卡如今摇身一变成了未来莫斯科共和国的最高长官吉尼亚利西姆斯,他在这里推行高压的统治模式,卡尔切夫穿越之前结识的西蒙现在是宗教狂热分子圣徒西蒙,是吉尼亚利西姆斯潜在的敌人。小说的时空看似与传统的乌托邦体裁相同,即卡尔切夫以偶然闯入者的身份来到60年后的莫斯科,但与乌托邦小说不同的是,这种穿越不是偶然的行为。首先,卡尔切夫是花了不少的费用才进入未来的,而且来之前就接受了列什卡和西蒙的委托,因此可以说是重任在肩,其中隐藏着类似好莱坞电影《终结者》中的逻辑:未来取决于过去,要想改变未来,就必须改变过去。虽然2042年对卡尔切夫来说是未来,但对莫斯科共和国而言,卡尔切夫的过去更有价值,他在未来已经是誉满全城的著名作家,换言之,对卡尔切夫而言,是站在未来看过去,对莫斯科共和国的读者来说,他那本还没有写成的书《莫斯科2042》决定了他在当下的命运。对于卡尔切夫在过去的事情,未来时空的高层领导是知道的,因为卡尔切夫在回归慕尼黑之后写了一本名为《莫斯科2042》的小说,详细地描述了卡尔切夫在2042年莫斯科的见闻,其中包

---

① Ерофеев Вене. Москва-Петушки. М.:Вагриус, 2000, с. 119.

括圣徒西蒙的复辟回归、未来新城"莫斯科"城的覆灭以及西蒙封建帝国的崛起等故事情节。吊诡的是,从未来看过去,一切未知的都是已知的,从过去看未来,一切已知的其实都是过去决定的。穿越结束后,卡尔切夫对2042年莫斯科的记录真实地反映了一个政党如何从执政党变成在野党,最后党首自己都丢了性命的悲剧,他从闯入者变成莫斯科系列故事的参与者。通过卡尔切夫回到慕尼黑所写的作品可以窥见,哪怕是在没有阶级区分的社会,人们也会有意识或无意识地制造出不同类型的意识形态,其原因除了政治因素外,还有人性中对权力的欲望。

在这部长篇小说中,人类历史上第一次建立起了无法律制度、无阶级特征的共产主义社会——莫斯科共和国,理论上这是人类的伊甸园。这个社会并不是没有任何危险,在它的周围有三个由具有共同属性的国家组成的环形带:第一个环形带是子之国(Сыновние республики,即苏联);第二个环形带为兄弟之国(Братские страны,即友好的社会主义国家);第三个环形带是敌对国(Вражеские страны,即资本主义国家)。莫斯科共和国就处于这些不同意识形态国家的包围之中,因为地理位置特殊,所以人们的生存法则也同样特殊。莫斯科共和国没有死刑,因为死刑未宣判之前人可能已经死亡。当居民年老体弱或者身患重病之时,他们就会被赶到第一个环形带里,成为那里人们的食物。在这个绝对自由的社会里,文化事业受到国家领导层的高度重视,作家可以自由地歌颂国家的领袖吉尼亚利西姆斯,孩子的任务就是学习领袖的著作。这个国家等级森严,上流社会里位高权重的人和控制国家经济命脉的人过着无比奢华的生活,而下层的普通人为了生存只能食用用鱼粉制成的"美味香肠",宗教场所宣扬的不是对上帝的信仰,而是对吉尼亚利西姆斯的信仰,意识形态领域的斗争是人民天天要面对的首要任务,生产活动反而居于次要地位。那里的人们被领袖赐予不同的、能反映其职业特征的名字,那里的家庭是"按需而设",人们都留一样的发型,男人和女人的差异已经被忽略不计。[①] 这种

[①] 本章对小说内容的引用均来自 Войнович Вл. Н. Москва 2042, http://www.lib.ru/PROZA/WOJNOWICH/moskwa.txt。

设计感明显的乌托邦社会其实是反乌托邦社会的开端，是对一些充满强烈意识形态思想的实践哲学的讽拟。小说中的莫斯科是俄罗斯文学传统中莫斯科文本的延续，是反乌托邦时空体的构成要件。在当代许多具有反乌托邦倾向的小说里，莫斯科是一个具有特殊意义的国家空间，这个城市代表的是整个俄罗斯。

如果说乌托邦小说和反乌托邦小说（《切文古尔镇》除外）中的情节是在未来空间中展开的，那么沃伊诺维奇的《莫斯科2042》则融合了两个时间，一是小说中作家卡尔切夫写作的内部时间，二是作家生活的时间，最后两者相遇。相遇的办法是，希姆·西梅奇·卡尔纳瓦洛夫发给"莫斯科共产主义共和国"一份电报，电文是："我要征讨莫斯科。"小说中的这个设想最后变为现实，两个时间相遇。这种叙事方法布尔加科夫在其《大师和玛加丽塔》中熟练地使用过，大师作品中的时间和大师在现实中的时间最后合二为一（参见第七章"布尔加科夫创作中的反乌托邦思维"）。

但是，在沃伊诺维奇小说中不仅仅是两个时间的相遇，时间的相遇意味着多种乌托邦设想的相遇及其所引发的系列冲突。小说中的社会现实是布卡舍夫机构一位少将的乌托邦思想转化的结果，这个社会还面临一种危险，前罪犯卡尔纳瓦洛夫将君主主义思想和"东正教的乌托邦思想"合起来所形成的"新思想"[①]有取代少将乌托邦思想的可能。最后，改变人类未来的重任落到了生物学家爱迪生·科马罗夫的肩上，他在实验室里发明了能够产生超人的灵丹妙药，该药完全符合布卡舍夫的标准，能够使社会达到完美的和谐。但这种基于实验室标准的药品仅仅是一种期许，就如同《格列佛游记》当中，格列佛船长在勒皮他岛上看到的情景一样，人们可以把数学公式写在饼干上，通过食用饼干来完成对数学的学习，这仅仅是对科技理性的绝妙讽

[①] 这种"东正教乌托邦思想"与陀思妥耶夫斯基在《作家日记》中提出的"俄罗斯思想"有相似之处。陀思妥耶夫斯基指出："俄罗斯思想，归根到底只是全世界人类共同联合的思想。"很明显，陀思妥耶夫斯基的俄罗斯思想就当时而言并没有直接表现这个词的哲学内涵，该词更多地表现了全人类在基督的领导下完成一个人类和平共处的终极理想。参见 Достоевский Ф. М. Полн. соб. соч в 30 томах. Т. 25. Л.：Наука, 1983, с.20。

刺而已。

《莫斯科2042》提供了反乌托邦小说时空体性质变化的范本。在乌托邦小说和稍晚出现的反乌托邦小说里，故事多发生在城市、国家或岛屿之上。现代反乌托邦小说的作者则有意识缩小幻想的范围，把所描写的地方局限于固定的地理框架之内。这点在纳博科夫的《斩首的邀请》中已见端倪，托尔斯泰娅《野猫精》中主人公的活动地点名为"费多尔-库兹米奇斯克城"，而且作家煞有介事地指出，人物之所以无法远离此地，是因为其他地方都不适合生存，如之所以南方不能去，是因为"那儿有车臣人。起初是无垠的草原，叫你看得眼痛，草原后面是车臣人"[1]。这是因为，对作者而言，文学中的世界一定是现实和幻想相结合的产物，其目的是尽可能地揭示现实，而不是为了幻想而否定现实，或者借用表现主义文学的术语，反乌托邦小说家致力于创造一种具有批判精神的"第二现实"[2]。在《莫斯科2042》里，莫斯科是对苏联现实夸张的书写，无论是"共产主义国家安全党"（коммунистическая партия государственной безопасности），还是用鱼粉制成的美味香肠，从走马灯般地更换领导人（如吉尼亚利西姆斯）到不断更名莫斯科街道，这一切都有现实的依托，在作品中变成对苏联政治风云的隐喻。

如果拥有现代甚至超现代思维的人生活在原始社会里会怎么样？这就是托尔斯泰娅的《野猫精》所要回答的问题。故事的发生地点被称为费多尔-库兹米奇斯克，但对该地点名称的解释暴露了其与莫斯科的关系，"我们的城市，亲爱的故乡名叫费多尔-库兹米奇斯克；而在这之前，老妈说，又叫伊凡·波尔费里奇斯克；再往前叫谢尔盖·谢尔盖伊奇斯克；在那以前叫南方仓库；而最早的名字叫莫斯科"[3]。就这部小说的反乌托邦属性而言，作家力图以时间流中的一个片段，来揭示小说中许多悲剧性事件的成因。但这个片段显然是有所指涉。小说虽然发表于2000年，但写作时间开始于

---

[1] 塔吉亚娜·托尔斯泰娅：《野猫精》，陈训明译，上海译文出版社，2005，第4页。
[2] 郑永旺：《圣徒与叛徒的二律背反——论安德列耶夫小说〈加略人犹大〉中的神学叙事》，《外语与外语教学》2014年第2期，第88页。
[3] 塔吉亚娜·托尔斯泰娅：《野猫精》，陈训明译，上海译文出版社，2005，第13页。

1986年，而恰好在这一年发生了苏联切尔诺贝利核电站爆炸这样震惊世界的核灾难。小说中出现的世界图景和阿达莫维奇（Адамович А.）在中篇小说《最后的田园诗》（Последняя пастораль，1987）① 中所描绘的情形十分相似。爆炸把人类送回到了生产力水平低下的中世纪。小说的时空具有特殊的能指功能和所指功能，然而，这种时空的所指到底是什么？中国学者指出，"《野猫精》通篇充满了文化的隐喻"②，时空不过是这种隐喻的表现形式之一，更具体一些，其所指是，在大爆炸中幸存下来的人大部分像本尼迪克一样成为没有了尾巴的野兽，而更为悲凉的是，随着尼基塔所代表的俄罗斯知识分子的死亡，整个费多尔-库兹米奇斯克不可逆转地走向荒凉化和兽性化。优秀的拥有古代思维（"古代"在小说中并不是贬义，而是象征着一个有希望的时代）的社会精英（如尼基塔）生活在类似原始世界的空间里才是真正的悲剧。就时空的能指功能而言，时间不仅仅是作家表现的对象，更是一种形式，即能够说明人物悲剧性的世界感受的工具，而空间因时间的特殊变为一个无光亮的空间。这说明："人类的全部活动都是在时间和空间的双向运动中展开的。但是，艺术不是现实本身的翻版，艺术的时空有其自身的独特性，这种独特性在于文学艺术作品的时间和空间都是双重的，它并不与现实的时空完全对等。"③ 托尔斯泰娅将故事置于核爆的背景之下，这使得小说中的一切变得和正常的现实时空完全不同，因此才有可能出现许多因受污染而变态的人物，如"瓦尔瓦拉·卢基尼什娜由于激动，她身上所有的鸡冠都在剧烈颤

---

① 亚历山大·米哈伊洛维奇·阿达莫维奇是一位用白俄罗斯语和俄语写作的作家。1986年切尔诺贝利核电站发生爆炸之后，作家试图冲破围绕事故的层层铁幕找到背后的真相，他采访了大批科学工作者，得到了丰富的一手资料，并向当时的苏共中央总书记戈尔巴乔夫上书，陈述核污染可能给白俄罗斯乃至整个北欧带来的无法估量的灾难性后果，希望中央能够公布事实。遗憾的是，当时的白俄罗斯加盟共和国领导人不但没有认真听取他的意见，反而以造谣诽谤的罪名起诉他。此后，他被迫离开明斯克到莫斯科工作。1987年，根据搜集的素材，阿达莫维奇创作了纪实文学作品《最后的田园诗》。
② 张冰：《从〈审讯桌〉到〈野猫精〉——俄罗斯传统文化与当代文学》，载森华主编《当代俄罗斯文学：多元、多样、多变》，外语教学与研究出版社，2010，第207页。
③ 祖国颂：《叙事的诗学》，安徽大学出版社，2003，第228页。

动"① 和"不要指手画脚，我已经四百岁了"② 等在一般现实小说中难以见到的表述。评论家涅法金娜（Нефагина Г. Л.）认为《野猫精》是一部特殊的反乌托邦小说，这种特殊性表现为小说叙事具有强烈的现实感，"切尔诺贝利核灾难和苏联社会的政治风云变幻，与戈尔巴乔夫和叶利钦时代完全吻合，这使得小说中的人物形象和事件能让人直接联想到现实，小说里的'大爆炸'彻底改变了人们的生活，社会平等作为乌托邦世界的崇拜之物彻底被摧毁"③。为了强化"大爆炸"后世界的退化特征和政权对人的控制，托尔斯泰娅将"书"设置成小说空间中的重要标记物，"书"成为费多尔·库兹米奇的特殊财富，他不允许人们看书（核爆三百年后，书籍成为以前时代的珍贵回忆），并宣扬书中隐藏着可怕的疾病。"书"之所以成为统治者控制人们的武器，是因为他们清楚地知道，书可以让人思考，而思考产生思想，思想是威胁政权的最大敌人，如果发现谁读书，当局会毫不犹豫地让他消失。该作品中的空间作为所指（内容）和具有时间特征的能指（作为形式）的"大爆炸"紧密结合在一起，形成了被涅法金娜称为"俄罗斯逻各斯中心主义"④ 的反乌托邦小说。

20 世纪 50 年代之后俄罗斯（苏联）反乌托邦小说的空间设置和经典的反乌托邦小说一样，表现为封闭的系统，其四周都是某种难以越过的障碍，如《野猫精》中那个坐落在七个山丘上的费多尔－库兹米奇斯克城和"30 公里半径范围内都是电信号"⑤ 的柳比莫夫城。沃伊诺维奇笔下的莫斯科则被敌对的圈子包围，彼得鲁舍夫斯卡娅的《新罗宾逊家族》中的反乌托邦空间更具有和外部环境的绝缘性，小说中小女孩的一番话更能体现这种隔绝效应："我们生活并等待，在另外一个地方，我们知道也有人在生活，在等

---

① 塔吉亚娜·托尔斯泰娅:《野猫精》，陈训明译，上海译文出版社，2005，第 67 页。
② 塔吉亚娜·托尔斯泰娅:《野猫精》，陈训明译，上海译文出版社，2005，第 319 页。
③ Фанегина Г. Л. Русская проза конца 20 века. М.: Издательство «Флинта» · Издательство «Наука», 2005, с. 138－139.
④ Фанегина Г. Л. Русская проза конца 20 века. М.: Издательство «Флинта» · Издательство «Наука», 2005, с. 148.
⑤ Терц А. Любимов // Терц А. Собрание сочинений в 2 томах. Т. 1. М.: СП «Старт», 1992, с. 61.

待，但只有当我们精心培育的种子结出真正的农作物时，只有当母羊生出小羊羔时，他们才会来这里，并抢走一切，当然还包括我。"① 小女孩坚信在未来的某刻，"他们一定会来这里"，坚信存在一种无法躲避的危险，这说明了反乌托邦世界的封闭性。

---

① Петрушевская Л. Новые Робинзоны // Новый мир, 1989, №8, c. 172.

第六章
自由与幸福的博弈

——扎米亚京《我们》的反乌托邦叙事

叶甫盖尼·伊万诺维奇·扎米亚京（Замятин Е. И.）的反乌托邦小说《我们》（Мы）完成于1920年，1924年该作品的英文版在纽约面世，俄文版于1952年在美国纽约出版，而在作者的祖国俄罗斯和读者见面则是1988年的事情。小说如此多舛的命运自然与其关注的内容有关，尽管作者用伊索式的语言来表现工具理性对人的奴役和由人的个体性丧失导致的人由情感丰富的生物异化为"号民"的过程，尽管作者用和现实保持一定距离的假定性手法来构建一个类似乌托邦的"完美世界"，但人们依然能够看出，这是一部讽刺性模拟之作，这也是为什么小说在国外出版后，扎米亚京在俄罗斯文坛四处碰壁，最后不得不写信给国家领导人，提出离开祖国的请求。信中，他如实陈述了自己在国内的现状："我请求准许我与妻子一同出国的主要原因，乃是作为作家我陷入走投无路的境地，作为作家，在此对我作出的死刑判决。"[①] 一部《我们》让扎米亚京成为世界反乌托邦文学的先驱之一[②]，《我们》使得反乌托邦体裁具有结构上的规定性和内容上的稳定性。作者个人的命运也因为作品而发生改变，在20世纪20年代的苏联社会，在这个"我们"的意志要高于"我"的意志的国家里，扎米亚京像小说中的 D-503 一样，

[①] 叶·伊·扎米亚京：《明天》，闫洪波译，东方出版社，2000，第134页。
[②] 此前也出现过类似的作品，但扎米亚京对这种体裁的定型有不可磨灭的贡献。

试图用个性的"我"来对抗强大的"造福主",企图把"我们"这些"螺丝钉"从"玻璃天堂"中解放出来,让他们看到柏拉图"洞穴喻"中所提到的炫目阳光。遗憾的是,D-503没能逃脱,不得不"接受了伟大的手术"①,手术之后,他的"头脑很轻松,那里面是空空的"②。现实中的扎米亚京拒绝接受这种"手术",因此他只能背井离乡,移居国外。失去了创作土壤的作者再也没有写出超越《我们》的作品。这是作者个人的悲剧,更是时代的悲剧。1937年3月10日,扎米亚京在巴黎去世。文学评论家达曼斯卡娅对扎米亚京的命运作了如下的总结:

> 根据医生的诊断,扎米亚京死于心绞痛并发症。实际上他死于极度的抑郁和心灵的孤独,因为作为侨民,他找不到那种多年前和俄罗斯心有灵犀的感觉,找不到关注他的读者,如果真的有这样的读者的话,他会义无反顾地回到写作的舞台为他们服务。③

作者在生前似乎已经预见了自己这部小说的命运,他把自己的书比作炸药,"有些书具有那种化学成分,如同炸药。区别在于,一块炸药只能爆炸一次,而一本书却能够爆炸数千次"④。《我们》及其作者的其他作品在作者去世之后依然保持着致命的威力,并能持续不断地爆炸,这种威力就是作品的反乌托邦美学思想的魅力。如今,《我们》中的反乌托邦叙事几乎是自明性的,根据斯科洛斯佩罗娃(Скороспелова Е. Б.)的研究,该作品在俄罗斯出版之前,盖列尔(Геллер Л.)⑤就在《教条边界外的宇宙:对当代科幻文学的几点思考》(Вселенная за пределами догмы: Размышления о современной фантастике)一书中就《我们》中的反乌托邦特性进行了深度阐释,把《我们》与当时的苏联科幻小说进行了对比,在此基础上确定

---

① 扎米亚京:《我们》,范国恩译,辽宁教育出版社,2003,第193页。
② 扎米亚京:《我们》,范国恩译,辽宁教育出版社,2003,第193页。
③ Даманская А. Смерть Е. И. Замятина(письмо из Парижа)// Сегодня, 1937, №71, с.32.
④ 叶·伊·扎米亚京:《明天》,闫洪波译,东方出版社,2000,第137页。
⑤ 列昂尼德·盖列尔(1945~),20世纪杰出的俄罗斯文学批评家和研究者,曾在莫斯科、华沙和巴黎学习俄罗斯文学。20世纪80年代移居法国,现任瑞士洛桑大学斯拉夫语系教授。

了《我们》反乌托邦小说的合法性问题。① 具体来说，反乌托邦小说有自己诗学的规定性和思想的倾向性。当然，这种论断有一个不可忽略的条件，即在小说以俄文面世的 20 世纪 80 年代，苏联社会弥漫着一种企图通过为社会把脉的方式推导国家未来图景的情绪，因此，包括《我们》在内的具有启示录性质的作品才得以受到重视并获得重见天日的机会。

第一节　扎米亚京《我们》中的反乌托邦美学

早在写作《我们》之前，扎米亚京就创作了具有反乌托邦风格的《岛民》（Островитяне，1917）和《得人的渔夫》（Ловец человеков，1918）。前者描写了岛国居民刻板的、有规律的生活，作者用"уездное"（县城特性）来刻画英国外省生活的刻板与无聊，居民的行为方式尽管有一种数学公式上的完美，但其中透露出情感的缺失，这也是后来《我们》中"号民"们所具有的情感模式。《得人的渔夫》继承并发展了《岛民》的艺术特色，只是把地点从外省搬到了首都伦敦。小说的名称"Ловец человеков"出自《圣经·新约》之《马太福音》（《路加福音》中也有相关的片段）②，"ловец"的本意是，耶稣就是那个能够使渔夫放弃自己捕鱼的工作，投入宗教事业并以此显示救世主号召力的人。但在小说里，作者通过克拉克夫妇、管风琴手贝利等人的日常生活来揭示伦敦城里的"渔夫们"不可能遇到使他们放弃捕鱼事业的救世主，作者以一种慵懒的笔调描写伦敦的生活，如"生活中最美妙的事就是说梦话，人生最精彩的梦莫过于谈一场恋爱。在如恋爱般感觉之混沌的雾霭中，伦敦开始了梦幻的一天"③。

---

① 参见 Скороспелова Е. Б. Замятин и его роман «Мы». М.：Изд. Московского университета，2002，с. 71。
② 耶稣在加利利海边行走的时候，看见兄弟二人，就是名叫彼得的西门和他的弟弟安德烈，正在把网撒到海里去；他们是渔夫。耶稣就对他们说："来跟从我，我要使你们作得人的渔夫。"《马太福音》4：18～19。另参见俄文版《马太福音》的该章节："Проходя же близ моря Галилейского, Он увидел двух братьев: Симона, называемого Петром, и Андрея, брата его, закидывающих сети в море, ибо они были рыболовы, и говорит им: идите за Мною, и Я сделаю вас ловцами человеков."
③ Самое прекрасное в жизни – бред, и самый прекрасный бред – влюбленность. В утреннем, смутном, как влюбленность, тумане – Лондон бредил. Замятин Е. Ловец человеков//Мы. М.：Эксмо，2007，с. 349。

但伦敦的平静只是表象，工业文明像一头猛兽一样使个体之"我"变成没有差异的群体性的"我们"，"到处都是广告牌，上面写着'劳斯莱斯''华尔兹——我们两个人的世界''太阳——可操控的东西'，这些广告牌用深红色的、绿色的和橙色的灯光昭示着自己的存在"①。此外，"ловец"在古代以色列还指一些为宫廷捕捉并饲养猛兽的人②，这个职业具有高风险高回报的特征，能捕捉猛兽并让猛兽不受到伤害、自己也能全身而退的猎人是这个行业的翘楚。据此，《得人的渔夫》还可能有其他深意，即在这些看似普通的伦敦居民中深藏另外一种可能，即表面谦和的克拉克先生和动作敏捷的贝利有可能为了生存变成"捕手"。事实上，在20世纪90年代尤里·科兹洛夫创作的反乌托邦小说《夜猎》中，18岁的中学生为了生存不得不杀人放火，最后成了一省的宣传部长，他从一名普通的中学生变成嗜血的"捕手"，从这一点看，《岛民》和《得人的渔夫》是《我们》和《夜猎》等作品的前文本，其中对世界未来可能的图景所进行的启示录式书写在《我们》中得以深化。《岛民》的主人公杰斯蒙德和久莉过着岛民所遵循的刻板作息时间，就如同《我们》中"号民"们严格按照"作息条规"来安排日常生活一样，从而使社会各种力量获得均衡并以此达到所谓的和谐。D-503用"笔记之二十八"的内容来阐释德国物理学家鲁道夫·克劳修斯所提出的"熵"③理论，这和《岛民》中岛民所倡导的生活理性十分接

---

① Замятин Е. Ловец человеков // Мы. М. : Эксмо, 2007, с. 358.
② "ловец"也可以翻译成"猎人"或者"职业猛兽抓捕师"。参见 Долженко А. Что значит быть «ловцами человеков», http：//www.mgarsky-monastery.org/kolokol.php? id=1741。
③ "熵"这一概念是德国物理学家鲁道夫·克劳修斯于1850年提出的，意指能量在空间中分布的均匀程度，能量分布得越均匀，熵就越大。一个体系的能量完全均匀分布时，这个体系的熵就达到最大值。在克劳修斯看来，在一个系统中，如果听任它自然发展，那么，能量差总是倾向于消除的。让一个热物体同一个冷物体相接触，热就会以下面所说的方式流动：热物体将冷却，冷物体将变热，直到两个物体达到相同的温度为止。从物理学的角度看，"熵"就是不能再被转化为功的能量的总和，最大的"熵"指能量差别趋向于零，最终归于永恒的死寂。如果把I-330比作"大一统国"中的冷空气，那么她的存在将导致"大一统国"的做功能力发生巨大变化，即由原来的高性能做功向低性能做功滑落。当然，对于"绿色长城"外的"自由世界"而言，情况则会出现相反的变化，在《我们》中，如果"一体号"飞船被I-330所控制，"绿色长城"内的平衡将被打破，造福主也会被另外一种力量取代。

近。英国文学评论家理查德（D. J. Richards）就在扎米亚京对"岛民"的态度中发现了深藏的秘密，"在稳定的宗教环境里熵的作用最为明显，所以扎米亚京作为'一切定型宗教的敌人'用一种虚伪的虔诚来称颂《岛民》和《得人的渔夫》中的西方式的宗教环境"①，而《我们》中的"号民"实际上是另一种形式的岛民，他们在"造福主"的淫威下、在"护卫局"鹰犬的秘密监视下实现"熵"的价值。

扎米亚京的伟大之处在于用乌托邦文学体裁的形式，对看上去很美的、充盈着科技理性思维的现实进行了批判，对以"造福主"为代表的极权政治对"号民"所造成的伤害作了深刻的反思。作者在《我们》中提出了一个令人类困惑的问题：人是不是应该为了自己的幸福去牺牲自由，假设人获得了失去自由的幸福那还叫幸福吗？这也是伊万·卡拉马佐夫（抑或陀思妥耶夫斯基借伊万·卡拉马佐夫之口）借宗教大法官之口表达的困惑。在很多作家忙于为主流意识形态谄媚献歌以保证"熵"的功效之时，扎米亚京却发现了"熵"作为国家意志的表达式对人性的摧残。扎米亚京以现实为基础，去推测可能出现的未来世界图景，寻找现实和未来之间存在的逻辑关系。在《我们》中，以"摩菲"（МЕФЕ，即摩菲斯特，歌德《浮士德》中的魔鬼）为代表的能量可以"导致平静的破坏，导致令人痛苦的、永无止境的运动"②。平静未必是幸福的必然要素，而且如果平静本身是屈从于权力的结果，那么平静的幸福就是一种幸福的虚伪表象，因为那是在"造福主"的"机器"（杀人的刑具）控制之下无奈的沉默，唯有破坏才能打破平静，并创造新的未来。小说中，D-503终于发现，把"大一统国"看成完美的社会形式并不符合存在无穷大这一数学原理，所谓的终极完美是不存在的。"造福主"所设想的一劳永逸地解决所有问题的方案之前提是人对外界的无知和拒斥，但"绿色长城"之外神秘的大自然必须借助"古屋"才能看到，"古屋"中遥远时代的印记对 D-503 们是致命的诱惑，就像诺维科夫（Новиков Вл.）所说的那样："反乌托邦并不是一个封闭且自足的世

---

① D. J. Richards, *Zamyatin: A Soviet Heretic*, London: Bowes & Bowes, 1962, pp. 34 – 35.
② 扎米亚京：《我们》，范国恩译，辽宁教育出版社，2003，第136页。

界，可以把这个世界理解为一种正在运动的模式，了解这个模式的奥秘只有一个方法，那就是不要让人物从观众的视角审视它，而是要让角色成为这个模式的参与者。扎米亚京的《我们》讲的是由反乌托邦分子重新建构起来的世界，很难想象这个世界可以用第三人称来讲述。"① 很显然，反乌托邦小说的主人公不应该是来自外部空间的、偶然闯入"大一统国"的游客，即所谓的"以观众的视角审视它（社会）"的冷静旁观者，应该是反乌托邦社会中所有事件的亲历者和制造者。所以，D-503不但不是游客，他排列靠前的字母还说明他是这个国度中的精英人物，是"一体号"飞船的第一设计师，他不是《桃花源记》里的抒情主人公，在一次偶然的机会闯入某个人间仙境，他当然也不是《格列佛游记》中的船长，因海上风暴而来到利立浦特（小人国）。《我们》中的世界是由"造福主"和所有"号民"共同创造出来的神奇空间，赫胥黎《美妙的新世界》中的伯纳·马克思、奥威尔《1984》中的温斯顿·史密斯、《我们》中的D-503、普拉东诺夫《切文古尔镇》中的德瓦诺夫和科片金都参与了这个世界的建设，他们也是这个世界上演的悲剧或喜剧的主要角色之一。如果说他们和普通"号民"有所区别②，那么就是他们因自身生产过程中出现差错（比如《美妙的新世界》里伯纳的身高缺陷与分裂过程中掺入了酒精有关）而产生外溢的主体性，或者因生活的刺激（如D-503邂逅I-330）发现自己身上有返祖现象。③ 总之，如果没有I-330的出现，如果没有内心深处对O-90的怜悯，D-503还会对"造福主的机器"（Машина Благодателя）充满敬畏，还会对"古屋"所隐藏的"绿色长城"外的世界一无所知，因为"扎米亚京的主人公……用自己全部的知识和自我欺骗的方法为自己制定了一部奴隶法

---

① Новиков Вл. Возвращение к здравому смыслу // Знамя. 1989, №7, с. 214. 也许，评论家仅仅是从主体（小说的主人公）可能获得的真实感这个角度出发来强调第一人称的叙述功能，其实无论是赫胥黎的《美妙的新世界》，还是奥威尔的《1984》，都是以第三人称视角来展开情节的，但这并没有淡化这两部反乌托邦作品的审美意境。
② 《美妙的新世界》里的阿尔法、贝塔、伽马、德尔塔和伊普西龙这五大种姓尽管在智力和生存方式上存在差异，但依然属于升级版的"号码"，因为其都在为至高无上的"福帝"工作。
③ 当然，D-503身上的返祖特征和他的工程师身份也是I-330诱惑他的一个原因，至少说明他有被诱惑的可能。

典,并把各种各样的让人感兴趣的证据引入其中,以证明自己的确是这部法典的'逻辑上的螺丝钉'"①。D-503 和他的英国"兄弟"温斯顿(《1984》)都曾经在笔记里记录了自己成为"螺丝钉"的过程和感受,这就是说,他们与其他人的区别在于,他们构建了这个痛苦的世界,他们也意识到应该成为废除这部奴隶法典的人。扎米亚京对自己这部作品奥义的说明更能清楚地显示,在一个以牺牲自由获得幸福的社会里,这种幸福是没有任何意义的,"这部小说就是一个预示危险的信号,这个危险高悬在个体的头上,高悬在人类的上空,这种危险来自过于庞大的政权机器,来自国家权力,其实这两种东西并没有区别"②。

19 世纪末 20 世纪初是俄罗斯文化的白银时代,其间先锋主义文学创作颇有市场,即便是最传统的现实主义作家,如扎米亚京、列米佐夫(Ремизов А. М.)、什梅廖夫(Шмелев И. С.)、希什科夫(Шишков А. С.)、恰佩金(Чапыгин А. П.)、普里什文(Пришвин М. М.)和谢尔盖耶夫-岑斯基(Сергеев-Ценский С. Н.)等人,也尝试着在创作实践中运用表现主义、印象主义和象征主义的叙事策略,纯粹的现实主义是不存在的。依据现实主义的诗学要素,人物性格、事件冲突和现实之间应该有紧密的联系,作家在构建小说之时强调因果律的作用,所以第三人称是作家们比较青睐的叙事视角,因为这个视角能够最大限度地拓展小说的时空。但扎米亚京是新艺术的追随者,强调科学决定论无法确定事物的本质特征,正如他自己所言:"今天可以出版新约启示录作为每天必读的报纸,明天我们会非常平静地买一张到火星的软卧车票。空间和时间被爱因斯坦断开。在今天这片现实的土壤中成长起来的艺术难道不也像梦境般荒诞不经吗?"③ 可见,"扎米亚京的创作美学旨在对主人公的形象作相应的变形处理,所以小说中的幻想和日常生活、传统书写和创新风格相互交融,对体裁的游戏化运作就不足为奇了"④。

---

① Чаликова В. Крик еретика(Антиутопия Евг. Замятина)// Вопросы философии, 1991, №1, с. 25.
② Замятин Е. Сочинения. М.:Современник, 1988, с. 540.
③ 叶·伊·扎米亚京:《明天》,闫洪波译,东方出版社,2000,第 111 页。
④ Юрьева Л. М. Русская антиутопия в контексте мировой литературы. М.:ИМЛИ РАН, 2000, с. 15.

扎米亚京将艺术分成代表肯定、否定和合成的三种形式。在他看来，几个世纪以来的艺术之路如同直入云霄的螺纹线，艺术就是那些不断扩大的线圈，"螺旋，让人想到巴比伦通天塔的螺旋梯，沿着圆上升的航空通道——这就是艺术之路。艺术运动的方程式亦即螺旋方程式"①。因此，传统的现实主义这把老掉牙的犁如果还想耕种更多的土地，就要不断地更新自己。扎米亚京以亚当和夏娃的关系为例，指出之所以亚当在接触夏娃之后不再眷恋她，是因为他仅仅接触了她的肉体，多少年之后，当他再次触摸夏娃的时候，"在绯红的胴体下面，经过否定变得理智了的亚当认识了骨骼。这样一来，亲吻不再刺激，爱更加迷醉，色调更加鲜明，捕捉线条和形态瞬间本质的目光更加敏锐。于是出现了综合……如何称谓无关紧要，新实在论、综合论，或者随便其他什么名称"②。扎米亚京把"综合"看成与什克洛夫斯基提出的"陌生化"原则近似的创作理念，认为综合是"形式实验的综合、象征化过程中人物形象的综合、幻想和日常生活的综合、哲学和艺术的综合"③。从这个角度分析，《我们》是一般意义上的现实主义创作和其他艺术理念巧妙结合的产物，其主人公形象的设置是日常生活与幻想世界相互综合的结果。"综合性"艺术在一定程度上稀释了哲学沉思和批判精神。扎米亚京希望以"综合"的方式隐晦地表达他对现实的态度，旨在巧妙地躲避众多御用文人对他的指责，但效果并不明显。扎米亚京提出了综合性艺术所具有的五个特征，在这其中不难发现作者在诠释现实时谨小慎微的心态：

一、和现实主义所倡导的对现实的描写保持一定的距离；二、迅速推进的幻想情节；三、象征意义和描写色彩的浓缩性（作者只提供每种现象的合成特征，而不是具体特征的细节）；四、语言凝练，只选择最能体现行为特征的词语；五、对相互交替变化的现象

---

① 叶·伊·扎米亚京：《明天》，闫洪波译，东方出版社，2000，第105页。
② 叶·伊·扎米亚京：《明天》，闫洪波译，东方出版社，2000，第106~107页。
③ Замятин Е. И. О синтетизме // Замятин Е. И. Избранные произведения в 2 т. Т. 2. М.：Художественная литература, 1990, с. 281.

给予密切关注，因为这种书写能够最终确定行为目的本身能否达到预期效果。①

扎米亚京的《我们》就是建立在上述审美原则的基础之上。然而，"综合"并不是扎米亚京的专利，"黄金时代"的普希金就将散文的情节和诗歌的韵律结合起来创造了所谓的奥涅金诗节，写出了《叶甫盖尼·奥涅金》这样的"俄罗斯生活的百科全书"（别林斯基语）。这其实就意味着，"只要是长篇小说，就是对其他体裁作讽刺性的模拟，作家会摒弃一些体裁的特征，同时会对这些体裁进行重新定位和重新强调，将其纳入自己的小说结构之中"②。就《我们》而言，扎米亚京显然汲取了日记体小说的优点，即"我"（主人公）的亲历性对所叙述事物的真实可靠性提供了保障，而主人公形象的圆整过程是借助人物对所发生诸事件的认识和基于这些认识的行为来完成的。比如在"笔记之三"中，D-503 尚用骄傲的笔法来书写这个"大一统国"对"玻璃天堂"中的万物进行精确控制的能力，但在认识 I-330 后，特别是当他真正体验到爱情所特有的既让人恐惧又给人无限快感的魅力后，他竟然可以答应她，愿意在飞船试飞之日背叛"造福主"，不是为了"绿色长城"外的所有人，仅仅是为了她。因此，仅仅靠"综合性"来确定小说的反乌托邦特征显然不具有说服力。

作为反乌托邦小说，《我们》具有一般现实主义小说所没有的特点，如所描写场景（或称"世界""现实空间"）的封闭性、居住场所的透明性、人性的被削平感、社会制度的标准化、国家的至高无上等特征，归根结底是，作家采用一套新的手法来描写世界。有的学者把梅尼普体文学和反乌托邦文学联系起来，发现了两者内在的隐秘关系，认为"反乌托邦文学携带梅尼普体的基因，天然地和人类所面临的终极问题相关"③。但克莱伊曼

---

① Замятин Е. И. О синтетизме // Замятин Е. И. Избранные произведения в 2 т. Т. 2. М. : Художественная литература, 1990, с. 281.
② Бахтин М. М. Эпос и роман // Бахтин М. М. Вопросы литературы и эстетики. М. : Художественная литература, 1975, с. 449.
③ 郑永旺：《反乌托邦小说的根、人和魂——兼论俄罗斯反乌托邦小说》，《俄罗斯文艺》2010 年第 1 期，第 7 页。

(Клейман И. Э.）此前就提出过完全不同的观点，指出："反乌托邦小说和梅尼普体小说完全是两种不同体裁观照下的产物，梅尼普体中的狂欢化与绝对的自由在《我们》中是看不到的，那里只有被'绿色长城'禁锢的自由和幸福，狂欢节上国王的加冕与'大一统国'里'一致同意节'上的选举更加不同，后者是单项选择，狂欢的平衡性在于参与者的平等性，而在《我们》中，'心灵'或者'灵感'被 D－503 比作'病菌'之类的东西。"[1] 这位评论家似乎仅考虑了用梅尼普体写成的文学作品和反乌托邦文学在描述世界过程中某些细节方面的差异，而忽略了两者在宏观方面的相似性，如空间的相对封闭性、对人性的独特态度等。在《我们》中，上述相似之处所要说明的是，人们的生存之所已经变成了普拉东诺夫所概括的"美好而狂暴的世界"，而"所谓的梅尼普体就是一种讽刺性书写，使作品充满了戏剧性、紧张而奇妙的构想，是将诗歌和散文融为一体的文学体裁"[2]。《我们》和梅尼普体作品相互关联之处在于，这个"美好而狂暴的世界"被梅尼普体用类似反乌托邦文学的方式表现出来。"梅尼普体喜欢玩一种迅速变幻层次和角度的游戏，让崇高和低俗、飞腾和跌落、未来和现在等诸多毫不相干的事物突然相遇。"[3] 看似坚不可摧的"绿色长城"原来也有"古屋"这样的漏洞，阴森恐怖的死刑场面被 R－13 的诗朗诵所降解，长期以来，选举"造福主"都是单向选择，但在这样有诸多"护卫局"工作人员在场的大会上，竟然有人举手反对。这种"毫不相干的事物突然相遇"的概率因为 D－503 心中无法消除的无理根 $\sqrt{-1}$ 而加大，这已经说明，即便是一个微不足道的偶然性因素也足以制造一场引发轰动的灾难。最后，I－330 和 O－90 激活了 D－503 内心深处残存的原始野性——无理根 $\sqrt{-1}$，导致他铤而走险去劫持"一体号"飞船，不但没有完成任务，反而

---

[1] Клейман И. Э. Роман Замятина «Мы» и карнавально-мениппейная традиция // Творческое наследие Евгения Замятина: взгляд из сегодня в 6 книгах. Кн. 6. Тамбов.: Изд. Тамбовского университета, 1997, с. 72.

[2] Нахов И. М. Философия киников. М.: Наука, 1982, с. 189.

[3] Юрьева Л. М. Русская антиутопия в контексте мировой литературы. М.: ИМЛИ РАН, 2005, с. 6.

失去了 I - 330。

《我们》这部反乌托邦小说的经典性主要表现在如下两个方面。

第一,"综合性"在扎米亚京看来是文学存在的本质特征,并非他个人的专利,这种综合不仅仅是体裁的综合,同时更是思想的综合。他说:"如果让我选一个关键词来描述文学发展方向的话,我会选'综合'这个词……辩证地讲,现实主义是一种综合,象征主义是反综合,而如今的综合已经发展到第二代和第三代,在这种综合里,同时存在能发现无限可能的现实主义放大镜和显微镜。"[1] 这种综合首先表现为作者对国家未来和人类未来的哲学沉思,小说花费很大的笔墨论述自由与幸福,这不但是文学的主题,也是哲学上无法回避的两个关键词(关于这一问题,请参阅本书"导论")。

第二,哲学的沉思和文学的叙事是以具有科幻色调的故事为包装来实现的。反乌托邦小说虽然与科幻小说(science fiction)有很多相似之处,但两者有不同的诉求。科幻小说致力于科学技术本身所具有的特质,换言之,这类小说虽然会加入作者对科技发展所能导致的后果的思考,但描述的主体为科技本身或被科技武装起来的人,如儒勒·凡尔纳的系列科幻作品。反乌托邦小说常常与科幻叙事联姻,描绘一幅关于人类悲剧性未来的图景。但对于反乌托邦文学作品而言,科技元素在很大程度上更像一种点缀,其作用是让主人公来说出他对于这个世界的认知。因此,在此类小说里,科技或者科幻元素更多地具有新神话思维,是用以表述作者启示录精神的工具而已。神话思维的神圣性在当下科技理性时代有胜于无,但其文学功能尚未消失。在《我们》这部作品中,对"一体号"飞船,扎米亚京采取的是省略的、神秘主义的和语焉不详的素描式书写,作者并不想去追求细节上的精确,比如很难根据"音乐工厂"和"飞车"的名称来判断这两种东西的工作原理和细节特征,但根据上下文可以猜测出它们分别是科技高度发达时代的音乐播放器和能快速在空中飞行的普通交通工具,而"法律课老师"和绰号为"噼里啪啦"的"数学老师"并不是生物学意义上的人,而是一种智能机器。扎米亚京所要传达的思想是,科技是一种既定的现实,在这个被科技武装起

---

[1] Замятин Е. И. Избранные произведения в 2 т. т. 2. М. : Советская Россия, 1990, с. 366.

来的"造福主"的胁迫下,人是否有可能进行独立思考。换言之,当科技已经成为神话本身时(指能够实现神话中才有的情形),人还是那个因爱而生善的人吗?因为在俄罗斯思想的观照下,最令人不安的问题"就是自由和价值、自由和善的关系问题。是否可以说,人的自由就是善、理想的价值、理想的规范,必须实现它们,不遵守它们就是恶?"① 神话不仅仅要靠象征和寓意来实现言说者的目的,更主要的是这些象征和寓意也要传达出言说者的真诚,只有神话的言说者相信这一切都是真的,这样的神话才具有真正意义上的神性,如《旧约》从文学角度看具有神话特征,但对于希伯来人而言,那不仅仅是神话,还是民族历史,而历史是对真实事件的汇编。新神话思维则不同,其言说者不过是借用神话的外壳来表达自己的思想或追求一种审美效果而已。尽管如此,洛谢夫却断言:"神话为人揭示了一切,其中有关于人生活的理念、关于人生命终结的思想、关于核心精神价值的真谛,甚至连日常生活的细节也没有逃过神话的眼睛,人的每个行为和每个飘忽的思绪都被纳入神话的视野之中。"② 作为神话的延续,新神话思维以科幻为载体,打造了一个充满矛盾和危机的世界,这个世界同样很好地解释了 D-503 的困惑,在这个看似透明的世界里,人有放下幔帐去品味"有节奏的幸福"③ 这样的性权利,他自以为很了解 O-90 和 R-13,但这两人身上同样存在秘密。新神话思维所能创造的奇迹,远比神话思维更加神奇,也更加诡异,即便是时间这种无法用化学手段凝固的东西在 D-503 的时空里也可以借助化学的手段进行处理。小说中写道:"昨天这一天,对我来说就是化学实验人员用来过滤溶液的滤纸:所有的悬浮颗粒、所有的杂质都滞留在这张纸上。因此,今天早晨我下楼时,觉得自己就像蒸馏过一样,纯净而又透明。"④ 失去了种族记忆的称呼代码则使人获得了物性特征,这种对工具理性的艺术化处理与 20 世纪科技迅猛发展有关,科技的发展反过来使得文

---

① 尼古拉·别尔嘉耶夫:《论人的使命·神与人的生存辩证法》,张百春译,上海人民出版社,2007,第48页。
② Лосев А. Ф. Очерки античного символизма и мифологии. М.: Мысль, 1993, с. 934.
③ 扎米亚京:《我们》,范国恩译,辽宁教育出版社,2003,第36页。
④ 扎米亚京:《我们》,范国恩译,辽宁教育出版社,2003,第41页。

学有机会在成长的过程中从科技中汲取营养。作者具有工程学教育的背景，深知科学能帮助人们重新认识眼前熟悉而陌生的世界，如其所言，"在爱因斯坦引发的几何学——哲学地震之后，此前的空间和时间彻底崩溃了"[①]，艺术"为了表现当今的荒诞离奇的现实性，解构位移也是逻辑上的必要的一种方法，如同古典画法几何学中在 X、Y、Z 的平面上进行设计"[②]。扎米亚京从科学工作者的立场出发，认为现代物理学"从根本上动摇了人们对时间的认识。产生于当下现实的艺术肯定会具有某种如梦一样的幻想特质"[③]。文学评论家往往过于关注《我们》中的政治诉求，而忽略了作者对科学理性的思索，《我们》的价值还在于它的创作者是一个具有科学研究背景的个体，他为读者提供了一个具有科学伦理背景的未来，这恰如扎米亚京自己提到的那样，"他有两个妻子，一个是技术，一个是文学"[④]。所以，有评论家得出这样的判断："这个熟读果戈理和陀思妥耶夫斯基作品的工程师，是西方和俄罗斯文学双重传统的继承者，他在《我们》中杂糅了赫伯特·乔治·威尔斯在《现代乌托邦》中的乌托邦想象、弗朗茨的怀疑主义。他脚踏俄罗斯的土壤，有一颗纯粹的俄罗斯心灵，但他又是精致的修辞学家和能够放飞思想的知识分子。"[⑤]

第二节　生存是一门精致而危险的科学

人作为一种社会性的动物有自己的规定性。关于这种规定性，卡西尔指出："人与众不同的标志，既不是他的形而上学的本性也不是他的物理本性，而是人的劳作（work）。正是这种人类活动的体系，规定和划定了'人性'的圆周。语言、神话、宗教、艺术、科学、历史，都是这个圆的组成

[①] 叶·伊·扎米亚京：《明天》，闫洪波译，东方出版社，2000，第 112 页。
[②] 叶·伊·扎米亚京：《明天》，闫洪波译，东方出版社，2000，第 112 页。
[③] Замятин Е. И. Я боюсь: Литературная критика. Публицистика. Воспоминания. М.: Наследие, 1999, с. 78.
[④] 参见 Юрьева Л. М. Русская антиутопия в контексте мировой литературы. М.: ИМЛИ РАН, 2000, с. 19.
[⑤] Лакшин В. «Антиутопия» Евгения Замятина // Знамя, 1988, №4, с. 126.

部分和各个扇面。"① 卡西尔把人置于文化的视域下考察,指出人首先是文化的动物,缺少语言、神话和宗教等维度的人是不可想象的,这种观点既契合了人的文化属性,也符合人的社会属性。但拥有"各个扇面"的人真的是完全意义上的人吗?《我们》中的"号民"并不缺少这些"扇面",甚至能让卡西尔所说的"圆的组成部分"呈现一种高度和谐的数学之美。但是,数学之美对人的生存而言是一种压制,因为这种美必然要消除人性中追求自由、渴望差异的思想,事实上,美存在于普遍的差异中。差异性也是人的价值所在,这种差异性导致的结果是:"人是物质世界唯一的本质,这唯一的本质不仅至今没有定型,而且也不可能定型,因为人不可能摒弃人自身这种具有决定意义的本质。"② 在《我们》里,"造福主"极力否定差异,追求同一,试图一劳永逸地把人与人之间的差异性消除,如果无法做到这点,"造福主"宁愿通过"伟大的手术"来解决问题。在没有确定手术方案之前,"大一统国"通过改造语言进行了艺术领域的革命,以消除文学艺术所产生的负面影响。因此,古代文学能够流传到"大一统国"的传世之作不是莎士比亚的戏剧或者列夫·托尔斯泰的小说,而是崇尚精确美学的《铁路运营时刻表》。不过,"即使把它(《铁路运营时刻表》)放在'作息条规'旁边,你们也会看得出前者不过是石墨,后者则是钻石"③。后者把人变成一个机器的部件,人不是为自己的感觉而生存,而是为了这个庞大的国家机器所倡导的精确之美服务。但"造福主"忘记了一点,即"人永远在成为(становится)人的过程中,但永远不能成为(станет)人"④,这就是说,人作为物质世界的唯一本质,永远处于变化中,任何将人的思想固化和行为固化的企图都和人的唯一本质发生冲突。"大一统国"控制了"人成为人"(человек становится человеком)的过程,这种控制除了借助文化政策手段外,还要依靠科技的力量。扎米亚京似乎看到了科技发展导致的机器霸权对人性的

---

① 恩斯特·卡西尔:《人论》,甘阳译,上海译文出版社,2003,第107页。
② 米尔顿:《自然与文化:悲观哲学经验》,郑永旺、冯小庆译,《求是学刊》2011年第6期,第15页。
③ 扎米亚京:《我们》,范国恩译,辽宁教育出版社,2003,第10页。
④ 米尔顿:《自然与文化:悲观哲学经验》,郑永旺、冯小庆译,《求是学刊》2011年第6期,第15页。

摧残，这种摧残在俄罗斯文化学者梅茹耶夫看来是现代人的宿命，"以前作为'自由之路上的进步'的东西，即理性的完善和发展，如今在西方社会这种定型的以工业主义为主导的时代，反倒成了对自由的直接威胁"①。科技进步的原因是"理性的完善与发展"，但当科技进步并没有让理性获得最终的完善，反而使其成为另外一种形式的宗教时，汽车大王福特最后变成了"福帝"并占据了一种被称为"原始宗教"——基督教——的位置，所以在《美妙的新世界》中出现了赞美"福帝"的祷告语："福帝在车，天下太平。"人们用这句话来替代原始的"上帝在天，天下太平"②。在《我们》中，在这种"科技宗教"的支配下，人们的生活发生了不可思议的改变。

>每天早晨，我们千百万人，以六轮机车的精确度，在同一小时和同一分钟，像一个人似的起床。我们千百万人在同一时间开始工作。我们融合成一个有千百万双手的统一的身躯，在作息条规所规定的同一秒钟外出散步、去大教堂、去泰勒健身房，在同一秒钟回去睡觉……③

严格遵守"作息条规"是"号民"信仰的重要组成部分。D-503所掌握的"大一统国"语言中的很多词语和《圣经》中的诸多概念类似，同样会出现"上帝""天堂""守护天使""弥撒""亚伯拉罕""石碑"④ 等。只是这些来自"圣书"（Великое Писание）的词语进入"大一统国"的语言体系后获得了新的含义，这种含义不是对基督教上帝之崇高意义的追寻，而是让庄严的词语获得荒谬的意义。比如，"摩西石碑"（Скрижаль Моисея）是刻有十诫的石板，但在"大一统国"里，原来的"摩西十诫"变成了"作息条规"（Часовая Скрижаль），"Скрижаль"强调"作息条规"的神圣性与摩西石碑相同，该条规规定了"号民"要像遵循"摩西十诫"那样

---

① Межуев В. М. Идея культуры: очерки по философии культуры. М.: Прогресс-Традиция, 2006, с.184-185.
② 参见阿道斯·伦纳德·赫胥黎《美妙的新世界》，孙法理译，译林出版社，2010，第38页。
③ 扎米亚京：《我们》，范国恩译，辽宁教育出版社，2003，第10页。
④ 范国恩译本中把"скрижаль"翻译成"条规"，该词还具有"石碑"的含义，该含义使得该词和《圣经》中的摩西石碑建立了意义上的连接关系。

来遵守"作息条规"中的条款。① "号民"如果违背了"作息条规"的意志，所遭受的惩罚类似于"摩西十诫"中所说的"恨我的，我必追讨他的罪，自父及子，直到三四代"② 一样。

小说中的人过着一种在时间和空间上尽可能精确的生活，这种生活以一种工业化的整齐划一之美表现出来。这种美本身就是一种暴力，书名《我们》间接地证明了这种暴力的存在，暴力的存在间接证明了这个国度信仰的实质，即原始的玄之又玄的上帝和"爱"具有紧密的联系。而"爱"无助于控制"号民"不安分的灵魂，或者说，容易使他们患上一种被称为"心灵"的疾病。D-503坦言："他们信奉的是虚无缥缈、玄之又玄的上帝，而我们信奉的是实实在在、真真切切的上帝。"③ 这个上帝是"一体号"，是"造福主"和"机器"。因此，《圣经》中的上帝在"大一统国"注定是"最伟大的孤独的悲观主义者"④。这个"悲观主义者"是带领一个个的"我"而不是思想统一的"我们"走出埃及，这也就是为什么上帝要借摩西之口宣布"十诫"，其目的同样是把信众的思想统一起来。"造福主"当然也需要相同的效果，所以他通过"作息条规"来让"我"变成"我们"，换言之，"造福主"需要的不是思想复杂的、能建造巴别塔的"我"，而是能步调一致完成建设"一体号"和"音乐工厂"的"我们"。具有讽刺意味的是，《旧约》中的上帝所恐惧的恰恰是每个"我"会聚起来变成一个"没有不成就"的"我们"，因为那样的话，"他们成为一样的人民，都是一样的言语，如今既做起这事来，以后他们所要做的事就没有不成就的了"⑤。上帝之所以在"大一统国"里被冠以"古老的"这一修饰语，是因为与"造福主"相比，他毕竟充满了爱和善，他没有任何"机器"的加持。此外，这里的代词"我们"具有强烈的时代气息，因为在小说创作的20世纪20年代，苏联文坛的话语权掌握在"拉普"和"无产阶级文化派"等和主流意识有密切联

---

① 神说："我是耶和华——你的上帝，曾将你从埃及地为奴之家领出来，除了我之外，你不可有别的神。"《出埃及记》20：1~3。
② 《出埃及记》20：5。
③ 扎米亚京：《我们》，范国恩译，辽宁教育出版社，2003，第37页。
④ 扎米亚京：《我们》，范国恩译，辽宁教育出版社，2003，第49页。
⑤ 《创世记》11：6。

系的文学团体手里，塑造一些表现并接受暴力美学的"我们"是"当时无产阶级文化派思潮最典型、最基本的主题"。① 在加斯捷夫那首名为《我们》的诗歌的字里行间充斥着暴力美学的理念："一切是我们/在一切之中是我们/我们是火焰和胜利之光/我们是自己的神灵、法官和法典。"② 这种狂热的情感维系着看上去很美的秩序，这也体现了"造福主"对保持这个世界的透明性所作的努力，但这种数学之美的生存模式在《我们》中正逐渐地被诸如名为"心灵"（душа）的疾病的话所侵蚀，I-330就是小说中病毒的制造者。

俄语名词"душа"（灵魂、心灵）和"личность"（人、个性）联系紧密。对"личность"的理解具有多重性，"личность"可以是群体中的一个分子，他（她）是平淡无奇的，其意义与拉丁语的"персона"并无差异。但"личность"在俄语中特别强调个人属性，即不同于他人的自我，即"сама по себе"或者"сама о себе"，即"особа"一词的原始含义。在这个意义上，"личность"和拉丁语"individuum"（个人、个体）同义，表示"неделимый"（不可分割的）。个体和群体的区别在于，个体的不可分割属性来自"душа"的独特性，一个拥有相同"душа"的群体是不可思议的。科列索夫（Колесов В. В.）认为："'精神'（дух）和'灵魂'（душа）都是古老的斯拉夫词语，它们拥有共同的词根，但阴性名词'душа'是指人精神上的、和生活紧密相关的心性本质（живущая суть душевности），而阳性名词'дух'则强调人精神存在的富足（высшая благодать духовного бытия）。"③《我们》中的"大一统国"之所以憎恨这种具有传染性的"心灵"疾病，是因为"心灵"能使群体的"我们"，变成在"心灵"上"不可分离的"个体，众多的类似个体则调动"精神上和生活紧密相关的心性本质"，使得这个看似安静的社会变成一个不安分的空间，这是因为"душа"和个体（личность）本来就不可分离④，

---

① 吴泽霖：《扎米亚京的〈我们〉开禁的再思考》，《俄罗斯文艺》2000年第2期，第58页。
② 转引自吴泽霖《扎米亚京的〈我们〉开禁的再思考》，《俄罗斯文艺》2000年第2期，第58页。
③ Колесов В. В. Слово и дело. М.：Издательство С.-Петербургского университета，2004，с. 592.
④ 在古代俄罗斯，信奉多神教的人用计算"头"（голова）的办法，来清点人或者动物的数量，随着基督教的传入，人们开始用"灵魂"（душа）来代替"头"。俄语中"на улице ни души"（街上没有人）就是这种用法的遗存。

只是人们关注群体的精神,而忽略了心灵所具有的私密性。精神只有一个,灵魂则属于任何一个生命个体。灵魂的个体性特征与拒斥灵魂的群体性特征是《我们》中的两种生存方式,前者的代表人物是德国哲学家康德,在小说中前者被认为是一种落后的生存方式;后者的代表人物是美国工程师泰勒,泰勒原则被规定为"大一统国"中最根本的也是最先进的生存方式。根据泰勒原则,人不过是一种外在之物,人被赋予某种冲动,但这种冲动仅仅用于劳动生产和社会活动,人的使命在于成为庞大社会有机体的一部分。[①] 如果这种立论成立,那么在《我们》中实际上存在两类人,一类是"绿色长城"外以I-330等人为代表的康德派,还有一类则是以无数个"螺丝钉"为代表的泰勒派。前者强调个体价值认同的精神生活,后者把"作息条规"作为一切行动的圣书来指导自己的生活,强调对权威的绝对服从。

马斯洛在《人类动机的理论》一书中把人的需要由低到高依次分成五个层次,即生理、安全、社交、受尊重和自我实现。生理需要虽然基于人的生物属性,但依然是所有需要中最为基础的而且最为急迫的需要。在《我们》中,这种需要是通过分配的形式得以满足的,"性"伙伴可以分配,食物和住房需求等似乎完全可以得到满足,但其中的"性"是人这种高级灵长类动物最具私密性的并和感情有关的行为,如果为"性"而性就把人和普通的哺乳动物混为一谈了,那一层薄薄的窗帘并不能掩盖"性"的标准化进程所带来的后果,即人的生存与繁殖符合工业社会所强调的标准化、一体化和精确化。《我们》中的 D-503 和 O-90 的亲密关系实际就是"玻璃天堂"中私密行为标准化和娱乐化过程的演示。安全是仅次于生理需求的第二大需要,但人的安全感并不仅仅是身体的安全,更多的是一种未来的保障。《我们》里的"号民"实际上时刻处于被监视的状态之下,透明的房屋只有在"性日"才被允许放下窗帘,任何人身体的不舒适感都可能被诊断为"心灵"疾病,并可能被医务局的人拉到手术台上进行"处理"。社交是

[①] 参见 Кузнецов И. В. Конфликт «роли» и «личности» в русской прозе первой половины XX столетия // Русская словесность, 2007, №1, с. 9。

人这种群居动物表达情感的方式之一,但如果场合和时间不对,或者没有按"作息条规"规定的时间前往、返回,都可能被视为对"造福主"的大不敬。受尊重和自我实现的需要在 D-503 的身上得到了完美的反映,但从主人公个人的主体感受出发,他更愿意和那些"绿色长城"外的和他同样多毛的人在一起。D-503 的这种意愿除了因为好奇心和受到了 I-330 致命的诱惑外,也可能和人身上原始的生命意志紧密相关,即叔本华所说的生存和繁衍的本能。D-503 之所以能够最终走上反抗"造福主"的道路,其中一个决定性因素是 O-90 这个不符合"母亲标准"的女性的意外怀孕,为了拯救这名能够延续他生命意志的女人,他和她都变成了违反"大一统国"法律的犯罪分子。在主人公的心灵深处有两种天性在厮杀,一种是"号民"所应表现的温顺禀赋,另一种是与国家法律根本无法相容的未来父亲的天性。这是个人角色和人性之间不可调和的冲突,在《我们》中,个人角色(父亲角色)最后起到了决定性的作用。

第三节 一体号:I-330 诱惑 D-503 的原因

在《我们》这部小说开篇的"笔记之一"中,"一体号"飞船就隆重登场。这是"用玻璃质料制造的喷火式电动飞船"[1],其使命是离开地球到宇宙其他的空间里去,告诉居住在那里的人们"大一统国"的存在。该飞船将运用最新的科技,去改变身处蛮荒之地居民的落后意识,输出"造福主"的福音。"интеграл"(一体号)具有"积分"[2] 和"整体"两个释义。小说中,扎米亚京在该单词的使用上兼顾了该词的这两种含义。就"积分"的意义而言,指的是该飞船所具有的"大一统国"生存意志的内涵,即人类作为有思想的动物难以被控制的不是肉体,而是思想,要通过控制思想来左右他们的肉体。数学中的"积分"所追求的是对任何不规则物体进行精确的量化处理,比如音乐本来是表达人类情感的艺术,但通过"积分"的

---

[1] 扎米亚京:《我们》,范国恩译,辽宁教育出版社,2003,第 1 页。
[2] 在现实生活中存在许多形状不规则的物体,比如卵形等,对这些不规则物体的精确测量就需要积分。

处理，音乐更适合在"大一统国"里演奏，"那时合时分的无穷的行列发出的水晶般清晰的半音音节，以及那泰勒和麦克劳林公式的整合和弦，那毕达哥拉斯短裤，那……气势多么磅礴！章法多么严谨！"① 相反，没有经过数学之美洗礼的古人音乐则显得"随心所欲，毫无规则，无非是一些野性的狂想，这种音乐多么渺小可怜"②。"积分"代表了这个王国对物体（包括各种事物）的无规则性进行秩序化处理的追求，对难以控制的人类社会进行精确化的设想。遗憾的是，这个追求精确的"一体号"（也有译本翻译成"积分号"）的建设者 D-503 却是一个浑身毛发发达、具有明显返祖特征、内心深处潜藏着无理根 $\sqrt{-1}$ 的个体。该个体的存在，以及与他类似的个体的存在是人性中渴望自由本性之永恒在场的证据，也是乌托邦世界里不安定的因素，或者说是乌托邦必然走向反乌托邦的原因。因为正是他们对技术理性的无限追求使得"绿色长城"阻断了他们和外面的联系，当然，也是他们的活动和身体内部膨胀的好奇心导致了最后的失败。在强大的"机器"面前，"号民"必须屈服，不过，那些依然保留了"原始人"本能的人还是没有被彻底"积分化"，这是"大一统国"里"摩菲"的希望，小说结尾处写道："在横向的第 40 号大街，已经筑起了一道临时的高压电波长城。我希望我们一定获胜。不但如此，我确信我们一定获胜。因为理性必胜。"③ 看来，"绿色长城"已经被推倒，尽管"电波长城"再次围住了"号民"，但这个世界毕竟露出了希望的曙光。

"интеграл"的另外一个意义是"整体化"，该词的词源是拉丁语"integer"，在俄语中为"целый"，有"把分散的部分和零散的事物变成一个整体"④ 的含义。就小说而言，建造"一体号"的意义在于让"大一统国"威名远扬，对于"造福主"来说，飞船能起到凝聚人心的作用，如"笔记之一"所描述的那样，"你们将驾驶着用玻璃质料制造的喷火式电动

---

① 扎米亚京：《我们》，范国恩译，辽宁教育出版社，2003，第 15 页。
② 扎米亚京：《我们》，范国恩译，辽宁教育出版社，2003，第 15 页。
③ 扎米亚京：《我们》，范国恩译，辽宁教育出版社，2003，第 193 页。
④ Ильяхов А. Г. Этимологический словарь：античные корни в русском языке. М.：АСТ·Астрель，2010，с. 171.

飞船'一体号'去实现宇宙的大一统,求出这个无穷方程的积分"①。

小说中的爱情故事、冒险情节、文学创作（R-13的诗歌和D-503的笔记）和关于人物心理的诸多事件都是围绕"一体号"飞船展开的。D-503写笔记的初衷是歌颂建造该飞船的壮举,但由于认识了I-330,他了解了"摩菲"这个非法组织,在经历了本不该有的爱情诱惑后,D-503拥有了被称为"心灵"的东西,于是,他的使命由建造飞船变成了伺机劫持飞船。"一体号"的价值除了反映人物之间复杂的心理流程外,还包括引入一个重要的争论,即"新世界"的诞生是否有可能。如果"新世界"符合"任何事物,凡是我们在那里面看得见依照我们的理解应当如此的生活,那就是美的,任何东西,凡是显示出生活或使我们想起生活的,那就是美的"②的美学思想,那人类显然进入了一个美好的乌托邦社会,但前提是,科技的发展不能以扭曲人的灵魂为代价,否则那个所谓的美好世界可能是反乌托邦世界。19世纪60年代,车尔尼雪夫斯基在《怎么办?》的薇拉的第四个梦中对未来新世界的种种可能进行了描述,其中最核心的内容就是人与人之间权利平等。"光明美人"告诉薇拉,"她"诞生于卢梭的《新爱洛依丝》的书信体小说中,从那一天起,光明美人的王国逐渐壮大,如其所言:"我治下的人还不多。不过我的王国……总有一天会统治全世界。"③用"光明美人喻"来观照《我们》,不难得出下面几点结论:第一,光明的降临只能在某个特定的时间段;第二,人（《怎么办?》借助男人和女人对爱情的态度来说明合理利己主义的思想）并非生而平等,因此人应该去争取自己在社会上的地位;第三,充满自由精神的神圣王国终究有一天会降临人间。

然而,人们在经历了一个多世纪的等待后,这个众人期盼的王国在

---

① Вам предстоит еще более славный подвиг: стеклянным, электрическим, огнедышащим ИНТЕГРАЛОМ проинтегрировать бесконечное уравнение Вселенной. Замятин Е. Мы // Мы. М.: Эксмо, 2007, с. 7. 范国恩译本显然注意到了该词的双重含义,所以才会将"ИНТЕГРАЛ"作为飞船名称"一体号"和该飞船的功能"积分"同时译出。

② 《车尔尼雪夫斯基选集》（上卷）,周扬、缪灵珠、辛未艾译,生活·读书·新知三联书店,1958年,第5页。

③ 车尔尼雪夫斯基:《怎么办?》,蒋路译,人民文学出版社,1982,第420页。

《我们》中的确以新的面貌出现，该王国的标志性物件就是"一体号"。如光明美人一样，"一体号"也只能出现在人类发展的特定时刻，是科技理性高度发达的产物。制造该飞船是"大一统国"里"号民"的共同事业，旨在给遥远未知的星球上的居民带去幸福，换言之，让那些没有机会感受技术恩泽的人们提前感受"大一统国"里"号民"的幸福生活。"一体号"的使命（实现宇宙的大一统，求出这个无穷方程的积分）与具有假定特征的现实构成了小说中一个独立的线索。飞船的形象指向扎米亚京在《我们》中潜在的诘问：在乌托邦话语中表现世界革命的理念是否可能？或者更确切地说，世界革命的乌托邦是否存在？通过改造现实来实现世界大同的理念之最初原型出现在无产阶级文化派的文学创作中，其创始人之一波格丹诺夫（Богданов А. А.）"视艺术为阶级力量的最强大武器，主张无产阶级应拥有属于自己的文化，而且这种文化充满了劳动集体主义的思想"。① 在这种乌托邦激情的作用下，无产阶级文化派诗歌倾向于运用大胆的假设和极具冲击力的夸张手法来表现自己的诉求，并设想向世界各地输出俄国革命的成功经验。于是，出现了有类似主张的诗歌，如和波德莱尔《恶之花》所表现的意象完全不同的《铁之花》：

我们将铺设通向月亮火山口的
几条钢箭般笔直的红色铁轨；
我们胜利的航线
刺进闪闪发光的环形海。
在马克思运河之上，
我们将建起一座"世界自由"的宫殿，
那里耸立着卡尔·马克思的高塔，
像德国皇帝一样在烁烁闪耀。

---

① Николюкин А. Н. Литературная энциклопедия терминов и понятий. М.：НПК 《Интелвак》，2003，с. 820.

（Мы проведем на кратер лунный
Стальные стрелы красных рельс,
В лучисто-млечные лагуны
Вонзится наш победный рейс.
Воздвигнем на каналах Марса
Дворец свободы Мировой,
Там будет башня Карла Маркса
Сиять, как кейзер огневой.）[1]

无产阶级文化派的"宇宙主义"情结已经极度膨胀，把革命仅仅局限在地球之上已经让这一派的诗人无法忍受。《我们》通过"一体号"飞船，对这种缺少科学伦理的"宇宙主义"进行了辛辣的讽刺，同时暗示，"宇宙主义"的狂热是那个时代整体精神风貌的体现，只是对于加斯捷夫和基里洛夫（Кирилов В. Т.）这些"文化派"诗人来说，这种精神风貌表现得过于露骨和缺少技术含量。如加斯捷夫在《重压之下的豪言壮语》（Слово под прессом，1921）中写道：

电流源源不断涌向地心，
让地球一年四季
在音乐中徜徉。
地球在太空轨道上，
在四个月的时间里
轻声歌唱。
让地球发出四分钟
火山喷发时的巨响，
一周内使人失聪。

---

[1] Герасимов М. Железные цветы. Самара：Центропечать，1919，с. 20.

火山巨响后，

是更大的巨响，

一直持续半年，

最后归于平静。

（Электроструны к земному центру.

Продержать шар земли в музыке

Четыре времени года.

Звучать по орбите 4 месяца

Пианиссимо.

Сделать четыре минуты вулкано-

Фортиссимо.

Оборвать на неделю.

Грянуть вулкано-фортиссимо

Кресчендо.

Держать навулкано полгода.

Спускать дсо нуля.）①

  作者使用了"пианиссимо"（轻柔地）、"фортиссимо"（甚强）和"кресчендо"（渐强）等术语强调音乐的震撼力，但支持这种震撼力的是人的野心和对能源的巨大耗费。在诸如此类的诗歌作品中，抒情主人公变成了上天入地的超人。扎米亚京笔下的"造福主"与加斯捷夫笔下的抒情主人公有类似的超人情怀和藐视一切的英雄气概，但作为作家，加斯捷夫显然比扎米亚京更欣赏这类人物。别尔嘉耶夫将这种超人情怀称为"社会泰坦主义"②，即人类坚信在掌握了知识后，有能力按自己的意愿安排生活，人类完全可以坚信，"在通向绝对真理的道路之上，人类的意志是不可阻挡的，正是这种坚不可摧的意志，使人类完全有可能重新安排这个世界，即创造一

---

① 该诗创作于 1921 年，后收入 1923 年出版的加斯捷夫诗歌集。参见 Гастев А. Поэзия рабочего удара. М.：Художественная литература，1923，с. 193。

② Бердяев Н. Истоки и смысл русского коммунизма. М.：Наука，1990，с. 123。

个新的、理性的、公平正义的世界,以代替那个陈腐的、不成功的和非正义的世界"①。D-503 刚开始也是这样想的,他的笔记最初充满了对"大一统国"秩序的赞美,但"笔记之三十六"中"造福主"的宏论彻底粉碎了"社会泰坦主义"造福人类的幻想。但值得注意的是,发出这篇宏论的"造福主"本身就拥有所谓的"超人情怀"(宇宙主义情怀),然而,比"超人"还强大的"造福主"(相当于《美妙的新世界》中的"福帝")也有困惑的时刻。

  那为什么不说呢?您以为我害怕这个词(指刽子手一词)吗?您从来就没有试过剥去它的外壳,看看它的内容是什么吗?现在我来剥开它给您看。请您回忆一下那蓝色的山冈,那十字架,那人群。一些人在山上,他们浑身溅满鲜血,把一个人钉在十字架上,另一些人在山下,他们泪水满面地在观看。您不认为上面那些人扮演的角色最艰巨、最重要吗?试想,如果没有他们,这一幕壮烈的悲剧演得成吗?愚昧的人群发出嘘声向他们喝倒彩,然而悲剧的作者——上帝本应该为此更加慷慨地犒赏他们。这位大慈大悲的基督教上帝自己把抗命不从的人送进地狱之火,把他们慢慢地烧死。难道他就不是刽子手吗?难道基督教徒用篝火烧死的人,比被烧死的基督徒要少吗?尽管这样,您要明白,尽管这样,这位上帝多少个世纪曾一直被誉为仁慈的上帝。荒谬?不,正相反,这是一份用鲜血书写的专利证书,它证明人具有不可移易的理智。人早在他还处于野蛮状态、全身覆盖着毛发的时代就认识到,对人类的真爱、代数学意义上的爱,就在于残酷——残酷是真爱的标志。②

面对"造福主"咄咄逼人的追问,D-503 只能沉默,就像《卡拉马佐夫兄弟》当中基督面对红衣主教时的沉默一样。基督沉默是因为自己的第

---

① Франк С. Ересь утопизма // Новый журнал, 1946, №14, с. 147.
② 扎米亚京:《我们》,范国恩译,辽宁教育出版社,2003,第 176~177 页。

二次降临有可能改变历史,而依红衣主教的说法就是,"你"(基督)再也"没有权利在你以前说过的话之外再加添什么"①。这句话有如下几个寓意:

首先,在"造福主"看来,上帝并不仁慈,仁慈的显著标志是善待自己的敌人,因此,人类对上帝的赞美实际上是一种盲从;

其次,上帝的邪恶源自人的不可移易的理性,唯有"用鲜血书写的专利证书"才能让基督徒屈服于神圣的权威;

最后,"造福主"的所作所为和上帝没有本质的区别,唯有残酷的爱才是真正的爱,就像"造福主"接下来所陈述的那样,真爱的表现形式是消除人的欲望,"天堂里那些天使、上帝的奴仆……他们都是幸福的,他们都摘除了幻想"②。

上帝并非没有注意到人的理性,建造巴别塔的故事说明,人理性思考问题的能力可以帮助他建设宏伟庄严的巴别塔,也能变成巨大的力量摧毁上帝对人类社会原初的构想(于是他把人赶出了伊甸园)。"一体号"飞船就相当于那座尚未完工的巴别塔,没有完工的原因很多,其中一个重要的原因是,理性使人能够运用知识建造飞往其他星球的飞船,但人的非理性使得飞船的建造者 D-503 愿意冒着死亡的危险去帮助 I-330 和她的同党。如此看来,即使在高度技术化的未来,人类的力比多依然起作用,从这个意义上讲,社会发展的最终结果必定是反乌托邦的,因为在任何时候,无论科技如何发达,只要人的"本我"存在,巴别塔就无法建成,当然"一体号"最终也无法到其他星球去传播"造福主"的福音。

第四节 不可能之可能:诗意地栖居于玻璃天堂之中

陀思妥耶夫斯基的"水晶宫"(хрустальный дворец)、车尔尼雪夫斯基的"铁骨水晶宫"(чугунно-хрустальный дворец)和扎米亚京的"玻璃

---

① 陀思妥耶夫斯基:《卡拉马佐夫兄弟》(上),耿济之译,人民文学出版社,2007,第 280 页。
② 扎米亚京:《我们》,范国恩译,辽宁教育出版社,2003,第 177 页。

天堂"(стеклянный рай)① 是俄罗斯文学中三个著名的关于乌托邦的隐喻。对于《怎么办?》中的薇拉而言,"铁骨水晶宫"是最接近终极理想的俄国未来图景,这个建筑物并不是一个易碎的摆设,而是能让所有人拥有无限幸福的场所。建筑物是对人充满温情呵护的象征,实现这种可能性的恰恰是高度发达的科学技术,"人几乎只要走动走动,管理管理机器就行"②。对于车尔尼雪夫斯基而言,"铁骨水晶宫"因为有"铁骨"外罩,才使得"水晶"变得坚固而美丽,该隐喻指向一个具有现实可能性的愿景,代表了"新人"对科技、自由和未来的渴望。陀思妥耶夫斯基的"水晶宫"则是对车尔尼雪夫斯基"铁骨水晶宫"的讽刺性模拟。《地下室手记》中的"我"显然不相信人会为了某种最高利益,"置所有这些美好的和有益的东西于不顾,只是为了获取这个基本的、最有利可图的利益,它对于他来说比一切都宝贵"③。在陀氏笔下的"我"看来,人作为一种复杂的生物,不可能精确预测其行为的结果,如果真如"你们"所设想的那样,"只要揭示这些自然规律,人就将不再对自己的行为负责任了,他将生活得非常轻松"④,自然有一天"水晶宫将建成"⑤。陀思妥耶夫斯基的"水晶宫"之所以无法建成,

---

① "水晶宫"出自陀思妥耶夫斯基的小说《地下室手记》中的一个句子(Тогда выстроится хрустальный дворец.),陈尘的译文是:"那时,水晶宫将建成了。"(参见陀思妥耶夫斯基《地下室手记》,陈尘译,解放军文艺出版社,1998,第 90~91 页)"铁骨水晶宫"出自车尔尼雪夫斯基《怎么办?》中薇拉的第四个梦里"光明美人"对未来的描述:"Теперь нет такой; нет, уж есть один намек на нее, - дворец, который стоит на Сайденгамском холме: чугун и стекло, чугун и стекло - только. Нет, не только: это лишь оболочка здания; это его наружные стены; а там, внутри, уж настоящий дом, громаднейший дом: он покрыт этим чугунно - хрустальным зданием, как футляром..." 蒋路的译文是,"今天没有这种样式;不,已经有了一个缩影——塞屯南的小山上的宫殿:到处只见铁和玻璃、铁和玻璃。不,不只是铁和玻璃:这仅仅是建筑物的外壳,它的外墙;里面才是真正的房屋,一座高大的房屋:这道铁骨透明的外墙仿佛一个匣子似的包裹着它。"(参见车尔尼雪夫斯基《怎么办?》,蒋路译,人民文学出版社,1982,第 425 页)根据概念化的需要,本节将这种建筑称为"铁骨水晶宫"。《我们》中的"Стеклянный рай"被范国恩译为"玻璃构筑的天堂"(参见扎米亚京《我们》,范国恩译,辽宁教育出版社,2003,第 106 页),本节同样根据概念化的需要译为"玻璃天堂"。
② 车尔尼雪夫斯基:《怎么办?》,蒋路译,人民文学出版社,1982,第 427 页。
③ 陀思妥耶夫斯基:《地下室手记》,陈尘译,解放军文艺出版社,1998,第 88 页。
④ 陀思妥耶夫斯基:《地下室手记》,陈尘译,解放军文艺出版社,1998,第 90 页。
⑤ 陀思妥耶夫斯基:《地下室手记》,陈尘译,解放军文艺出版社,1998,第 90~91 页。

是因为"人，不论他是什么样的人，也不论什么时候，在什么地方，他总是喜欢按自己的意愿行事，而全然不是按照理智和利益所驱使的那样；他可能想去违反自身的利益"①。

《我们》艺术空间中的"玻璃天堂"继承了陀思妥耶夫斯基"水晶宫"的核心价值，即这个由人建成的"水晶宫"或者"玻璃天堂"因掺入了人先天所具有的非理性因素注定具有易碎性。"绿色长城"内的建筑多为正方形，具有一种整齐划一的美感。这显示了"造福主"对这种形状的特殊偏爱，更重要的原因是他偏爱玻璃的物理特性，但玻璃的透明属性让生活在其中的人没有安全感，甚至让"号民"很压抑。所以，"D-503 居住的那个发生了一系列事件的城市，实际上是一种意识的模式（модель сознания），这种意识被权力的绝对理性牢牢禁锢"②。但被禁锢的意识需要找到出口，于是 I-330 和她的组织"摩菲"登场。小说继承了自歌德以来欧洲文学中的魔鬼母题，正如作者自己所言："关于自由和平等二律背反的描述出自浮士德。"③ D-503 受了 I-330 的诱惑之后，发现自己原来是有"心灵"的人，于是陷入痛苦的人格分裂，他时而和"大一统国"的机构合作，时而在行动上帮助"摩菲"，甚至让 O-90 怀孕以摆脱 I-330 的控制。他内心深处遭受的煎熬与浮士德类似④，但 D-503 承受着更大、更强烈的内心冲突，因为摩菲斯特有能力以各种方式实现浮士德的愿望，I-330 则是以诱惑其下水的方式来胁迫他，如果事情败露，等待他的可能是"造福主的机器"。主人公从拒绝到犹豫直至最后的反叛，说明了人最终无法成为"号民"，个体基于顽强的意志，为了追求爱的体验和出于生存的考虑，可以或可能去帮助魔鬼。所以，扎米亚京坚定地认为，真正的人一定是按浮士德的生存方式在世的。⑤ 此外，与车氏和陀氏的"水晶宫喻"不同的是，"玻璃天堂"是

---

① 陀思妥耶夫斯基：《地下室手记》，陈尘译，解放军文艺出版社，1998，第 91 页。
② Софронова А. А. Культура сквозь призму поэтики. М. : Языки славянских культур, 2006, с. 610.
③ Замятин Е. И. Избранные произведения. М. : Советская Россия, 1990, с. 362.
④ 浮士德曾和海伦生下儿子欧福良，儿子后来坠地身亡。
⑤ 参见 Мальмстад Д., Флейшман Л. Из биографии Замятина（новые материалы）// Stanford Slavic studies, vol. 1. California: Stanford University Press, 1987, с. 23。

一个隐喻群①，其中包括无理根、概率、直线、立方体广场、一体号、造福主的机器等。

子隐喻之一：数学之美中的邪恶

陀思妥耶夫斯基《地下室手记》中的"水晶宫"是人类乌托邦未来的草图，但在扎米亚京笔下，这个草图获得了一定的体量，作者较为详细地描述了"玻璃天堂"的细节，展示了天堂的外围防护墙"绿色长城"的功能，解释了"蓄能塔"（аккумуляторная башня）发出轰鸣之声的原因，赞扬了"立方体广场"的宏伟和庄严，介绍了"大一统国"所独有的行政机构——"护卫局"和"国家诗人作家协会"（Институт Государственных Поэтов и Писателей）的职能。"玻璃天堂"的反乌托邦性表现为，"造福主"力图把该空间打造成人的幸福终点站，这里的人们失去了任何的欲望，过着怡然自得的生活，而一旦个体内心深处有某种躁动的情绪，"大一统国"的相关部门将通过手术摘除大脑中产生幻想的部位。"玻璃天堂"并不是一个虚无缥缈的象征物，在作者的笔下它是一个具体时空的载体，而且在"造福主的机器"的震慑下，里面的人们过着有规律的生活。这种规律性首先体现为人们生活的数学之美。

较早论述生活与数学关系的是希腊哲学家兼数学家毕达哥拉斯，在他看来，虽然水、火等实际存在物能够解释万物存在背后的本质，但这种解释是不完全的，是缺少概括性的，因为水和火无法阐释正义、理性和灵魂等抽象概念。毕达哥拉斯的数学本体论就是基于和谐是美的理念，而且需要注意的是，他所凝视的是物以及和人有关联的抽象概念，而不是人的日常生活本身。在《我们》中，扎米亚京所关注的是人这种动物能否呈现钟表所具有的机械品格，即能否遵循"作息条规"的内容并像钟表一样准确地行动。"玻璃天堂"里的人们同样需要艺术的滋养，但是艺术作为人的情感的表达具有了数学的质感，换言之，在这里，诗歌的情绪被严谨的数学公式所限制，这样做的好处是，人能够在严谨的思维模式下不犯错误，比如用乘法口

---

① 笔者认为，隐喻群是指由众多的隐喻构成的隐喻集合，其特点是作家没有单纯地将思想停留在核心隐喻之中，每一个子隐喻都为这个群服务，或者说，理解这个隐喻群必须从子隐喻入手。

诀可以推演诗歌中的幸福指数①和著名的《数学九行诗》②，对生存方式的数学模式的描述成为该作品显著的特征之一，比如"我"和"I-330"在112号教室相遇的概率公式是 1500/10000000 = 3/20000（1500是大教室总数，10000000是"号民"总数）。具有讽刺意义的是，如果把D-503置于"号民"中精英分子的地位之上，那么在他身上，也能发现足以动摇乌托邦世界的秘密，这就是能将乌托邦导向反乌托邦的人类非理性因素无理根 $\sqrt{-1}$，因为"这个无理根就像邪恶的、可怕的异物，植根于我的体内。它使我痛苦。我琢磨不透它。由于它超出了理性的范围，又无法攻克它"③。"玻璃天堂"之所以有朝一日必定坍塌，是因为有些"号民"（包括D-503）有一天终于发现，他们所居住的世界并不是伊甸园，正如I-330告诉D-503的那样。

> 噢，他们（他们是指大一统国的号民，特别是当权者）是正确的，一千个正确。他们只犯了一个错误：后来他们却相信他们是最后的数，而自然界并没有这个数，没有。④

以I-330为代表的"古屋"之外的自然人不承认世界存在"最后的数"，"我们目前还懂得最后的数是不存在的"⑤。按数学审美的方式生存是"玻璃天堂"这个乌托邦世界存在的理由，这种方式使这个被玻璃罩起来的空间显得安详而和谐，但这仅仅是表象，"古屋"的存在证明了"玻璃天堂"的弱点，这个弱点足以让"号民"再次变成"自然人"。而且，"玻璃天堂"内部的人心中也早已存在各种各样的"无理根"，这些"无理根"在特定的情况下会衍生出难以除尽的余数——"心灵"这种疾病，反乌托邦

---

① "二乘二相爱，恒久专一；融入四更是如胶似漆。这世上最狂热的一对情侣——二乘二形影不分离。"参见扎米亚京《我们》，范国恩译，辽宁教育出版社，2003，第55页。
② 扎米亚京：《我们》，范国恩译，辽宁教育出版社，2003，第56页。
③ 扎米亚京：《我们》，范国恩译，辽宁教育出版社，2003，第32页。
④ 扎米亚京：《我们》，范国恩译，辽宁教育出版社，2003，第144页。
⑤ 扎米亚京：《我们》，范国恩译，辽宁教育出版社，2003，第144页。

其实已经存在于这个看似完美的"玻璃天堂"之中。正如"笔记之十七"中 D-503 所描述的那样,"长城外是一望无际的绿色海洋,那边的花、草、枝、叶像汹涌的巨浪,铺天盖地,迎面袭来,眼看着把我吞没,而我将由人(而人是一架最精密的机器)变成……"① 在省略号的后面,"我"是想说变成和墙外之人一样的自由人。

另外,小说中人物的代码同样值得关注。主人公的代码有两个版本,一是英文版的 D-503,二是俄文版的 Д-503,无论是英文字母"D"还是俄文字母"Д",都来源于希腊字母 Δ (Delta),Δ 的意义更多地表现在它的形状上,三角形在几何学中是最具稳定性的结构,象征着稳定,"一体号"的设计者完全有资格拥有这个字母,字母排序越靠前,说明该号民的地位越高。女主人公的名字 I-330(无论俄文版,还是英文版,作者用的都是"I")中的"I"出自希腊文"I",在英文中大写表示"我",在这个只存在"我们"而摒弃"我"的世界里,"I"无疑在昭示她的与众不同,象征着她是"我们"中的异类,而"她嘴角下方两道长而深的纹路和两道吊起的黑眉毛,恰好组成一个'X'"②。"X"则象征着未知,正是这个神秘的女子让 D-503 背叛了他宣誓忠诚的"大一统国"。罗兰·巴特用字母"R"来形容画家艾驹所画的女性人体,这个女人"一幅茕茕独立之姿,侧面看去,像船,像屋,后者温馨,前者别致;臀部,拖在后面的衣裾的鼓泡将它突出了,衣裾和它并不贴合(艾驹字母系统中'R'这个字),经由否定性的错位,常是闪开了"③。很显然,"I"也可以充当这样的"超级所指",但"I"从形状上并不具有"R"的女性身姿,"I"的形状直接宣布其具有如下意义:第一,从外形看,这个形状具有男性生殖器的特征,因此虽然她的性别为女性,而实际上她的性格中具有男性因素(颇似荣格所说的"阿尼姆斯"),如做事利落、具有领导风范;第二,字母"I"宣布了这个"玻璃天堂"中存在异质的东西,即"我"是对"我们"价值的否定;第三,作为"超级所指","I"也是一把缺少手柄

---

① 扎米亚京:《我们》,范国恩译,辽宁教育出版社,2003,第 77 页。
② 扎米亚京:《我们》,范国恩译,辽宁教育出版社,2003,第 109 页。
③ 罗兰·巴特:《文之悦》,屠友祥译,上海人民出版社,2002,第 120 页。

的长剑,这也就是为什么她不能完成自己的使命。与面部有着"高深莫测的 X"① 的 I-330 相比,O-90 的名字显然具有明显的女性特征②,前者把诱惑 D-503 当成自己的使命,后者显然更具有女性的温情,她对 D-503 的情感融入了更多的对未来的美好想象,两个女人的共同之处是,在这个等级森严的"玻璃天堂"里,她们都为自己的行为付出了代价,I-330 被处以极刑,而 O-90 逃出"绿色长城"的围堵,来到无法确定生死的大墙之外。以偶数做女性的代表符号意味着这个数字可以整除并归零,她们的命运在她们一出场就被贴上了悲剧的标签。

子隐喻之二:"绿色长城"划分此岸和彼岸

《我们》中的"绿色长城"、《莫斯科 2042》中的三个由不同意识形态国家构成的环形带,以及《野猫精》里无法穿越的四个方向,其共同的作用就是用一张有形或无形的大网将某一空间(如"玻璃天堂")中的人们"保护"起来。"绿色长城"不仅隔绝了外面的世界,也隔绝了里面的人们对自然的想象。但这依然不能阻止意外发生,"长城上空盘旋着几只黑色的锐角三角形的什么鸟,它们嘎嘎叫着俯冲下来,胸脯撞到坚固的电波护栅便退下阵来,重新盘旋在长城上空"③。"玻璃天堂"作为情节展开的要件和事件发生与发展的地点,是一个象征空间,这个空间的基本特征是使现实的细节具有神话的深度,因为扎米亚京有意识地利用西方文学中的魔鬼主题和《圣经》中的某些元素,来扩充小说的思想容量,强调即便是未来完美的乌托邦世界也存在诸多问题,如人能否以人的方式相爱和繁衍、完全按数学公式生存的人是否感觉很幸福、人摘掉了大脑中产生幻想的器官后会怎样看待世界等。当然,最为关键的问题是,一旦"玻璃天堂"坍塌,维系这个空间的"绿色长城"面临何种命运以及人们会不会回到"绿色长城"外的"自然世界"(мир Природы)。从上述分析来看,解码"玻璃天堂"的钥匙之一就是"绿色长城"。

---

① 扎米亚京:《我们》,范国恩译,辽宁教育出版社,2003,第 5 页。
② 她则截然不同,全身是由一些圆组成的,手腕上有一条孩子般的褶纹。参见扎米亚京《我们》,范国恩译,辽宁教育出版社,2003,第 6 页。
③ 扎米亚京:《我们》,范国恩译,辽宁教育出版社,2003,第 98 页。

"绿色长城"暗示"大一统国"具有自己独立的现实空间，D-503等人只有和"绿色长城"之外的世界发生联系时，该形象才能生成意义。所以，"造福主"企图阻挡人们认识外面的世界，墙内的"号民"则试图以"古屋"这个漏洞为突破口来实现回归"自然世界"这样的想法。事件发展过程中，阴谋反叛者在不断摧毁"号民"思想中的"绿色长城"，也在用实际行动推倒现实中的"绿色长城"。绿色本来是生命的色彩，但这种颜色在"大一统国"不受欢迎，这是因为它代表了无序，而无序就是人心中难以消除的无理根 $\sqrt{-1}$，无法求出没有余数的整数。"绿色长城"是"玻璃天堂"的保障，在《我们》中具有双重的象征意义。第一层意义是，"绿色长城"不但是新（指"大一统国"）旧（充满混乱的野蛮人生活空间）两个世界的分野，也是"大一统国"向"号民"提供安全的保障，使他们能够摆脱空间无限性带来的恐惧感。第二层意义是，"绿色长城"象征着"大一统国"与"自然世界"的隔绝和对生于斯长于斯之混沌的摒弃，换言之，"绿色长城"使人失去了大地母亲的哺育。I-330详细地向"我"介绍了墙外世界人的生存状况和生活方式：

> 可是你不知道，而且只有极少数人知道，他们中有一小部分人总算得以幸免，仍旧生活在长城外面。赤身裸体的他们躲进了森林里。他们在那儿拜花草树木、飞禽走兽以及太阳为师。他们全身长出了长毛，但在长毛的下面却保留了鲜红的热血。你们的情况比他们差，你们身上长出了数字，数字像虱子似的在你们身上乱爬。必须……让你们学会因为恐惧、欢乐、狂怒、寒冷而颤栗，让你们去向火祈求帮助。①

I-330并没有美化"自然的人"，但对他们身上保留的原始野性持肯定的态度，她批判D-503（当然也包括她自己）这些"号民"，因为他们已经退化成"非人"。"号民"逐渐丧失了人的正常情感，他们依靠奇迹生存。

---

① 扎米亚京：《我们》，范国恩译，辽宁教育出版社，2003，第135~136页。

这里，石油经过处理可以变成食品。I-330 自认为她的使命就是恢复人的原始野性，使他们与"绿色长城"外的极少数人接近。"绿色长城"并不仅仅是关于边界的叙事，它隐藏着关于"自由和幸福"能否统一的言说。基督之所以拒绝把石头变成面包，是因为这个"奇迹"破坏了人与土地、人与果实的亲密关系，撕裂了人和土地之间的血肉联系。[①] 人活着不能单靠面包，精神的力量远远大于物质力量。面包作为人的最基本食品，在"绿色长城"内是以丧失独立精神和尊严为代价换来的。基督之所以没有让奇迹出现，是因为他知道，"假使驯顺是用面包换来的，那还有什么自由可言呢？"[②]《卡拉马佐夫兄弟》中的宗教大法官当然知道耶稣放弃奇迹的原因，那就是"你（指耶稣）把三者（奇迹、神秘和权威）全部拒绝了，你这样做是自己开了先例"[③]。他要告诉耶稣的是，人性中天然地存在一个致命的弱点，人们愿意用看不见的自由去换取物质生活的满足，这种说法来自宗教大法官对人性的判断，历史和现实告诉他，"人类生来就比你想象的还要软弱而且低贱！"[④] 宗教大法官所说的自由是关于选择的问题，I-330 所说的自由同样和选择相关。人类社会走向反乌托邦的深渊，与宗教大法官对人性的概括相关，他说："你答应给他们天上的面包，但是我再重复一句，在软弱而永远败德不义的人类的眼里，它还能和地上的面包相比么？"[⑤] I-330 是"摩菲"，她坚信能通过诱惑使"浮士德"——D-503——就范，但"摩菲"不是撒旦，"摩菲"是沃兰德，是一种总想作恶又永远造福的力量。人在"绿色长城"之内是"原则上无父亲的孩子"（принципиальная безотцовщина）[⑥]，

---

① "你若是上帝的儿子，可以吩咐这些石头变成面包。"耶稣却回答："经上说：'人活着，不是单靠食物，乃是靠神口里所出的一切话。'"《马太福音》4：3~4。
② 陀思妥耶夫斯基：《卡拉马佐夫兄弟》（上），耿济之译，人民文学出版社，2007，第283页。
③ 陀思妥耶夫斯基：《卡拉马佐夫兄弟》（上），耿济之译，人民文学出版社，2007，第286页。
④ 陀思妥耶夫斯基：《卡拉马佐夫兄弟》（上），耿济之译，人民文学出版社，2007，第288页。
⑤ 陀思妥耶夫斯基：《卡拉马佐夫兄弟》（上），耿济之译，人民文学出版社，2007，第284页。
⑥ Гальцева Р., Роднянская И. Помеха-человек. Опыт века в зеркале антиутопий // Новый мир, 1988, №12, с. 218.

嘉尔采娃（Гальцева Р.）与罗德尼扬斯卡娅（Роднянская И.）称这是反乌托邦世界之人的基本特征，"他们忘记了人和大地母亲的血肉联系，崇拜一切通过合成方式生长出来的食品"①。但当"号民"在选举会议上一致举起手臂的时候，当 R‐13 用诗歌来降解死刑的残酷之时，他们同样是"原则上无父亲的孩子"。在"造福主"与 D‐503 的对话中，"造福主"关于幸福和自由之间关系的论述证实了"原则上无父亲的孩子"②不配享有任何幸福。

"造福主"说出了对人的认识，即人具有"不可移易的理性"③，当人经过深思熟虑之后，就会不顾一切地为实现某种目的勇往直前。这就是"玻璃天堂"的软肋所在，在"大一统国"和"自然"之间的那道"绿色长城"并非无懈可击。花粉的气息、小鸟和飘过的白云不时地让 D‐503 等人产生对外面世界的遐想。最主要的是，自然的东西无法真正地远离人的肉体（比如主人公多毛的身体），在这个人造的超级城市中，"号民" D‐503 为情欲放弃了忠诚，为面包放弃了尊严，为幸福放弃了自由。扎米亚京的"玻璃天堂"似乎不如陀思妥耶夫斯基的"水晶宫"富丽堂皇，但随着故事的发展，"玻璃"从最初的平凡之物渐渐有了象征意义，并获得了形而上的哲学内涵。玻璃的透明性强调了"大一统国"秘密、独立人格和孤独权利的缺席，"我们的房子是透明的，墙壁仿佛是用发光的空气编织而成，大家都总是在光天化日之下，总是在众目睽睽之下。我们彼此之间没有任何什么可以隐瞒的"④。纳博科夫笔下的辛辛那图斯（《斩首的邀请》）所在的监狱虽然不透明，但要求每个人的心灵必须是透明的，与辛辛那图斯相比，D‐503 由一个透明的人逐渐变成了不透明的人。个体的私密性要求和"玻璃天

---

① Гальцева Р., Роднянская И. Помеха‐человек. Опыт века в зеркале антиутопий // Новый мир, 1988, №12, с. 218.
② "造福主"关于自由与幸福之间关系的论述参见"笔记之三十六"。扎米亚京：《我们》，范国恩译，辽宁教育出版社，2003，第 176~177 页。
③ 这个词组的俄文为 "неискоренимое благоразумие человека"，其中 "благоразумие" 翻译成"理性"很容易使人与另外一个单词 "рационализм" 混淆。"благоразумие" 更多是指基于日常生活层面的深思熟虑。
④ 扎米亚京：《我们》，范国恩译，辽宁教育出版社，2003，第 16 页。

堂"的公开性构成无法调和的矛盾，玻璃一方面向公众开放了个人的私密性，但同时变成一道看不见的障碍，阻挡了人们的交往。此外，玻璃具有易碎和不坚固的特点，这和人工建造的"大一统国"有相似性。易碎性可以解释为何这里的一切尽可能简化，因为复杂化会增加玻璃破碎的概率，比如人们身着统一的灰蓝色制服，排成一个横排出去散步，凭粉色票券约会或者去行周公之礼。简单化是这个易碎的"玻璃天堂"的生存策略，是"新世界"防止自我毁灭的有效手段，因为这是俄罗斯文学史上最庞大的人工城市，也是一个完全被科技武装起来的国家。

第七章
布尔加科夫创作中的反乌托邦思维
——以《孽卵》和《大师和玛加丽塔》为例

第一节 反乌托邦图景的预言家布尔加科夫

1880年6月6日,陀思妥耶夫斯基在俄国语文爱好者协会上的演讲中,把普希金提升到"唯一的俄国精神现象"[1] 这样的高度,这是因为"他的出现对于我们所有的俄国人来说,包含着某种无疑是先知性的东西"[2]。在陀思妥耶夫斯基看来,普希金之所以能赢得俄罗斯民众的爱戴,不仅因为他在文学上有许多原创的因素,更主要的是因为他用自己天才的创作预言了他作为"唯一的俄国精神现象"所具有的永恒价值。似乎为了证明陀思妥耶夫斯基的观点,普希金非常有先见之明地在晚期创作中写下了关于自己的预言性作品《纪念碑》。如亚里士多德所言,"诗人的职责不在于描述已发生的事,而在于描述可能发生的事,即按照可然律或必然律可能发生的事"[3],普希金相信,他"为自己建立了一座非人工的纪念碑",依据必然律,"在人们走向那儿的路径上,青草不再生长"[4]。诗人(文学家)就是神在世间的传声筒,是传说中的"先知"。俄语中的"先知"(пророк)一

---

[1] 徐振亚主编《陀思妥耶夫斯基集》(上),花城出版社,2008,第272页。
[2] 徐振亚主编《陀思妥耶夫斯基集》(上),花城出版社,2008,第272页。
[3] 胡经之主编《西方文艺理论名著教程》(下),北京大学出版社,1989,第61页。
[4] 戈宝权主编《普希金文集》,时代出版社,1955,第58页。

词来自希腊语"προφήτης",意为拥有超自然的或者神的力量的人,他们可以替上帝在人世间发布消息,预测某些重大事件的结果,其作用类似为耶稣洗礼的约翰,"这人来,为要作见证,就是为光作见证,叫众人因他可以信"①。十一年后,即1891年,俄罗斯文坛又诞生了一个先知般的人物米哈伊尔·阿法纳西耶维奇·布尔加科夫。他同样预言了自己的命运,与普希金不同的是,他知道自己的命运是悲剧性的,就像他自己所说的那样,尽管"广大读者喜欢读他的作品,但高层评论界对他却保持傲慢与沉默,有的……甚至干脆叫他疯子"②。但就是这个"疯子"的作品《大师和玛加丽塔》在没有发表之前就被文学爱好者传诵,被同行赞叹。作者知道,《大师和玛加丽塔》③只能在他身后发表,而且他的声誉一定能如普希金在《纪念碑》里所说的那样,"传遍这个伟大的俄罗斯"④。之所以布尔加科夫的个人价值可与先知相提并论,在很大程度上是因为他在一系列作品中预见了人类在社会发展过程中必然遭受的苦难。尤里耶娃(Юрьева Л. М.)强调,布尔加科夫之于白银时代的价值如同普希金之于黄金时代的价值,与普希金不同的是,"20世纪的布尔加科夫和世界文学的联系更加紧密,他的创作更具有世界意义"⑤。但是,这种所谓的"世界意义"并不像尤里耶娃所说的那样,仅仅表现在《大师和玛加丽塔》、《白卫军》(Белая гвардия,1925)和《魔障》(Дьяволиада,1924)等作品里,中篇小说《孽卵》是最具有先知品格的作品之一。这种先知品格表现为作家对科技发展存在的隐患发出的预警,因此这是一部具有科幻元素的反乌托邦小说。

依据学者给出的定义,"幻想小说是文学的一个种类,在这种类型的文学创作中,作者的幻想既可以表现不寻常的有悖常理的现象,也可以构建不

---

① 《约翰福音》1:7。
② 转引自符·维·阿格诺索夫:《20世纪俄罗斯文学》,凌建侯等译,中国人民大学出版社,2001,第316页。
③ 有的译本译名为《大师与玛格丽特》,本书采用高惠群的译本。
④ 戈宝权主编《普希金文集》,时代出版社,1955,第58页。
⑤ 参见 Юрьева Л. М. Русская антиутопия в контексте мировой литературы. М.: ИМЛИ РАН,2005,с. 79。

真实的神奇世界"①。幻想小说又分成两类，一类为科幻小说（научная фантастика），一类为奇幻小说（фэнтези）。一般来说，科幻小说遵守科学伦理，儒勒·凡尔纳就是根据当时科学发展的水平，创作出了《八十天环游地球》这样具有严密科学思维和逻辑的作品。奇幻小说多和神话意识有紧密的联系，托尔金的《魔戒》《霍比特人》《精灵宝钻》就属于后者。就布尔加科夫的创作而言，《魔障》《大师和玛加丽塔》属于后者，而《狗心》和《孽卵》属于前者。从广义上讲，幻想是所有艺术创作的源泉，没有最初人类的神话思维（幻想的一种）就不会有艺术、宗教、神话和童话。科幻小说从诞生之日起，就和乌托邦体裁发生了联系，后来成为反乌托邦小说的另外一种表现形式。问题是，科幻元素和反乌托邦元素是如何整合到一起的？对此问题学界存在不同的观点，一种观点是，科幻小说是一个大的类别，反乌托邦小说只是其中的一部分②；还有一种观点认为，正是科幻小说催生了人类的反乌托邦思维，"科幻元素所具有的优势就是用不寻常的事物来折磨人类。但是这个优势慢慢成为幻想的对立面，并逐渐构建出科幻所隐藏的可怕的一面。人们其实不喜欢被折磨"③。如果按这种说法，布尔加科夫的《孽卵》的确是一部反乌托邦科幻小说。

第二节 反乌托邦科幻小说《孽卵》

《孽卵》发表于1925年，但其中的故事发生在1928年4月到1929年春。这种时间标志的目的在于将当下和不远的将来紧密地联系在一起，使小说内容具有强烈的现实感，同时也显示科技的"暗黑力量"正逼近人类，科技可以造福于人，也能带来不可预测的毁灭，以此警示蟒蛇占领莫斯科这样的生态灾难并不是小概率事件。确定该小说反乌托邦体裁的合法性手段之

---

① Николюкин А. Н. Литературная энциклопедия терминов и понятий. М.：НПК«Интелвак»，2003，с. 1121.

② 参见 Тамарченко Е. Уроки фантастики//В мире фантастики. М.：Молодая гвардия，1989，с. 133。

③ Толкиен Р. Р. О волшебных сказках//Утопия и утопическое мышление. Антология зарубежной литературы. М.：Прогресс，1991，с. 278.

一就是分析小说内部的时间结构,表面上看,小说强调内容和现实的血肉联系,但在深层次上,作者的反乌托邦思维将作品的灵魂锁定在科技和人之间的关系以及当时社会如何看待佩尔西科夫、罗克和布隆斯基所代表的社会阶层等问题上。因此,这部小说既是一部科幻作品,也是一部对当时苏联的政治生活和精神生活进行适度揶揄的讽刺性模拟作品。

作为一部以科幻为外衣的小说,其核心除了宣扬科学技术高度发展带来的负面力量外,其作者也将当时苏联社会的政治经济生活写入作品之中。当代俄罗斯作家兼评论家瓦尔拉莫夫(Варламов А.)2008年在传记小说《布尔加科夫》(Булгаков)中披露,《孽卵》发表之后,在文坛上引起了广泛的反响,除了作品本身的艺术性因素外,很大程度上是因为当时的批评家注意到了作品中的某些和主流意识不兼容的东西。瓦尔拉莫夫根据自己掌握的材料,向读者揭示了一些鲜为人知的关于《孽卵》的故事。

> 《孽卵》的情节……大家都非常清楚。但许多人未必清楚的是,作者对小说的结局进行了重大的改动。布尔加科夫在日记中写道:"现在的结局实际上非常糟糕。"据一位听过布尔加科夫朗诵其作品的人回忆,真实的结局是:从孽卵中孵出的蟒蛇最后占领了莫斯科。结束的画面是:莫斯科一片死寂,一条巨大无比的蟒蛇盘踞在伊万大帝钟楼上。也许,当时居住在国外的高尔基也一定会喜欢这样的结局,因为高尔基曾在1925年5月8日给"谢拉皮翁兄弟"的评论家米哈伊尔·斯洛尼姆斯基的信中写道:"万条大蛇向莫斯科进发,太震撼了,这样的结局竟然没出现,遗憾之至,想象一下,这是多么可怕而又有趣的画面啊!"[1]

可以想象,如果这个版本的《孽卵》出现在当时苏联的公开出版物上面,布尔加科夫的处境会更加艰难,他的创作生涯可能会提前结束。目前发行的《孽卵》的结尾实际上是布尔加科夫改动过的、讽刺性被严重削弱的

---

[1] Варламов А. Булгаков(роман-биография, часть вторая)//Москва, 2008, №5, с.81.

版本。原始版本对现实的讽刺具有极大的杀伤力,那条盘踞在伊万大帝钟楼上的蟒蛇使俄罗斯的钟声无法敲响,辉煌的苏联历史在这个时段被无情地终结了,官僚主义的话语霸权成为这次灾难的原因。布尔加科夫没有像扎米亚京那样用"玻璃天堂"来隐喻现实,小说毫不掩饰地指出这个社会大有改革的必要(如行政对学术的侵犯、外行对内行的干预、功利主义意识等),即便是目前这个比较光明的结尾,依然被"人民内务委员部"①关注。根据瓦尔拉莫夫掌握的资料,1940年,人民内务委员部的工作人员曾提审过布尔加科夫的朋友谢尔盖·亚历山德罗维奇·叶尔莫林斯基(Сергей Александрович Ермолинский)。

> 问:你如何评价这部作品(指《孽卵》)?
>
> 答:我认为这是我读过的布尔加科夫所有作品中最反动的一部。
>
> 问:这部作品的反动性主要表现在哪些方面?
>
> 答:怀疑革命所具有的创造性力量。
>
> 问:你也是一名作家,你是否把自己的观点向有关部门汇报过?
>
> 答:关于《孽卵》的反动内容我未向任何机关汇报,因为当时小说已经出版。
>
> 问:你是否和布尔加科夫本人说过他这部作品的内容是反革命的?
>
> 答:在我和布尔加科夫认识之前,这部作品已经发表了很长时间,因此也不可能就这部作品的实质进行深入交流。但我和布尔加科夫说过这方面的事情,大概意思是,《孽卵》对他的文学命运起到了完全负面的作用,从这部作品开始,他将被视为反动作家。②

政治叙事是反乌托邦小说的重要特征之一,这种叙事在《孽卵》中表现为精英人物毫无意义的死亡。

---

① 人民内务委员部(НКВД)是1934~1946年的苏联国家机构,其主要职能是打击犯罪并维护社会秩序。
② Варламов А. Булгаков(роман-биография)//Москва, 2008, №5, c. 82.

有一个矮个子，长着两条猴子那样的罗圈腿，穿着一件破旧朽烂的西装上衣，套着一件同样破旧朽烂的、已扭到一旁去了的胸衣，赶到别人的前头，冲到佩尔西科夫跟前，朝他抡起大棒，劈头劈脸地砸过去。佩尔西科夫晃了一下，就侧身倒在地上，他的最后一句话是：

——潘克拉特……潘克拉特……①

作者在这段话里，使用了诸如"низкий""на обезьяньих кривых ногах""в разорванном пиджаке"等对人的外貌的侮辱性词语，以表达他对这个杀害教授的群氓代表的憎恨。正是这个佩尔西科夫教授，在几分钟之前，还曾"张开双臂，犹如那被钉在十字架上的耶稣……他不愿让人群进来"②。他虽然有基督济世的情怀，但没有伊万·卡拉马佐夫在《宗教大法官》中谈到的基督所拥有的"奇迹、神秘和权威"这三种力量。《孽卵》的反乌托邦主题中夹杂着这种主题里不常见的对基督大教堂③的抒情描写。

那些色彩斑斓的灯光的折光，抛洒在研究室窗户上具有反射性能的玻璃上，基督大教堂那昏黑而沉重的圆顶旁，遥远而又高高地悬着一勾朦胧而苍白的弯月。④

一九二九年的春天，莫斯科重又是歌舞升平，灯火通明，五彩缤纷；大街上依旧车水马龙，川流不息，车声辘辘。基督大教堂那盔形顶上空依旧挂着一勾月镰，就像用线系住似的。⑤

佩尔西科夫教授就住在距大教堂不远的地方，这些关于大教堂的描述实际上是时间能指。布尔加科夫在写作这部小说期间，这个巍峨的宗教场所尚

---

① 米·布尔加科夫：《孽卵》，周启超译，解放军文艺出版社，1999，第112页。
② 米·布尔加科夫：《孽卵》，周启超译，解放军文艺出版社，1999，第112页。
③ 基督大教堂（Храм Христа-Спасителя，又译为"基督救世主大教堂"）是亚历山大一世为纪念1812年的卫国战争而建的大型宗教建筑。基督大教堂始建于1839年，1882年完工，1931年被毁，20世纪末重建。
④ 米·布尔加科夫：《孽卵》，周启超译，解放军文艺出版社，1999，第8页。
⑤ 米·布尔加科夫：《孽卵》，周启超译，解放军文艺出版社，1999，第115页。

且存在，但布尔加科夫的预言不幸实现，那勾"用线系住似的"月镰还是没能保护莫斯科的这个神圣的角落。这个角落是当时莫斯科地标性的建筑，而且不时出现在布尔加科夫其他作品之中，如随笔《红色石头建造的莫斯科》（Москва краснокаменная）、短篇小说《金色的城市》（Золотистый город）和小品文《装在轮子上的广场》（Площадь на колесах）等。大教堂总是伴随着月光和日光出现，象征着宇宙的永恒。但神性的永恒并非自明性的，在小说原始版本的结局中，莫斯科的大教堂没有躲过蟒蛇带来的浩劫，修改过的版本显然缺少原来版本的残酷，但也是迫不得已而为之。教堂之殇暗示着那个世界不允许佩尔西科夫这样的精英存在，因为他像德米特里·梅列日科夫斯基在《叛教者尤里安》里刻画的尤里安一样，在不该出现的时候来到这个世界，在人们的科学意识和民主意识没有完全同步的时候发现了既能创造幸福也能够导致灾难的"生命之光"。在他死后，原来的编外副教授、如今的编内教授伊万诺夫再也没能重现"生命之光"，因为在这个世界上要完成此举"显然要拥有某种不凡的才能，而这世界上拥有这种才能的只有一个人——已故的教授弗拉基米尔·伊帕季耶维奇·佩尔西科夫"[1]。

《孽卵》作为科幻小说隐藏着作家的反乌托邦思维。这首先表现为佩尔西科夫无法避免的悲剧宿命。

在这部小说里，科幻元素实际上充当了反乌托邦思维的表达素材。佩尔西科夫是科学狂人，但他的科学研究成果"生命之光"给他带来的是无尽的烦恼。随着布隆斯基对佩尔西科夫的采访在《红色晚报》上发表，科学狂人一夜之间成为被大众消费的偶像，人们在"生命之光"中发现的不是科学研究的巨大意义，而是这项成果的娱乐价值和政治意义。科学的过错就是人类的过错，这表现为人类欲望的无限制膨胀，由此甚至可以得出一个结论："技术并不只是一种工具，它也不是价值中立的；现代技术具有强有力的价值导向作用，它作为一种渗透于人类生活各个层面的力量，无时不对人们的行为选择和价值取向施加着巨大压力。"[2] 技术的进步未必能带来更多

---

[1] 米·布尔加科夫：《孽卵》，周启超译，解放军文艺出版社，1999，第115页。
[2] 卢风：《论现代技术对人的挤压》，http://www.douban.com/group/topic/1618710/。

的幸福感，技术被掌握在不同的人手里所导致的结果完全不同。"生命之光"之所以受到某外国情报机构和苏联安全部门的极大重视，在很大程度上是因为这束神秘的红光具有潜在的经济价值。也是基于上述原因，在全国发生鸡瘟的情况下，"红光"国有农场的负责人罗克出现在佩尔西科夫的眼前。

"外面，教授先生，有个罗克找您来了。"

只见科学家的脸颊上浮现出一种类似于微笑的表情。他眯起那双小眼睛就开腔了："这倒是有趣哩。不过，我正忙着呢。"

"人家说，是带着公文从克里姆林宫来的。"

"罗克还带有公文？这可是一个罕见的搭配哟，"佩尔西科夫脱口而出，又补上一句，"那好吧，且让他进来吧！"①

罗克（Рокк）的姓氏显然具有象征意义，"Рок с бумагой"这个搭配中原文缺少一个字母"к"，使得姓氏变成了"厄运"，而且这个厄运和象征权力的文件捆绑在一起，这使得在劫难逃的宿命具有合法性。"рок"有命运之意，其释义为"命运，多指不幸的命运"②，这个潜在的劫难和莫斯科乃至整个俄罗斯发生的鸡瘟有关。政府为了快速发展禽类生产，在没有经过严密科学论证、无法分辨到底是鸡蛋还是蛇蛋的情况下，贸然使用"生命之光"这项技术，最后导致了一场生态灾难。

在这部有科技元素的小说中，作者虽然对"生命之光"的产生过程和可能的效用进行了较为详细的描述，但着眼点显然不是科技本身，而是拥有这项专利的人和企图运用这项技术来获利的商人和官僚阶层。前者是佩尔西科夫和伊万诺夫等人，后者是以罗克为代表的企图借"生命之光"得到巨大好处并有政府背景的人。

小说的主人公佩尔西科夫是一个科学狂人，"在他那个领域他的博学乃是十分罕见的"③，但作为个体意志受制于国家意志的个人来说，他的命运无法被自

---

① 米·布尔加科夫：《孽卵》，周启超译，解放军文艺出版社，1999，第59~60页。
② То же, что судьба, обычно несчастливая. См. Ожегов С. И. Словарь русского языка. М.：«Русский язык», 1982, с. 608.
③ 米·布尔加科夫：《孽卵》，周启超译，解放军文艺出版社，1999，第2页。

己掌控，而且他被迫接受某些人以国家名义对他进行的惩罚，因为罗克不是自己来的，罗克（命运）是"带着文件"来此宣布悲剧的上演。不幸来源于佩尔西科夫的科学家性格，他缺少伊万诺夫的圆滑，不幸也和他生活的时代有关，这个时代让罗克以国家的名义来迫使他运用不成熟的"生命之光"。这种个人不幸的命运也是对科技理性的反思，这种反思的代价是巨大的，因为人们只有通过一场灾难才能认清，技术进步并不意味着人类思想和技术同步，也不意味着科技总能给人类带来惊喜，科技进步的错位甚至可能导致巨大的灾难。

对灾难的描述和对灾难后果的反思无疑是《孽卵》表达反乌托邦思想的重要手段。

科幻小说诞生于现代科学已具雏形的17~18世纪，作为一个独立的体裁在20世纪20年代末基本定型。与俄语"научная фантастика"完全对等的"science fiction"是卢森堡裔美国发明家、作家、杂志出版商雨果·根斯巴克（Hugo Gernsback，1884-1967）提出的，这位"科幻小说之父"所设想的完美科幻小说具有百分之七十五的文学性和百分之二十五的科技精神，至少在雨果·根斯巴克的时代，他对科幻文学的要求基于一个简单的目的，即"激发美国工程人员旺盛的创造力"[1]。但对于反乌托邦小说而言，"科幻小说所描写的是一个可信的世界，这个世界也是一个现实可能的模式，在细节上应该是精确的，现实中所蕴含的一切迫切需要解决的和变得严峻的问题决定了科幻小说所要表现的现实内容"[2]。问题的严峻与事实的残酷之间尚存在一定的距离，只有通过一场灾难才能把问题变成事实，这样反乌托邦小说才更具有震撼力，即巴赫金在论述梅尼普体时所说的"创造出异乎寻常的境遇，以引发并考验哲理的思想，也就是探求真理的哲人的话语，体现在他的形象中的真理"[3]。于是，为了证实这种"异乎寻常的境遇"，农场工人阴差阳错地把从德国运来的蛇蛋当成鸡蛋置于"生命之光"的照射之下，

---

[1] Николюкин А. Н. Литературная энциклопедия терминов и понятий. М.：НПК«Интелвак»，2003，с. 622.

[2] Николюкин А. Н. Литературная энциклопедия терминов и понятий. М.：НПК«Интелвак»，2003，с. 622.

[3] 《巴赫金全集》（第五卷），白春仁、顾亚铃译，河北教育出版社，1998，第150页。

终于有一天，蛋孵化成功，但孵出的东西不见了。布尔加科夫对突如其来的灾难的描述采用了在希区柯克的悬疑片中常见的手法，即恐怖来袭不在于恐怖本身，而在于它出现的地点和时间的不可预测性。同时，作者采用了一种把死亡置于幽默境地的特殊方法，使得小说对科技可能给人类带来的损害以戏谑的方式表达出来。当蟒蛇在罗克的头上舞动着它那比电线杆子粗壮的身体时，"他想起的是那些江湖术士……没错……没错……印度……藤篓与图画……念咒"[1]。蟒蛇没有吃掉罗克，"就像是暂且放开他让他的灵魂先去忏悔似的"[2]，但谁对这场灾难负责呢？如果用反乌托邦思维审视这场灾难，就不难发现，科技隐藏着人类灵魂中巨大的秘密，即人类把对科技的追求当成信仰，期盼有一天能成为掌控一切的具有上帝般神秘力量的生物。所以，当佩尔西科夫发现"生命之光"的那一刻，"面色蜡黄但心情兴奋的佩尔西科夫叉开双腿，他那双热泪盈盈的眼睛直愣愣地盯着木地板"[3]。但是，科技进步的速度远远无法满足人类无休止的欲望，灾难的意义在于"提醒我们自己科学技术应以人为本，能使我们意识到科学技术本身所固有的不可靠性以及需要不断进行批判性评价和修正的必要性"[4]。

这大概就是这部中篇小说的意义所在。

第三节　反乌托邦奇幻小说《大师和玛加丽塔》

除了勃留索夫的《南十字共和国》、扎米亚京的《我们》和爱伦堡的《胡利奥·胡列尼托》等经典反乌托邦小说之外，布尔加科夫于 1928 年开始创作的长篇小说《大师和玛加丽塔》也是一部构思精巧的反乌托邦作品，作者几易其稿，该作品终于在作者去世 26 年之后的 1966 年经删改出版。未删节版于 1973 年在苏联出版。小说一经面世，便震惊世界文坛。有人在小说里读出了作者对

---

[1]　米·布尔加科夫：《孽卵》，周启超译，解放军文艺出版社，1999，第 87 页。
[2]　米·布尔加科夫：《孽卵》，周启超译，解放军文艺出版社，1999，第 88 页。
[3]　米·布尔加科夫：《孽卵》，周启超译，解放军文艺出版社，1999，第 10~11 页。
[4]　维克多·泰勒、查尔斯·温奎斯特编《后现代主义百科全书》，章燕、李自修等译，吉林人民出版社，2007，第 476 页。

当时现实的某种绝望情绪，也有学者将其视为俄罗斯文学的新神话文本。由于对其解读的角度不同，得出的结论往往也大不相同。如果将小说置于纯粹的基督教哲学观照之下，解读者会发现这里存在所谓的"锡利亚主义的邪说"[1]，但从现实主义的诗学理论入手，人们在小说中似乎又发现了和现实主义文学追求的真实性和典型性原则相悖的"魔幻现实主义"倾向；如果从原型批评着眼，小说中不时闪现的"魔鬼原型"不能不使人想到普希金《青铜骑士》里的叶甫盖尼、果戈理《狄康卡近乡夜话》里的小鬼和莱蒙托夫《恶魔》中的恶魔。

但从反乌托邦小说诗学的角度分析，《大师和玛加丽塔》是一部具有宗教色彩的反乌托邦小说。其作为反乌托邦小说存在的证据之一是小说中的时间叙事。

谈及小说的时间，当然不能从解读者所在的当下时间出发来理解文本中的时间所指和时间能指。小说中至少存在两个时间，第一个时间为现实的时间，即莫斯科时间，尽管作者没有标明哪年哪月，但小说第一章的第一句话"暮春的一天，太阳正落山，在炎炎的夕照下，牧首塘公园里来了两位男公民"[2]已经将时间设定为现实时空中的现实时间了，对于小说中的人物而言，那就是"当下时间"；第二个时间为神话时间，神话时间存在于大师的小说里和沃兰德的讲述中，无论是大师的作品还是沃兰德的讲述，都使耶舒阿处在一种相对的时间中，即在大师的作品和沃兰德的讲述里，莫斯科时间是未来时间。反乌托邦小说就时间叙事而言，都是根据现实来推导某种可能的未来。大师的作品或沃兰德的讲述只是把现在变成未来，把《圣经》中业已存在的事实变成现实，这种现实之所以能够成立，是因为在大师的作品中，现实是大师心灵书写的产物，和时间无关。而沃兰德之所以能用"请注意，耶稣[3]

---

[1] Дунаев М. М. Православие и русская литература. В 6 томах. Т. 6. М：Христианская литература，1996，с. 238.

[2] 米·布尔加科夫：《大师和玛加丽塔》，高惠群译，上海译文出版社，2005，第 1 页。

[3] 小说中，耶稣（Иисус）作为沃兰德的间接引语出现，但在作品的故事里，耶稣称自己为耶舒阿·甘·诺茨利（Иешуа Га-Ноцри），两个词依然存在某些细微差别，"Иешуа Га-Ноцри"是耶稣的阿拉伯语和希腊语的俄文音译。布尔加科夫之所以采取这种方法来描述耶稣基督肯定有自己的设想，正如后来我们所看到的一样，"Иешуа Га-Ноцри"不强调其在世上的"神人性"，着重点在于"人神性"，而且需要注意的是，"耶稣是存在的"中的"存在"（существовал）用的是过去时，表示过去存在，但无法证明今天是否依然存在。

是存在的"来反驳别尔利奥兹对耶稣的大不敬态度,是因为不仅耶稣在大师的作品中存在,更主要的是,他能让别尔利奥兹在当下时刻看见耶稣(耶舒阿)。值得注意的是,沃兰德说这句话的前提是:第一,就沃兰德自己而言,他了解耶舒阿存在的事实,因为对于沃兰德而言,耶稣的故事不是通常意义上的虚构(fiction),而是他本人见证甚至参与的历史(history)[1];第二,耶舒阿的神迹和福音书中的记载并不完全相同,这种不完全相同是以如梦境般的画面进入别尔利奥兹的意识中,并向其证明这样一个真理:神与魔鬼同在。之所以把"耶稣是存在的"作为反乌托邦小说的前提,不仅是因为大师的作品和沃兰德的讲述中的时间是表明事实确凿的能指时间,也就是以过去看现在,而且是因为小说里的现在是一种"过去将来时"。同样,当沃兰德和黑猫等出现在莫斯科作协时,过去的时间除了充当能指时间外,也是所指时间,即过去在现在的重现。跨越千年的预言可以穿越空间的壁垒在眼前应验。

一 宗教神秘主义叙事和反乌托邦文学的关系

除了时间的能指和所指功能可证明作品的反乌托邦特征外,宗教神秘主义也是这部作品最鲜明的特征之一。

宗教神秘主义色彩是俄罗斯文学最常使用的注册商标之一。单就"神秘主义"而言,这个词源于希腊语"μύω",意为"闭上眼睛和嘴,把秘密放在内心,不要泄露出去"。当"神秘主义"一词被宗教哲学家引入他们的学说中后,神秘主义就成了解释上帝(或神)存在的一种方式。上帝创造世界是神秘的,上帝本身也是神秘的,人们对上帝存在的体验同样是神秘的。这种神秘的宗教体验似乎和追求逻辑思辨的哲学关系不大,但罗素在其《西方哲学史》中,将哲学和神学相类比,并断言"一切超乎确切知识之外的教条都属于神学"[2]。《大师和玛加丽塔》的反乌托邦特征在于,宗教

---

[1] "history"一词本身就和神有关。该词最初在希腊语中特指关于神的故事,即"his story"(他的故事)。参见 Ильяхов М. Г. Этимологический словарь: античные корни в русском языке. М.: АСТ·Астрель, с. 177。

[2] 罗素:《西方哲学史》(上卷),何兆武、李约瑟译,商务印书馆,1997,第 11 页。

神秘主义有时并不是为了证明上帝的力量无所不在，可能事实恰恰相反，它被诸多事实所消解，成了能够说明反乌托邦世界合理性和真实性的有力手段。其中，《大师和玛加丽塔》里的耶舒阿是消解宗教神秘主义的关键人物。尤里耶娃认为："反乌托邦话语存在于小说的耶路撒冷时空和莫斯科时空中，但莫斯科时空中的反乌托邦特征更为明显。"① 的确，小说里关于莫斯科时空的篇幅显然要大于关于耶路撒冷时空的篇幅，但不能仅仅根据这一点来确定其反乌托邦特征更为明显，而是要根据其中人物所起的作用来进行综合判断。其中，耶舒阿无疑是重要人物之一。

在《约翰福音》第 18 章第 36 节，耶稣对本丢·彼拉多说："我的国不属这世界；如果我的国属于这世界，我的臣仆就要作战，使我不至于被交给犹太人。不过，我的国不是这世上的。"② 耶稣就是彼拉多所说的"王"，耶稣宣称："你说我是王；我为此而生，也为此来到世间，特为给真理作见证。"③ 但是，《大师和玛加丽塔》中的耶舒阿并没有严格按福音书中所描写的基督那样完成神圣的传道过程。和形象略显苍白的耶舒阿相比，本丢·彼拉多的形象更为真实饱满，其行动和语言更富有个人激情。但作者重新安排福音书的内容深意何在？这是否构成亵渎神灵的行为？

答案是否定的。金亚娜在《不信奉上帝的圣徒》一文中指出："尽管俄国知识分子的思想方法颇有教徒色彩，他们与东正教的关系却很复杂，充满了尖锐的矛盾。"④ 对于布尔加科夫而言，耶舒阿就像安德列耶夫笔下的犹

---

① Юрьева Л. М. Русская антиутопия в мировой литературе. М: Издательство ИМЛИ РАН, 2005, с. 141.
② 本书所引用的《圣经》是香港环球圣经公会有限公司 2008 年出版的《圣经》研读版，其中有些词语的翻译和南京中国基督教协会 1994 年出版的《圣经》略有差异。以此段为例，1994 年南京版的《圣经》是这样写的："我的国不属这世界，我的国若属这世界，我的臣仆必要争战，使我不至于被交给犹太人；只是我的国不属这世界。"（第 126 页）比较两段最后一句话"只是我的国不属这世界"和"不过，我的国不是这世上的"就可以发现，"不属"和"不是"之间存在较大的差异，"不属"意味着"国"和"现实"不存在隶属关系，"我的国"是独立的，"我的国不是这世上的"强调"国"和现实之间的无联系性，而非隶属性。对照俄文版会发现，"我的国不属这世界"为"царство Мое не от мира сего"，直译是"我的国不是来自这世界"，当然也就是"不属这世界"。
③ 《约翰福音》18：37。
④ 金亚娜：《俄国文化研究论集》，黑龙江教育出版社，1994，第 84 页。

大一样，不仅是救世主，也是某种思想的代言者，这个代言者不再是冰冷的闪烁着神性光辉的人子，而是陀思妥耶夫斯基《白痴》里伊鲍里特讲述的那个受制于自然因素的生命个体。布尔加科夫笔下的耶舒阿不完全是福音书里的基督，他是作者自己思想中的基督。对于反乌托邦诗学而言，作品中的人物有权利将自己的基督物化，即每个人的命运和走过的道路不同，他的神自然和别人不同。从纯粹叙事诗学的角度看，与其说布尔加科夫创造了一个基督，倒不如说本丢·彼拉多遇到了一个不同凡响的犯人。这个犯人和福音书中的耶稣并不完全重叠，这就产生了一个问题：是福音书记载有误，还是耶舒阿自己记忆力不佳所致？对此，耶舒阿的回答颠覆了《约翰福音》的真实性：

> 那个拿山羊皮纸的人，一边走一边不停地写。有一天，我看了山羊皮纸上的记录，简直吓坏了。那上面所写的话，我绝对一句也没有说过。我对他讲：求求你了，把羊皮纸烧掉吧！可是他从我手里一把抢过去就跑了。①

对于作者而言，耶舒阿身上所谓的神性是借助人性来表现的，《圣经》中那个慷慨赴死的上帝的"羔羊"，在布尔加科夫的笔下显现出人性中最真实的一面，他像其他信徒一样惧怕死亡，为此他称呼彼拉多这个"残暴的怪物"为"善人"。②《新约》从未记载过耶稣为了苟且偷生说出"总督大人，你放了我吧"③的要求，因为死亡是唯一能够让耶稣（耶舒阿）人而圣之的渠道，是使上帝的真理之树通过鲜血浇灌而繁茂的手段。《约翰福音》中，耶稣基督并没有回答本丢·彼拉多提出的"真理是什么"④的问题，因为耶稣清楚，彼拉多并不想听到他关于天国真理的预言，彼拉多清楚他是无罪的；对于耶稣而言，他同样没有必要向彼拉多说出他对真理的理解，他清

---

① 米·布尔加科夫：《大师和玛加丽塔》，高惠群译，上海译文出版社，2005，第21页。
② 米·布尔加科夫：《大师和玛加丽塔》，高惠群译，上海译文出版社，2005，第18页。
③ 米·布尔加科夫：《大师和玛加丽塔》，高惠群译，上海译文出版社，2005，第32页。
④ 《约翰福音》18：38。

楚，他将无辜受死，成为逾越节上最纯洁无瑕的羔羊。耶稣在平静地等待那神圣的一刻。根据福音书的记载，人子在法官面前不是一个夸夸其谈的人，可以断言，"耶舒阿既缺少耶稣基督的冷静，也没有后者那样睿智的头脑"①。

缺少圣人光辉的耶舒阿因此也就不可能真正理解善恶之道，"世上没有恶人"的判断并不符合宗教中的"地狱原则"。所以，杜纳耶夫认为："耶舒阿并不是一个来世间为人类赎罪的羔羊，他并不知道为何赎罪。"②

与列·安德列耶夫的《加略人犹大》和尼可斯·卡赞扎基斯的《基督的最后诱惑》里的耶稣不同的是，布尔加科夫笔下的耶舒阿只是一个对天国的真理略知一二，而且通晓希腊语和拉丁语的有文化的流浪汉。《大师和玛加丽塔》里的耶稣完全超越了人们意识中的耶稣基督，他所宣扬的真理更多地靠近哲学，而非宗教，他身上体现了更多的"人神性"（свойство Человекобога）。作为上帝在人间的代言人，耶舒阿是软弱的，因为他没能有效地在人们心中埋下信仰的种子，就连他最信任的门徒马太都敢于在山羊皮纸上写下耶舒阿从来不曾说过的话，怎么能要求耶舒阿能正确地说出他对天国真理的理解呢？所以，饶舌的耶舒阿能够以独特的答案回答彼拉多提出的"真理是什么"的问题就不足为怪了：

真理首先是你头痛欲裂，痛到你懦怯地想到去死。你不仅没有力量同我说话，甚至很难正眼看我。我正在不由自主地折磨你，这使我感到难过。你甚至失去了思考的能力，只盼着你的狗快些到来，看来它是你唯一眷恋的生物了。不过你的痛苦即将结束，头痛就会过去的。③

《新约》中耶稣的沉默蕴含着深刻的思想，十字架和他无言的死是他成为圣子的前提。对于真理，耶稣无须再讲。彼拉多的提问实际上是人

---

① Дунаев М. М. Православие и русская литература. В 6 томах. Т. 6. М：Христианская литература, 1996, c. 236.
② Дунаев М. М. Православие и русская литература. В 6 томах. Т. 6. М：Христианская литература, 1996, c. 236.
③ 米·布尔加科夫：《大师和玛加丽塔》，高惠群译，上海译文出版社，2005，第23页。

对上帝的提问,耶舒阿作为上帝的代言人,他的答案应该是来自天国的上帝的意愿。但在耶舒阿的答案中看不到神的任何启示,看到的是关于日常生活的絮语。如同耶稣能预知拉撒路会从坟墓里走出来一样,耶舒阿预知那一刻彼拉多正因头疼而痛苦,但拉撒路复活是"神迹",预知"头疼"更像把戏。换言之,耶舒阿不像一个真理的传播者,更像现代意义上的巫师。

对天国真理的平庸化和平面化处理体现了俄罗斯反乌托邦文学中对真理恒常性的独特理解。在布尔加科夫的作品中,天国的真理之所以发生变异并降格为普通大众意识中的关于真理的理解,是因为耶舒阿并没有机会接触神谕的暗示,湍急的生活之河让眼前的现实无法定型。耶舒阿不是作为神人(Богочеловек)与本丢·彼拉多谈论有关头疼和真理的联系,那一刻,他是一位宗教神秘主义者。一般来说,救世主的话语就是真理本身,这个真理不仅是正确的预言,而且是能立刻应验的预言。但是,耶舒阿的死并没有成为一个神秘的宗教事件,尸体不见不是因为他真的复活了,而是因为被大雨过后强力的水流带走了,其潜台词是,在某个炎热的日子里,这具尸体会像所有的尸体一样腐烂发臭,直至消亡。说耶舒阿是宗教神秘主义者,是因为他对真理的言说不是使真理在谎言中凸显出来,而是使完整的真理成为难以复原的碎片,他用最日常化的语言来消解真理的完整性和神秘性。耶舒阿的宗教神秘主义哲学表现为生活的智慧,在死亡面前,他只能屈服,用赞美总督大人的方式迎接刺入自己心脏的长矛。但停留在日常生活层面的智慧在神(上帝)看来是虚妄的。

> 因为这世界的智慧,在神看来是愚拙的,如经上所记:"他使有智慧的人中了自己的诡计。"又说:"主知道智慧人的意念是虚妄的。"[1]

这里,保罗把神的智慧和人的智慧进行了对比,从而得出人的智慧由于来自这个平凡的世界,无论如何也不能超越神的智慧。所以,耶舒阿,这个

---

[1] 《哥林多前书》3:19~20。

蹩脚的哲学家，只好借助凡人的智慧来遮蔽存在的秘密，让人们对天国的真理产生更多的怀疑。这些怀疑在神话的时空里演化成利未·马太对上帝的诅咒（"上帝，我诅咒你"①），在莫斯科时空里则是别尔利奥兹对诗人"流浪者"的不满，因为后者把耶稣写成了世间的确存在过的一个大活人。否定耶稣的存在当然是错误的，但否定耶舒阿的存在是更大的错误。对于小说而言，其反乌托邦性在于，历史上的耶稣和《圣经》文本中的耶稣有很大的区别，这区别不幸被诗人言中，即耶稣以耶舒阿的身份存于2000多年前。小说里2000多年前发生的事件的真实性借助沃兰德等人对莫斯科当代生活的批判得到印证。沃兰德是穿梭于不同时空的裁判，这个与歌德《浮士德》中摩菲斯特具有相同基因的沃兰德是小说伦理价值的体现者。沃兰德总想作恶，却一直在行善，如杜纳耶夫所言："小说道德的和艺术的价值体现为揭露罪恶的激情。"②

耶舒阿和本丢·彼拉多之间的问题就是反乌托邦文学中一个重要的主题，即个人和权力的主题。布尔加科夫无法像赫胥黎在《美妙的新世界》里那样直接表达对工具理性的不满，他只能运用伊索式的语言，隐晦地表达自己对未来的担忧，于是，以《圣经》中的故事为资源来影射现代生活的阴暗就成了作者的写作策略之一。个体在普拉东诺夫的《切文古尔镇》里是共产主义大厦上的构件，在扎米亚京的"大一统国"中是"号民"，在布尔加科夫笔下就是一个以人的面貌出现的人子，他身上鲜明的人性（如恐惧、疼痛、饶舌）及其话语中对自由的向往与本丢·彼拉多所代表的罗马帝国统治阶级的残暴构成鲜明的对比关系。本丢·彼拉多称耶舒阿为"疯狂的罪犯"、"疯狂的哲学家"和"疯狂的幻想家"。尽管本丢·彼拉多对耶舒阿抱有同情之心，但他惧怕恺撒，因此他选择让巴拉巴获得自由。本丢·彼拉多代表国家的意志，因此耶舒阿和本丢·彼拉多的对话实际上是乌托邦世界和反乌托邦世界的对话，二者又是对另外一个时空中人和权力关系的延伸发展。

---

① 米·布尔加科夫：《大师和玛加丽塔》，高惠群译，上海译文出版社，2005，第199页。
② Дунаев М. М. Православие и русская литература, том VI. М: Христианская литература, 1996, c. 239.

二 关于莫斯科时空的反乌托邦元素

就小说的结构而言，《大师和玛加丽塔》似乎由两部小说组成。在莫斯科的时空里，反乌托邦的叙事策略隐藏在该时空所发生的一系列事件之中。这种策略可以被称为"密码式书写"①，那看上去不可思议的卢布雨、被拧掉又被安上的人头和波普拉夫斯基收到的电文②等荒谬的现实都是真实现实的折射，或者说，这种异样的生活是对现实生活本身荒谬性的神话化。这和奥威尔的《1984》相似，发生在 1984 年英国的虚幻故事实际上是对现实世界的隐喻，也是对人类历史的反思。布尔加科夫通过用新神话包装的《大师和玛加丽塔》来观照这个阶级固化的荒谬世界。

大师相当于《我们》中的 D-503，如果没有沃兰德、黑猫、阿扎泽洛和玛加丽塔的帮助，不但他的书稿不能得以保存，他的命运也会比 D-503 还要悲惨。因为在大师生活的莫斯科现实时空里，善仅仅是想象之物，比如，当资深文学评论家拉通斯基对大师的小说作了毁灭性的批评之后，莫加雷奇竟然诬告大师，说他家中还藏匿着其他非法出版物。对于莫加雷奇们来说，品味他人的不幸和抢占他人的成果是他们的习惯，并且变成了职业。只是大师不是《1984》中的温斯顿，温斯顿已经成为扎米亚京笔下的"号民"，他已经麻木，无法区分真理和谬误。布尔加科夫小说中的沃兰德③虽然是歌德《浮士德》中魔鬼摩菲斯特的变体，但和

---

① 密码式书写（тайнопись）又称"暗语书写"，是间谍之间传递信息的手段。这里不是指伊索式的隐晦语言，更多的是指作者将其反乌托邦冲动隐藏在一系列事件之中。
② 电文如下："我刚在牧首塘被电车轧死。葬礼定于星期五下午三时。望来。别尔利奥兹。"参见高惠群译本第 218 页。这封电报的荒谬性表现为：一个人既然能发电报，说明他还没死，既然没死，怎么又要举行葬礼呢？
③ 沃兰德的名字源于歌德的长诗，它只有一次被提到，且在俄文译本中通常指行为堕落的人。在瓦尔瓦普吉斯之夜的场景中，梅菲斯特在要求让路时说："让路，沃兰德公子来了！"布尔加科夫接触过索科洛夫斯基的非韵文译本（1902），此处是这样写的："梅菲斯特：看给你带到什么地方了！看来，我得使用我的家法了。嘿，你们这些人，让路！沃兰德公子来了！"原德文的诗句是"Junker Voland kommt！"。在注解中译者是这样解释的："Junker 是指显贵人物（贵族），而沃兰德（Voland）是魔鬼的一个名称。"在《大师和玛加丽塔》1929~1930 年的版本中，沃兰德名片上的名字用拉丁文写成，即"D-r Theodor Voland"，在最后的版本中布尔加科夫没有采用这个方案。

摩菲斯特一样,"总是想作恶,又永远在造福"是其行为的显著特征。这就是说,大师比 D-503 要幸运些。莫斯科时空的现实空间对大师身心的迫害,如同耶路撒冷时空的本丢·彼拉多对耶舒阿的戕害。大师被人送进了精神病院,多亏沃兰德的帮助,他才能重返自己的住宅,恢复已经烧掉的书稿。

关于本丢·彼拉多的故事和关于现代莫斯科的故事风格迥异,但两个情节和谐地镶嵌在一部长篇小说的框架之中。记录本丢·彼拉多和耶舒阿故事的小说不是通常意义上的虚构作品(fiction),因为作品的核心内容来自《圣经》的《新约》,大师的本意是还原真实的耶稣(耶舒阿),所以,面对历史真实,布尔加科夫删除了任何可能的幻想成分,作者力图让《圣经》中的主人公不像"人子",而是像人。对布尔加科夫小说中的耶路撒冷时空,西蒙诺夫(Симонов К. О.)给予了很高的评价,他指出:"这是一部伟大的作品,作品中事件描述的惊人的准确性不能不让人想到莱蒙托夫和普希金的创作。"[1] 这是一部具有反乌托邦倾向的伟大作品,布尔加科夫为人类留下了乌托邦世界存在之可能的线索,在小说结尾处,作者为人们留下了美好世界的一抹残阳:大师宽恕了本丢·彼拉多,大师获得了安宁。

---

[1] 参见 Полный список изданий и произведений книги Михаил Булгаков «Мастер и Маргарита »http://www.livelib.ru/book/456189/editions.

| 第八章 |

《切文古尔镇》： 非典型的反乌托邦小说

第一节　反乌托邦叙事的多种可能

从 20 世纪 80 年代开始，一些文学作品逐渐被解禁。其中，扎米亚京、布尔加科夫和普拉东诺夫等人的代表作品因从不同的视角观照苏联政治话语而受到俄罗斯乃至世界斯拉夫学界的广泛关注，这些文本的批判思想有的用反乌托邦体裁包装，有的则通过反乌托邦思维来传达作者的审美诉求和思想旨归。扎米亚京的《我们》将故事发生的时间置于未来的某一时段，作者试图以叙事时间与现实时间的不同步来避免对内容的考证，但实际效果并不理想。小说在国外发表后，其中对苏联现实之隐喻成为作者饱受攻击的理由。布尔加科夫的《大师和玛加丽塔》被认为是一部具有奇幻色彩的反乌托邦作品，其批判意识更多地集中在对人性贪婪的深度探究，对作者身处的那个时期的政治、经济和文化生活，则尽量用晦涩而隐秘的语言加以暗示并点到为止，历经苦难的大师穿越阴阳两界（其实，大师已经离开人世），最后以宽恕的姿态对待本丢·彼拉多，告诉他："你自由了！你自由了！他正等着你！"[①] 这既是对人生意义的重新诠释，也是对历史发出的一声叹息，用马太的话说，大师"不该得到光明，他只该得到安宁"[②]。尽管布尔加科

---

① 米·布尔加科夫：《大师和玛加丽塔》，高惠群译，上海译文出版社，2005，第 425 页。
② 米·布尔加科夫：《大师和玛加丽塔》，高惠群译，上海译文出版社，2005，第 401 页。

夫有意借助神话书写来淡化现实的丑陋，但该作品在布尔加科夫生前依然没有发表的可能性。这两部反乌托邦作品的共同之处在于回避了令人窒息的现实生活，用喻言来为未来的现实和当下的现实（就写作时间而言）建模。

与他们不同的是，"解禁"作家普拉东诺夫的《基坑》（Котлован）、《切文古尔镇》和《初生海》（Ювенильное море）等作品没有刻意回避苏联鲜活的现实世界，作者用"疑虑重重的马卡尔"的目光扫视当下（就写作时间而言），他与小说中的人物一道去挖掘"基坑"和建设"切文古尔镇"。普拉东诺夫反乌托邦作品最主要的审美特征是描写对象的当下性，以及由此引发的人物命运的诡谲之感。换言之，作家抛弃了用虚构性甚强的未来图景来理解现实可能发生的诸多变化的审美取向。这种作品当然也不会得到当时文坛的认同，因为切普尔内伊这样的非典型人物会摧毁格拉特科夫的《水泥》等类似作品对未来的美好设想，美妙的新世界不可能建立在诡谲的土地之上。因此，《切文古尔镇》除了第一章"能人的来历"（Происхождение мастера, 1927）在作者生前得以发表外，全文在作者去世37年后的1988年才得以在苏联发表。在写给妻子的一封信里，作者表明了自己对文学创作的态度："在创作上，和其他人相比我显得有些另类，甚至让人觉得我走错了路，但这就是我，哪怕到了坟墓里我也不会改变自己。"① 作者用非和谐性、畸形感来表达自己对现实世界的感受和理解。作为20世纪的伟大作家之一，其诡异的艺术世界和创作诗学可以用不同的方式进行解读，当然，通过探索作品中的反乌托邦倾向，亦可以确定普拉东诺夫在俄罗斯反乌托邦文学中的地位。在扎米亚京的《我们》、赫胥黎的《美妙的新世界》和奥威尔的《1984》等经典的反乌托邦作品中，作者们皆试图用未来的图景传达对现代社会（政治制度、生活和生产方式）畸形发展的焦虑，他们的预测建立在现实中存在许多能导致未来悲剧性的元素的基础上。如果这种预测成立，那么《我们》等作品中的未来就是现实世界，或者说就是依据现实推演出来的未来世界。这种叙事策略几乎成为反乌托邦小说的写作范式。但普

---

① 转引自 Васильев В. Андрей Платонов. М.：Современник, 1990, с. 214。

拉东诺夫似乎走了另外一条道路，即用对当下生活的描述来解释这种现实导致的可怕后果，而且这种后果并不是靠建立扎米亚京笔下的"大一统国"这样的虚像来显现的。换句话说，这可能是后反乌托邦时代到来的征兆。中国学者薛君智强调，《切文古尔镇》是一部"结合了现实主义的纪实和乌托邦式的空想"的作品。① 这种乌托邦式的空想之所以能和现实发生联系，是因为现实缺少使人满意的美。在车尔尼雪夫斯基看来，"任何事物，凡是我们在那里面看得见依照我们的理解应当如此的生活，那就是美的，任何东西，凡是显示出生活或使我们想起生活的，那就是美的"②。这和普拉东诺夫所主张的文学不仅要给人提供审美的愉悦，还要具有"醒世恒言"作用的观点是一致的，其特点是这种创作要拿出"当下的解决方案"。当《基坑》中的沃谢夫提出"无产阶级是不是应该拥有真理"的时候③，其答案显然是自明的，即真理对于所有人来说都应该是无差别的，或者说，能帮助人获得美好生活的崇高理想在一定程度上可以充当真理的角色，但崇高的理想不能以牺牲个体的幸福乃至生命为代价，否则理想就会以道德的面貌出现，变成吃人的帮凶。这部小说中的人物完全可以预见，当在场的人挖完基坑后，他们已经无力在上面盖起自己心中完美的大厦，所有的人只能精疲力竭地躺在基坑里，等待死亡的到来。工人们杀光了所有的母鸡和所有的公鸡后，一定不会再有新的鸡出现。鸡这个平凡的家禽在暗示，连这种微不足道的生物都无法生存下去，更何况需要爱与呵护的儿童，这里不可能建立起可以为孩子们挡风遮雨的高楼大厦，倒是建设大楼的基坑可以成为埋葬幼小生命（孩子）和成人（科兹洛夫）的坟墓。詹姆逊对于现实生活和乌托邦空想之间关系的描述有助于理解现实主义和乌托邦空想及反乌托邦思维的联系，在詹姆逊看来，托马斯·莫尔的《乌托邦》中就预设了某种可怕的冲动，即"模糊而又无处不在的乌托邦冲动，它以各种隐蔽的表达和实践力

---

① 薛君智：《与人民共呼吸、共患难——评普拉东诺夫及其长篇小说〈切文古尔镇〉》（代译序），载 A. 普拉东诺夫《切文古尔镇》，古扬译，漓江出版社，1997，第 13 页。
② 《车尔尼雪夫斯基选集》（上卷），周扬、缪灵珠、辛未艾译，生活·读书·新知三联书店，1958，第 5 页。
③ 普拉东诺夫：《基坑》，载《美好而狂暴的世界》，徐振亚译，浙江文艺出版社，2003，第 203 页。

求浮现出来"。①《切文古尔镇》中的切普尔内伊、科片金和德瓦诺夫，《基坑》中的沃谢夫和科兹洛夫，《初生海》中的波斯塔洛娃和维尔莫，都无一例外地用实际行动去实现终极的乌托邦理想，但无一例外地掉落在象征悲剧的"基坑"里。所有的乌托邦冲动最后得到的都是反乌托邦的图景，普拉东诺夫对构建小说的时空有自己的理解，其设置有别于经典反乌托邦小说中那种不可或缺的未来属性，他更喜欢让人物生活在与当下有密切关联的潮湿而现实的土地上。因此，《切文古尔镇》是一部非典型的反乌托邦作品。

普拉东诺夫毫无疑问继承了俄罗斯文学的优秀传统，他善于用简单故事来说明深刻而残酷的道理。其深刻性和现实性在当代俄罗斯作家拉斯普京的眼里足以和俄罗斯文学史上最伟大的作家媲美，他在《文学拯救俄罗斯》一文里表达了对普拉东诺夫的无比尊敬，他说："'没有我的存在，人民这个概念是不完整的。'今天，所有人都认识到这句话的深意，无人再去怀疑普拉东诺夫式的天然的纯朴，正是这种纯朴构成了作者直面现实的智慧，而且这种智慧使他知道自己只有和大地接触才具有价值。"② 如此看来，"接地气"是普拉东诺夫作品最显著的特征，《切文古尔镇》所描写的时段是苏维埃国家从"战时共产主义"转轨至"新经济政策"的社会转型期，即便是无产阶级的"海燕"——高尔基在十月革命后也曾十分迷茫，不时发表一些"不合时宜的思想"，因为在这个社会转型期，出现了完美的社会构想与不堪的现实完全对立的种种情形。苏联在这个历史阶段的特点是国家百业待兴，人们需要在短时间内治愈国内战争导致的创伤，过上马克思主义理论所期许的乌托邦生活，列宁关于共产主义的"公式"（共产主义就是苏维埃政权加上全国电气化）恰好迎合了当时人们的心理。但对于作者而言，这并不是一个理想的创作时代，因为"与物质上困难不相上下的是创作道路选择上的困难，对革命的态度、同革命的关系决定着作家们当时的创作激情和

---

① 弗雷德里克·詹姆逊：《"现时乌托邦"和"多种多样的乌托邦"》，王逢振译，《华中师范大学学报》（人文社会科学版）2008 年第 3 期，第 103 页。
② Распутин В. Г. Литература спасет Россию. http://platonov-ap.ru/materials/bio/rasputin-literatura – spaset – rossiyu.

今后的创作命运"①。很显然，普拉东诺夫选择了一条荆棘丛生的道路，他没有让自己变成御用文人，而是让自己显得有些"另类"和"格格不入"。为此，他塑造了一系列典型环境中的非典型人物，并对生活作出了反乌托邦式的判断。这种判断同时摒弃了传统反乌托邦小说的叙事套路，让《切文古尔镇》里的切普尔内伊和亚历山大·德瓦诺夫②等人满怀乌托邦激情去建设共产主义（社会主义），最后又让这些建设者死于哥萨克匪帮的刀下，他们的死亡十分突然，而且缺少英雄主义色彩。为了建设美好的明天而枪杀资产阶级，为了让人感受共产主义降临人间把流浪汉带到城中，而且这还是一个不设防的县城，科片金们毫无理由地认为，只要共产主义在这里，哥萨克就不会来，但哥萨克不会因为建成了完美社会就放弃到手的肥肉，从这个意义上讲，切文古尔人的死亡命运完全是他们自己向死神预定的。《基坑》中的科兹洛夫，尽管身体状况已经相当差，但"他对建成高楼大厦后即将开始新的生活还抱有信心，他怕自己如果以一个愁苦的非劳动知识分子身份出现的话，人家可能不让他参与那种新的生活"③。他清楚自己的身体状况，对这个即将死去的人来讲，能让死亡变得有意义的事就是继续挖掘基坑，哪怕明知自己必死无疑，但这就是人的存在价值。从死亡的震惊效果来看，德瓦诺夫和科片金等人的死亡不期而至，尽管他们冒死抵抗匪徒的进攻，但其崇高感的缺席原因在于他们本来可以预判这种情形的发生，并采取相应的措施，他们为幻象丢掉了性命。从这点看，科片金和德瓦诺夫等人的死亡远不如《基坑》中科兹洛夫等人的死亡更具有崇高感。非典型的反乌托邦创作对人们种种非理性的行为作出直接的判断，指出以非常规的方式建设共产主义是多么的可笑和可怕，小说中的生活形态是对当时真实状况的文学表述，并融入了作家许多非同凡响的创意。其实质是人们在这个历史时期对"可能的世界"的想象与主流意识有

---

① В. 沃兹德维任斯基：《1917~1921 年俄国文学试述》，蒋勇敏、冯玉律译，《俄罗斯文艺》1998 年第 3 期，第 46 页。
② 小说中德瓦诺夫有如下称谓：萨沙、亚历山大、亚历山大·德瓦诺夫和德瓦诺夫。
③ 普拉东诺夫：《基坑》，载《美好而狂暴的世界》，徐振亚译，浙江文艺出版社，2003，第 146 页。

隐在和显在的联系，国内外文学批评家都注意到普拉东诺夫在《切文古尔镇》中所要表达的思想，如淡修安认为这是一部极具悲剧抒情色彩的纪实性社会哲理小说，"普拉东诺夫塑造这一概念形象的艺术目的在于，要把革命后苏维埃俄国社会生活中的极左行为和消极现象予以提炼和浓缩，试图用一个极其虚幻的乌托邦概念来总体反映和揭示社会真实……普拉东诺夫笔下，这一概念形象具有这样一些基本特征：超前性、多义性、虚幻性、不确定性和断裂性"[1]。但是，这种"超前性"更多的是指将理论上的构想移植到现实中时所出现的人的存在状态，从而导致对信仰的怀疑。这种观点并不新奇，俄罗斯评论家巴尔什特（Баршт К. А.）同样在普氏的创作中发现了这种非传统反乌托邦诗学的书写范式，他指出："尽管俄罗斯和国外关于普拉东诺夫的研究成果蔚为壮观，但关于普拉东诺夫创作的艺术特征的争论依然没有结论，这正是当代普拉东诺夫学中一个'思想之枢'。"[2] 该"思想之枢"就是"普拉东诺夫是一个独具一格的文学哲学家，人们不能用某种哲学体系来圈定他的世界观，在这点上，普拉东诺夫和陀思妥耶夫斯基及托尔斯泰有些相似"[3]。这就意味着，普拉东诺夫的反乌托邦创作如同他的哲学观点一样，不能用"规范的"反乌托邦叙事策略来加以限定。如果说扎米亚京善于对体裁进行"综合"，那么普拉东诺夫更注重思想的"综合"，因为总体上讲，与陀思妥耶夫斯基和托尔斯泰相比，普氏的哲学思维并不突出。正如牛津大学的斯拉夫学者雷切尔·波隆斯基（Рейчел Полонски）所阐述的那样："普拉东诺夫是伟大的诗人，但他不是一个伟大的哲学家。他所做的不过是把19世纪末一些思想家可怕而危险的思想综合到一起，并与马克思的唯物主义相嫁接，在令人费解的炼丹术的帮助下，作家在自己伟大的作品中演绎了这些奇奇怪怪的思想。"[4] 普拉东诺夫式的反乌托邦叙事策略完全摒弃传统反乌托邦小说叙事的窠臼，用

---

[1] 淡修安：《整体存在的虚妄与个体存在的盲目——对长篇小说〈切文古尔〉的深度解读》，《西安外国语大学学报》2009年第1期，第71页。
[2] Баршт К. А. Поэтика прозы Андрея Платонова. СПб.：СПб. университет，2000，c. 319.
[3] Баршт К. А. Поэтика прозы Андрея Платонова. СПб.：СПб. университет，2000，c. 319.
[4] Полонски Р. Еще раз о Платонове//Знамя，2002，№8，c. 228 – 229.

夸张和戏谑的手法来展现关于俄罗斯（苏联）的赤裸的真实，这种理念也深深地影响了后来许多作家的反乌托邦小说创作，在沃罗斯的《莫斯科麦加酒店》①、帕甫洛夫（Павлов О.）的《国家童话》（Казенная сказка，1996）② 中均得到反映。

第二节 普拉东诺夫的作品与反乌托邦思维

普氏最好的作品都和反乌托邦思维密切相关。20 世纪二三十年代是普氏创作的高峰期，他的大部分优秀作品诞生在这个时段，如《叶皮凡水闸》（Епифанские шлюзы，1927）、《格拉多夫城》（Город Градов，1927）、《驿站村》（Ямская слобода，1928）、《内向的人》（Сокровенный человек，1928）、《疑虑重重的马卡尔》（Усомнившийся Макар，1929）、《切文古尔镇》（1929）③、《基坑》（1930）和《初生海》（1932）等。这些作品几乎有一个共同的特点，即小人物（普拉东诺夫称之为"自然之人"）和国家的冲突构成小说情节的框架。此外，漫游主题也是普氏作品中常见的诗学元素，人物通过漫游来发现现实中不为人知的秘密，这种乌托邦小说中常见的叙事策略

---

① "Маскавский" 是塔吉克语 "Москва" 的俄文转写。该小说为当代反乌托邦作品，曾入围 2004 年布克奖。小说围绕两个线索展开，一个是生活着 2000 多万人的 20 世纪 90 年代的独立国家莫斯科，这里居住着斯拉夫人和来自其他国家的穆斯林。整个国家由伊斯兰议会控制，社会已经进入科技高度发达的阶段，贫富分化严重。另外一条线索与古穆尼斯基区的行政中心格罗波尔斯克城市有关，该城市还处于 20 世纪 50～70 年代的政治氛围之中，这个国家（古穆克拉伊）是一个由俄罗斯人控制的农业国家，这个国家的标志性建筑就是列宁纪念碑，人们称其为"维塔林"。两条线索通过一个爱情故事联系起来。莫斯科一位失业的物理学家——纳依捷夫偶然获得一张命运彩票，他来到"莫斯科麦加酒店"参加抽奖活动，若赢得大奖他将改变家庭贫困的命运，若输掉游戏他将失去生命。他虽然输掉了比赛，但在妻子和情人的帮助下，逃到了古穆克拉伊。
② 三部曲中的故事是在强大帝国接近崩溃这个悲剧性的时代背景下展开的，其主人公是一群被压抑的军人。作家的反乌托邦思维表现为作品存在主义式世界感受。
③ 小说的出版几经波折，且小说几度易名。1928～1988 年，作品的部分章节或全文分别以《国家建设者》（Строители страны）、《春天建设者》（Строители весны）、《能人的来历》（Происхождение мастера）、《渔夫的后代》（Потомок рыбака）、《素心之旅》（Путешествие с открытым сердцем）、《科片金之死》（Смерть Копенкина）、《切文古尔之稗草》（Les herbesfolles de Tchevengour）和《切文古尔镇》为名在苏联和其他国家发表。

在《切文古尔镇》中获得了更为复杂的形式，漫游是往返式的、散点的、无结果的，而且当漫游变成驻留时，悲剧几乎是一种必然。① 总之，普拉东诺夫笔下的自然、机器和人都为受作家青睐的核心主题——死亡——服务，"死亡"的意义在普拉东诺夫的创作诗学中十分宽泛，比如死亡可以指人的死亡，也可以指任何事物的终结。对于普氏而言，这个世界没有通常意义上的爱，没有生命的诞生，有的只是孤独和死亡。《基坑》中"意识到自己远大前程的女少先队员们"② 没有意识到她们成年后可能就是娜斯佳母亲的样子，她们在饱受折磨后，生命之花也会慢慢枯萎，等待这些"感到了自身的价值"③ 的女孩们的只有孤独和死亡。同样的孤独感和死亡状态也弥漫在《切文古尔镇》里，孤独感对于普拉东诺夫的小说创作而言是广义上的、具有象征性的审美意象。在切文古尔镇里，人们没有家庭，所有的角色都失去了父亲和母亲，普罗科菲·德瓦诺夫和亚历山大·德瓦诺夫看似拥有相同的姓氏，实际上他们并不是亲兄弟，姓氏相同的人却有不同的思想，这种相似的目的不在于获得认同，而是加大分裂。唯一的孩子是乞丐母亲的，这个生命由于存在的根基过于脆弱，最终也走向了死亡。充斥于作品中的对现实的悲观主义态度是普拉东诺夫当时在苏联文坛不受待见的原因之一，如果说人们对作家早期作品中无关痛痒的讽刺还持欢迎的姿态，那么当 1928 年《疑虑重重的马卡尔》发表之后，评论界的态度发生了变化。当时著名的"拉普"文学评论家阿维尔巴赫（Авербах Л.）认为作品中的无政府主义世界观非常危险，因为"这种世界观往往伴随着小资产阶级的不受约束的力量"④。

---

① 在匪徒血洗切文古尔后，幸存下来的德瓦诺夫骑着"无产阶级力量"跳入穆捷沃湖中。古扬的译本与原文存在重大差异，原文是："Стариком был Захар Павлович, он не дождался к себе возвращения Дванова и сам прибыл, чтобы увести его отсюда домой." 这里的"чтобы"暗示一种可能，译成汉语应为"为的是"、"以便"和"为了"等。古扬的译文如下："那个老头是扎哈尔·帕夫洛维奇，他没等到德瓦诺夫回到自己身边，便亲自前来把他从切文古尔领家。"德瓦诺夫存在死亡的可能性，而且已经死亡，但作者用"чтобы"淡化了悲剧性，也为读者预留了想象的空间。
② 普拉东诺夫:《基坑》，载《美好而狂暴的世界》，徐振亚译，浙江文艺出版社，2003，第139页。
③ 普拉东诺夫:《基坑》，载《美好而狂暴的世界》，徐振亚译，浙江文艺出版社，2003，第139页。
④ Авербах Л. О целостных масштабах и частных Макарах//Октябрь, 1929, №1, с. 169–170.

假设真如阿维尔巴赫所言，在普氏作品中存在这种"不受约束的力量"，那么作家是如何表现这种力量的呢？一是如巴尔什特所声称的那样，普氏创作诗学的艺术特征通过"思想之枢"获得存在价值；二是该力量源自普氏创作诗学的艺术综合之魅力，作家笔下的人物生成于自然和社会中和作家心灵接近的性格、人物形象，而不是人们常常所说的"技术"，他的作品天然地具有某种儿童的本真性。这种"技术"的奥妙在于作家能将悲剧与喜剧、乌托邦与反乌托邦、理性与直觉、抒情与讽刺、反讽与自我讽刺结合在一个文本空间里。与其说这是"技术"达成的效果，不如说是思想的力量。评论家康托尔（Кантор К. М.）就发现了普拉东诺夫和古希腊哲学家柏拉图之间的隐秘联系，"不能不承认，两人在关于思想的世界、思想在人的日常生活和具体事物中的作用等方面存在极大的差异和对立……但有一点非常接近，即无论对普拉东诺夫还是对柏拉图而言，思想的世界就是一个非常具象的现实世界，人除了栖居于此别无他处"[1]。在《理想国》中，柏拉图设想能通过永恒的理念来管理国家，使城邦居民能够甘心在这种理念的指导下平静生活，但前提是国王应该是用黄金打造的神。只是德瓦诺夫既不是用金子打造的，也不是白银武士，更不像用黑铁锻造的农夫和手艺人，他一直企图用平凡的肉体去充当黄金大神，其结局可想而知。《切文古尔镇》的居民也试图建立起一个公平正义的共产主义社会。这种比较的意义在于揭示这样的真理：无论是《理想国》还是《切文古尔镇》都存在某种乌托邦和反乌托邦特征。《理想国》的反乌托邦性在于"理想国"存在不理想之处，因为理念治下的国家需要通过领导者的强力意志来实现，这恰恰是反乌托邦世界不可或缺的因素之一。当代俄罗斯作家比托夫（Битов А.）称在基督教诞生之前，基督所宣扬的精神已经存在，普拉东诺夫的伟大之处是，他似乎用基督诞生之前的具有原始气息的语言进行创作，这种创作的突出特征就是复杂的简单化，也许只有儿童能够轻松领会其中的含义。[2]《切文古尔镇》是用特殊的语法和语言写成的作品，作者常常用一些出其不意的"惊险"

---

[1] Кантор К. М. Без истины стыдно жить//Вопросы философии. 1989, №3, c. 14 – 15.
[2] 参见 Битов А. Пятьдесят лет без Платонова//Звезда, 2011, №1, c. 183.

之句来刻画人物内心世界。切文古尔人基列伊和热耶夫想开动风车把谷物碾成面粉,为生病的季特奇送上可口的薄荷饼。

> Чепурный смотрел-смотрел на них и тоже усомнился.
> – Зря долбите, – осторожно выразил он свое мнение, – вы сейчас камень чувствуете, а не товарищей. Прокофий вот приедет, он всем вслух прочитает, как труд рожает стерву противоречия наравне с капитализмом... На дворе дождь, в степи сырость, а малого нет и нет, все время хожу и помню о нем. ①

"стерва противоречия"这个词组的中心词"стерва"具有"坏蛋"的意思,作者用动词"рожать"和"стерва"搭配在一起意在强调不是矛盾,而是这个矛盾所具有的人的质感——"坏蛋",即劳动能生出像劳动这样的由矛盾构成的生命体——"坏蛋"。抽象的"矛盾"与粗俗具象的"坏蛋"组合在一起,这种怪异的词组构成普拉东诺夫独有的语汇。普拉东诺夫式的隐喻不是建立在联想关系的基础上,而是建立在非和谐所造成的震惊之上。思想的综合无法离开艺术的综合,乔伊斯《尤利西斯》的思想是通过设置密码和寻找密钥、神话思维、多重象征、蒙太奇、自由间接引语等形式表现出来的。普拉东诺夫同样热衷于这种艺术的综合,假定性描写、反讽、幻觉、怪异、象征和变形这些元素同样在《切文古尔镇》中存在。普拉东诺夫使俄罗斯文学具有了一种新的意义,即视文学为全方位展现民族生活特征的工具,他所珍视的是他的创作在多大程度上呼应了现实的内在逻辑。作者当然也可以如同时代的扎米亚京那样,把切文古尔镇中的故事场景放到一个和现实有潜在联系的未来,在这个地方建设起斯威夫特式的勒皮他岛(《格

---

① Платонов А. Чевенгур//Котлован. Роман. Повести. Рассказы. Екатеринбург: У-Факторйя, 2005, c.410. 古扬的译文是:"切普尔内伊一直在瞧着他们,瞧着瞧着也怀疑起来。'你们是白费劲,'他小心翼翼地表达了自己的意见,'你们现在感觉到的是石头,而不是同志。普罗科菲要来了,他会高声向大家宣读,劳动跟资本主义一样会产生一堆混账的矛盾……外面下着雨,草原上很潮湿,可小伙子总不见回来,我一直在走来走去想念他。'"参见 A. 普拉东诺夫《切文古尔镇》,古扬译,漓江出版社,1997,第353页。

列佛游记》中的乌托邦），但这终究和普拉东诺夫所追求的符合现实的"内在逻辑"的美学原则相悖。当代俄罗斯作家皮耶楚赫创作的元小说《格鲁波夫城的最近十年》(Город Глупов в последние десять лет) 和 19 世纪萨尔蒂科夫－谢德林（Салтыков-Щедрин М. Е., 1826－1889）的《一个城市的历史》(История одного города) 之所以存在文际关系，是因为皮耶楚赫笔下的格鲁波夫城是对该城历史的消遣，从而实现了后现代诗学的戏仿效果。但这种消遣指向历史本身，和当下的联系是隐秘的，甚至是可以被忽略的。普拉东诺夫《格拉多夫城》中的格拉多夫城尽管是微缩版的格鲁波夫城，但作者显然把历史和现实进行了类比，并通过时间进行标识。

格拉多夫离莫斯科五百俄里，但革命还是向这里一步步逼近。自古以来就是世袭领地的格拉多夫省很长时间都没有向革命屈服：直到一九一八年三月才声称建立了苏维埃政权，而在各个县城建立苏维埃政权已经是秋末的事情了。①

这个黑帮肆虐、到处都有圣徒干尸的城市不仅代表了沙皇俄国时期的格鲁波夫城，也在更大程度上象征整个俄罗斯。② 小说主人公施马科夫和切文古尔镇里的科片金及德瓦诺夫一样，不过是一个脱离现实的空想家，他所完成的《苏维埃化是宇宙和谐化的开端》是对整个格拉多夫乃至整个俄罗斯美好乌托邦愿景的设计。但苏维埃政权如果像施马科夫这样依靠《治国方略》管理格拉多夫城会怎么样呢？象征最高权力的莫斯科当局认为"格拉多夫市没有任何工业价值"③，而醉心于理论建构的施马科夫为撰写《为使人变成时时刻刻奉公守法的公民而消灭其个性特征的几项原则》劳累致死。尽管作品没有透露这几项原则是什么，但从字面上分析，为了使

---

① 普拉东诺夫：《格拉多夫城》，载《美好而狂暴的世界》，徐振亚译，浙江文艺出版社，2003，第 1 页。
② 这从小说的名称上就能判断出来，所谓的"格拉多夫城"，根据俄语"Город Градов"分析，就是"诸城之城"的意思。
③ 普拉东诺夫：《格拉多夫城》，载《美好而狂暴的世界》，徐振亚译，浙江文艺出版社，2003，第 36 页。

公民守法，就必须消灭人的个性特征，这无疑是把人变成《我们》中"号民"一样的人。从这个意义上讲，《格拉多夫城》与《切文古尔镇》构成作家创作空间中的内部互文本，并和《我们》产生亲缘关系。因为正是在该短篇中，普拉东诺夫发现，"现实的矛盾是无解的，因为该制度的建设者所要建立的是一个官阶等级明确的社会，但建设者让自己不受这个制度的约束"①，就像《我们》中"大一统国"里的"造福主"不受法律的约束一样。《治国方略》中的设想仅仅停留在理论的层面，是一个乌托邦，如果把乌托邦的空想在现实中推行，就可能出现切文古尔镇现象，也可能把格拉多夫城变成另一个"大一统国"。

普拉东诺夫属于"解禁"作家，对普氏的研究成果在他 90 周年诞辰之际（1989）达到一个高峰期。文学评论家在经过长时间的梳理后都试图挖掘出普拉东诺夫艺术世界最具价值的东西，其中，《切文古尔镇》等代表性作品备受青睐。安宁斯基对《切文古尔镇》的审美特性的阐释有助于理解小说的反乌托邦属性，评论家在该作品中看到了信仰狂热所隐藏的各种风险，镇上的人们"对机器的信仰就如同他们相信奇迹和魔术，相信有一种社会能使人们摆脱单调的自然劳作，可这是白日梦，这是诱惑造成的幻觉，只有当人分不清现实和幻境的时候，或者感觉不到自己本身就是现实的一部分时，才会出现这样的错觉……这是智慧的枯竭，这是心智的缺失，人在这时候可能信奉一切，什么社会主义，什么革命，都可以，人们相信，革命能把他们从不幸的深渊中拯救到幸运的岛屿上"②。人的可悲之处就在于宁愿相信幻觉，也不愿思索一下幻觉产生的原因。所以，建设所谓的完美社会拯救不了切文古尔人，幸运的乌有之地目前还停留在理论层面，在与残酷的世界交锋之时，哥萨克的刀枪比完美社会的理论更立体、更清晰。在切文古尔人没有成为真正意义上的切文古尔人③之前，他们已经被建设共产主义的日常工作弄得疲惫不堪，他们的工作是无效的、没有意义的（改变房屋的位置，移栽已经成活的树木）。其反乌托邦性体现为，当发现建设完美社会的

---

① История русского советского романа. В 2 - х кн. Кн. 1. М．，Л．：Наука，1965，с. 255.
② Аннинский Л. Откровение и сокровение//Литературное обозрение，1989，№9，с. 7.
③ 指资产阶级还生活在切文古尔镇期间，这时的共产主义社会在切普尔内伊等人看来名不副实。

理想注定无法实现的时候，他们只能用另外一种方式来维系狂热的信仰，他们会用幻觉和一些稀奇古怪的名词来取代他们为之奋斗的目标。令曾经在切文古尔镇居住过一段时间的阿列克谢·阿列克谢耶维奇困惑的是，这里没有人从事有价值的劳动，但是人人都吃着面包，喝着茶，为此他发了一份调查问卷以了解事情为何如此神奇。"在一个劳动者的国家里，您（问卷调查上的人称）为了什么并靠什么样的物质生产而生活呢？"① 切文古尔人所谓的"我们为上帝活着，而不是为自己"② 明显在回避问题的实质，因为上帝活着的前提是有足够的物质支持肉体的存在。没有这个前提，为上帝活着并不能保证上帝能使他们感到上帝的温暖并维持生命机制有效运行。在德瓦诺夫没有见识切文古尔镇的共产主义之前，一个叫伊格纳季·莫雄科夫的卑微人物就把名字改为费多尔·陀思妥耶夫斯基，他突然发现："不用等黑麦成熟，社会主义肯定准备好了！……我在考虑：我干嘛苦恼呢？我这是在想念社会主义啊。"③ 作者虽然让伊格纳季拥有陀思妥耶夫斯基这个伟大作家兼思想家的姓氏，并且赋予了科片金堂吉诃德的勇气，但作者没有在叙事过程中发出陀思妥耶夫斯基的启示录声音，没有塑造陀思妥耶夫斯基《群魔》中的群魔形象，更没有让科片金拥有堂吉诃德的幸运④，作者用一种客观和温情的目光凝视眼前生活的悲剧。这就是安宁斯基所说的，"普拉东诺夫的语言是一种新的、人们没有接触过的语言，他用这种语言来叙述曾经被分裂的物质身体的回归……评论界不知该如何定义这种语言，因为它没有名字，缺少可比性，这就是普拉东诺夫在俄罗斯小说创作中的独特性之显现"⑤。这种叙事方法并不见得有多少独创性⑥，

---

① A. 普拉东诺夫：《切文古尔镇》，古扬译，漓江出版社，1997，第173页。
② A. 普拉东诺夫：《切文古尔镇》，古扬译，漓江出版社，1997，第173页。
③ A. 普拉东诺夫：《切文古尔镇》，古扬译，漓江出版社，1997，第76页。
④ 这里的幸运是指塞万提斯1605年的《堂吉诃德》第一部提及的有关堂吉诃德的结局。小说用堂吉诃德死前"去了萨拉戈萨，参加了在那个城市举行的几次颇负盛名的大比武"来暗示他的死亡很有可能十分悲壮和富有英雄主义气概。塞万提斯并没有直接告诉读者堂吉诃德是如何死亡的，悼念堂吉诃德的诗文为读者留下了广阔的想象空间。参见塞万提斯《堂吉诃德》，董燕生译，浙江文艺出版社，1995，第163页。
⑤ Аннинский Л. Откровение и сокровение//Литературное обозрение, 1989, №9, с. 7.
⑥ 陀思妥耶夫斯基的《双重人格》（又译作《同貌人》）中的小高略德金就是主人公幻想出来的人物，他比原型更大胆、更讨女人喜欢。一个是现实的人物，一个为潜意识的产物。

德瓦诺夫在身心疲惫、无路可走的时候，总能感觉到意识和身体的分离，"他的理智将要被肉体的温暖排挤到外面的某个地方，在那里他会成为一个单独的忧伤的旁观者"①。

普拉东诺夫让莫雄科夫以陀思妥耶夫斯基的身份出场可能具有其他深意，佐罗图斯基（Золотусский И.）认为，此处的陀思妥耶夫斯基更像一种隐喻，以言说完美社会是不可能的，"那个要在夏天到来之前建成社会主义的陀思妥耶夫斯基（莫雄科夫）比真正的陀思妥耶夫斯基在小说中写的故事更为可怕"②。这无疑是对俄罗斯文学理想和预言的嘲讽，对于像科片金这样的人来说，俄罗斯文学已经从大脑中彻底抹去，科片金的理想就是罗莎的理想。"除了莫雄科夫改姓为陀思妥耶夫斯基外，斯捷潘·切切尔改姓为赫里斯托福尔·哥伦布，挖井工人彼得·格鲁金改姓为费朗茨·梅林。"③但具有讽刺意味的是，这些人并不了解这些闪光的姓氏所代表的崇高意义，他们不知道"哥伦布和梅林是否值得人们尊敬，是否值得拿他们当作未来生活的楷模，抑或是这两人对革命都无足轻重"④。对姓氏价值的茫然无知代表了这一阶层的生存状态，"更改姓氏就是《切文古尔镇》所具有的一种反乌托邦现实的写照"⑤。普拉东诺夫的文学价值并不仅仅表现为语言的独特性，更在于通过语言的独特性所传达的批判精神，这种批判精神就是其创作的反乌托邦思维，是"被肉体的温暖"排挤到外面的"理智"。这个游离于肉体之外的"理智"更能清楚地判断现实中的非理性元素，遗憾的是，"理智"终究要回归愚钝的肉体，融入对乌托邦的狂热之中。但是，无论是理智还是狂热，都是俄罗斯性格的表现形式。别尔嘉耶夫在陀思妥耶夫斯基的创作中发现了"俄罗斯精神的全部矛盾和二律背反性，这两种特征使人能对俄罗斯和俄罗斯人作出最矛盾的判断"⑥。普拉东诺夫是陀思妥耶夫斯

---

① А. 普拉东诺夫：《切文古尔镇》，古扬译，漓江出版社，1997，第 64 页。
② Золотусский И. Крушение обстракций//Новый мир, 1989, No1, с. 242.
③ А. 普拉东诺夫：《切文古尔镇》，古扬译，漓江出版社，1997，第 72 页。
④ А. 普拉东诺夫：《切文古尔镇》，古扬译，漓江出版社，1997，第 72 页。
⑤ Юрьева Л. М. Русская антиутопия в контексте мировой литературы. М.：ИМЛИ РАН，2005，с. 202.
⑥ Бердяев Н. А. Миросозерцание Достоевского. Praha：Издательство YMCA-PRESS, 1923, с. 12.

基文学传统的继承者,在切文古尔镇里,既有普罗科菲·德瓦诺夫这样精明的"共产主义者",也有亚历山大·德瓦诺夫这样的理想主义者,甚至还有尼亚诺雷奇这样尝试靠吃泥土活下来的"上帝",即便是亚历山大·德瓦诺夫这样的理想主义者也不得不承认:"俄罗斯人——这是具有两面行为的人,他们可以这样地生活,也可以完全相反地生活,而且在两种情况下都能保存下来,使自己完好无损。"① 在小说里,那些具有两面行为的人活了下来,缺少这些特质的人则死去了,这或许从一个侧面证实了反乌托邦社会存在的法则,即适者生存的丛林法则。尽管普罗科菲·德瓦诺夫与亚历山大·德瓦诺夫不是血缘上的兄弟,但在思想上两人无疑具有陀思妥耶夫斯基《卡拉马佐夫兄弟》中阿廖沙和伊万·卡拉马佐夫的气质。亚历山大·德瓦诺夫与阿廖沙接近,他愿意为理想牺牲,有自己的精神追求;普罗科菲·德瓦诺夫更像伊万·卡拉马佐夫思想的继承者,普罗科菲的理想是建立一个宗教大法官所描绘的社会,他把民众设想成软弱而且低贱的乌合之众。他在精神和行为方面与许多切文古尔人不同,现实而无耻,善于在既定的规则下谋取利益。当所有人用禁欲主义的思想克制内心的欲望时,普罗科菲却拥有克拉夫久莎,虽然他愿意为切文古尔镇的居民去寻找女人,但他内心深处"舍不得使切文古尔成为无产者们和流浪汉们的老婆的财产——他只能毫不吝惜地把它赠给克拉夫久莎一个人"②。尽管切普尔内伊也爱着这个女人,但事实上他从未真正地感受过这个女人肌肤的温暖。她是切普尔内伊和普罗科菲两人的共同情人,这也只是前者一厢情愿的想法。普罗科菲是和伊万·卡拉马佐夫类似的具有无神论精神的俄罗斯思想者,整个切文古尔镇的乌托邦就是他的杰作。大概在切文古尔镇只有普罗科菲真正明白这里的共产主义是一种组织行为,这种行为通过逐步控制人的意识来实现一个荒诞不经的目的。他像宗教大法官一样,知道对人的控制要基于对人性的透彻了解,"德瓦诺夫(指亚历山大·德瓦诺夫)不知道每个人体中保留着什么,而普罗科菲却几乎是准确无误地知道"③。宗教大法

---

① A. 普拉东诺夫:《切文古尔镇》,古扬译,漓江出版社,1997,第33页。
② A. 普拉东诺夫:《切文古尔镇》,古扬译,漓江出版社,1997,第331~332页。
③ A. 普拉东诺夫:《切文古尔镇》,古扬译,漓江出版社,1997,第333页。

官用暴力掌控人性，控制其卑劣所产生的后果，普罗科菲则运用与宗教有类似作用的"组织"，所以他告诉德瓦诺夫："组织——这是顶顶聪明的事：大家都知道自己，可任何人都没有自己……在有组织的情况下，可以从人的身上去掉许多多余的东西。"① 至于其中的原因，伊万·卡拉马佐夫"长诗"里的宗教大法官已经给出了答案："因为人寻找的与其说是上帝，还不如说是奇迹。"② 德瓦诺夫、科片金、科普内尔、谢尔比诺夫和流浪汉们是一群寻找奇迹的人，而完美社会的幻象在人们等待奇迹降临的过程中竟然真的"降临了"。

另外一位注意到普拉东诺夫创作中反乌托邦思维的是诗人叶甫图申科（Евтушенко Е.）。他认为普氏的小说，如《切文古尔镇》和《初生海》等，具有反乌托邦小说所具有的前瞻性或预言性，即普氏在他的创作中是以一个预言家的身份出现的。"普拉东诺夫在（20世纪）20年代就了然于胸的问题，我们的社会今天才开始明白，而且明白起来很吃力……普拉东诺夫的功绩是，他在20年代遍地盲目乐观的口号里看到了可能的悲剧，他甚至感受到搅动漫天尘土的两股强风的遭遇，这两股强风后来果然变成了第二次世界大战的龙卷风。就预见性而言，普拉东诺夫可以和陀思妥耶夫斯基媲美，后者在涅恰耶夫③事件中发现了什卡廖夫性格（什卡廖夫是《群魔》中的人物，以撒谎著称）的胚胎。"④ 叶甫图申科对普拉东诺夫的评价激情有余、论据不足，字里行间洋溢着诗人的主观感受。预见性或者前瞻性是反乌托邦小说的基本特征，只是每个人的表现方法不同。对于扎米亚京而言，将现实的场景用未来的故事加以包装"会更加安全"，他不希望高尔基对《切文古尔镇》所作的评价成真，即：《切文古尔镇》"具有不容争辩的长处"，但"不能得到发表和出版"，因为小说"对现实的描述带有抒情性讽刺色彩"⑤。

---

① А.普拉东诺夫：《切文古尔镇》，古扬译，漓江出版社，1997，第333页。
② 陀思妥耶夫斯基：《卡拉马佐夫兄弟》（上），耿济之译，人民文学出版社，2007，第288页。
③ 涅恰耶夫（Сергей Геннадьевич Нечаев, 1847 - 1882），19世纪俄罗斯著名的虚无主义者和职业革命家，是早期俄罗斯恐怖主义组织"人民复仇"的领导人。
④ Евтушенко Е. Психоз пролетариату не нужен. Судьба Платонова: Неоконченные споры. М.：Молодая гвардия. 1990, с.31.
⑤ 转引自薛君智《与人民共呼吸、共患难——评普拉东诺夫及其长篇小说〈切文古尔镇〉》（代译序），载А.普拉东诺夫《切文古尔镇》，古扬译，漓江出版社，1997，第9页。

普拉东诺夫试图用抒情、诙谐和黑色幽默等诗学元素来理解现实残酷的一面并游走于主流意识和自我的声音之间，但他的写作态度在20世纪30年代开始受到质疑。普拉东诺夫始终都是一个文学家，尽管在他的创作中不难发现陀思妥耶夫斯基笔下"群魔"的身影、契诃夫笔下的小市民形象，但他所要实现的文学诉求一直是，用具体而鲜活的形象来反映客观现实被革命的风暴洗礼之后的种种奇特的可能性，以及这些可能性所导致的悲剧与喜剧。以《疑虑重重的马卡尔》为例，马卡尔敏锐地发现所谓的幸福更像幻象，在这部作品中，疯人院是莫斯科唯一实在的房子，两个普通的庄稼汉只有在这里才能获得食物，感受到温暖，读到列宁的著作。

普拉东诺夫创作的高峰期——20世纪二三十年代，对作家而言并不是一个激情燃烧的岁月，但这并没有熄灭普拉东诺夫的创作热情，如什克洛夫斯基所言，"普拉东诺夫醉心于社会变革思想"[1]，这在《切文古尔镇》的居民身上有非常充分的表现。但是，社会变革本身只是手段，手段终究要导向结果。对乌托邦的想象终究要让位于现实，面对生存的困顿，切文古尔人切普尔内伊疑惑地问自己："不知我们的共产主义是改好了，还是没有改好！或者我该去找一趟列宁，让他亲自对我简单明了地说出全部真相！"[2]

第三节 《切文古尔镇》的体裁之惑

对于能否把《切文古尔镇》归为反乌托邦体裁，或者说，如何确定该作品的反乌托邦文本的合法性问题，国内外的俄罗斯文学研究者历来有不同的声音。冯小庆在切文古尔人反常的行为中发现了作家的反乌托邦思维，即该镇的物质世界和精神世界的构成和《我们》中的"大一统国"有相似之处。[3] 然而，切文古尔镇和"大一统国"存在方式的差别也十分明

---

[1] Шкловский Е. Лицом к человеку. М.：Знание, 1989, с. 13.
[2] А. 普拉东诺夫：《切文古尔镇》，古扬译，漓江出版社，1997，第185页。
[3] 冯小庆：《普拉东诺夫的反乌托邦三部曲的思想与诗学研究》，博士学位论文，黑龙江大学，2012，第63页。

显，除了两者的时空不同之外，最重要的是，切文古尔镇的居民（指资产阶级之外的流浪汉等人）并不是严格意义上的"号民"。因缺少《我们》中的"造福主"，他们的生活步调和行为意识更加自由，他们拥有更多的自我意识，而"造福主"治下的 D-503 们不能以个体的名义发出任何声音，从这个意义上讲，切文古尔人要比 D-503 们幸运得多。显然，从思想性入手确定《切文古尔镇》的反乌托邦属性仅仅是其中一个维度。但切文古尔镇的"造福主"是隐形的，那就是人这种生物对虚像的依赖、对奇迹降临的期盼。艾里希·弗洛姆认为这是专制制度的秘密。

  法西斯主义、纳粹主义以及斯大林主义有一个共同点，就是给原子般的个人提供新的庇护所，一种新的安全感，这类制度是异化的极端形式。这类制度使每个人感到没有力量，微不足道，并且培养个人将自身全部力量投射到领导人物、国家、"祖国"身上，个人对这些对象必须服从，必须崇拜。人逃离自由进入了新的偶像崇拜的境地。[1]

在《我们》中，"号民"出于对"护卫局"等国家机器的恐惧，自觉地按照"作息条规"安排自己的生活。切文古尔镇的居民（除了那些可怜的被枪毙的资产阶级）则完全把社会主义当成一根救命的稻草，相信这根稻草能够创造奇迹，会聚此地的流浪汉们在精神领袖普罗科菲·德瓦诺夫和切普尔内伊的带领下，不断地创造荒谬的惊喜。我们的确无法把《切文古尔镇》和《我们》等经典反乌托邦作品进行简单的类比，普拉东诺夫并没有改变他对小说中诸英雄尝试改变世界所持的二元论的观点，即英雄或者实现自己的价值，或者因此而丢掉性命，但他并没有彻底否定社会主义（共产主义），正如恰尔马耶夫所指出的那样，"普拉东诺夫思想的语言极其复杂，他对价值观的反讽游戏并不排斥对这些价值的尊敬"[2]。在《切文

---

[1] 艾里希·弗洛姆：《健全的社会》，孙恺祥译，上海译文出版社，2011，第 200 页。
[2] Чалмаев В. К сокровенному человеку. М.：Советский писатель, 1989, с. 211.

古尔镇》里，德瓦诺夫、科片金和切普尔内伊等人的行为尽管不可思议，但作家并没有通过叙述人的话语或者借他人之口对切文古尔居民疯狂的行为进行抨击。这与《美妙的新世界》《我们》等经典反乌托邦作品有很大的不同，借用陀思妥耶夫斯基《少年》中维尔希洛夫的一句话来说，即科片金的行为不是缺少理智的疯狂，而是"崇高的迷失"（высокое заблуждение）。①

一 实现反乌托邦思维诉求的"块茎"结构

就小说的结构而言，《我们》《夜猎》《野猫精》等反乌托邦小说是典型的树状结构，该结构意味着小说是以某一个人物为中心来展开情节的。这也是小说创作中最容易操控的叙事策略，整个故事的演进如同一棵大树，树根（现实）决定了树干（情节）的高度和生长状况，树冠（故事结局）的形状取决于树干的高度和树根的纵深。当然，主人公形象对其他人物性格的发展构成压力，因为这些人的价值更多地通过主人公这个树状结构的主干的价值体现出来。《切文古尔镇》不是通常意义上的树状结构，而是一种块茎结构。"块茎"（rhizome）在英语中意为"thick, horizontal stem of some plants (e.g. iris), on or just below the ground, from which new roots grow"（生长在地上或地下的某些植物细细的根茎）②。将这种块茎结构导入小说创作中所能产生的图景是，小说中的众多人物并不一定都是为某个主人公服务的，任何一个人物都能牵扯出另外一个人物，众多的人物犹如块茎植物的根茎在地下蔓延，构成看似没有规律实则巧妙的连接关系。如德瓦诺夫离开邻家女孩索尼娅（索菲娅）后被无政府主义者尼基托克打伤，在沃洛西诺村她看到了德瓦诺夫被科片金救下（引出科片金），科片金与德瓦诺夫相识并开始游

---

① 陀思妥耶夫斯基《少年》中的主人公维尔希洛夫在看完法国画家克洛德·洛兰的一幅画作之后做了一个梦，这是他对梦中那个"黄金时代"的描述，其中有部分是："Чудный сон, высокое заблуждение человечества! Золотой век - мечта самая невероятная из всех, какие были, но за которую люди отдавали всю жизнь свою и все свои силы, для которой умирали и убивались пророки, без которой народы не хотят жить и не могут даже и умереть！"

② A. S. Hornby, E. V. Gatenby, H. Wakefield, *The Advanced Learner's Dicrionary of Current English with Chinese Translation*, Hong Kong: Oxford University Press, 1982, p. 921.

历，结识了陀思妥耶夫斯基（瘸子莫雄科夫），此时德瓦诺夫获得了涅多杰兰内的走马……谢尔比诺夫在莫斯科认识的女人正是德瓦诺夫的女友索尼娅。这种结构的好处是每个块茎都是一个独立的空间，这些独立的空间通过网状的根系与其他空间结成同盟。就文学叙事而言，每个看似平常的人物或者事件都借助主人公意识的流动漂移到另外的空间。有学者指出，块茎结构实则是用"and… and… and"构成的独一无二的联盟。每个"and"前面或后面的空间（块茎）都会发展成新的联盟，即新的"and… and… and"。① 对于切文古尔镇而言，块茎世界中的人物不必为唯一的主人公服务，他们都可以独立展开自己的话语进行批评或者倾听。因此，普拉东诺夫和扎米亚京等反乌托邦作家有明显的不同，在整个小说的三分之一处才第一次出现"切文古尔"这个地名②，这之前以及之后，尽管众多人物无法自行产生伟大的思想（或者平凡的思想），但他们均视社会主义和共产主义为救命的稻草。普拉东诺夫没有像赫胥黎或者奥威尔那样从高处鸟瞰这些平凡的大众，而是深入他们中间寻找这些人身上哪怕是惊鸿一瞥的思想火花或者他们对人生的各种阐释。作者很少用主观性很强的语言去评价这些人物或高贵或可笑的行为。当普罗科菲为切文古尔镇的流浪汉们寻找女人的时候，切普尔内伊并没有为"主义"断绝自己的情欲，而是抓住大车的尾部恳求："普罗什，给我也弄一个来：我想要点乐趣！"③《切文古尔镇》中的亚历山大·德瓦诺夫固然十分重要，但小说中的其他角色几乎和德瓦诺夫平分秋色④，表现出强烈的自我意识。《切文古尔镇》中的确存在"众多的各自独立而不相融合的声音和意识"⑤，按巴赫金的

---

① 郑永旺：《游戏·禅宗·后现代——佩列文后现代主义诗学研究》，人民文学出版社，2006，第79页。
② 古扬译本共432页，在小说的第148页第一次出现了"切文古尔人"的称谓，而且在该译本中缺少现在俄文版普遍存在的"能人的来历"一章。
③ А. 普拉东诺夫：《切文古尔镇》，古扬译，漓江出版社，1997，第335页。
④ 俄文版的《切文古尔镇》（参见 Платонов А. Котлован. Роман. Повести. Рассказы. Екатеринбург: У-Фактория, 2005）通常把"能人的来历"（Происхождение мастера）作为小说的第一部分，在该版本中，叙述能人，即德瓦诺夫的养父扎哈尔·帕夫洛维奇的篇幅有79页，约占整个长篇小说的四分之一（该版本共计284页）。而切普尔内伊在古扬的译本中于第148页出现之后（该译本共计432页），几乎就抢占了科片金和德瓦诺夫的风头而成为话语中心。
⑤ 《巴赫金全集》（第五卷），白春仁、顾亚铃译，河北教育出版社，1998，第4页。

观点，该作品的确具有类似陀思妥耶夫斯基长篇小说的复调特征。但对于表现经济转型期人们对生活的理解和设想而言，这可能导致另外一个结果，即他们的意志既不能左右主人公，也不能提供一个和主流意识共鸣的思想。所以，有学者认为《切文古尔镇》是一种"хроника"（报纸上的时事纪要）①，这种体裁要求作者准确地反映所见所闻，允许笔下的人物呈现不同的性格特征，这恰好是块茎结构所追求的艺术效果。虽然切文古尔镇的人都生活在共产主义的天空下，但每个人对共产主义的理解不同，他们心甘情愿聚集在一起，是因被历史和现实所捆绑而作出的无奈选择。在普拉东诺夫笔下，德瓦诺夫不是生活中的强者，而是一个被时代洪流所裹挟的人，他的漫游从现实生活的角度看，无非执行上级米舒林的任务，去寻找社会主义建设成功的典型。他逃离索尼娅的住所，在寡妇菲奥克拉·斯捷潘诺夫娜那里感受到静谧的安详②，犹如冈察洛夫笔下的奥勃洛摩夫在普希尼钦娜那里体会到幸福而平静的生活一样。德瓦诺夫之所以奋不顾身前往切文古尔镇，是因为科片金关于切文古尔镇是"共产主义或者相反"③ 的口信激发了他的兴趣。即便在米舒林所在的省直机关里，德瓦诺夫也只能是个配角，这和戈普涅尔抛家舍业来切文古尔镇一样，都是为了寻找发展的机会。块茎式的言说方式直接宣告了乌托邦空想缺少生存空间，因为作品中人物的所作所为尽管在个别情况下存在所谓的一致性。如在"农民友谊"公社的目标就是"使生活复杂化"这件事情上，就能看出每个人观点的不同。在德瓦诺夫看来，"复杂化"就是让土匪看不出公社已经进入共产主义，他说："你们应该把事情安排得很有头脑和很复杂，让人看不出有一点共产主义的迹象，而事实上它却存在着。"④ 德瓦诺夫的"复杂化"多少还有点实际价值，而科片金的"复杂

---

① Михеев М. Сон, явь или утопия. Еще один комментарий к "Чевенгуру" Платонова. http://www.ruthenia.ru/logos/number/2001_1/2001_1_08.htm.

② 菲奥克拉·斯捷潘诺夫娜在睡前对德瓦诺夫说："那你也往这边来吧……现在又不是那时候——我那见不得人的地方你是不会瞅的。"接下来的叙述似乎暗示两人之间发生了肉体的关系："菲奥克拉·斯捷潘诺夫娜保护德瓦诺夫的办法，就是让他习惯于妇女的纯朴，好像她就是德瓦诺夫已故的母亲的姐妹似的。"参见 A. 普拉东诺夫《切文古尔镇》，古扬译，漓江出版社，1997，第63~64页。

③ A. 普拉东诺夫：《切文古尔镇》，古扬译，漓江出版社，1997，第218页。

④ A. 普拉东诺夫：《切文古尔镇》，古扬译，漓江出版社，1997，第91页。

化"纯属为了某种程序上的好看,是一种技术上的装饰,表现为"哪怕有一个姑娘经常投反对票也好嘛"①。乌托邦小说的基本前提是小说中的主人公有机会向他人转述关于某个远离现实空间的社会的理想生活状态,即小说中应该存在一个诺维科夫(Новикова Т.)所说的"作者极力歌颂的乌托邦般和谐而美好的空间"②,但恰恰相反,由于盲目地和毫无依据地操作,"切文古尔最小的孩子死了"③。为了让切文古尔镇提前进入共产主义社会,许多资产阶级无端被杀,整个县城变成了一座空城,在可以想象的冬天,当一切被积雪覆盖的时候,由于没有食物,切文古尔镇的乌托邦将自行终结,但作家似乎等不到冬天,土匪的袭击让这里的完美社会不堪一击。对美好未来的戏谑折射了作品的反乌托邦思维。一般来说,反乌托邦体裁会根据事物发展的逻辑来反映作者对现实时空或者虚构时空的否定性观点,比如赫胥黎和扎米亚京就采用这样的叙事策略等。在这种情况下,作家常常需要自己设想出一些结局或者后果,即当下这种社会制度和生活方式必然会在事物内在规律的作用下导致这种后果和结局的发生,这正是反乌托邦小说中常常出现的世界图景。动物的生存状况从侧面反映了人的生存状况。麻雀是俄罗斯最普通的鸟类,但麻雀在俄罗斯需要拥有比其他地区更为坚强的意志才能生存下去,这些鸟代表了人的意志和精神,同时具有显现某一地区人文生态健康与否的功能。在卡利特瓦,铁匠告诉德瓦诺夫和科片金,这里"十分之一的老百姓要么是傻瓜,要么是流浪汉、狗杂种,他们生来不像农民那样干活——跟谁走都成。沙皇要在——那沙皇就会在我们这儿找到他的顺民。在你们党里,也有这号没用的东西"④。生活在这里的麻雀也具有与当地人相同或者类似的生活习性,它们带给德瓦诺夫的不仅是它们不同寻常的瘦弱,还有它们特殊的心理状态能引发的联想。

德瓦诺夫到屋外去看看马。那边有只瘦鳞鳞的饥不择食的麻雀,这

---

① A. 普拉东诺夫:《切文古尔镇》,古扬译,漓江出版社,1997,第 91 页。
② Новиков Т. Пространственно-временные координаты в утопии и антиутопии: А. Платонов и западный утопический роман//Вестник МГУ, 1997, №1, с. 68.
③ A. 普拉东诺夫:《切文古尔镇》,古扬译,漓江出版社,1997,第 305 页。
④ A. 普拉东诺夫:《切文古尔镇》,古扬译,漓江出版社,1997,第 120 页。

使他快乐起来，麻雀正在用喙啄食那美味的马粪。德瓦诺夫已有半年没有见过麻雀了，他一下子想不起这些小鸟栖息在世上的什么地方。许多美好的东西都从德瓦诺夫那狭窄和贫乏的头脑旁边溜过去了，甚至他的个人生活也常常像河水绕过石头流走一样离开他的头脑。麻雀向篱笆那边飞去。为没有政府而感到痛苦的几个农民从苏维埃的屋里走出来。麻雀霎时从篱笆上飞走，边飞边唱着像这儿的贫农所唱的灰溜溜的歌。①

对于德瓦诺夫来说，营养不良的小鸟象征着这里的农民，它们同样会唱"灰溜溜的歌"。他很少看到麻雀，这无外乎两个原因：一是由于饥饿等，麻雀这种如农民般普通的小动物面临生存危机，牲畜的减少使得"美味的马粪"很难被小鸟寻觅到；二是他本人整日为理想奔波，无暇顾及眼前的一切，"甚至他的个人生活"也能离开他的头脑。对于德瓦诺夫而言，麻雀呈现了人的普遍的生存状态。但对于科片金来说，麻雀则另有一番深意。在科片金看来，麻雀的坚守不是因为它们不知道卡利特瓦不适合"鸟居"，而是因为"这是真正的无产阶级的鸟，啄食的是味苦的籽粒。大地上一切温情的有生之物可能会由于长期受苦受难而死去，但像庄稼汉和麻雀这样活跃可爱的动物一定会生存下去，耐心等待着暖和日子的到来"②。

"麻雀喻"也曾在普拉东诺夫的短篇小说《家乡之爱，或者麻雀的旅行》（Любовь к родине，или путешествие воробья）中出现过。③ 小说中那

---

① А. 普拉东诺夫：《切文古尔镇》，古扬译，漓江出版社，1997，第 125 页。
② А. 普拉东诺夫：《切文古尔镇》，古扬译，漓江出版社，1997，第 131 页。
③ 小说的主人公是在莫斯科普希金纪念碑下拉小提琴的年迈艺术家，他拉琴并不是为了获取人们金钱上的施舍，拉琴仅仅是为了让听者获得艺术上的享受；小说另外一个主角是一只按时飞来的麻雀，它不是为了欣赏美妙的琴声，而是为了啄食琴盒里的一块黑面包。有一天，一场风暴将麻雀刮到一个食物丰富的地方，在这里它开始怀念莫斯科的黑面包，艺术家也思念那个经常啄食面包的麻雀。又过了一段时间，另外一场风暴将麻雀吹回莫斯科，从空中摔到地面上，被两个小男孩捡到，老艺术家有机会和麻雀重逢，遗憾的是，这次麻雀没有逃过劫难，它在天亮的时候死去了。短篇小说的副标题为《一个神奇的故事》，其神奇之处是麻雀第一次的幸运。但这种神奇没有延续，麻雀还是没能躲过第二次风暴对它造成的伤害。

只麻雀虽然幸运地借助第一次暴风在一个食物丰富的地方降落,但没有躲过将它吹回莫斯科的第二次暴风的伤害。"麻雀喻"中的暴风相当于《切文古尔镇》里的共产主义建设狂想曲,那些"瘦嶙嶙的饥不择食的麻雀"面临与光顾普希金纪念碑的那只麻雀相同的劫难。有学者认为:"《切文古尔镇》那只普通的麻雀成为作家表现主人公心境的重要物件,恰似现实生活的镜像,照出主人公狼狈的人生。"[1] 不过在这个短篇小说里,德瓦诺夫戴着音乐家的面具,他此时不再为建设切文古尔镇里的乌托邦而奔波,在特维尔大街的莫斯科普希金纪念碑下拉小提琴更能体现他的价值,但故事里的麻雀和切文古尔镇里它的同类一样,都在为活命而运用一切智慧。以切文古尔镇的麻雀为切入点,评论家们发现:"现实中的自然关系正发生变形。这种颠倒的关系使切文古尔的一切都有反逻辑特性,这里的世界是一个'反世界',小说的主人公就是在这个不可思议的'反世界'中生活并行动。"[2] 雅科夫·季特奇和蟑螂的关系说明这个"反世界"是存在的,"蟑螂默默无闻地、不抱希望地生存着"[3],正是这种精神深深感动了身患重病的雅科夫·季特奇,"为此雅科夫·季特奇对它关怀备至,甚至偷偷地模仿它"[4]。文本赋予蟑螂人的心理特征,通过蟑螂能感受到人的心理世界。在这只昆虫淡定的生活态度中,雅科夫·季特奇体会到生活的不易以及能够活下去的秘密,那就是"不抱希望地生存着",因为没有希望,人就谈不上失望,更无所谓绝望。科兹洛夫的反乌托邦小说《夜猎》中的安东以及爱伦堡的反乌托邦小说《胡利奥·胡列尼托》中的爱伦堡都是因为拥有蟑螂般的生活态度才能活下来。戈普涅尔等人在切文古尔镇茫然不知所措,因为他们不像雅科夫·季特奇那样幸运,后者靠蟑螂的信念生活。德瓦诺夫甚至从蟑螂与雅科夫·季特奇的关系里觅到了更深层的意义,即蟑螂是人和人关系的镜像。所以,他不同意切普尔内伊对蟑螂的否定态度,他认为蟑

---

[1] 郑永旺:《生存是关于绝望的艺术——苏联文学界的"麻雀"普拉东诺夫及其麻雀喻》,《大公报》2018年4月8日。
[2] Юрьева Л. М. Русская антиутопия в контексте мировой литературы. М.:ИМЛИ РАН, с. 224.
[3] А. 普拉东诺夫:《切文古尔镇》,古扬译,漓江出版社,1997,第337页。
[4] А. 普拉东诺夫:《切文古尔镇》,古扬译,漓江出版社,1997,第337页。

螂是可以爱的，而且，"也许不想有蟑螂的人也从来不想要自己的同志"①。这只蟑螂和纳博科夫《斩首的邀请》中那只不时给辛辛那图斯提供各种生活暗示的蜘蛛有异曲同工之妙。

之所以确定《切文古尔镇》是一部反乌托邦小说或者具有反乌托邦思维特征的小说，不仅是因为作品的结构或者形式，也是因为作品的思想内涵。一些评论家常常把《切文古尔镇》与其他反乌托邦作品进行对比，他们得出的结论非常值得深思，如"《切文古尔镇》的结构比扎米亚京的《我们》或者奥威尔的《1984》更加复杂，因为普拉东诺夫没有用讽刺的笔法去描绘一个不存在的乌托邦世界"。②切文古尔镇的居民是块茎生存状态下的人物，他们的行动具有很大的偶然性，正因如此，理论上完美的蓝图之所以无法实现，是因为没有考虑人性的因素，在现实中遇到了不可逾越的障碍。德瓦诺夫的养父扎哈尔·帕夫洛维奇是一个清醒的人，他对养子所从事的事业表示怀疑，也不认为理想可以完成改造人的任务，他的名言是："我可以拿铁做成你想要的任何东西，可是要我把人造成共产党员却无论如何不行。"③可以这样理解这句话，并不是所有的人都有成为共产党员的潜质。从人物的思想行为入手就可以确定《切文古尔镇》的反乌托邦属性，即所谓"哪怕和扎米亚京与赫胥黎的代表作品相比，《切文古尔镇》也是一部特色鲜明的反乌托邦小说。具体而言，扎米亚京和赫胥黎强调的是：如果不能终止已经出现并快速发展的危险苗头，人类社会的前景将十分恐怖。在《切文古尔镇》中，普拉东诺夫则借助巴赫金式的复调，用现实世界的种种奇异现象，塑造了一个未完结的现代社会，而不是塑造一个未来世界，当然，这个未来并非不存在，只是供人去猜测"④。但这个未完结的社会作为反乌托邦思维的对象是如何建构的呢？

---

① А. 普拉东诺夫：《切文古尔镇》，古扬译，漓江出版社，1997，第347页。
② Гюнтер Г. Жанровые проблемы утопии и «Чевенгур» А. Платонова//Утопия и утопическое мышление. М：Прогресс，1991，с. 252.
③ А. 普拉东诺夫：《切文古尔镇》，古扬译，漓江出版社，1997，第219页。
④ Зверев А. Когда пробьет последний час природы…//Вопросы литературы. 1989，№1，с. 53.

二 《切文古尔镇》中的二重空间

反乌托邦作品另外一个比较常见的特征就是存在两个或多个能显示主人公生存困境的世界，如《大师和玛加丽塔》中的莫斯科时空和耶路撒冷时空，《斩首的邀请》中辛辛那图斯的此岸世界和彼岸世界，《夜猎》中的 Y1 低地省和南极大陆等。《切文古尔镇》亦有类似的特征。

《切文古尔镇》的第一个现实空间是切文古尔镇和莫斯科之外的省区空间，其存在的价值在于解释德瓦诺夫思想的成因，即完成塑造德瓦诺夫个体形象的任务。具体而言就是，德瓦诺夫、科片金和切普尔内伊等人的形象是在与其他个体的交往中逐渐完善并圆整起来的，每个人物的不经意出现都隐含着特殊的意义，有些人是惊鸿一瞥式的亮相，有些则被描写得很细致，即便是小说中的一些物件都具有隐喻的性质。在这种人物与人物之间块茎化的生存状态下，对旅途中的人进行描述成为普拉东诺夫解释俄罗斯普遍生存图景的有效手段，换言之，这些人本身就是对俄罗斯民族性格不同侧面的诠释。其中有的片段强调俄罗斯民族性格中的隐忍，比如在新霍漂尔斯克，"有十个或更多的不知姓名的人席地而坐，盼望着火车把他们带到好一点的地方。他们毫无怨言地忍受着革命的痛苦，耐心地在荒漠的俄罗斯大地上徘徊，寻找面包和生路"[1]。那辆火车在小说中因为承载着人们的希望而具有了某种象征意义，"火车头由于紧张运行而抖动，整个车身晃来晃去，似乎在寻找机会，摆脱折磨它的那股力量和始终不减的速度的控制，往铁路的边坡蹦跳下去"[2]。当火车司机弃车逃跑后，德瓦诺夫这个从未开过火车的人成为这辆狂野机器的操纵者，最后导致两辆火车相撞。那些希望火车能"把他们带到好一点的地方"的人们成为牺牲品。在普拉东诺夫的短篇小说《美好而狂暴的世界》里，老司机马尔采夫过于相信自己的眼睛，以至于造成了重大的事故，被送上法庭，他对事故的解释是："我习惯于看见这世界，当时

---

[1] А. 普拉东诺夫：《切文古尔镇》，古扬译，漓江出版社，1997，第 3 页。
[2] А. 普拉东诺夫：《切文古尔镇》，古扬译，漓江出版社，1997，第 5 页。

我以为自己看见了,其实我只是在自己的脑子里,在自己的想像中看到了。"① 与其说切普尔内伊看见了完美世界的画面,还不如说他相信了自己的谎言,并把谎言当成真理来欺骗自己和他人。其他人和切普尔内伊一样,愿意相信这个世界会变好。实际上火车在《切文古尔镇》里代表一种不被约束的力量。俄罗斯式的隐忍在德瓦诺夫身上表现得很明显,为了找到社会主义②的成功范例,他带伤离开了索尼娅,而那辆"历史火车头专用线"③不过是一场骗局,或者说那些在站台上拼命往火车上挤的人未必不知道"破旧不堪的非历史的火车头却拖运着便宜货;宣传画与目前正在运行的机车毫不相关"④。在"苏维埃运输线"上狂奔的"历史火车头"满载着性格隐忍的俄罗斯人,两者一起创造了"美好而狂暴的世界"。在这个省区的现实里,小说所要塑造的是苏维埃国家的整体风貌和人们对未来美好愿景的盲目追寻,除了那些坚定地相信完美社会一定在某处获得了成功的德瓦诺夫们外,科片金和帕申采夫则属于这个空间中对关于理想社会的想象持一种堂吉诃德式态度的人,即他们与周围的人相比仿佛生活在一个封闭的空间里,与环境和人们普遍的认知有不和谐之感。不过这类形象在俄罗斯文学中并不是个案,车尔尼雪夫斯基《怎么办?》中的拉赫美托夫就是这些人的前辈,他们对理想有超乎常人的狂热,能像拉赫美托夫一样,时刻准备为理想去受难。总之,这个空间决定了切文古尔镇共产主义出现的合理性,因为共产主义就是一种人们在书本上读到过,在宣传中听到过,现实中谁都没有见过的社会形态。希望能找到幸福的普通人在俄罗斯大地上四处游荡,他们被美好的社会愿景所打动,渴望获得社会主义(共产主义)成功消息的人有米舒林等官员,有以科片金和帕申采夫为首的具有堂吉诃德式情怀的理想主义者,他们并不在意共产主义实现的物质基础。外省空间是切文古尔镇这个理想空间和莫斯科这个现实空间的缓冲地带,外省空间显然缺少莫斯科可感知

---

① 普拉东诺夫:《美好而狂暴的世界》,载短篇小说集《美好而狂暴的世界》,徐振亚译,浙江文艺出版社,2003,第47页。
② 普拉东诺夫并没有刻意区分"共产主义"和"社会主义"这两个概念。
③ A. 普拉东诺夫:《切文古尔镇》,古扬译,漓江出版社,1997,第49页。
④ A. 普拉东诺夫:《切文古尔镇》,古扬译,漓江出版社,1997,第49页。

的实在性，其功能被弱化为向米舒林等人的官场生活提供支撑，这也是德瓦诺夫作为坚定的布尔什维克能够动身去寻找共产主义的原因。尽管如此，外省空间也比切文古尔镇真实。有俄罗斯学者认为，切文古尔镇是德瓦诺夫和科片金整个游历过程的分水岭，小说的结构因切文古尔镇的出现而具有了分布学的价值。① 但是，分布学的价值意味着该地理形象和省区形象具有同样的性质，即地理学意义上的价值，可以通过具体的手段确定其位置（比如根据参照物来确定切文古尔镇的位置），但实际情况显然并非如此。这个省区空间所关注的有三点。其一，德瓦诺夫的心理状态。这种状态主要通过逸出体外的意识加以表现，如受伤离开索尼娅时，他分明意识到身上存在两个人，"他仿佛作为人的生死兄弟那样存在着：在他身上人的东西一应俱全，可又缺少一点小小的但又是主要的东西……这是人心灵中的阉人。这就是为什么他会成为见证人"②。其二，诸多人物对未来的想象。如科片金对卢森堡近乎疯狂的想象，他宁愿思念一个去世多年的女人，也不想找一个现实中的女子为妻。帕申采夫对共产主义社会的理解同样不可思议，所以他在精神上非常接近切文古尔人，关于这一点墙上的那首诗可以证明。③ 后来切普尔内伊等人关于共产主义社会的言说不过是为省区现实中的人物做代言人而已，尽管他们的观点不能完全重叠，但这恰恰是块茎思维的特点。其三，诸多人物（包括独立发表的《能人的来历》中的德瓦诺夫的养父扎哈尔·帕夫洛维奇，该文后来植入《切文古尔镇》，成为小说的重要组成部分）散乱而缺乏系统的回忆。在这个怪人无处不在的现实里，小说常常用非常规手段来裁决人物的命运，如德瓦诺夫与无政府主义者尼基托克的遭遇。当尼基托克打伤了德瓦诺夫后，后者竟然可以紧抱马腿回到

---

① Замятин Д. Н. Империя пространства: географические образы в романе А. Платонова «Чевенгура», http://imwerden.de/pdf/o_platonove_d_zamyatin.pdf.
② A. 普拉东诺夫：《切文古尔镇》，古扬译，漓江出版社，1997，第 50 页。
③ "让所有的耕地自生自长去吧，/无需再去犁田、播种和收割。/你只管快快活活地过日子——好光景不会重复出现。/紧拉着神圣公社的手，贴着人家的耳朵高声喊叫：/愁苦的穷日子过够了，/该让大家活得舒心和富裕/让耕种这类可怜的劳动滚蛋去吧，/土地将无偿地把吃的给咱们奉送。"参见 A. 普拉东诺夫《切文古尔镇》，古扬译，漓江出版社，1997，第 105 页。

匪徒的驻地,"他对自己能否获释置诸脑后,于是大叫一声,顿时感到轻快、满足、镇静"①。虽然存在各种苏维埃权力机构,但这个省区空间依然像一种梦境,缺少与现实相关联的元素,或者说,与日常生活中的现实存在距离感,因此,评论家米赫耶夫认为:"对于外省空间中人的精神状态,我可以用一个词概括:梦境。当然,这个梦境的意思要更加宽泛一些。"② 但当切普尔内伊告诉德瓦诺夫切文古尔镇的共产主义已经实现的事实时,这个具有分水岭意义的地点终于使得省区空间变得具有更多的现实性。

现实与虚幻的中间地带是切文古尔镇。切文古尔镇作为地理形象出现是在小说全部内容的三分之一处。③ 一般来说,地理形象是作品中诸多人物或者小说作者(可以理解为行动主体)集体创造的产物,这个产物代表了空间地理概念上人物活动的过程,在这个过程中地理形象真实性的达成与该地理空间(作为客体)所具有的现实性密切相关,只有这样地理空间才有可能被定型,并构成存在各向异性的环境,该环境本身也是一个独立的"主人公",其"言行"决定了作品的整体结构和故事的发展轨迹。《切文古尔镇》(古扬译本)以德瓦诺夫游历开始,如果按这条线索发展,这种地理空间中的主人公与其他人物相遇的过程就是作家得以展开情节的条件,其特点是故事预设了现实的地点——曾被哥萨克占领过的新霍漂尔斯克,预设了真实的时间——"一九一八年"④。接下来的省区空间更明确了环境这个独立"主人公"在后面内容中的"言说"方式,即这个"主人公"不允许与其交往的诸多个体超越物理空间所应具有的一切现实规定性。然而,切文古

---

① А. 普拉东诺夫:《切文古尔镇》,古扬译,漓江出版社,1997,第 37 页。
② Михеев М. Сон, явь или утопия? Еще один комментарий к «Чевенгуру» Платонова. http://www.ruthenia.ru/logos/number/2001_1/2001_1_08.htm.
③ 有两种计算方式,一是按目前俄罗斯 2005 年之后乌法克托丽娅(叶卡捷林堡)出版社的版本,该版本包括普拉东诺夫在世时就出版的《能人的来历》,按该版本计算,切文古尔镇是在小说情节进行到二分之一时出现的,国内古扬的译本缺少了《能人的来历》,因此是在小说全部内容的三分之一处出现了切普尔内伊所说的切文古尔镇。
④ "'我们的希望在海底的锚上',一个到过许多地方的无名军人写道,并署明了他思考的地点和时间:占科伊,一九一八年九月十八日。"参见 А. 普拉东诺夫《切文古尔镇》,古扬译,漓江出版社,第 3~4 页。但根据小说的内容分析,该无名军官在日历上所写下的时间与德瓦诺夫读到这段记录的时间并不重叠,即德瓦诺夫所看到的一切可能是军官在一年前或几年前写下的随感。

镇的出现打破了小说发展的逻辑，依当代俄罗斯文化学家扎米亚京（Замятин Д. Н.）之见："切文古尔镇作为地理形象具有一种其他地理形象所没有的脉动感极强的结构特征，具体来说，切文古尔镇和其周围的草原周期性地发生联系，不是切文古尔镇里的人被赶出县城，就是县城外的人派'代表'来到此处，这一交换过程改变着切文古尔镇的地理形象参数，该形象时而在空间延展，时而被压缩。"① 正是这种地理形象参数的变化，使得切文古尔镇缺少省区空间的现实感，没有像其他地理形象一样被作者定型，使得这个能率先建成共产主义的乌托邦在俄罗斯的版图上成为一个"乌有之地"，无论是仅有 200 人的切文古尔镇②，还是流经县城的切文古尔卡河，都不具有诸地理空间形象所遵循的内在逻辑。此外，当科片金、德瓦诺夫等人从省区空间，谢尔比诺夫③从莫斯科来到切文古尔镇的时候，县城从原来真实的地理空间转为与真实的地理形象存在差异的空间，这里的许多生物（比如蟑螂和一条原来的主人为中产阶级的狗）都以人的态度理解生活，并感受其中的困难与危险。"切普尔内伊把狗领进屋里，喂它吃小白面包。狗吃的时候战战兢兢，感到危险，因为这是它有生以来第一次吃上这种东西。切普尔内伊注意到狗的惊恐，又给它找来一小块鸡蛋馅家常烤饼，但狗还是不吃，只是闻了一阵，小心地绕着它兜圈子，不相信生活的这份恩赐。"④ 在这里，核心人物从亚历山大·德瓦诺夫变成了切普尔内伊和普罗科菲·德瓦诺夫，科片金与亚历山大·德瓦诺夫变成了旁观者，以判断这里是否真的是"共产主义或者相反"。这种地理形象与现实相去甚远，因此"该现实是意识中的现实"，具有神话性和非实在

---

① Замятин Д. Н. Империя пространства-Географические образы в романе А. Платонова «Чевенгур», http：//imwerden. de/pdf/o_ platonove_ d_ zamyatin. pdf.
② 这应该是小说中资产阶级未被消灭之前的统计数据，但小说中在资产阶级被清除后，"城里只剩下十一个居民，其中十人入睡了，有一人（克拉夫久莎，切普尔内伊和普罗科菲两人的共同情人）在寂静无声的街道上走来走去，备受精神上的折磨"。参见 A. 普拉东诺夫《切文古尔镇》，古扬译，漓江出版社，1997，第 238 页。
③ 莫斯科的出现在作品中显得特别突兀，作为国家的政治、经济和文化中心，莫斯科象征着权力和欲望。但作为地理形象的载体，莫斯科无疑代表了一种可以触摸的现实。西蒙·谢尔比诺夫的出现把这个列宁居住的地方和遥远的切文古尔镇连为一体。
④ A. 普拉东诺夫：《切文古尔镇》，古扬译，漓江出版社，1997，第 241 页。

性，其目的在于表达隐喻功能，其能指与所指之间存在缝隙。缝隙存在的意义正是小说的反乌托邦价值所在。

第四节　死亡是切文古尔镇无法避免的命运

　　能将普拉东诺夫反乌托邦三部曲《切文古尔镇》《基坑》《初生海》联系在一起的元场景就是死亡。在《切文古尔镇》中，死亡的审美价值至少可以分为两个层面。

　　第一个层面为儿童之死。儿童在 19 世纪经典作家陀思妥耶夫斯基笔下代表了基督的形象。在《罪与罚》中，拉斯柯尼科夫提出了一个看似正确的观点：儿童就应该纯洁善良，因为"耶稣说，让小孩子到我这里来，不要阻拦他们；天国正属于这样的人"[1]。拉斯柯尼科夫让索尼娅相信："基督要我们爱他们，尊重他们，他们是人类的未来。"[2] 儿童代表未来是一个常识，被有不同信仰的不同人群所接受，但在切文古尔镇中，这个常识有意被这里的居民所忽略。沿途乞讨的女人抱着生病的男孩子来到切文古尔镇，这个母亲注视着昏迷不醒的孩子，她并没有奢望他能活下去，而是想："最好在梦里咽气，就是不要受折磨，我不想让你痛苦，我想让你永远感到凉快和轻松……"[3] 当孩子死去之后，她希望他能够再活一分钟，这种希望毫无变成现实的可能，因为人死不能复生是任何一个有健全智商的人都能理解的常识。但这个常识受到切普尔内伊的质疑，于是围绕着儿童之死，切文古尔人展开了一场关于信仰的讨论。因为切文古尔镇已经实现了共产主义，所以切普尔内伊坚信："再活一分钟完全可以办到，既然母亲需要的话。他活着活着，眼下昏睡了！要是他已经僵硬，或者长出蛆来，那就没法了。现在这孩子还热乎乎的躺着——他里面还活着，就是外面死了。"[4] 切普尔内伊对复活的认识与他在切文古尔镇建设共产主义的逻辑一样，这个逻辑在他第一次

---

[1]《马太福音》19：14。
[2] 陀思妥耶夫斯基：《罪与罚》，朱海观、王汶译，人民文学出版社，2006，第 328 页。
[3] A. 普拉东诺夫：《切文古尔镇》，古扬译，漓江出版社，1997，第 299 页。
[4] A. 普拉东诺夫：《切文古尔镇》，古扬译，漓江出版社，1997，第 300 页。

遇到德瓦诺夫时就作过非常奇妙的表述："请告诉我：我那里的共产主义自发地冒出来，我能用政策教它停一停，还是不能用？"① 儿童之死在普拉东诺夫的许多作品中都存在，如《十四个红房子》（14 красных избушек）、《基坑》和《幸福的莫斯科娃》② 等小说都通过儿童的夭折来否定存在美好未来的可能性。在《切文古尔镇》中，儿童之死不仅是一个悲剧事件，同时证明了完美社会不具有陀思妥耶夫斯基笔下宗教大法官所强调的"奇迹"属性。如果完美社会真的是奇迹，那么儿童死而复生应该成为可能，就像他可以让小女孩复活一样。③ 共产主义在切文古尔镇诞生的荒谬与儿童死而复生的荒谬具有同一性，都强调切普尔内伊扭曲的世界观，更确切地说，他把实现共产主义当成一种神话或传奇。对于这个创造神话的切文古尔人而言，人的生死甚至与心脏无关，切文古尔人枪杀资产阶级时之所以要在喉咙上补上一枪，是因为他们认为灵魂在人死后就藏匿在此处。所以，切普尔内伊拼命地对着孩子的嘴吹气，因为他确定孩子复活和心脏无关，"请问这跟心脏有什么相干？灵魂在喉咙口，这一点我对你（科片金）证明过多少遍"④。尽管儿童没有复活，但切普尔内伊还是找到了能解释此事的逻辑，以此来抵消由神话的破灭而造成的信仰危机，他说："在别的地方，他可能在昨天就死在你身边了。多亏切文古尔他才多活了一昼夜。"⑤ 但这种假设存在一个致命的弱点：人们无法验证，是不是切文古尔镇才使男孩多活了一昼夜。同样的假设也适用于切文古尔镇政治经济生活中的其他方面，人们无法验证这里到底是不是共产主义，因为在切文古尔镇，"历史已经结束了，可你（指前来作调查的阿列克谢·阿列克谢耶维奇）居然没有注意到"⑥。历史作为"由过去的真实陈述组成的连贯叙事，来描述、解释和分析被视为具有重大

---

① A. 普拉东诺夫：《切文古尔镇》，古扬译，漓江出版社，1997，第 149 页。
② "Москва" 在小说中是一位和首都 "Москва" 有同样书写形式的姑娘，因此这里译成"莫斯科娃"似乎更符合人名翻译的规范。
③ "他慈悲地看看，他的嘴唇轻声说出：'塔利法，库米.' ——意思就是：'起来吧，女孩.' 小孩在棺材里仰起身子，坐了起来，睁大着惊讶的小眼睛微笑地张望着四周。" 参见陀思妥耶夫斯基《卡拉马佐夫兄弟》（上），耿济之译，人民文学出版社，2007，第 280 页。
④ A. 普拉东诺夫：《切文古尔镇》，古扬译，漓江出版社，1997，第 301 页。
⑤ A. 普拉东诺夫：《切文古尔镇》，古扬译，漓江出版社，1997，第 301~302 页。
⑥ A. 普拉东诺夫：《切文古尔镇》，古扬译，漓江出版社，1997，第 177 页。

意义的事件"①，根本离不开人的参与，历史首先是人的历史，无数众多微不足道的个体同样具有参与创造历史的可能性。但切普尔内伊们与死去的孩子没有区别，他们的共同之处就是在参与创造历史的同时终结了历史。个体的死亡意味着个体参与创造历史的机会消失，用科片金的思想来解释就是这里没有乌托邦，因为"女人带着孩子刚到，他就死了"②。儿童之死所传达的不再是母亲的痛苦，而是神话破灭的悲哀，此时的科片金似乎忘记了永恒的情人卢森堡，也与他站在资产阶级墓坑前的态度迥异，他不赞成切普尔内伊的观点，他相信正是人们对幻象的追逐使孩子提前离世。普拉东诺夫对于儿童之死的理解建立在对"圣书"中人与自然关系的理解之上，这种理解可以作如下表述：刚开始之时，人和自然的关系是和谐的，人不知道有死亡的存在，他们（亚当和夏娃）在伊甸园里无忧无虑地生活着，随着人的堕落，人开始意识到自身的必死性，他们此时需要在短暂的生命历程里去理解世界、理解生活，人类所有的劳作似乎都是为了一个目的，即回到伊甸园。切普尔内伊也许并不清楚自己在干什么，以他那简单的头脑无法体察他自己一切行为中隐藏的人类集体无意识，他把苏维埃设在教堂里就很有象征意义。他之所以愿意为切文古尔镇的共产主义认真地做那些徒劳的工作，是因为在潜意识层面他是在为回到伊甸园而劳作。乞讨的女人怀抱死去的儿子，祈求众人放过她可怜的儿子，是因为假设他真的活过来，"他又得再死一次，再受折磨，就让他这样吧"③。活着的人回到伊甸园之所以不可能，是因为那是一个"彼岸世界"；《大师和玛加丽塔》中的大师和玛加丽塔能够原谅本丢·彼拉多，是因为他们已经离开莫斯科的此岸世界；伊万知道118号病房的玛加丽塔已经死了，因此他确信与他告别的人是大师与玛加丽塔存在的另外一种形式。《切文古尔镇》里的情形与此类似，即死亡本身已经向他人解释了：人是如此理解世界和生活的，死亡是回归伊甸园的唯一方法。

---

① 维克多·泰勒、查尔斯·温奎斯特编《后现代主义百科全书》，章燕、李自修等译，吉林人民出版社，2007，第223页。
② A. 普拉东诺夫：《切文古尔镇》，古扬译，漓江出版社，1997，第301页。
③ A. 普拉东诺夫：《切文古尔镇》，古扬译，漓江出版社，1997，第302~303页。

第五节　德瓦诺夫与科片金之死的宗教意蕴

两人的死亡发生在普罗科菲从外地领来许多女人并把这些女人分配给流浪汉们当妻子（或母亲）之后。皮尤夏和普罗科菲等人开始筹划未来美好的生活，甚至想到以后抚养下一代的问题，但这一切似乎都需要生产资料的支撑。女人们在带来希望的同时，也带来了资产阶级卷土重来的可能性。依据普罗科菲的理论，之所以要清除切文古尔镇的资产阶级，是因为他们创造了私有财产，而人一旦拥有私有财产，就意味着他剥削了他人。因此，"在这里（切文古尔镇），劳动不可更改地被宣布为贪婪的残余和剥削者的、连禽兽都有的一种快感，因为劳动促使财产的产生，而财产又促使压迫的产生"[①]。把基督的第二次降临作为处理资产阶级的借口虽然牵强，但至少在负责肃反工作的皮尤夏等人看来不但具有可操作性，而且具有合法性，这种以基督的名义来实现共产主义的手段是一种以卑劣的手段实现崇高的目的的鲜明案例。尽管科片金没有参加这次残酷的清洗，但其中的一个细节还是暴露了科片金和"基督第二次降临"的关系。换言之，《切文古尔镇》是一部宗教情绪浓厚的作品，康托尔甚至将其与《旧约》中的《创世记》联系在一起，指出那些"被美学家无限放大的体裁、风格、流派及表现方法之间的差异统统被普拉东诺夫以模仿的单一性这样'有害无利'的理由所推翻，史诗与戏剧、抒情诗与讽刺诗、现实主义与荒诞派、乌托邦与反乌托邦都能在普拉东诺夫的创作中找到回响……我想说的是，如果说《圣经》以《创世记》开始，以《新约》的《启示录》结束，那么普拉东诺夫的《创世记》就是以《切文古尔镇》为起点，以《基坑》为终点"[②]。但这个普拉东诺夫版的《创世记》所要传达的内容首先和赎罪相关。

科片金站在资产阶级的公共墓坑旁沉思，这里没有树木，没有

[①]　А. 普拉东诺夫：《切文古尔镇》，古扬译，漓江出版社，1997，第 189～190 页。
[②]　Кантор К. М. Без истины стыдно жить//Вопросы философии. 1989, №3, с. 14–15.

坟丘，没有可资纪念的东西。他模模糊糊地感到，这一切是为了映衬出罗莎·卢森堡远方的墓地上有树木，有坟丘，有永远不忘的纪念碑。①

对无辜的资产阶级，科片金并没有表现出一丝的同情心，相反，他对"资产阶级的墓坑没有压实"感到不满意，大概这样的墓坑无法与远方罗莎·卢森堡的墓地产生鲜明的对比效应，因为这会矮化他心爱的女人。小说中隐藏着作者对宗教审判及报应说的理解，即科列斯尼科娃（Колесникова Е. И.）所提出的观点："《切文古尔镇》存在与基督教理念相同但实现方式不同的对人类终极归宿的理解。"②但对于这个基督教的理念是什么，它和科片金的死亡有什么关联，评论家没有明示。从小说的结局来看，作者认为《新约·希伯来书》已经把这个理念说得非常清楚了。

  因为我们知道谁说过：
  "伸冤在我，我必报应。"
  又说：
  "主必定审判他自己的子民。"
  落在永活的神手里，真是可怕的。③

这个"谁"是谁，《希伯来书》没有指出，但可以肯定的是，这个"谁"所发出的声音和神的话语具有同等的效力。"伸冤在我，我必报应"强调人必须对自己所做的一切负责，与主立约就要知道"主必定审判他自己的子民"，知道"落在永活的神手里，真是可怕的"。《海德堡教理问答》对这段话的解释是："神绝对是慈爱的，但他同样是公义的。人犯下的罪冒犯了神至高无上的威严，按照他的公义，必须处以终极的

---

① А. 普拉东诺夫：《切文古尔镇》，古扬译，漓江出版社，1997，第 203 页。
② Колесникова Е. И. Духовные контексты творчества Платонова//Творчество Андрея Платонова. Исследование и материалы. Кн. 3. СПб.：Наука，2004，с. 40.
③ 《希伯来书》10：30~31。

刑罚——身体和灵魂受永恒的惩罚。"① 其实这里所强调的是一种报应说，科片金作为切文古尔镇共产主义的见证者，虽然没有参加血腥的屠杀活动，他的死亡很唐突、很意外，但仔细分析可知，科片金一生寻求真理，把卢森堡当成永恒的情人。卢森堡坚信："要有耐心和勇气，我们还要活下去，我们还要经历惊天动地的事呢。"② 从结果看，这个德国共产党的创始人被行政当局残忍杀害，她没有完成她为之奋斗的事业。科片金死得很惨烈，他就像永恒的情人一样，单枪匹马同强大的敌人进行不可能取得胜利的斗争，其意义在于，"我在切文古尔呆了一些时候，现在我就要死了，而罗莎将独自在地下受苦"③，因此，能够回到情人身边的唯一办法不是活着，而是死去。换言之，对科片金而言，死亡才是真正的生存，即所谓"死亡虽说是人类最大的敌人……但因为有了死亡才可能出现复活，复活不是从一种生活状态进入另外一种状态，而是克服死亡获得永生"④。所谓的"永生"也只是对活人而言的，对于死者已经没有价值，归根结底，这还是一种虚无，这样的最后审判所得到的结果并没有多少意义，因为阴阳两界无法沟通，活着的人不知道这"另外一种状态"到底是什么状态。科片金和他的"无产阶级力量"没有阻止切文古尔镇人们的疯狂行为，他的死亡缺少英雄的仪式感和崇高感，并多出几分滑稽感，这相当于一种"逆崇高"，他的死亡是反英雄之死，这也是"伸冤在我，我必报应"的结果。即便是堂吉诃德的死亡⑤，也充满了几分神秘和令人尊敬的成分，堂吉诃德死前曾"去了萨拉戈萨，参加了在那个城市举行的几次颇负盛名的大

---

① 《海德堡教理问答》是海德堡神学家乌尔西努（Zacharius Ursinus，1534-1584）和俄利维亚努（Casper Olevianus，1536-1583）用德文写成的，两人对教义的阐释基于"道德的更新和基督徒的信服，都是从称义引发出来的"这样的观点，见问答11，转引自《圣经》（研读版），香港环球圣经公会有限公司，2008，第2092页。
② "罗莎·卢森堡"，百度百科，http://baike.baidu.com/view/621381.htm?from_id=11205569&type=syn&fromtitle=罗莎卢森堡&fr=aladdin。
③ A. 普拉东诺夫:《切文古尔镇》，古扬译，漓江出版社，1997，第429页。
④ Колесникова Е. И. Духовные контексты творчества Платонова//Творчество Андрея Платонова. Исследование и материалы. Кн. 3. СПб: Наука, 2004, с. 53.
⑤ 这里指的是塞万提斯1605年的《堂吉诃德》第一部中的主人公之死。

比武"①，但科片金是在与哥萨克的作战中身负重伤而死的。科片金是这个世界反乌托邦化的关键人物，他的出现搅乱了这个社会的秩序，使得本来已经混乱的世界更加混乱。而德瓦诺夫步科片金后尘，"从马鞍上跳进水中，去寻找父亲当年出于对死亡的好奇心走过的那条道路，但德瓦诺夫走着的时候却因自己还活在其残迹已在坟墓中疲惫不堪的那个软弱无力的、被遗忘的身体面前而感到惭愧，因为亚历山大同样具有那种尚未被消灭的、正在微微燃烧的父亲的存在的残迹"②。他们都是为理想而死，他们共同的悲剧是，并没有明晰这个为之奋斗的理想在多大程度上具有实现的可能性。

科片金的死亡和他的性格关系密切，根据他的性格特质，一些评论家，如恰尔马耶夫和盖列尔（Геллер М.）等人，认为普拉东诺夫笔下的科片金与塞万提斯笔下的堂吉诃德存在文际关系。根据荣格关于集体无意识的理论，"人生中有多少典型情境就有多少原型，这些经验由于不断重复而被深深地镂刻在我们的心理结构之中"③。在文学作品中，那些类似的反复出现的并代表了人类普遍意识的人物被某个具体的角色所确定，这些人物就是文学的原型，这些原型集中概括了由时间流逝积累下来的共同的性格特征、冲突的类型和原因以及某些典型的情境。其中比较典型的有堂吉诃德式的和哈姆莱特式的人物。如果说德瓦诺夫代表了哈姆莱特式的人物，那么科片金就是堂吉诃德式的人物。有些作品直接通过名字暗示小说与这两类人物的关联，如列斯科夫（Лесков Н. С.）的《姆岑斯克县的麦克白夫人》（Леди Макбет Мценского уезда）、屠格涅夫的《草原上的李尔王》（Степной король Лир）和《西格罗夫斯克县的哈姆莱特》（Гамлет Щигровского уезда）等。与普拉东诺夫同时代的德国女作家克里斯蒂·沃尔夫（Christa Wolf）的《卡桑德拉》（Cassandra）和法国作家伊波利特·让·吉罗瓦（Hippolyte Jean Giraudoux）的《特洛伊战争不会发生》（The Trojan War Will Not Take Place）所刻画的都是堂吉诃德和哈姆莱特式的人物。尤里耶娃认为，首次将科片金比作堂吉诃德的人是

---

① 塞万提斯：《堂吉诃德》，董燕生译，浙江文艺出版社，1995，第463页。
② А. 普拉东诺夫：《切文古尔镇》，古扬译，漓江出版社，1997，第431页。
③ 转引自胡经之主编《西方文艺理论名著教程》（下），北京大学出版社，1989，第145页。

法籍俄裔斯拉夫学者盖列尔。① 盖列尔在其专著《追寻幸福的安德列·普拉东诺夫》中明确指出："科片金与堂吉诃德存在内在的相似性，这种相似性具有强烈的讽刺意味，而且这些相似性证实了作家写作的严肃性。"② 在草原上游荡的科片金③有劫富济贫的情结，他不但从无政府主义者的手中救下了德瓦诺夫，也像堂吉诃德一样将女性当成自己心中的理想，将女性视为歌德在《浮士德》中所说的指引人们上升的"长存之德"。卢森堡的死亡④激发了科片金心中强烈的对女性的保护欲望，这个德国共产党的缔造者不仅是革命的象征，也是革命的祭品。革命不仅是一种反抗，更具有强烈的宗教内涵，所以在《切文古尔镇》第一次出现罗莎·卢森堡的名字时，科片金的情绪状态如同当年的堂吉诃德面对杜尔西尼亚时的癫狂状态，塞万提斯笔下的杜尔西尼亚并不是美女，她只是堂吉诃德证明自己勇敢的理由。卢森堡（1871~1919）去世时已经48岁，已经过了女人最美好的岁月。但在端起酒杯祝酒时，科片金说道：

> 同志们，干杯！让我们鼓足力量去保卫大地上一切婴孩，让我们记住美丽的姑娘罗莎·卢森堡！我发誓：我要亲手把杀害和折磨她的人放在她的坟前。⑤

在科片金的眼里，卢森堡不但应该成为他个人的理想，也应该是所有人的生活目的，为此他把社会主义与卢森堡两个属性完全不同的事物并列起来，他把"想念社会主义"等同于"任何人都乐于爱罗莎"⑥。他想象卢森堡是一位任何女人都无法与之媲美的人，"她小巧、活泼、真诚，有一双乌

---

① 参见 Юрьева Л. М. Русская антиутопия в контексте мировой литературы. М.：ИМЛИ РАН，2005，с. 204。
② Геллер М. Андрей Платонов в поисках счастья. Paris：Ymca Press，1982，с. 194.
③ "Копенкин"（科片金）的词根是"копьё"，俄语中有"长矛"的意思，而长矛是堂吉诃德手中的武器。
④ 1919 年 1 月 15 日，卢森堡与李卜克内西一起被捕并被处死，卢森堡的遗体被人用铁丝绑在木板上，于深夜秘密沉入水中。
⑤ A. 普拉东诺夫：《切文古尔镇》，古扬译，漓江出版社，1979，第 46 页。
⑥ A. 普拉东诺夫：《切文古尔镇》，古扬译，漓江出版社，1979，第 76 页。

黑的忧郁的眼睛，跟村苏维埃那张画上画的一样"①。总有一天他会骑马到德国并亲吻保存在亲人那里的卢森堡面料柔软的裙子，从坟墓中把她挖出来带回社会主义的国家（苏联）。在这里，"由于存在人类友好的力量，这些地区将会变得朝气蓬勃，罗莎·卢森堡也将成为一个活跃的女公民"②。在欧洲文化中，玫瑰（poза）③ 既是女性的象征物，也兼具神性的内涵。传说阿佛洛狄忒女神的鲜血染红了灌木，美酒也曾洒到了这种植物上，从此在这灌木上便开出了鲜红的玫瑰花。玫瑰是典范之花，是宇宙之轮的中心。如果说红玫瑰代表了野性、欲望，那么白玫瑰则代表了清白、纯洁和童贞，因此圣母玛利亚被称为"天堂中的玫瑰"。所以，托尔斯塔雅-谢加尔（Толстая-Сегал Е.）能将"罗莎·卢森堡—圣母—美丽的女郎—革命"联系起来，形成一个由女人到革命的神圣链条。科片金身上的堂吉诃德气质与作者本人对俄罗斯思想家尼古拉·费奥多罗夫共同事业哲学的接受有关。这也体现了作家对各种思想的"综合"能力。作家对共同事业哲学的热爱早已经被许多研究者注意④，共同事业哲学所关注的问题也是《切文古尔镇》中科片金身上折射出来的问题。宇宙论（космизм）的基础实际上是世界

---

① A. 普拉东诺夫：《切文古尔镇》，古扬译，漓江出版社，1979，第129页。
② 这段话的俄文是："…где от дружеских сил человечества оживет и станет живою гражданкой Роза Люксембург."俄语"живой"在这里至少表达两层含义：一是"活的"，因为成为"活跃的女公民"的前提是"活的"；二是"活跃的"或者"有活力的"。古扬的译本只译出了后一个义项。似乎应该译成：罗莎·卢森堡将复活并成为一个活跃的女公民。参见 A. 普拉东诺夫《切文古尔镇》，古扬译，漓江出版社，1979，第112页。
③ "Роза"也是卢森堡的名字。
④ 对《切文古尔镇》中的"共同事业哲学"思想，俄罗斯很多斯拉夫学者作过深入的研究，其中有：Шубин Л. Л. Поиски смысла отдельного и общего существования：Об Андрее Платонове. М.：Советский писатель，1987；Толстая-Сегал Е. Натурфилософские темы в творчестве Платонова 1920 - 1930 гг.//Slavica Hierolosolimytana. Jerysalem，1979. T. 4；Малыгина Н. Эстетика А. Платонова. Иркутск：Иркутский университет，1985；Киселев А. Одухотворение мира：Н. Федоров и А. Платонов. http：//platonov-ap. ru/materials/litera/kiselev-oduhotvorenie-mira. 此外，"普拉东诺夫与费奥多罗夫"主题也吸引了许多俄罗斯境外斯拉夫学者的兴趣。中国的薛君智在古扬译本的代译序《与人民同呼吸、共患难——评普拉东诺夫及其长篇小说〈切文古尔镇〉》中指出了"共同事业哲学"中的救世方案实际上是"空洞的幻想和实际的现实主义、神秘论和唯理论"等相互结合的产物。相关的论文还有 Teskey A. Platonov and Fedorov，*The Influens of Christian Philosophy on a Soviet Write*，Amersham：Avebury，1982 等。

（мироздание）存在不断变化和不断进化的可能，以及人在这种进化和变化中的作用，人的自我存在及其使命就解释了进化的目的和意义。俄罗斯宇宙论"被视为俄罗斯文化的'黄金资源'和 20 世纪末以来俄罗斯理念的基础"[①]。人正从自然蛮力的"人质"逐渐变成自然积极的改造者，人的活动成为人未来能否和宇宙和平共处的决定性因素，这种关系就是费奥多罗夫所说的"复活节的事业"（пасхальное дело）、别尔嘉耶夫所说的"新文化"（Новая культура）、布尔加科夫所说的"神圣事业"（Промысел Божий）以及普拉东诺夫所说的"新十月"（Новый Октябрь）。在上述相同或者类似的思想中，人作为"积极进化"（активная эволюция）的参与者，其任务就是成为宇宙秩序的规划者和辛勤的主人，依费奥多罗夫之见，只有这样"才能将自然的蛮力变成智慧可以控制的目的和手段"[②]。但问题是，科片金对未来的理解更多囿于空洞的幻想，而不是实际的活动，神秘论战胜了唯理论，在梦幻和清醒之间他选择了梦幻。"自然的蛮力"在借助"无产阶级力量"的科片金们的"积极进化"之下变得更加难以控制，科片金的横空出世破坏了社会固有的发展规律，堂吉诃德在死前也没有意识到，以他一人之力来对抗整个社会无疑是以卵击石。如果说堂吉诃德在告别人世时把自己的错误归结为骑士小说的毒害（"懂得阅读这类书籍的危害，如今对它们厌恶透顶"[③]），那么虽然科片金意识到自己因负伤过重必死无疑，但他依然没有意识到对于整个世界（мироздание）而言，他无法完成"规划者"的使命，因为他依然身陷空洞的幻想之中，他向德瓦诺夫慷慨激昂地喊道："人们在等待我们哩，德瓦诺夫同志！"[④] 科片金想要建立的是一个能让卢森堡复活并成为活跃的女公民的社会，但他的行为不能促使"积极进化"发生，相反，科片金和他的"无产阶级力量"所经过之处会出现反乌托邦图景，

[①] 梁坤：《俄罗斯宇宙论——现代生态世界观的思想根源》，《俄罗斯文艺》2009 年第 4 期，第 3 页。

[②] 转引自 Баршт А. К. Онтологические ресурсы вещества (Н. Ф. Федоров, В. И. Вернадский, А. П. Платонов) //На пороге грядущего: Памяти Николая Федоровича Федорова (1829 - 1903). М.: «Пашков дом», 2004, с. 265.

[③] 塞万提斯：《堂吉诃德》，董燕生译，浙江文艺出版社，1995，第 980 页。

[④] А. 普拉东诺夫：《切文古尔镇》，古扬译，漓江出版社，1997，第 429 页。

因为在这个世界上,一种力量会因缺少理性的约束而变得具有破坏性,这也是切文古尔镇成为反乌托邦的原因之一。此外,《切文古尔镇》中存在一个难以发现的对卢森堡进行的巴赫金所说的"脱冕"过程,这个过程对于确定该作品的反乌托邦属性具有重要意义。科片金对自己不懈追寻的理想的怀疑出现在梦境之中,在梦里,他能清楚意识到自己对生活的厌倦,在梦里,生活之所以让人厌倦,是因为它本身已经变成连绵不绝的自我牺牲过程。

  他从来没有梦见过自己,要是梦见了,他一定会大吃一惊:在长凳上睡着一个疲惫不堪的老人,那张陌生的脸布满着饱经忧患的深深的皱纹——这是个一辈子也没有给自己谋到任何好处的人。①

"梦是一处愿望的达成"②,也是一种"置换现象","就是一个具有较弱潜能的意念必须从最初具有较强潜能的意念那里,慢慢吸取能量,而到某一强度才能脱颖而出,浮现到意识界"③。意识界意味着做梦的人处于意识并不阙如的相对清醒的状态,也意味着梦和现实没有本质的区别,梦就是另外一种现实,所以科片金觉得,"由清醒到梦境的过渡是不存在的,梦中所见的依旧是同样的生活"④。对梦境意义的阐释,普拉东诺夫似乎受到了弗洛伊德的影响,即从"梦之'显意'看出更具意义的梦之'隐意'"⑤。这种"隐意"就是科片金对卢森堡的负面评价,即认为这个女人是"放荡女人"和"下流女人"⑥,科片金在梦中把这个他心中高贵的女性降解为丑陋的女人,躺在棺木中的罗莎"脸布满难产妇女常有的黄斑……她也并不可爱"⑦。卢森堡作为永恒的未婚妻在科片金心中的改变意味着"罗莎·卢森

---

① A. 普拉东诺夫:《切文古尔镇》,古扬译,漓江出版社,1997,第 128 页。
② 弗洛伊德:《梦的解析》,丹宁译,国际文化出版公司,1999,第 69 页。
③ 弗洛伊德:《梦的解析》,丹宁译,国际文化出版公司,1999,第 79 页。
④ A. 普拉东诺夫:《切文古尔镇》,古扬译,漓江出版社,1997,第 128 页。
⑤ 弗洛伊德:《梦的解析》,丹宁译,国际文化出版公司,1999,第 69 页。
⑥ A. 普拉东诺夫:《切文古尔镇》,古扬译,漓江出版社,1997,第 129 页。
⑦ A. 普拉东诺夫:《切文古尔镇》,古扬译,漓江出版社,1997,第 130 页。

堡—圣母—美丽的女郎—革命"这个链条出现了断裂,而断裂意味着理想的消散,消散的理想被世俗的生活所取代,宏伟的乌托邦理想被反乌托邦的现实所遮蔽,当帕申采夫说卢森堡"不也是拿手枪的婆娘嘛"① 之时,意味着这个女人被"魔鬼化",也就是布鲁姆所说的"伟大的原著继续保持伟大,但却失去了独特性,进入了超自然世界——其光辉的归宿地——魔鬼的势力范围"②,这是对崇高的降解和颠覆,是对卢森堡所代表的理想的反拨。此外,从语言学的角度进行分析,这句话也颇有玄机。

... она тоже была баба с револьвером. ③

俄语中"быть + 名词五格"与"быть + 名词一格"实际上存在细微的差别。语言学家佩什科夫斯基认为,"быть + 名词一格"所构成的谓语结构强调事物的恒常性特征,"быть + 名词五格"则表示所指涉的事物具有一种短期特征,他用"Он был комиссар"和"Он был комиссаром"来强调两者之间的区别,前者强调"Он = комиссар",后者则暗示政委这个职位不过是他偶然得到的。④ 在帕申采夫眼里,卢森堡的理想就具有这样的恒定属性,她一直都不过是一个"拿手枪的婆娘"而已,这个"拿手枪的婆娘"不但没有让科片金实现共产主义理想,反而使其丧命于切文古尔镇,在用"быть + 名词一格"来确定该女性的身份时,反乌托邦世界的图景就已经隐约出现。

如果说科片金具有堂吉诃德的气质,那么德瓦诺夫则是普拉东诺夫版的哈姆莱特。比较早提出类似观点的是恰尔马耶夫,他在《致内向的人》(К сокровенному человеку)一书中指出,普拉东诺夫在新的历史条件下,以自己的方式传承了俄罗斯民族传统,"这种传承主要表现为他对俄罗斯文学

---

① А. 普拉东诺夫:《切文古尔镇》,古扬译,漓江出版社,1997,第 293 页。
② 哈罗德·布鲁姆:《影响的焦虑》,徐文博译,江苏教育出版社,2006,第 103 页。
③ Платонов А. Чевенгур. Екатеринбург: У-Фактория, 2005, с. 335.
④ 参见 Пешковский А. М. Русский синтаксис в научном освещении. М.: Государственное учебно-педагогическое издательство министерства просвещения РСФСР, 1956, с. 235。

中哈姆莱特式的人物的关注"①。恰尔马耶夫的观点可能受到了屠格涅夫关于文学中人物类型方面论述的影响。屠格涅夫在《哈姆莱特与堂吉诃德》一文中确定了哈姆莱特和堂吉诃德是人类精神世界中的两个基本类型。他说："我们觉得，在这两个人物类型身上充分显现了人类天性中的两个根本的、完全矛盾的特性：人性如果是轴心，那么围绕这个轴心旋转的就是人类天性中的哈姆莱特精神和堂吉诃德精神。我们甚至还感觉到，所有的人或多或少都与这两个人物中的一个接近，我们中的每个人或是堂吉诃德，或是哈姆莱特。"② 国内学者何云波亦把屠格涅夫比作哈姆莱特式的人物，认为他在精神探索领域和行动等方面，与哈姆莱特十分接近。③ 因为历史文化语境不同，用屠格涅夫对人类精神中的堂吉诃德与哈姆莱特气质阐释 20 世纪二三十年代俄罗斯文学作品中的人物特质，难免会发生偏差，很显然，这种比较不是某种身份的认同，而是两个人精神的契合。在屠格涅夫看来，哈姆莱特是一个能够审视自我的人，也是一个没有信仰的自私之人，他之所以痛苦恰恰是因为他太善于自我剖析，因为对"自我的审视是一把锋利的双刃剑"④，这把剑不但能伤及别人，也会危害自己。屠格涅夫把哈姆莱特那种"生存还是死亡，这是个问题"的二元论看作人类生活的铁律，在这种铁律的支配下，人类始终处在永恒的斗争和矛盾中。哈姆莱特一直要表达的是自然的向心之力、反省和分析的精神现象学。虽然德瓦诺夫是普通的布尔什维克，但他在精神层面同样善于剖析自己，由于他们所处的时代不同，德瓦诺夫的哈姆莱特气质是通过他性格上的"分裂性"（раздвоенность）⑤ 表现出来的。但德瓦诺夫的分裂尚没有达到陀思妥耶夫斯基《双重人格》中高略德金的严重程度，他尚能清楚感觉到自我分裂过程的开始，他尽量控制自

---

① 参见 Чалмаев В. К сокровенному человеку. М. ：Советский писатель，1989，с. 211 –212。
② Тургенев И. С. Полное собрание сочинений в 12 томах. Т. 12. М. ：Издательство « Издание А. Ф. Маркса »，1980，с. 366。
③ 参见何云波《屠格涅夫爱情观的二律背反》，《湘潭大学社会科学学报》1987 年第 A1 期，第 106 页。
④ Тургенев И. С. Полное собрание сочинений в 12 томах. Т. 12. М. ：Издательство « Издание А. Ф. Маркса »，1980，с. 334。
⑤ "Дванов" 的词根是 "два"。

己，不让分裂加剧，以缓解这个过程所造成的切肤痛感。在菲奥克拉·斯捷潘诺夫娜家里，他能够下意识地抚摸这个死了丈夫的、上了年纪的妇女，因为此时此刻他的另外一个自我已经自动开始代替他完成身体的动作，但也是在这个时刻，他知道需要自我控制。

可是你看，心脏松动了，减速了，砰地响了一声便闭合住了，它变得空空的。心脏刚才张得太大，没料到放走了自己唯一的一只鸟儿。德瓦诺夫身上的看守人兼旁观者目送正飞走的鸟，只见它张开忧伤的翅膀，不明所以地带着自己轻盈的躯体飞走了。看守人哭了起来——他是唯一的一次对人的生命哭泣，唯一的一次由于同情而丧失自己的平静。①

如果说因为这种分裂性仅出现在德瓦诺夫身体不适之时，所以尚无法证明其身上存在哈姆莱特气质，那么谢尔比诺夫在莫斯科索尼娅的住处看到德瓦诺夫的照片时所说的一番话，为这种分裂性增加了几分可信度。他说："此人同时想着两件事，在这两件事中都没有找到慰藉，所以这张面孔就没有静止的状态，也无法叫人记住。"② 内心深处"孤独的忧伤的旁观者"所代表的是灵魂的挣扎，也是自我剖析给身体带来的可以清晰感觉到的撕裂之痛。相对于切普尔内伊等人的精神世界而言，德瓦诺夫一直在痛苦中挣扎，因为在这个群体之中，他是唯一一个能认真思考的人。当他与姆拉钦斯基的无政府主义者组成的队伍相遇时，在面临被枪毙的瞬间，他还能和姆拉钦斯基探讨此人所写的那本名为《当代阿格斯菲尔传奇故事》的著作，他被骑在马上的暴徒兼知识分子称为"布尔什维克的知识分子——不可多得的典型"。③ 德瓦诺夫之所以能够侥幸逃过一劫，是因为在关键的时刻他放弃了生存，任凭不羁的灵魂挣脱肉体，所以他"顿时感到轻快、满足、镇静"④。

普拉东诺夫笔下的德瓦诺夫与莎士比亚笔下的哈姆莱特的另一个相似之

---

① A. 普拉东诺夫：《切文古尔镇》，古扬译，漓江出版社，1997，第 66 页。
② A. 普拉东诺夫：《切文古尔镇》，古扬译，漓江出版社，1997，第 376 页。
③ A. 普拉东诺夫：《切文古尔镇》，古扬译，漓江出版社，1997，第 40 页。
④ A. 普拉东诺夫：《切文古尔镇》，古扬译，漓江出版社，1997，第 37 页。

处是，两者都对已故的亲生父亲有一种病态的、异乎寻常的爱，他们都把父亲当成自己的理想。① 哈姆莱特把为父报仇当成活着的目的，德瓦诺夫尽管不存在复仇之说，但他一生都在努力理解父亲对死亡的好奇心，德瓦诺夫在开始游历之前，在父亲的坟前喝了一杯酒，发誓终有一天要拿回父亲的鱼竿。② 在父亲的葬礼上，小萨沙（德瓦诺夫）哀求养母玛芙拉·费季索芙娜允许他去取父亲的鱼竿，认为此刻上面一定有一条大鱼，但养母无暇顾及此事。在小说的最后，德瓦诺夫骑在"无产阶级力量"之上，绊住马蹄子的正是当年父亲给他的那只鱼竿，鱼钩上的小鱼已经变成鱼干。这仿佛是对当年小萨沙的判断的嘲讽，上面根本没有什么大鱼。德瓦诺夫的漫游从父亲的坟头开始，在父亲死去的地方结束。哈姆莱特和德瓦诺夫在感情生活方面都是失败者。哈姆莱特意外杀死了自己所爱的姑娘奥菲丽雅的父亲，他是奥菲丽雅发疯与死亡的真正凶手。德瓦诺夫喜欢邻家女孩索尼娅，科片金把德瓦诺夫从无政府主义者那里救下来并把他交给了索尼娅，但德瓦诺夫离开了这个善良可爱的女人，跑到菲奥克拉·斯捷潘诺夫娜家里，并打算长时间地待下去。德瓦诺夫失去了心爱的姑娘，在这个善良的女人面前，他同样是有罪的。尽管小说没有对索尼娅最后的归宿作详细的交代，但从她的穿着、居住环境以及她和谢尔比诺夫的谈话不难想象，她的命运不会比莎士比亚笔下的奥菲丽雅更好。只是普拉东诺夫笔下的索尼娅似乎还承担着更为宏大的使命，她象征着孱弱的俄罗斯母亲，"苏维埃俄国正借助于源源不绝的旅行在他（谢尔比诺夫）面前掠过——他那贫困的、对自己残酷无情的祖国有点像今天遇到的这位贵族女人"③。

反乌托邦小说的主人公似乎都面临同样的"无父亲的困境"。《我们》中的 D-503 是一个符合父亲标准之人的孩子，但具体是何人，D-503 没有必要知道也不可能知道。赫胥黎的《美妙的新世界》中同样不存在父亲，因为人的繁殖已经进入了工业化阶段。"无父亲"是反乌托邦体裁的一个显著标志，这个母题决定了社会发展的无方向感，"父亲"既是血缘上的长

---

① 扎哈尔·帕夫洛维奇是德瓦诺夫的养父。
② 德瓦诺夫父亲之死出现在《能人的来历》之中，国内古扬译本没有收录。
③ A. 普拉东诺夫：《切文古尔镇》，古扬译，漓江出版社，1997，第 366 页。

辈，无父亲的孩子是因缺少长辈而不得不苦苦寻觅父亲的孤儿，替代"父亲"的往往是不出场的权力。在小说《夜猎》中，"父亲"远在吉尔吉斯的努库斯，是一位大家都知道但谁也没看到过、能时时刻刻支配整个庞大帝国的总统；在《我们》中，"父亲"是"造福主"，他的意志决定了人的生死；在奥威尔的《1984》里，父亲是无所不在的"老大哥"，"老大哥"通过"思想警察"控制温斯顿等平民的日常生活。童年时失去父亲的德瓦诺夫天然地具有反乌托邦冲动，因为他需要一种能替代"父亲"的权威，但这个权威非但没有让他感觉到父亲的"在场"，反而让他最终在现实中以"缺席"的方式去寻找父亲。而与他一起建设社会主义（共产主义）的流浪汉们、与他有相同姓氏的普罗科菲、固执的切普尔内伊、养蟑螂的季特奇等人都被作家刻意掩盖了父亲的存在，代表希望的男孩儿不但不知道父亲是谁，他自己也死在充满乌托邦狂热气氛的切文古尔镇。"无父亲"是一种象征，暗示着切文古尔镇存在于历史之外（这里的确有一种历史终结说），存在于文化之外，也存在于传统之外。

第九章
纳博科夫《斩首的邀请》中的反乌托邦美学

纳博科夫研究是斯拉夫学界的显学,《洛丽塔》《微暗的火》《天赋》等更是这门显学中的核心研究对象。究其原因,首先,这是纳氏广为人知的作品,精致的语言和考验智商的迷宫结构为研究者提供了广阔的阐释空间;其次,《洛丽塔》代表了作家成熟期的创作风格,甚至可以说,正是《洛丽塔》让世界知道了他,因此,《洛丽塔》也是打开纳博科夫小说城堡的一把钥匙;最后,这几部小说象征着元小说创作时代的到来,暗示后现代的脚步临近文学的门槛。但是,学界对《斩首的邀请》(Приглашение на казнь)的重视程度远不如上面提到的作品。就纳氏小说所具有的政治倾向性而言,《斩首的邀请》无疑是其创作生涯中最具反乌托邦倾向的小说。

之所以将该作品列入俄罗斯反乌托邦小说谱系中,首先是因为这是作家用俄语写成的,即这是他俄语写作时期的作品;其次是因为作品的内容和思想的确和作家个人身份存在紧密的关联。纳氏当时旅居希特勒纳粹党掌握政权的德国,法西斯主义思想和情绪笼罩柏林。作家身处其中,不可能嗅不到危险气息。该小说是用俄语创作的,其中四分之一是在柏林完成的,正如作家在1959年为小说所写的"前言"里所说的那样,那些日子,"即从苏联逃离十五年后,也就是纳粹制度达到顶峰之时"[1]。因此,尽管小说中鲜有

---

[1] V. 纳博科夫:《斩首的邀请》,崔洪国、蒋立珠译,时代文艺出版社,1999,前言第1页。

对政治的直接论述（这可能是一种写作策略），但并不意味着这仅仅是一部充满游戏思想的作品。有关"《斩首的邀请》只是真空中的小提琴"① 的说法，更像作家的谦辞。作品中，"作家鞭挞的不单是苏联的斯大林统治、德国的法西斯纳粹主义、罪恶的排犹之类的种族主义等具体的政治制度，而且是某种抽象的极权专制的精神状态，其特征是：对人的自由本性的压抑迫害、对个人自由的全面监管、对个人差异的彻底同化和对个体生命的残酷冷漠"②。一个置身政治之外的，把自己的创作才华耗费在毫无意义的日常生活描写方面的作家并不是不存在，但这不是纳氏的风格，至少不是他流亡时期的写作风格。另外，从严格意义上讲，当个人的命运取决于他所处空间的政治语境之时，"作家不可能对政治话语置若罔闻，至少他会注意自己作品所体现的社会诉求"③。《斩首的邀请》的故事完全能折射出这种诉求。

第一节 《斩首的邀请》的体裁问题

小说的情节并不复杂，讲的是一个名叫辛辛那图斯的人被判处死刑并等待执行的故事。故事以监狱为起点，以刑场为终点，辛辛那图斯通过在监狱内的思索，把自己的生活延伸到曾经生活过的空间，小说以辛辛那图斯的焦虑、梦境和与周围人的接触来体现现实的荒诞和残酷。辛辛那图斯入狱之初，的确为自己无法挣脱的命运劫难而焦虑，但随着时间的推移，死亡本身成了次要事件，反而是因为不知道具体的砍头时间，主人公备受等待的煎熬。这很像那把达摩克利斯的剑，让人担心的不是剑，而是吊起这把剑的细细的马鬃何时断掉。小说对恐怖的处理方式颇似希区柯克的惊悚片，令人恐惧的不是惊悚事件，而是无休止的等待的过程。这种恐惧在小说的第一章辛辛那图斯和监狱长的对话中已见端倪。

---

① V. 纳博科夫：《斩首的邀请》，崔洪国、蒋立珠译，时代文艺出版社，1999，前言第 3 页。
② 吴娟：《纳博科夫〈斩首的邀请〉的道德主题和政治诉求》，《英语研究》2012 年第 1 期，第 32 页。
③ Иванова Н. Писатель и политика//Знамя, 2008, №11, c. 176.

我只是想知道：对判决死刑的补偿应该是通知确切的行刑时间。虽说是奢求，但却是应该得到的。但我对死期一无所知，这对将被处死的人是不能忍受的……①

当然，纳氏让这种等待承载了更多的内容，比如《斩首的邀请》中的辛辛那图斯很容易使人联想到卡夫卡《城堡》中的K。这两部小说的主人公都是被世界拒绝的人或者说是生活中的边缘人，不同之处在于，辛辛那图斯想离开囚禁他的图圄——一个被称为监狱的城堡，《城堡》中的K则极力通过各种方式来进入城堡，以便参与生活，不被边缘化。

《斩首的邀请》和扎米亚京的《我们》有相同的母题，即从"透明性"（прозрачность）入手解码人存在的意义，"透明性"是人得以存在的前提和条件。《我们》中的"号民"在"大一统国"是没有秘密的，他们根据"作息条规"安排自己的生活，每个单一个体——"我"必须与其他的"我"保持一致，形成庞大的、没有个性的"我们"，甚至众多"号民"在同一天的同一时间拉下窗帘来过"性日"的生活，以此来保持所谓的"透明性"。D-503对其居住的环境进行了细致的描述："我们的房子是透明的，墙壁仿佛是用发光的空气编织而成，大家都总是在光天化日之下，总是在众目睽睽之下。"② "透明性"意味着人不应该具有某种与众不同的个性，但同时也把人变成了不需要对最私密的事进行遮盖的动物。"透明"是人退化的表现。"个体性"本来是人区别于其他动物的显著标志，更是人本性中最值得珍视的部分，在辛辛那图斯所处的环境里，这却成了致命的罪行。《我们》中不透明的D-503将自己的"不透明性"通过日记表达出来，加上身体表现出明显的返祖现象，结果成了I-330诱惑并策反的对象，最后两人都为自己的"不透明性"付出了巨大的代价。辛辛那图斯因"不透明性"而被判有罪。辛辛那图斯之所以被判犯"思想罪"，是因为他生活在一个大家都很透明而唯独他让人琢磨不透的世界里，他的所思所想被认为一定

---

① V. 纳博科夫：《斩首的邀请》，崔洪国、蒋立珠译，时代文艺出版社，1999，第6页。
② 扎米亚京：《我们》，范国恩译，辽宁教育出版社，2003，第16页。

有不可告人的目的。因此，政治叙事是《斩首的邀请》反乌托邦性得以成立的重要因素之一。

与经典的反乌托邦作品《我们》相比，《斩首的邀请》似乎很难被认为是一部反乌托邦作品。但是，一些评论家已经注意到该小说和喻言关系密切，比齐利（Бицилли П. М.）发现，纳博科夫笔下的世界和主人公具有极大的概括性，"这个世界平淡无奇，其中的人更没有什么特点，他可以是任何人。这个人身上所表现出的人类特征和那些非人类特征能找到一一对应关系。果戈理和谢德林塑造的一系列主人公形象都具有类似的概括性，甚至陀思妥耶夫斯基笔下的超人也是如此。无论在什么时代，现实中不可能找到这样具体的人物"[1]。这就是说，纳博科夫塑造的辛辛那图斯如同安德列耶夫在剧本《人的一生》（Жизнь Человека）中塑造的包括"人"在内的一系列形象一样，不过是解释现象背后的某种真理的道具，具有将事物抽象化和符号化的表现主义倾向。[2] 比齐利反对将《斩首的邀请》视为反乌托邦小说，一个理由就是其中的许多物件无法使人联想到反乌托邦世界，他指出："如果这真是一部反乌托邦小说，那么辛辛那图斯就不该坐轮椅，而是坐汽车甚至乘飞机去接受斩首的邀请。"[3] 持类似观点的还有沙霍夫斯卡娅（Шаховская З. А.），她在纳博科夫的创作中看到了谢德林的风格，认为如果两者存在区别，则区别是，"谢德林是一匹身体硕大的曾经荣获奖章的马，而纳博科夫是一匹英国纯血马"[4]。

但是，两人对于纳博科夫《斩首的邀请》的认识不是基于形式上的体裁特征，而是强调小说所具有的对人和环境的概括性，指出小说的着重点不

---

[1] Бицилли П. М. Трагедия русской культуры：Исследование. Статья. Рецензии. М. ：Русский путь，2000，с. 449.

[2] 《人的一生》中的人是安德列耶夫"第二现实"的产物，其中"穿灰衣服的某人"则代表了"人"的命运的人格化身。参见郑永旺《穿越阴阳界——从〈叶列阿扎尔〉和〈人的一生〉来分析安德列耶夫的死亡世界》，《俄罗斯文艺》2000年第4期，第37页。

[3] Бицилли П. М. Трагедия русской культуры：Исследование. Статья. Рецензии. М. ：Русский путь，2000，с. 449.

[4] Шаховская З. А. В поисках Набокова. Отражения. М. ：Книга，1991，с. 252.

是对未来的猜想，而是在人身上发现人——特别是普通人——不可避免的悲剧，作品的功能不是警示，而是讽刺。

讽刺作为喻言的主要表现形式恰恰应该构成反乌托邦小说的最重要的特征之一，无论是普拉东诺夫的《切文古尔镇》还是布尔加科夫的《狗心》，都离不开讽刺。《我们》中把行刑过程当成一次盛典的场面和《斩首的邀请》中主人公身着礼服参加自己的斩首盛典无疑具有相似之处，在这里看不出面临死亡的人对死亡的恐惧，因为在这里重要的不再是死亡本身，而是死亡的仪式感和价值。在《斩首的邀请》中，人的存在方式是荒谬的，以辛辛那图斯为例，他所犯的罪行也是荒谬的，荒谬的根源在于社会对人价值的否定。有学者认为，这种否定表面上看是对那些思考的个体进行边缘化，实际上其中隐藏着深刻的政治叙事。"扎米亚京的《我们》、赫胥黎的《美妙的新世界》、奥威尔的《1984》和纳博科夫的《斩首的邀请》所表现的都是崇尚暴力国家的未来图景，只是其中的未来各有特色而已，纳博科夫的《斩首的邀请》致力于解析这个未来的社会和政治组织里的诸多问题和该组织独有的道德心理（морально-психологическая подоплека）。"[①] 简言之，这些小说的反乌托邦属性表现为个人存在的无根性、荒谬性与观念中的现实之间的关系。

与观念中的现实进行对话在辛辛那图斯身上表现得更为明显。辛辛那图斯和他的前辈——《我们》中的 D-503、《美妙的新世界》中的伯纳相比，阶级地位很低，无话语权可言；与他的晚辈——《1984》中的温斯顿和《夜猎》中的安东相比，不仅智商低，而且面对困境缺少解决问题的办法。他被纳氏刻意塑造成一个平凡但有些另类的人物：

> 辛辛那图斯是一个不知名的流浪汉的儿子，童年是在斯特洛普河对岸的一个大慈善机构里度过的……从早年开始，辛辛那图斯就有种奇怪的、令人兴奋的感觉，不仅从而认识到自己的危险，而且

[①] Александров В. Е. Набоков и потусторонность: метафизика, этика, эстетика. СПб.: Алетейя, 1999, с. 105.

也学会了尽量隐藏自己的怪异。别人的眼光看不透他，因此他一不留神就给人留下这样的印象：在这个彼此透明的灵魂组成的世界里，他是一个孤立的黑色物体。①

辛辛那图斯所处的空间——"彼此透明的灵魂组成的世界"——是一个比扎米亚京笔下的"玻璃天堂"更为恐怖的地方。《斩首的邀请》中的主人公被清一色的"透明人"所包围，他们不允许辛辛那图斯这样的怪物存在，他的一生就是被强制去透明化的过程，换言之，死刑执行之日，就是他的"不透明性"结束之时。即便在监狱里，他周围的物件都成为这个世界的象征，如透明的蜘蛛网和透明的由薄纱做成的云彩。

"不透明性"具有某种隐喻的价值，指向主人公孱弱的身体②，但更为重要的是指主人公与他人的不同在于他拥有思想。思想是有重量的，它可使个体区别于其他人，正因为辛辛那图斯的心灵被来自文化、知识和书本的神秘内容所充盈，所以他才显得不透明，显得比那些透明的人更具有重量。而且，这种特质一直持续到他进监狱，即便在这个令人绝望的地方，他也在不断阅读，这加剧了他的不透明性。

纳氏在其创作中提供了一种有趣的范式，即他小说里的世界由"丧失"与"获得"两个母题构成，但"获得"并不是以"丧失"为代价，"获得"是指发现诸多新的可能性，在这些纷杂的可能性中间只有一种拥有真正的价值，那就是才华。才华使他笔下的人物摆脱窘境，尽管《洛丽塔》中的亨伯特·亨伯特受过良好的教育，拥有诗人的才华和细腻的心灵体验，但他病态的心理阻止了他在人生之路上的成功；《微暗的火》中的金波特对谢德那首名为《微暗的火》的诗歌的阐释没有表现出一个学者对诗歌研究的真诚态度，他将自己的过往牵强附会地掺入诗歌阐释之中，正如他自己所言，

---

① V. 纳博科夫：《斩首的邀请》，崔洪国、蒋立珠译，时代文艺出版社，1999，第 13 页。
② 辛辛那图斯小时候与同龄孩子相比发育迟缓。十五岁时，因为身材矮小，他被分配到一家玩具厂工作。参见 V. 纳博科夫《斩首的邀请》，崔洪国、蒋立珠译，时代文艺出版社，1999，第 16 页。

"这些阴谋诡计使我面临梦魇一般的问题"①。天赋决定了个人能否在困境中突围，这也许就是为什么《天赋》的主人公费多尔有一个令人感觉比较圆满的结局。② 辛辛那图斯缺少这样的天赋，尽管他拥有能使自己变得"不透明"的思想，但这些思想并没有转化成有效的行动。"《斩首的邀请》是荒诞文学中的经典之作，是纳博科夫用讽喻完成的表演。在这本书中，读者能找到的就是一旦曝光就什么都看不见的'镜子游戏'，而这一切的设计者就是纳博科夫本人。"③ 纳氏并没有为主人公预设一个精致的大脑，他的出身、行为特征和家庭生活决定了他不可能成为一个杰出的人物。同时，像很多反乌托邦小说一样，辛辛那图斯生活在一个被极权主义思想控制的非现实空间，哪怕是《我们》中 D-503 这样高智商的人，依然无法避免被洗脑的命运，更何况平凡的、智商普通的辛辛那图斯。

第二节　此岸和彼岸

小说中的某些片段具有纳氏特有的高深莫测性，但透过这些诡异的描写，依然可以找到作家在其中隐藏的意图，那就是辛辛那图斯所具有的人格分裂属性。这不是什么新的文学叙事手法，早在莱蒙托夫的《当代英雄》里就有类似的描述，如"我包含着两个人：一个活着就是活着，另一个在思量他，评论他"④。不过这种手法在陀思妥耶夫斯基笔下变得异常诡谲奇幻，在《双重人格》中，主人公高略德金所体验到的自我幻觉由虚化实，不仅与主人公在职场上相互倾轧，还在情场上屡占先机。因此，当高略德金内心深处卑劣的灵魂变成实体性人物时，这种精神分裂叙事获得了巨大的审美价值，即人的外在行为其实都是"自我"运行的结果，是潜意识引导的

---

① V. 纳博科夫：《微暗的火》，梅绍武译，时代文艺出版社，1999，第 224 页。
② 《天赋》中的主人公费多尔身上有纳博科夫本人的印迹，如优越的生活条件、收集蝴蝶的爱好、杰出的创作才华。在《天赋》的第五章，费多尔出色地完成了车尔尼雪夫斯基传记的写作工作并收获了美满的爱情。
③ Шаховская З. А. В поисках Набокова. Отражение. М. : Книга, 1991, с. 252.
④ Во мне два человека: один живет в полном смысле этого слова, другой мыслит и судит его。译文参见莱蒙托夫《当代英雄》，力冈译，浙江文艺出版社，2004，第 134 页。

人物的行动。与高略德金类似，辛辛那图斯的灵魂同样被实体化，这成为小说阅读的难点所在。比如在刚刚被关进监狱的那天晚上，他当着士兵的面离开城堡①，来到他曾经熟悉的城里，走进他自幼就喜欢的落叶松公园，跑进圆形广场，下面一段特别令人费解：

> 辛辛那图斯急促地跑了几步，来到自家的大街上。
>
> 右侧，月光把陌生的树影投在熟悉的房屋墙上，看到了房子的轮廓和两窗间的栏杆后，辛辛那图斯才认出自己的房子。玛茜住的顶楼窗户开着，但没有灯光。孩子们肯定在侧翼的阳台上熟睡了，那儿的什么白色东西闪了一下。辛辛那图斯跑上台阶，推开门，走进自己亮着灯的牢房。他急转身，不过门已锁上。噢，真可怕！桌子上的铅笔闪闪发光，蜘蛛伏在黄色的墙上。
>
> "关上灯！"辛辛那图斯喊道。②

这里的问题是：第一，既然他已经逃离监狱，为什么不一走了之？既然他已经来到家门口，为什么不进去探望一下妻儿老小？第二，他真的走出监狱回到城里了吗？换言之，主人公是在做梦还是真的发生了这一切？

对人物幻觉的叙事基本上有两种操作方式。其中一个是先验设定这种描写与主人公的精神状态密切相关，比如萨沙·索科洛夫（Саша Соколов）的后现代作品《傻瓜学校》（Школа для дураков，1976）。由于主人公先天智障，他所看到的事物与常人迥异，尽管其中的某些情景会超出读者的期待视野，但这是由主人公的身份决定的，因此具有叙事上的合法性和现实效果上的诡异性。辛辛那图斯的情况略有不同，他虽然并不聪明，但也绝不是精神分裂者，不能排除这是和主人公心理问题相关的梦境。这是一个被判处死刑的人，他宁愿舍弃逃命的机会而重新回到牢房，一定另有原因，这原因就

---

① "辛辛那图斯穿过几道门，磕磕碰碰地来到一个小院，院子各处都被月光笼罩。今晚的口令是沉默，门口的士兵以沉默回答辛辛那图斯的沉默，让他过去了。"参见 V. 纳博科夫《斩首的邀请》，崔洪国、蒋立珠译，时代文艺出版社，1999，第 7～8 页。
② V. 纳博科夫：《斩首的邀请》，崔洪国、蒋立珠译，时代文艺出版社，1999，第 9 页。

是他根本没有出去。

梦境在文学作品中常常充当"有意味的形式",辛辛那图斯的梦是一个和现实相互缠绕、难以分清现实与梦幻区别的梦。这种梦境颇似灵魂脱离肉体的"离魂",在中国志怪小说中,"离魂"的前提是肉体的死亡,是灵魂逸出肉体所形成的一种独有现象。蒲松龄《聊斋志异》里的很多故事和"离魂"有关。但辛辛那图斯的肉体完好,不具备"离魂"的条件。非精神分裂者的心理问题在文学作品中成为受意识流小说青睐的内容。根据将精神分裂引入医学领域的瑞士精神病医生温格·布雷勒的描述,"这种疾病的基本征兆是想象力的散乱,思想与思想之间失去联系"[1]。作为一种现代主义和后现代主义诗学的叙事策略,精神分裂能够使得主人公的精神状态出现异于常人的特征,主人公能够听到别人听不到的声音,看见别人看不见的物体,总之,他获得了一种奇特的世界感受,"处于精神分裂中的现实完全是奇特的"[2]。精神分裂叙事并非精神分裂者独有的权利,它是一切处于极端精神状态之下的人对世界的讲述,这种状态也为叙述者提供了一个似真似幻的情境。《斩首的邀请》中,如果说辛辛那图斯没有出去,但他所走的路线和现实的场景都证明他的所见所闻是真实的;如果说他真的离开了牢房,那他返回监狱似乎与他日夜盼望的自由形成悖论。辛辛那图斯并不是精神分裂者,但他的心理的确出现了严重的问题,在《斩首的邀请》的第13章中,当辛辛那图斯得知有人在挖地道后,"他一整天都在听着耳边的哼哼声,揉捏着双手好像在静静地同自己进行欢迎式的握手。他走过桌旁,桌上放着还未发出的信,或者他会想起昨天客人的眼神,一闪即逝,令人屏息,好像这生命中的一个缺口,或者他在幻觉中听着埃米的沙沙动作声"[3]。紧接着,小说用楷体(中文版小说用楷体,英文版和俄文版用斜体)标出,辛辛那图斯已经完全处于幻境中,其思维活动被他自己的幻想所操控。这种叙

---

[1] Руднев В. П. Словарь культуры XX века: Ключевые понятия и тексты. М.: Аграф, 1999, с. 355.

[2] Руднев В. П. Словарь культуры XX века: Ключевые понятия и тексты. М.: Аграф, 1999, с. 357.

[3] V. 纳博科夫:《斩首的邀请》,崔洪国、蒋立珠译,时代文艺出版社,1999,第123页。

事策略强调主人公身处真实和虚幻之间，与其说他是在现实中行动，不如说是在思想中行动。小说《水浒传》中宋江的一段奇遇和辛辛那图斯有些相似，如在第四十二回《还道村受三卷天书·宋公明遇九天玄女》中，宋江之梦是从"现实"开始步入虚幻的，更神奇的是，当他醒来后果真得到了九天玄女所授的天书，"宋江把袖子里摸时，手内枣核三个，袖里帕子包着天书；将出来看时，果是三卷天书；又只觉口里酒香。宋江想道：'这一梦真乃奇异，似梦非梦；若把做梦来，如何有这天书在袖子里，口中又酒香，枣核在手里，说与我的言语都记得，不曾忘了一句？不把做梦来，我自分明在神厨里，一交撷将入来，有甚难见处？想是此间神圣最灵，显化如何？……只是不知是何神明？'"

梦是此岸世界和彼岸世界的中介，就像在维·佩列文的《夏伯阳与虚空》中，虚空在两个世界（20世纪20年代和20世纪90年代的世界）的穿梭都是借助梦并在梦中完成的。与虚空这个"存在的难民"不同的是，辛辛那图斯的世界分为两个部分，一个部分是曾经美好并在其大脑里不断回忆、不断完善、不断损坏的世界，另一个部分则是他时刻因外部事物的介入而不得不回来的监狱时空，只是其中一个代表他内心曾经的美好，另一个代表无可挽回的悲剧性的现实。这不过是梦与现实的无痕迹的蒙太奇切换。在车尔尼雪夫斯基看来："'幻想'这个概念是透明的，可用'气仙女'（сильфида）① 来作为这个概念的形象，她们拥有傲人的胸部，在不穿任何胸衣的情况下，舞动着翅膀，飞向诗人的怀抱。"② 不过，辛辛那图斯的幻想是有内容的，因此也是沉重的，也正因如此，他的幻想从自身的不透明（就思想而言）的头脑出发，再次回到不透明（就监室的特征而言）的监狱中。就像小说第18章所描述的辛辛那图斯的心理活动一样："辛辛那图斯起身，猛跑着把头撞向墙——真正的辛辛那图斯继续坐在桌旁，凝视着墙，咬着铅笔，把脚拖到桌下，以慢些的速度继

---

① 在克里特和日耳曼神话中，气仙女是指空气的精灵，她们虽有翅膀，但只是用于装饰。参见 http://ru.wikipedia.org/wiki/%D1%E8%EB%FC%F4。

② Ерофеев В. Русский метароман В. Набокова, или в поисках потерянного рая//Вопросы литературы, 1988, №10, с. 126.

续写着。"①

时空是小说重要的元素。其重要性被巴赫金表述如下:"在文学中的艺术时空体里,空间和时间标记在一个被认识了的具体的整体中。时间在这里浓缩、凝聚,变成艺术上可见的东西;空间则趋向紧张,被卷入时间、情节、历史的运动之中。"② 这就是巴赫金对时空和现实关系的论述,解释了时间和空间的所指如何通过语言的能指成为小说中的现实。对于反乌托邦小说而言,处于当下时空中的主人公总在不断寻找另外一个可能的世界,这是因为,"反乌托邦小说几乎毫无例外地讲述了一个让人悲观失望的未来世界"③。辛辛那图斯和《夜猎》里的安东、《我们》中的 D – 503、《切文古尔镇》里的德瓦诺夫等人一样,也在寻找一个能让心灵和肉体得到休整的地方,与他们不一样的是,辛辛那图斯是在"冥想"的空间里探索(因为他在监狱里),其他人则是通过行动验证自己的判断。尽管如此,作者还是有意识地让主人公体验到压力,让他隐约感受到在这个独立的空间之外尚有一个可能的"美妙的新世界"。以好莱坞电影文本《楚门的世界》(*The Truman Show*, 1998)为例,楚门自以为真实的生活实际上是一场真人秀,当他企图逃离这个由众多演员参演的真人秀时,突然发现天空和大海都是人造的,楚门所幻想的那个外部世界在《斩首的邀请》中就是彼岸世界(там)。关于小说中存在两个世界的图景,很多研究者很早之前就注意到了,如"代词性副词'这里'(тут)和'那里'(там)的反复使用,在作品的韵律结构中起着关键性作用。岑岑纳特(辛辛那图斯)笔记的所有片段几乎都或多或少地包含着这两个语词的对比,它们并渐渐具备了文中主要意义支点的作用"④。这个空间中的时间缺少明确的标志物,尽管纳氏也

---

① V. 纳博科夫:《斩首的邀请》,崔洪国、蒋立珠译,时代文艺出版社,1999,第 172 页。
② 《巴赫金全集》(第三卷),白春仁、晓河译,河北教育出版社,1998,第 274~275 页。
③ Толково-энциклопедический словарь. Под редакцией Снарской С. М. СПб.: Норинт, 2006, с. 99.
④ 符·维·阿格诺索夫:《20 世纪俄罗斯文学》,凌建侯等译,中国人民大学出版社,2001,第 386 页。"这里"即俄语的"тут","那里"则是俄语的"там",本书分别译为"此岸世界"和"彼岸世界"。很显然,阿格诺索夫也发现了这两个方位副词在小说中的重要意义。

费了一些笔墨来描述辛辛那图斯不幸的童年和令人窒息的对斩首的等待。与卡夫卡《城堡》中的 K 和《楚门的世界》中的楚门最终无法窥见彼岸世界之秘密不同的是，辛辛那图斯有幸在两个世界之间游走，并感受到成为"存在的难民"的不幸。在小说中，城市、环绕城市的花园具有非现实特征，监狱、城堡则具有现实特征，双方常常出其不意地转换，使得辛辛那图斯从此岸被抛到彼岸，又从彼岸毫无缘由地回到此岸。这一切都是在主人公头脑中发生的。纳氏的叙事目的在于强调辛辛那图斯已经失去了自己的彼岸，这种奇异的幻想和现实的蒙太奇只是他为回到儿时乐园所进行的无结果的努力而已。① 在没有判刑前，辛辛那图斯以自己的不透明性来标明自己和他人的区别，他成为整个城市的另类，这使他感到万分孤独。因此，小说开始就明确写道："辛辛那图斯目前仍然是唯一的囚犯。（在这么大的城堡里！）"②

第三节　此岸世界的表演性特征

为了表现此岸的荒诞性，小说运用了舞台剧的一些手法，让读者变成观众来欣赏其中不同人物的演出。这时，小说中人物的动作、故事情节就呈现与戏剧舞台相似的假定性元素。局促的、仅有"一个桌子，一把椅子和一张床"③ 的监室成为看守罗典（Родион）、监狱长罗德里格（Родриг）、律师罗姆（Роман）、妻子玛茜和刽子手皮埃尔等人轮番登场的舞台。下面以监狱长登台表演为例进行分析。

　　天黑了。

　　突然，屋里亮起了高强度的金色电灯光。

---

① 事实上，纳博科夫的许多长篇小说贯穿了这种回到彼岸世界的母题。《洛丽塔》中的亨伯特病态地喜欢洛丽塔，是因为他在童年时认识了一个名叫安娜贝尔的小女孩并企图占有她。后来安娜贝尔死于斑疹伤寒，小女孩成为他挥之不去的形象，洛丽塔再现了安娜贝尔童年时的影像，并激活了亨伯特潜意识中的欲望。
② V. 纳博科夫：《斩首的邀请》，崔洪国、蒋立珠译，时代文艺出版社，1999，第 3 页。
③ V. 纳博科夫：《斩首的邀请》，崔洪国、蒋立珠译，时代文艺出版社，1999，第 4 页。

第九章 纳博科夫《斩首的邀请》中的反乌托邦美学

……这时门开了,监狱长走了进来。

他与往常一样穿着束腰长外衣,上身笔直,胸部挺起,一手放在胸前,一手放背后。他头上戴着精美乌黑用蜡来分缝的假发,脸上毫无生气,双颊灰黄,布满皱纹,只有两眼略有生气。

他平稳地移动着柱形裤腿里的双腿,从墙根大步走向桌子,几乎走到床前。

然而,尽管他身躯威严,他还是静静离去了,好似消失在空气中。几分钟后,门又随着刺耳的响声被打开,依旧穿着束腰长外衣的狱长挺胸走了进来。①

监狱长"几乎走到床前",为什么又突然静静离去?"几分钟后"他缘何再次走进监室?这和戏剧舞台的"返场"非常相似,"返场"意味着期待观众的掌声,意味着表演的成功。在辛辛那图斯刚进监狱的时候,看守就请他跳华尔兹,刽子手皮埃尔装扮成狱友和辛辛那图斯见面时,用话剧舞台常常使用的"悦耳、尖锐的嗓音"装腔作势地说:"我同样很高兴我们终于能认识。我斗胆希望我们会彼此了解。"②律师罗姆、看守罗典、监狱长罗德里格这三人显然属于和监狱密切相关的、掌管这里大权的人物,其人名中的首字母"P"无疑具有象征意义(英文版字母为"R")。它体现了此岸世界中统治阶层的"家族类似性",假如缺少这种特征,则必须采取某种办法使"家族类似"成为可能。如果把监狱比作游戏场,那么这三个以"P"开头的名字"足以让游戏者感到眩晕"③,这种监狱中人与人的相似性被理解为"играть во игру во что"④ 的游戏设置,这既是作家在作品中阐释的自己对现实的游戏态度,也是辛辛那图斯和监狱管理者们进行的一场游戏。根据游戏设置,辛辛那图斯永远处于"во что"中"что"的位置。作为游戏态度

---

① V. 纳博科夫:《斩首的邀请》,崔洪国、蒋立珠译,时代文艺出版社,1999,第 4~5 页。
② V. 纳博科夫:《斩首的邀请》,崔洪国、蒋立珠译,时代文艺出版社,1999,第 67 页。
③ 郑永旺:《作为俄罗斯后现代主义小说叙事策略的游戏》,《外语学刊》2010 年第 6 期,第 122 页。
④ 郑永旺:《作为俄罗斯后现代主义小说叙事策略的游戏》,《外语学刊》2010 年第 6 期,第 122 页。

的体现,在开庭时,"辩护律师及公诉人都化了妆,看上去长得很像(法律要求他们必须是同父异母的兄弟,因为并非总能找到这样的人,所以要化妆)"①。如果无法化妆,比如罗典的同事,就要戴上面具。在这些表演者中,监狱长罗德里格一人分饰多个角色,他是监狱长、马戏团的经理、小丑、观众和皮埃尔的助手。"游戏"("play"或"играть")有表演的意思,"play an role"或"играть а роль"既有"起到……作用"的意义,也有"出演一个角色"的意义。游戏或者表演,都体现了现实的荒谬性。维特根斯坦从语言和世界的对应关系研究转入语言与世界的语境关系研究后发现,人的生存是在语境中的生存,依维氏之见,"人听到闹钟的铃声后起床,烧开水,用特定的餐具吃饭,写出一天要做的事情,听广播或者看电视,读报纸,和狗嬉戏并与之谈话,咒骂政府,坐有轨电车,上班迟到:这都是语言游戏"②。简言之,整个人类生活都是语言游戏的综合,或者更确切一点,"语言游戏就是生活本身的形式,所谓的现实,即我们透过语言的棱镜所看到的一切,不过是各种语言的表现形式而已"③。这其实是"世界如文本"的另一种表述方式,把世界看成文本的产物,是人类集体视觉化的结果。人在世界中生活,其实是生活在语言编织的幻象之中,"现实因'世界是文本'这一言说而不停地漂移"④,用佩列文《夏伯阳与虚空》中夏伯阳的话说,就是"世界是幻影"(мир-мираж)。在"幻影"的世界一切皆有可能。在《斩首的邀请》中,游戏因语境的变化成为表演,但辛辛那图斯依然是游戏中那个参与者和 во что 中的 что。对皮埃尔来说,游戏与表演,两者没有差别。他以刽子手的身份潜伏到辛辛那图斯身边,并用了很长的时间挖通了一条通向辛辛那图斯监室的地道。然而,刽子手这样做的目的竟是更加深入地研究即将被他处死的人,在他那"我已喜欢,非常喜

---

① V. 纳博科夫:《斩首的邀请》,崔洪国、蒋立珠译,时代文艺出版社,1999,第 10 页。
② Руднев В. П. Словарь культуры XX века: Ключевые понятия и тексты. М.: Аграф, 1999, с. 380.
③ Руднев В. П. Словарь культуры XX века: Ключевые понятия и тексты. М.: Аграф, 1999, с. 380.
④ 郑永旺:《从"世界是文本"看俄罗斯后现代主义文学中的世界》,《外语学刊》2010 年第 5 期,第 126 页。

欢上了你"的温情之下却是另类的残酷。这个谎言的残酷性在于，他给绝望者提供了一个虚幻而美好的假象之后，再用残酷的事实将这种美好击碎，让绝望者经历了短暂的希望后对生命失去任何信心。这是皮埃尔和辛辛那图斯游戏的结果，罪犯的绝望意味着皮埃尔表演的成功，同时也把辛辛那图斯带入表演中，只是在这场游戏里，辛辛那图斯成为悲剧的角色。当他终于"从一个裂口爬到自由的天地"① 之时，却再次被埃米（狱长的女儿）的表演所骗，因为此前她曾经向他保证"我将把你救出去"②，埃米没有把他领到真正的自由天地，而是让他重新回到狱中。妻子玛茜与辛辛那图斯在监狱的会面更具荒诞性，她带来了家具、居家生活的日常用品，甚至还搬来旧房子的几面墙。这些人物所具有的戏剧性（театральность）都在昭示一个真理：这个所谓的现实世界（此岸世界）同样是虚假的，唯有辛辛那图斯是真实的，他却被关押在监狱里，或者换一种表述方式，正是这个世界的"他性"显示了监狱的"自性"。

就辛辛那图斯的"自性"而言，他身上或多或少地表现了俄罗斯文学中小人物的传统。他与陀思妥耶夫斯基《穷人》中的杰符什金类似，尽管已经处于社会的底层，但依然试图保持自己的尊严。在这个一切透明的世界里，他试图维护自己唯一一块领地（即心灵）的不透明性。为此，他必须想出一套能使自己化整为零的方法。

> "多大的误解，"辛辛那图斯突然大笑着说。他站起来脱下晨衣，摘下无檐便帽，甩掉拖鞋，又脱下亚麻布裤子和衬衣。他把脑袋摘下，像摘下假发一样；把锁骨摘下，像摘下肩章一样；把胸腔摘下，像摘下锁子甲一样。他脱下屁股和大腿，摘下胳膊，像摘下铁手套，把它们扔到角落。他身上剩下的部分渐渐溶解，在空气中不着颜色。③

---

① V. 纳博科夫：《斩首的邀请》，崔洪国、蒋立珠译，时代文艺出版社，1999，第145页。
② V. 纳博科夫：《斩首的邀请》，崔洪国、蒋立珠译，时代文艺出版社，1999，第131页。
③ V. 纳博科夫：《斩首的邀请》，崔洪国、蒋立珠译，时代文艺出版社，1999，第22页。

这是类似使当事人进入禅定状态的修炼,其目的在于能使灵魂隐藏在被拆卸的肉体中,这是辛辛那图斯在这个透明世界中使自身变成气仙女一样的精灵的方法,当然,这也是受现代主义和后现代主义诗学青睐的"精神分裂叙事"。但随着"铁栓咣当一响,辛辛那图斯马上把摘下的部分又生长出来,包括那顶无檐便帽"①。这种在辛辛那图斯自我意识中的游戏因外界声音的介入而终止。在《斩首的邀请》中,人物的悲剧性主要体现在他强烈的孤独感、被整个现实抛弃的绝望感。辛辛那图斯依靠语言的幻象生存,他的阅读和记录贯穿了他对现实的认知,他把意识中生成的错误景象当成真实。在小说的第八章,他沉醉于散乱的似真似幻的景象里,直到十点准时熄灯,他的不着边际的想象才结束。

主人公的悲剧还在于他和周围人的沟通十分艰难,他们所使用的语言尽管在语法上一致,但导致的结果截然不同。"孩提时代,美好的和令人振奋的世界尚能在他的梦中惊鸿一瞥式地闪现,但如今,当辛辛那图斯经历过被释放的骗局,见识了这个国度怪异的生活习性,发现了死刑犯和刽子手竟是一个人装扮的之后,他突然醒悟,原来这个世界没有一个人能懂他的语言,没有。"② 不过,辛辛那图斯与他的前辈(陀思妥耶夫斯基《穷人》中的杰符什金、普希金《驿站长》里的维林等人)具有明显的不同,即他无论在监狱还是在没被捕判刑前,他的生活都没有太大的差异,倒是监狱似乎给了他更多的自由,能让他发现自我价值的所在。因此,身陷囹圄从某种意义上讲也是他最为舒服的状态,换言之,"监狱外的自由=监禁",而"监禁=相对的自由"。同样,他的彼岸世界仅仅存在于梦里,而被监禁的现实让他出现幻觉,幻觉让他回到了彼岸世界,"因此,对辛辛那图斯而言(对其他被监禁的人亦如此),'梦中的世界'比现实本身更加真实"③。

此岸世界是监狱、恐惧、痛苦和表演性活动(游戏行为)的集中之地。

---

① V. 纳博科夫:《斩首的邀请》,崔洪国、蒋立珠译,时代文艺出版社,1999,第22页。
② Шаховская З. А. П поисках Набокова. Отражения. М. : Книга, 1999, с. 105.
③ Линецкий В. За что же все-таки казнили Цицинната Ц.? //Октябрь, №12 1993, с. 178.

那个"泛着红晕的娃娃脸"[①]的玛茜、那个"牛奶般柔软的脖子上系着一条黑色丝绒缎带"[②]的玛茜只能出现在如伊甸园般的落叶松公园这个彼岸世界的倒影中。这个可爱女人的可爱行为已经变为一种能让辛辛那图斯活下去的毒药,使其沉湎于对她的美好幻想中,而现实生活中的玛茜残酷地背叛了丈夫,和别人生了两个残疾的男孩,那幅由辛辛那图斯的意识描绘出的玛茜肖像已经被彼岸世界和此岸世界撕裂,就像他本人分裂成两个拥有完全不同人格的人一样。反乌托邦世界一般为具有悲剧感受的空间,其成因是,现实生活中的人沿着一条既定的道路走向毁灭,明知前方是深渊却无法转弯。当这个空间的居民意识到自己无法避免的劫数时他们会有两种应激反应:第一种是让命运来主导人的未来;第二种是像扎米亚京《我们》中的 I–330 和她的"摩菲"组织一样进行反击,为的是在专制的废墟上建构一个新的理想彼岸。即便是智慧勇敢的 I–330 也没能逃脱厄运。辛辛那图斯不是 D–503,因为他没有一个像 I–330 这样机智又果断的美女为伴,也不是《夜猎》里的安东,安东有佐拉这样在危机时刻能够挺身而出的伴侣。I–330 和佐拉都代表了小说中男主人公在极权制度下所向往的彼岸世界。玛茜的价值仅仅在于她曾经以一种洛丽塔似的美为其丈夫留下了想象的空间。但是,当这个女人以家属的身份探望辛辛那图斯时,她所代表的彼岸之美好彻底破灭了。她带着"家具、家用器皿,甚至一面面的墙"[③],在一群人的簇拥下来探监,而辛辛那图斯"必须越过一张供十人使用的大桌子,再挤过隔板和衣柜才能走近玛茜,玛茜正靠在沙发里"[④]。他根本没有机会和妻子说上两句话,这时的玛茜似乎不再是那个"泛着红晕的娃娃脸""牛奶般柔软的脖子上系着一条黑色丝绒缎带"的女人,她是现实世界中的俗物,她的探监之行宣告了她从此不再是辛辛那图斯一切美好回忆的载体。

[①] V. 纳博科夫:《斩首的邀请》,崔洪国、蒋立珠译,时代文艺出版社,1999,第 9 页。
[②] V. 纳博科夫:《斩首的邀请》,崔洪国、蒋立珠译,时代文艺出版社,1999,第 10 页。
[③] V. 纳博科夫:《斩首的邀请》,崔洪国、蒋立珠译,时代文艺出版社,1999,第 84 页。
[④] V. 纳博科夫:《斩首的邀请》,崔洪国、蒋立珠译,时代文艺出版社,1999,第 89 页。

第四节　以词语碎片形式残存的彼岸世界

《斩首的邀请》中表示地点的副词"там"（那里）和"тут"（这里）在小说中是两个使用频率很高的词，作者赋予这两个副词一些特殊的意蕴，即它们分别代表辛辛那图斯意识中的世界和与之相对应的现实世界。"там"作为一个普通的表示方位的副词，具有"彼岸世界"之意，在小说中最初和铅笔有关。

桌子上，一张白纸闪闪发光，它的旁边是一只削好的铅笔，铅笔很长，犹如人的生命，但还没有赶上辛辛那图斯生命那样长。①

在安德列耶夫的戏剧作品《人的一生》中，有个"穿灰衣服的某人"手执燃烧的蜡烛从舞台上走过，这个"某人"是命运的人格化，他手中的蜡烛则代表了生命的长度，蜡烛熄灭之时就是"人"② 死亡之日。《斩首的邀请》中的铅笔具有类似的功能，铅笔很长，但没有辛辛那图斯的命长，这说明他在死前用这支铅笔完成了那张白纸交给他的使命。这就是小说中主人公写下的关于生活的沉思。这支笔在小说的第八章里再现了它的价值。

该章中，辛辛那图斯仔细地梳理了进入监狱整整七天以来的感受。如果说他对此前妻子探监、半夜梦游等事实存在疑问，那么此时辛辛那图斯对前一段时间的生活（包括那些似梦非梦的生活片段）进行了总结。

但我早已习惯把我们所谓的梦看作半现实物，就是说，它们模糊、

---

① V. 纳博科夫：《斩首的邀请》，崔洪国、蒋立珠译，时代文艺出版社，1999，第 2 页。

② 原文中的"人"（Человек）是以大写字母开头的，本处用引号标出以示与具体的人的区别。

稀释的状态比我们自吹自擂的清醒生活容纳更多的真实，而我们自吹自擂的清醒生活相反则是半睡眠状态。①

第八章大段的叙述可以看作辛辛那图斯对那些他认为的半现实物的塑形和定格，因为在其中隐约可见他返回失乐园的最后可能，即回到彼岸世界。

> 那里，人们的目光里有无比的理解，那里，在此处深受折磨的畸形人不受骚扰地漫步，那里的时间按人的意愿成形，像有花纹图案的地毯……那里，那里是我们在这个世界中漫游和躲藏的花园的原型……②

辛辛那图斯坚信，彼岸世界是存在的，那里有幸福和真理，但是，这仅仅是他所言的"半现实物"，或者用他自己的话说："这可怕的'此地'（即此岸世界），这黑暗的地牢，嚎叫的心灵被残酷监禁的所在地，这'此地'掌握并限制我。"③尽管主人公相信彼岸世界的存在，但他坚定地认为那是"半现实物"，可悲的是，他是在"此岸世界"来描述不可能的"彼岸世界"，因此，这个美好的彼岸世界因无法到达所以实际上并无任何意义和价值。最后，在小说的结尾处，辛辛那图斯终于实现了回归彼岸世界的理想，只是他的生命也走到了终点。纳氏很多作品都是一种借助文字构筑起来的游戏世界，只有走出作家设置的考验读者智商的迷宫，才能最终发现破解游戏和现实之间关系的密码（这种创作范式在《微暗的火》和《天赋》中也同样存在）。但在这部小说中，文字的这种功能出现了崩溃征兆。维克多·叶罗菲耶夫在分析了纳博科夫用俄文写成的五部元小说后发现，《斩首的邀请》是纳氏小说中和俄罗斯文学传统最为接近的作品，"如果将小说里的庸俗世界置于极权主义的维度中考

---

① V. 纳博科夫：《斩首的邀请》，崔洪国、蒋立珠译，时代文艺出版社，1999，第78页。
② V. 纳博科夫：《斩首的邀请》，崔洪国、蒋立珠译，时代文艺出版社，1999，第79~80页。
③ V. 纳博科夫：《斩首的邀请》，崔洪国、蒋立珠译，时代文艺出版社，1999，第79页。

量，就不难发现，这个世界已经拥有让人感受到更为丰富多样的痛苦的武器，这个世界本身就是一个毁灭人性的工具。如今，不是主人公挑战游戏和这个世界的庸俗，相反，是庸俗游戏了主人公，就像摆弄玩具一样，旋转、抛出，或者干脆毁灭这个玩具"①。与其说辛辛那图斯通过文字来理解现实，不如说文字玩弄了辛辛那图斯，因为在等待的焦虑中苦苦煎熬的辛辛那图斯的心理已经出现问题，这个问题也是他身陷文字之狱的原因，他开始变得口齿不清、意识混乱，如其自己所言："他文字中最好的部分都是匆匆而就的，不是冲着空管道发出的回声，而其他文字皆为文字残疾。"② 当然，排除某种回避政治的叙事策略因素外，这也是纳氏创作的范式，当代美籍俄裔作家克列皮科娃（Клепикова Е.）指出："纳博科夫的作品充斥着主人公与自己身体在语言领域的狂欢，那感觉就像厕纸和马桶之间因孤独而进行的交流，生理的精神化是这种叙述的核心。"③ 造成这种状况的原因是，辛辛那图斯除了和自己的身体进行语言的狂欢外，没有其他方法能保留心中对彼岸世界的想象。维克多·叶罗菲耶夫发现了这个秘密，他认为："在纳博科夫的创作中，由残疾词语（слова-калеки）构筑的世界主要用于描述庸俗之人的庸俗习性，在《斩首的邀请》中，这个世界却成了头悬利斧之人表达自我意识的唯一方法。在这方面（选择残疾词语）纳博科夫和那些将风格理解为无用之物的作家很接近。法国作家布封所说的'风格即人'还有另外一层意思：这个人是找到能度量自我和世界之间距离的人。"④ 遗憾的是，文字终究没有帮助辛辛那图斯找回失落的彼岸世界，作品的反乌托邦意义也在于此。扎米亚京的《我们》中，在"绿色长城"外还可能存在一个"美妙的新世界"，科兹洛夫在

---

① Ерофеев Вик. В поисках потерянного рая//Ерофеев Вик. В лабиринте проклятых вопросов. М.：Союз фотохудожников России，1996，с. 181.

② 此处的文字与崔洪国译本中的略有不同。崔氏翻译的是英文作品，但对照俄文不难发现，汉语中似乎丢失了一些重要信息。俄文原文为"у меня лучшая часть слов в бегах и не откликается на трубу，а другие-калеки"。参见 Набоков В. Приглашение на казнь. http：//www. lib. ru/NABOKOW/invitation. txt.

③ Клепикова Е. Невыносимый Набоков. Тверь：ООО«Другие берега»，2002，с. 22.

④ Ерофеев Вик. В поисках потерянного рая//Ерофеев Вик. В лабиринте проклятых вопросов. М.：Союз фотохудожников России，1996，с. 181.

《夜猎》中也为安东找到了一个类似的彼岸——南极大陆，但辛辛那图斯只能借助文字来想象不存在或者在他的人生里仅为惊鸿一瞥的事件。辛辛那图斯在临刑前夕已经意识到："就是说，一切都欺骗了我——所有这些做作、可怜的东西——一个轻浮少女的诺言，一位母亲泪汪汪的眼睛，墙上的敲打声，邻居的友谊，最后还有那被一串疹子照明的小山。一切变得明朗后都欺骗了我，一切。"①纳氏用俄语写成的长篇小说中其他主人公多是些自信能战胜命运的人，唯独辛辛那图斯是个例外，"他不是一个创造者，这个以主人公面貌出现的人如果不是出现在《斩首的邀请》里，而是活跃于其他作品中，那么《斩首的邀请》作为元小说肯定失去了丈量失乐园的功能。这个被砍掉脑袋的辛辛那图斯所做的一切都是为了寻找'我们自己'，寻找和他类似的人"②，即寻找和他一样"不透明的人"，辛辛那图斯的愿望在他被斩首的那一刻有了实现的可能。

辛辛那图斯到底有没有被斩首，评论家对此莫衷一是，小说给出的画面很难让读者得出一个清晰的判断，因为字里行间看不到刽子手行刑的过程，倒是两个辛辛那图斯的形象颇具深意。在躺到断头台之后，在开始倒计时之时，"一个辛辛那图斯在数，但另一个辛辛那图斯已停止注意那无必要的数数之声，声音正飘向远方。他以从未有过的清晰——起初几乎是痛苦，来得这样突然，但最后让他充满快乐，他自问：我为什么在这儿？我为什么这样躺着？他问过这些简单问题后，起身四处张望来回答自己"③。毫无疑问，纳氏对小说结尾的处理已经超出了读者的期待视野，但这是一个更为开放、更能激发想象力的结局。第一种理解为，辛辛那图斯已经死掉，看到一切的只是他的灵魂，肉体的囚犯"大声坚定地数数"④，但另外一个辛辛那图斯从肉体中分离出来，所以他才能发现，现在的罗姆同时也是罗德里格，而且比以前小了许多倍。这种画面不具有在现实空间存在的可能性，这是灵

---

① V. 纳博科夫：《斩首的邀请》，崔洪国、蒋立珠译，时代文艺出版社，1999，第 183~184 页。
② Ерофеев Вик. В поисках потерянного рая//Ерофеев Вик. В лабиринте проклятых вопросов. М.：Союз фотохудожников России，1996，с. 184.
③ V. 纳博科夫：《斩首的邀请》，崔洪国、蒋立珠译，时代文艺出版社，1999，第 199 页。
④ V. 纳博科夫：《斩首的邀请》，崔洪国、蒋立珠译，时代文艺出版社，1999，第 199 页。

魂脱离肉体羁绊后自由观望所能看到的场景，属于辛辛那图斯的后生命状态。还有一种可能性为他还活着，因为罗姆抱怨辛辛那图斯没有按规定动作完成一切，"毕竟你已躺下来，一切就绪，一切都结束了！"①。但有一点可以肯定，从现在开始，这个此岸世界不再于无意义的表演中存在下去，从这一刻开始，那个充斥着表演性元素的不真实世界在死亡面前恢复了本真的状态，"观众都很透明，也无助，都在不停地拥挤跑开——只有后台，画上去的后台，还在原地未动"②。只有辛辛那图斯保持原有的被称为"自性"的特征，当罗姆与罗德里格变成一个人时，当剑子手变成一个伸手可以拿起来的小人时，当看热闹的观众突然惊慌失措时，所有的人都不再费力地去表演，能让他们摘下演员面具的恰恰是这个被战胜了的辛辛那图斯。在反乌托邦的世界里，他依然成为点亮黑暗王国的一盏亮度很低的灯，换言之，辛辛那图斯的价值就在于他的"不透明性"，因为这是有重量有温度的思想必然导致的结果。但是，这盏灯无法和丹柯③发光的心脏相比，更不足以为人们指出前进的方向，因为在现代文明中，在一群透明的人中做一个不透明的人是需要付出代价的，甚至是不可能的。"文明之所以变得越来越污秽，是因为神圣和神秘之物不再存在。出于交往和狂欢的需求，人们认为可以触及任何隐私……《斩首的邀请》的作者所要探求的正是辛辛那图斯被投进监牢的原因，这个原因被称为'认识论的卑鄙'（гносеологическая гнусность）④，事物无法被认知的理念在 17 世纪可以被人们接受。纳博科夫试图在小说中保留一块领地，让沉思的快乐、寂静的心灵、人生存的秘密和对自由的冥想成为可能，但这仅仅是孤独者的乌托邦，

---

① V. 纳博科夫：《斩首的邀请》，崔洪国、蒋立珠译，时代文艺出版社，1999，第 200 页。
② V. 纳博科夫：《斩首的邀请》，崔洪国、蒋立珠译，时代文艺出版社，1999，第 199 页。
③ 高尔基散文诗《丹柯的传说》中的丹柯，为了给部落指明前进的方向，掏出了自己的心脏。黑暗中，这颗心闪闪发光，人们终于得救了。
④ 这个概念最早的使用者可能是诗人霍达谢维奇，经过谢尔盖·达维多夫等人的阐释进入纳氏研究领域。"认识论的卑鄙"是辛辛那图斯的罪行之一，换言之，认识论本身并不存在卑鄙和高尚的问题，只是认识论所确定的事物可以被认识的理论话语在辛辛那图斯身上失效。因此，该概念更接近"认识的乏力"，即辛辛那图斯周围的人因他的"不透明性"而感到危险并迁怒于他。

关于这一点西方有很多论述。"① 在极权制度盛行之地，"透明性"是一种统治的需要，只有把所有的人变成"号民"，统治者才能安心睡觉，他不可能允许在他的治下存在一个"不透明的辛辛那图斯"，因为这个不透明的人可能会是下一个 D - 503。

在《斩首的邀请》中，辛辛那图斯因被牢牢地锁在"时间之狱"② 里，只能通过想象和文字来表达对这个世界的认识，这也使得小说的时空发生扭曲。尽管小说的每个章节都是以监狱的一天开始，但时间和空间的关系往往无法对等，即作家在小说中所表现的时间并不是通常意义上的物理时间，而是能够逸出空间的心理时间，如同柏格森所论述的那样："说某一事件发生于时间 t 的终了，即等于说意识会在这时刻与那时刻之间，注意数目 t 那样多个的某种同时发生。我们不要被'这时刻与那时刻之间'这几个字所迷误，因为绵延里的间隔只存在于意识中，只是由于我们意识状态的互相渗透才存在的。"③ 小说中，现实空间（监狱）禁锢了辛辛那图斯的物理时间，却放飞了他的心理时间 t，此岸世界和彼岸世界的存在正是借助心理时间的遁飞来实现的。那美好的彼岸世界"因为绵延里的间隔只存在于意识中"，所以他才能够在自己的文字里记录灵魂的漫游，如"孩提时，有一次参加学校远足活动……"④。但是，在记录即将结束时，他也不得不回到现实，发出"她（这里指埃米）不能给卫兵们一杯有毒的饮料，不能解救我吗？"⑤ 的疑问。辛辛那图斯也可以以文字为媒来阐释对梦境和幻想的理解，如前文提到的"但我早已习惯把我们所谓的梦看作半现实物，就是说，它们模糊、稀释的状态比我们自吹自擂的清醒生活容纳更多的真实，而我们自

---

① Кузнецов П. Утопия одиночества//Новый мир, 1992, №10, с. 250.
② 纳氏的"时间之狱"概念所关注的是对记忆的重现，而不是人们理解的物理时间，物理时间是无法延伸或者缩短的，但"时间之狱"里的时间可以覆盖或者溢出物理时间。"时间之狱"的意义在于空间的时间化过程和时间化结果，具体而言，就是对斩首的等待让辛辛那图斯感到焦虑，并由此生出许多梦境和现实难以分辨的画面。参见 V. Nabokov, *Speak Memory: An Autobiography Resisted*, New York: G. P. Putman's Sons, 1967, pp. 135 - 136.
③ 柏格森:《时间与自由意志》，吴士栋译，商务印书馆，2005，第 86 页。
④ V. 纳博科夫:《斩首的邀请》，崔洪国、蒋立珠译，时代文艺出版社，1999，第 41 页。
⑤ V. 纳博科夫:《斩首的邀请》，崔洪国、蒋立珠译，时代文艺出版社，1999，第 41 页。

吹自擂的清醒生活相反则是半睡眠状态"①。不过，遣飞的思绪总要回到现实中来，所以，"不幸的是，这时牢房的灯灭了——罗典总是十点准时熄灯"②，从这个角度讲，是现实空间禁锢了辛辛那图斯的物理时间和心理时间，并让两种时间最后服从空间。

第五节　时空要素与小说的反乌托邦属性

　　作家对时间和空间两种文学要素的设置决定了这部小说是一部反乌托邦小说。

　　首先，纳氏在回避故事发生场所的同时，有意无意之间透露出辛辛那图斯的俄罗斯人身份，比如狱长用"我用明明白白的俄语再向你解释一遍"③这样的言辞来训斥主人公；其次，罗德里格的父称"伊万诺维奇"也表明，这个关押着唯一一个犯人的监狱使用的语言为俄语。俄语的存在暗示了作家对现实的指涉和苏联的政治环境相关。不过，皮埃尔是一个典型的法国姓氏，埃米则是典型的英文名字。显然，作家有意使辛辛那图斯处于一个具有世界主义色彩的时空当中，这也是反乌托邦小说常用的表现空间和时间的手法④，即在未来不确定的某一时间段，国家的概念已经被世界国家的概念所取代，换言之，未来是一个高度集权制的国家，人的个体性成为其生存的敌人。

　　文学作品中的空间是作家的叙事场。对空间的建构，一方面是塑造主人公形象的需要，另一方面能使空间本身获得一种独特的形象，扎米亚京称其为"地理形象"，并指出："正是借助地理形象和直接使用这些地理形象，空间性才进入文化中的基本的现象学范畴。"⑤ 根据他的理论，圣彼得堡之

---

① V. 纳博科夫：《斩首的邀请》，崔洪国、蒋立珠译，时代文艺出版社，1999，第78页。
② V. 纳博科夫：《斩首的邀请》，崔洪国、蒋立珠译，时代文艺出版社，1999，第82页。
③ V. 纳博科夫：《斩首的邀请》，崔洪国、蒋立珠译，时代文艺出版社，1999，第6页。
④ 如科兹洛夫《夜猎》里的故事发生在2200年世界上唯一的松散型国家，其首都为乌兹别克的努库斯。奥威尔《1984》里的故事地点虽然位于伦敦，但世界上仅存在三个大国，即欧亚国、大洋国和东亚国。
⑤ Замятин Д. Н. Культура и пространство. М.：Знак, 2006, с. 86.

第九章 纳博科夫《斩首的邀请》中的反乌托邦美学 | 239

所以能成为受诸多作家青睐的故事发生地，在很大程度上是因为这个城市的诸多亚空间为塑造完满的人物形象提供了可能。因为该城市不仅是曾经的首都，还是"自治性空间"（автономные пространства）、"欧洲之窗"（окно в Европу）、"俄罗斯的外省"（провинция России）和"北方威尼斯"（северная Венеция）。① 同理，辛辛那图斯的监狱空间不仅代表一座监狱，同时可以是对国家的隐喻，还是一个与多部文学作品相关的互文空间（见图9-1）。

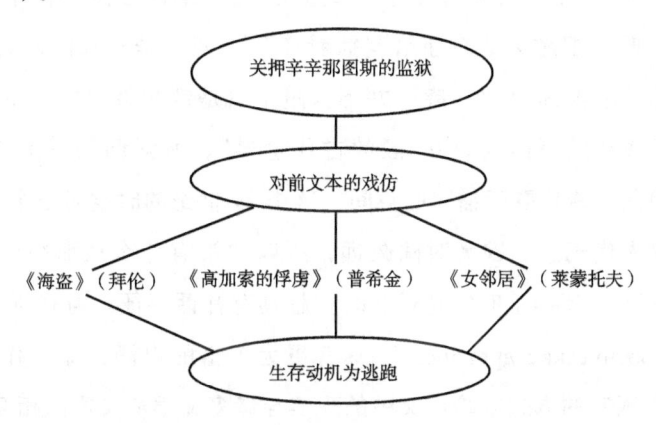

```
        ┌─────────────────────┐
        │  关押辛辛那图斯的监狱  │
        └──────────┬──────────┘
                   │
        ┌──────────┴──────────┐
        │    对前文本的戏仿     │
        └──┬───────┬───────┬──┘
           │       │       │
    《海盗》（拜伦）《高加索的俘虏》（普希金）《女邻居》（莱蒙托夫）
           │       │       │
        ┌──┴───────┴───────┴──┐
        │    生存动机为逃跑     │
        └─────────────────────┘
```

图9-1 辛辛那图斯的监狱与多部文学作品相关的互文空间

对于以监狱为题材的小说而言，越狱逃跑基本上是被关押者唯一的生存动机，辛辛那图斯也不例外。就主人公的行动特点而言，尽管辛辛那图斯也渴望自由，但他是通过等待的方式，而非行动。与莱蒙托夫的《女邻居》（Соседка）等作品类似的是，故事往往会存在一个女主角。② 辛辛那图斯的女主角不是他的妻子玛茜（她带给他的只有伤害），而是埃米。埃米那种古灵精怪的性格和后来纳氏笔下的洛丽塔极其相似③，甚至可以说，埃米是洛

---

① Замятин Д. Н. Культура и пространство. М. : Знак，2006，с. 86.
② "На меня посмотрела плутовка! /Опустилась на ручку головка，/А с плеча，будто сдул ветерок，/Полосатый скатился платок."《女邻居》中的女孩儿通过有意无意的动作来表达她对囚徒的态度，可见，诗中的抒情主人公和女主角之间是存在心灵上的交流的。
③ 作家在1956年出版的英文版前言上写道："心怀不正的人都会在小埃米身上看到洛丽塔。"就年龄和做事情的方式而言，的确不能不使人想到这个小女孩。参见 V. 纳博科夫《斩首的邀请》，崔洪国、蒋立珠译，时代文艺出版社，1999，前言第2页。

丽塔的前身。埃米的"我们逃走的话你得娶我"①和夜晚时分的挖地道声响相互照应，使辛辛那图斯坚信，他有可能离开这里。纳氏在这部小说里再现了"美女救英雄"的浪漫主义作品（如拜伦的《强盗》、普希金的《高加索俘虏》和莱蒙托夫的《女邻居》等）的母题。

纳氏笔下的辛辛那图斯其实在埃米没有说出"我们逃走的话你得娶我"之前，就在自己的意识中勾勒出和前辈诗人诗歌中类似的情景，"要是你（埃米）的灵魂能够略微感到我的心情，你就会像古诗中记叙的一样在漆黑的晚上把魔力饮料递给监狱看守"②。对于辛辛那图斯而言，莱蒙托夫时代的诗歌被称为"古诗"并不为过，只是俄文版中的"поэтическая древность"译成汉语是"诗一般的古代世界"，所强调的不是"古诗中"记述的，而是这些诗歌所描写的空间。这个19世纪的时空对于主人公而言，的确散发着古代气息，因为时间久远，所以"没有什么从那些传奇的年代里幸存下来"③，离当下时空越远的时空越具有神话特征。但有研究者认为，这里的"поэтическая древность"具有更为丰富的内涵，即"作家借助理解'古代'现实的方式来暗示文中的现实与诸多文学前文本的相互关系"④，这种关系也就是文本间无法切断的联系——互文性。此外，因19世纪文学中的"诗一般的古代世界"所具有的神话性特征，《斩首的邀请》自然而然存在空间上的元文学元素，这种元文学性（металитературность）旨在证明"作家通过自己的在场来强调所发生事件的虚妄性"⑤。如在小说的开始部分就出现了这样的文字："我们读小说时，常常掂一下右手握着的尚未读到的部分，看看还剩下多少（感觉到未读的部分还很多我们会很踏实），但现在那剩下的部分突然毫无理由地变薄了。"⑥《斩首的邀请》通过与莱蒙托夫

---

① V. 纳博科夫：《斩首的邀请》，崔洪国、蒋立珠译，时代文艺出版社，1999，第131页。
② V. 纳博科夫：《斩首的邀请》，崔洪国、蒋立珠译，时代文艺出版社，1999，第36页。
③ V. 纳博科夫：《斩首的邀请》，崔洪国、蒋立珠译，时代文艺出版社，1999，第39页。
④ Карпов А. Н. «Приглашение на казнь» и тюремная литература эпохи романтизма（к проблеме Набоков и романтизм）//Русская литература, 2000, №2, с. 205.
⑤ Карпов А. Н. «Приглашение на казнь» и тюремная литература эпохи романтизма（к проблеме Набоков и романтизм）//Русская литература, 2000, №2, с. 205.
⑥ V. 纳博科夫：《斩首的邀请》，崔洪国、蒋立珠译，时代文艺出版社，1999，第2页。

《女邻居》的互文达到了这样的目的：辛辛那图斯所处的空间具有元文学性，因此主人公不具备逃跑的可能性，这个空间的意义在于阐释当下空间和"诗一般的古代世界"之关系，从而确定当下时空的游戏性和假定性特征，如偌大个监狱只关押一个犯人，埃米本来有可能成为辛辛那图斯的救星，但她把他领到了看守们喝茶的地方，皮埃尔费尽心思挖了一条地道却是为了宣布自己的刽子手身份。纳氏精心设置的空间和时间之狱被理解为"一种独特的隐喻，是艺术家从创作向现实回归，从创作的梦境中苏醒"①，更可能是辛辛那图斯从焦虑走向绝望，在绝望中走向行刑之地，并终于在生命的终点理解了"透明性"和"不透明性"的差异。

---

① 符·维·阿格诺索夫：《20世纪俄罗斯文学》，凌建侯等译，中国人民大学出版社，第389页。

第十章
反乌托邦小说中反英雄的生存语境

第一节　反英雄形象与暴力美学

　　反英雄（anti-hero）是20~21世纪俄罗斯反乌托邦小说中的人物类型之一。他们具有躲闪伟大和拒绝崇高等与英雄相反的特质。"英雄通常要战胜黑暗的力量，给大众带去光明"①，但反英雄不具备英雄所具有的英雄主义精神，而且可能也不具备生活和精神上的完美品格。如果说英雄用高贵来装点自己的墓碑，那么反英雄则可能把高贵矮化，或者拒绝为高贵付出代价，因此，在他们的墓碑上看不到关于"战胜黑暗"事迹的记录。就俄罗斯文学而言，19世纪"多余的人"就具有反英雄的气质，比如普希金笔下的叶甫盖尼·奥涅金和莱蒙托夫《当代英雄》中的毕巧林，两人本该把才智和精力献给有意义的事情，却每天沉湎于情欲的刺激。社会因素并不能成为他们是"多余的人"的全部理由。同时应该注意，反英雄并不是反面人物，以乔伊斯的《尤利西斯》为例，"作者并没有简单地否定现代生活，而是在人物看似漫无目的和无意义的生活中使我们领悟到平凡人之间人情或亲情的可贵，或者说普通人心灵的健康活动，虽然小人物布鲁诺和都柏林这个现代都市的生活与古希腊英雄和他们波澜壮阔的生活相比显得很卑微琐碎"②。反英雄形象在

---

① Ильяхов А. Г. Этимологический словарь: античные корни в русском языке. М.: АСТ · Астрель, 2010, с. 111.
② 王岚:《反英雄》，载赵一凡、张中载、李德恩主编《西方文论关键词》，外语教学与研究出版社，2006，第105页。

文学作品中与时代的文化语境和民族性相关。从社会呈现的多元变化的角度看，苏联的解体引发了文化的休克，市场经济的无序化和官员的贪腐造成核心价值观的丧失，以美国文化为代表的西方文化加大对俄罗斯的渗透力度，至少在相当长的一段时间里，俄罗斯的文化传统、经济基础都遭到致命打击。科学技术虽然可以解放生产力，虽然有"科技拯救俄罗斯"之说，但科技并不能消除人性中的恶，有时甚至可能加深恶行。对于科技制造恶行的母题，布尔加科夫的《孽卵》和斯特卢卡茨基兄弟的《飞向木卫五之路》多有涉及。因意识形态变化而复杂起来的现实在俄罗斯文学中也得到越来越多的折射。具体来说，在20世纪末的俄罗斯文学创作中，反英雄频繁登场亮相。21世纪初的俄罗斯民族问题在文学创作中亦有所体现，东正教文明（广义上的基督教文明）与伊斯兰文明的对抗使得马卡宁《地下人，或当代英雄》中懦弱的"彼得罗维奇"变成苏霍夫（Сухов Е.）《黑白两道》①（Я вор в законе, 1999）中的剃刀帮老大拉德钦科。就民族性而言，俄罗斯民族虽然总体上是一个虔诚信仰上帝的民族，但同时是一个长期受压迫的心理问题重重的民族，商品经济的发展或多或少地弱化了信仰的力量。伊斯坎德尔《俄罗斯思想者和美国人的对话》这部中篇小说对此有所折射。其中，克拉利科（Горалик Л.）②和库兹涅佐夫（Кузнецов С.）③合作完成的反乌

---

① 苏霍夫的俄罗斯"黑手党与政权"系列小说已经译成汉语，于2001年在北方文艺出版社出版，《黑白两道》是其中的一部。
② 里诺尔·克拉利科，于1975年7月9日生于彼得罗夫斯克，1989年移居以色列，并在以色列本·古里安大学获得计算机科学专业文凭。2000年回到莫斯科工作，从事文学创作和新闻工作，并担任商业咨询师，近年来在俄罗斯文坛颇为活跃，发表了许多短篇小说和长篇小说，尤其擅长犯罪小说的创作，是俄罗斯多项文学奖的获得者。参见 Горалик，Линор. http: // ru. wikipedia. org/wiki/% C3% EE% F0% E0% EB% E8% EA, _ % CB% E8% ED% EE% F0。
③ 谢尔盖·尤里耶维奇·库兹涅佐夫，生于1966年，俄罗斯作家、新闻工作者和文化学者，1983年中学毕业后考人莫斯科大学化学系。1990年，库兹涅佐夫开始从事自己所热爱的文学事业，并着手撰写一本关于约瑟夫·布罗茨基的诗学专著。从1996年起主要为一些网站的文学版块和大型文学杂志撰写有关电影和文学的评论文章。让他声名鹊起的是其侦探小说《90年代是一个童话》、有未来学特质的长篇小说《不》（和里诺尔·克拉利科合作完成）及长篇小说《蝴衣》等。评论家对他的长篇小说《水环舞》（Хоровод воды, 2010）评价很高，认为该作品既是非常传统的，又是高度创新的。参见 Кузнецов，Сергей Юрьевич. http: // ru. wikipedia. org/wiki/% CA% F3% E7% ED% E5% F6% EE% E2, _ % D1% E5% F0% E3% E5% E9_ % DE% F0% FC% E5% E2% E8% F7。

托邦小说《不》（Нет，2003）比较成功地塑造了众多的反英雄形象并深度解读了产生反英雄的原因。

像许多反乌托邦作品一样，小说中的故事发生在遥远的 2060 年，那时世界已经完全实现了全球化，这是作者根据当下现实对未来所作的推测。与赫胥黎的《美妙的新世界》和奥威尔的《1984》等反乌托邦作品不同的是，2060 年依然存在今天意义上的国家，只是这些国家已经普遍信奉了伊斯兰教。小说作者似乎受到了索罗金《蓝油脂》（Голубое сало）的影响，《不》中的官方语言不是英语或者其他语种，而是汉语。在表现人的原始欲望方面，作者也与索罗金类似，色情交易不但合法，而且是调节生活的最主要手段。性生活作为人的隐私在反乌托邦小说中变成透明的东西，扎米亚京让《我们》中的 D-503 等"号民"的性行为更像动物配种，而《不》中的人类性活动是托尔斯泰娅《野猫精》的升级版。在《野猫精》中，本尼迪克和奥莲卡那种动物性本能使人想起动物发情期的表现，《不》中的男男女女则表现出原始人类早期对性的认知。这些与性有关的元素表明，在反乌托邦世界里，当人类文明发展到一个可以自由掌控思想的高度后，性失去了与爱情的关联，变成了一项人的日常生活中身体政治学方面的重要内容，它可能缺少仪式感，却能实现弗洛伊德所说的"本我"的诉求。其他与反乌托邦书写联系密切的情节有：曾经的战争（让世界暂时归于平静）、恐怖袭击（这是小说中伦敦消失的原因，也是关于美国"9·11"的隐喻）、艾滋病（这是小说提及非洲的唯一原因，那里的人们已经因艾滋病而绝种）。该反乌托邦小说为反乌托邦这个概念又增添了新的内涵。诸如此类的变化，与人类的贪欲是脱不了干系的，只要人类不改变自身的劣根性，世界必然是 2060 年时的末日图景，人类从来都是既渴望面包，也希望见证奇迹。渴望面包是受生存本能的驱使，希望见证奇迹则是人类的好奇心所致，也是人性使然。管子的"仓廪食而知礼节，衣食足而知荣辱"这种言说在小说中的现实里失效，倒是中国人常说的"饱暖思淫欲"大行其道，而作品中无处不在的中国元素恰好又印证了"饱暖思淫欲"的合理性。作家力图表现这样的思想，人的生物学属性从人诞生那天就在人身上发生作用，这种属性集中体现为人的性本能，随着进化的深入，人逐渐开始花样繁多的体验。

反英雄的土壤和人的生存状况相关，在没有思想和信仰的国度里，伟大的灵魂没有安身之地。小说借助叙述者的视角来叙述反英雄产生的原因和人的生存困境。在训练场上，年纪轻轻的小姑娘都有一双冷漠的眼睛，在她们出生后两三个月的时候，一些教练就通过拉扯她们的四肢判断有没有运动天赋，如果天赋异禀，他们就花钱从贫困的父母手里收购这些女孩儿用于训练，天天残酷地拉伸她们的双腿，让她们的腰部能够卷曲自如，这些孩子的语言功能退化，仅能听懂简单的口令。① 长篇小说的叙事基调、情节和母题集中反映了反乌托邦小说不能回避的问题：人类到底还残存了多少人性？人类能否对自己充满兽性思维的未来说"不"（小说的名称与此相关）？该小说以电影工业所涉及的问题为契机来反映人性问题，电影中的现实不仅是艺术处理的现实，也是活生生的现实。小说中最为残酷的片段是拍摄女主角克休莎·伦的虐杀电影②，影片表现的是她在追踪犯罪团伙过程中被抓及受折磨的过程。当深爱着她的祖希作为专家来审查这段影片内容的真实性时，发现女主角竟是自己的同事，于是他发出了这样的摄人心魄的独白：

> 这是我的嚎叫，我的嚎叫，人们透过小孔来看我的嚎叫，我的嚎叫声在整个走廊里回响，我的嚎叫撕裂了我的嗓子，我的嚎叫怎么也停不下来，宇宙因我的嚎叫而坍塌，世界因此而毁灭。这就是我的嚎叫。这是因为克休莎就在我的面前。③

---

① 参见 Горалик Л.，Кузнецов С. Нет. М.：Эксмо，2005，с. 479－480。
② 这里电影统称为"снафф"（snuff film），其特点是动作真实，现场感异常强烈，常常有意外发生，不是那种人为设计和导演的作品。
③ 这里出现了八个"вой"，该词既可以翻译成和人有关的"嚎叫"，当然也可以译成狼的"嗥叫"，本书根据上下文的意思试译为"嚎叫"。"А это уже мой вой, мой вой, это на мой вой сбегаются в смотровую, это мой вой раскатывается по коридору, это мой вой разрывает мое горло, это мой вой никак не может отстановиться, это от моего воя рушится вселенная и мир гаснет. Это мой вой. Это Ксюша передо мной на экране." 参见 Горалик Л.，Кузнецов С. Нет. М.：Эксмо，2005，с. 391。

这八个"嚎叫"解释了人性的复杂和恶与善相互转化过程中恶力量的强大，这也说明："《不》的内容建立在这样的基础之上，即在道德禁忌和社会规范禁忌中有一股强大的力量在起作用。总有人试图绕过这些禁忌或者打破这些条条框框来尝试新的东西。"① 是什么东西让善良的人变成了恶魔？作家给出的答案是人性的分裂。而什么东西促成了人性的分裂？是人性中黑暗的力量。小说在表现暴力的同时也传达了这样的思想：反英雄时代也是无英雄的时代，人人变得残酷的时代也就不存在对残酷的谴责。"嚎叫"是一种刺激造成的应激反应，也是人面对恶时自身恶之本能的叫喊。小说中的主要人物和次要人物均没有表现所谓的正能量，与其说这是人物的悲哀，不如说是小说所描写的时代的悲哀。

第二节　《蝴衣》中的暗黑力量

作为一部反映反英雄产生背景的小说，《不》中的很多情节和内容初看上去与反乌托邦叙事关系不大，更像一本阐述暴力美学的作品，不过，暴力美学从来都不是犯罪小说的专利。库兹涅佐夫的长篇小说《蝴衣》（Шкурка бабочки，2005）作为一部具有反乌托邦倾向的作品，深化了作家喜爱的"受虐"和"施虐"的主题。有评论家指出："与《不》一样，《蝴衣》中所表现的类似主题是对'痛苦的形而上学'之意义的深度解读，是向波德莱尔'苦难炼丹术'的致敬。英美文化中有一个专门的术语用以形容关于痛苦的学说，叫'carnography'②，即坦诚地描写暴力行为。"③ 但作家显然把暴力美学置于工具的地位，借助这种工具传达人性中的恶，即人总是希望在"施虐"和"受虐"中获得残酷的快乐。这其实是一种病态人格的表征，艾里希·弗洛姆发现："受虐倾向很明显常常是病态的和非理性的，但却更经常地以理性化的方式表现出来……除这些受虐倾向外，还有与

---

① Латынина А. Люди как люди. Работа как работа//Новый мир，2004，№6，с.146.
② 电影语言之一，指暴力镜头。
③ Чанцев А. Метафизика боли，или краткий курс карнографии//НЛО，2006，№2，с.336.

之对立的施虐倾向,它们也存在于同一种性格人的身上。"① 在作者看来,这种残酷的快乐和俄罗斯民族的俄罗斯性紧密相连,是俄罗斯人心灵中无法根除的黑暗力量,维克多·叶罗菲耶夫认为,俄罗斯民族的这种暗黑精神是导致反乌托邦未来的重要原因之一,在他看来,"俄罗斯人无法给自己定位,因为俄罗斯人把自己排除在文化之外。从历史上看,这实在是太不幸了。俄罗斯国家建立在谎言基础之上。如果不靠谎言,俄罗斯人根本活不下去,这当然也包括知识分子的人道主义谎言"②。被排除于文明之外就意味着野蛮和无知,意味着暴力,就像他们当年从北欧请来治理部落的维京人一样,只能通过蛮力来征服其他部落。梅茹耶夫认为这种民族性和俄罗斯人的亚洲基因有关,他用动词"азиатчивать"③ 来描述俄罗斯人的精神属性,称俄罗斯人"把心灵的最高需求置于抽象的理性之上,把真实置于真理之上,把同情置于公正之上,把聚议性(соборность)置于公民社会和公民国家之上……"④。如果用这种言说来解释俄罗斯文学中的反英雄形象,可以得出如下结论:俄罗斯民族具有性格上的缺陷,这是反英雄存在的先决条件,抑或如19世纪俄罗斯诗人丘特切夫(Тютчев Ф. И. 1803 – 1873)所言,"俄罗斯有独特的身段"(У ней особенная стать),而这独特的身段所表现的除了艺术的美感之外,还有可能是反英雄的气质。这种对自己民族的批判话语有时会显得非常严厉,但这恰恰体现了俄罗斯知识分子宝贵的自省意识。反英雄气质未必是一种事实,更可能是一种预测,这体现在很多文学作品中。

《蝴衣》的反乌托邦性是通过揭示人这种生物的"灵"与"肉"的关系来表现的,即两者处于相互疏离的状态。"施暴者"和"牺牲品"相互斗

---

① 艾里希·弗洛姆:《逃避自由》,刘林海译,上海译文出版社,2017,第95页。
② Ерофеев Вик. Энциклопедия русской души. М. : Зебра Е. 2005, с. 213.
③ "азиатчивать"是梅茹耶夫根据名词"азиатчина"创造出的动词,该名词的词干"азиат"是"亚洲人"之意,俄语中"азиат"和"野蛮人"是一个意思,根据词根,可将"азиатчивать"翻译为"野蛮行径"。这种说法并非梅茹耶夫首创。此处的"亚洲人"并不是指中国人,俄罗斯文化界有一种观点认为,一切罪过来自东方,来自蒙古。参见金亚娜、刘锟、张鹤等《充盈的虚无》,人民文学出版社,2003,第7页。
④ Межуев В. М. Идея культуры: очерки по философии культуры. М. : Прогресс-Традиция, 2006, с. 341 – 342.

争,相互依存,这似乎不可思议,但是,"人们常常忽视了施虐者与其施虐对象关系之间的一个方面,这里有必要专门加以强调,即,他依赖于施虐对象"[1],只有其中一方死亡,另一方才会终止游戏。小说里的人物有很高的智商,但没有伦理判断能力,法官和犯罪分子是同一个人或者是同流合污的人。该小说提供了对人性判断的新标准,这种判断也成为确定反英雄称谓合法性的依据,即人性是动态的,人性已经进入了一个新的阶段,一个让高尚和卑劣并存但卑劣一定会战胜高尚的新阶段。人性在"怎么办""成为什么样的人"的旗帜之下已经耗尽了自己的资源,现在正回归原有的负面,即野蛮、恐怖和暴力。作家思考的问题是,在这种情况下,能否让人性的倒转之轮停下来,重新回到那个和谐的原点。聪明女孩克谢妮娅23岁时成为一名受虐狂,她的理想是,让一个集性虐者、狂躁者、高智商的人和杀人犯的特质于一身的人成为她的性伴侣,只有这样她才能感受到极大的快感,世上只有这样的两个人才能消除人性之恶,释放多余的力比多,使社会各种力量达到平衡。力比多在《蝶衣》里不仅是人"本我"的动力,也是社会各种问题的根源。很显然,作家试图改装弗洛伊德的心理解剖学说。

弗洛伊德关于人在童年时期的心理创伤会影响以后的成人生活的理论在小说中有所反映。《蝴衣》中的主人公"我"儿童时期受过创伤,"我"像《洛丽塔》里儿童时期失去安娜贝尔的亨伯特·亨伯特一样,无法融入其他人的世界,"我"坚信这个世界充满了仇视与死亡,于是设想出一套摆脱这个世界的极端办法:人必须依靠恐怖的幻想生活,因为只有这样的幻想才能稀释来自现实的恐怖,才能不被残酷的现实击倒。正如小说开始的那段画面一样,"你和妈妈坐地铁,透过透明的车厢门向外面张望。你突然发现,离你很远的前面车厢里似有什么事情发生,人们在莫名的恐惧中朝相反的方向奔跑,都挤到两节车厢交界的地方……他们的脸是扭曲的,慌乱已经使人的表情变得异样,就如同风吹动池塘上的水泛起奇怪的涟漪一样。一个看不见、摸不着、不知名、无形状、比死亡还可怕的东西

---

[1] 艾里希·弗洛姆:《逃避自由》,刘林海译,上海译文出版社,2017,第96页。

正降临人的心中"①。尽管这只是"我"的一个幻觉,但为了清除这个幻觉,实现自我拯救,"我"开始了疯狂的杀人行为。主人公不断放大自己童年创伤所造成的影响,童年时那堵"看不见的墙"使其精神发生异化。主人公的反英雄特征表现为,他的勇敢精神并不是用来拯救世界,而是增加世界的苦难,他通过增加世界的苦难来寻找自我拯救的途径。所以,他沉迷于可怕的幻景里不能自拔,进而在现实中再现这些可怕的幻景。小说中的另外一个主人公克谢妮娅也是一个反英雄,作品对其生活经历的描述非常简单:

> 是这样的。曾经有个女孩儿,和爸爸妈妈在一起生活,然后上学,学跳舞,常常发笑,从来不哭。后来妈妈和爸爸离婚了,她从学校毕业,参加了工作。六年之后她坐在一间很小的办公室里,手指坚定地敲击着键盘,涂着口红的嘴唇紧闭,说话的声音中没有一丝早晨人们通常所具有的软弱无力。②

这段话中唯一关于她生活经历的细节就是"后来妈妈和爸爸离婚了",而且这一细节也被作者一笔带过,至少从其简短的自传中找不到克谢妮娅偏离社会规范和道德伦理的任何蛛丝马迹。她的冷漠和"她是目前生活中偶然的产物"③密切相关。那堵"看不见之墙"的隐喻和"流不出来的眼泪"顷刻间融为一体,眼泪在她毫无准备的情况下变成她第一次的流血。④

第三节 撒旦取代上帝的时代

极权主义等政治主题也是反乌托邦小说不可或缺的元素,不过对于20

---

① Кузнецов С. Шкурка бабочки. М.:Эксмо, 2006, с. 9.
② Кузнецов С. Шкурка бабочки. М.:Эксмо, 2006, с. 17.
③ Кузнецов С. Шкурка бабочки. М.:Эксмо, 2006, с. 46.
④ 根据小说的内容,克谢妮娅在小时候和哥哥玩过一个叫"终结者"的游戏,其中涉及性的内容。

世纪末的反乌托邦小说而言，这个主题不再像"封冻"时期那么敏感。小说描写的事件不单单发生在遥远的未来，反乌托邦作品通常描写人类未来的生存图景，但这并不是确定反乌托邦小说合法性的唯一依据。那些讲述用幸福的幻觉换取所谓的自由而自由又被无情摧毁的故事同样具有反乌托邦性。"如果说乌托邦主义者给人类开出的是摆脱社会和道德病患的药方，那么反乌托邦主义者则告诉读者，为了所谓虚幻的幸福，普通人要付出比想象的更为沉重的代价。"① 因此，当许多人为了所谓的义务奔赴车臣前线时，《蝴蝶衣》中的阿列克谢宁愿为了家庭而放弃国家。他那一番冠冕堂皇的话可以理解为对所谓"义务"的反思。

没有去车臣前线，直到现在我都感到遗憾。我感觉去那里是一个男孩子的责任，为了这个责任，我在大学读的就是新闻系。我有责任有义务揭穿国家的谎言，这本应该是我的使命。②

这段话大概有两层意思：第一层意思是阿列克谢对因家庭放弃去前线感到后悔；第二层意思旨在揭露俄罗斯人对车臣分离分子的仇恨。实际上这是每一个成年人都承担不起的"义务"，所以直到后来他也没有成为真正意义上的成年人，因为他设想用乌托邦的理想去改变反乌托邦的现实。

权力和社会的主题一旦进入鲜血横飞的情节，就会成为阴谋论的催化剂。人们往往从伦理道德入手来分析这个主题的各种变体，20世纪的世界文学则从更为精细的角度看待这些变体，比如萨德的作品。俄罗斯文学缺少以此为主题的传统，但并不意味着不存在类似的经典作品，比较早的有白银时代安德列耶夫的《深渊》（Бездна）。《深渊》的主人公涅莫维茨基是一个有文化的、对女人常常表现出骑士精神的年轻人，但当他看到自己心爱的女人被强暴后，他感到野兽般的原始冲动。在这种情况下，他的"身体沉默

---

① Николюкин А. Н. Литературная энциклопедия терминов и понятий. М.：НПК 《Интелвак》，2003，с. 38.

② Кузнецов С. Шкурка бабочки. М.：Эксмо, 2006, с. 119.

不语,动弹不得,这种无助和强烈的企图中有一种可怜的和令人震颤的东西义无反顾地将他导向恶的方面。他感受到了兽性的狂欢,同时他也被人性中很明晰的良心所撕扯"①。

与安德列耶夫的描写有相似之处的是纳博科夫,他的《洛丽塔》是文学世界描写人物病态心理的代表作品。然而在库兹涅佐夫的《蝴衣》里,施虐和受虐在构成人的动物属性的同时也变成了一种人的社会属性,从而使世界充满了离奇的事件。作者让狂人或者狂躁者(маньяк)的"性事"和俄罗斯的政治生活(1991 年的苏联解体和 1993 年的炮击白宫)、车臣战争以及世界各地的恐怖活动交替,用蒙太奇的手法将其拼接在一起,从而确定世界的混乱与人类性心理和性倒错等的内在关联,即,世界上一切混乱都和人类的性心理出问题有关。传统小说(特别是 20 世纪苏联主流文学经典)都力图把主人公塑造成能指导人们生活的完美之人,但对于非主流的反乌托邦小说(特别是在后现代语境中诞生的反乌托邦小说)来说,反英雄不是个案,而是普遍的情况。《蝴衣》中的"我"不是简单地描述自己残忍的行为,他还要讲述残忍行为在何时何地具有何种特点和优点,他甚至想借助自己残忍的杀戮来建立一种所谓的哲学思想。他特别愿意听到人们对他的评价,希望能感受到人死后所呈现的残酷之美,也希望他的残忍能像病毒一样感染世界。他渴望能向一个愿意听他倾诉的人诉说自己的秘密,告诉这个人一个要死的姑娘眼里会闪烁什么光芒。

> 我多想拉着他的胳膊到躺着姑娘的地方……她知道自己快不行了。我会让他蹲在旁边注视她的眼睛。我告诉他,看,这就是恐惧,这就是绝望,这两种情绪已经高度浓缩,甚至可以被触摸到。②

以《圣经》为神圣文本的西方文化认为人是有原罪的,原罪虽然发端于亚当与夏娃的好奇心,但如果没有恶这个前提,原罪可能是不成立的。

---

① Андреев Л. Н. Бездна//Андреев Л. Н. Избранное. М.:Советская Россия, 1988, с. 153.
② Кузнецов С. Шкурка бабочки. М.:Эксмо, 2006, с. 110.

撒旦既是诱惑人类始祖的罪魁祸首，也是人心中原始欲望的外化。无论是《旧约》还是《新约》，其中始终贯彻着人必须赎罪的理念。对于生存高于一切的现实语境而言，赎罪并不能解决眼前的问题，甚至可能制造个人存在的灾难，佛教中"舍身饲虎"的典故或者"基督在十字架上为众生赎罪"变成了传说，撒旦的恶则成为一种新型的宗教信仰。《蝴衣》的这种审美诉求是20世纪末21世纪初俄罗斯反乌托邦文学中一种较为普遍的现象，如亚索尔斯基的《破坏者》、科兹洛夫的《夜猎》、索罗金的《蓝油脂》、托尔斯泰娅的《野猫精》、多连科的《2008》等。同时，俄罗斯文学中的反乌托邦作品并不是在一座文化孤岛上完成的，这种文学样态也深受当代欧美文化观照下的西方反乌托邦文学的影响。比如法国年轻作家卡勒（Каррек Э.）的作品《胡子》（Усы，1986年出版，1999年译成俄文）就曾在俄罗斯文坛广受好评。小说的主人公是一位没有名字的人，他一直想摆脱自己的胡子，但怎么也做不到。小说的整个叙述过程伴随着与胡子有关的虚假世界的隐喻。在小说的结尾，主人公一边剃胡子，一边以极端的手段伤害自己的面部，以求在脸上看不到一根胡子。小说所描写的是生活（多指亲人的干涉）对他的戕害，以及对寻找真实世界而这个世界并不存在的无奈，最后主人公在自己的脸庞上发现了人性之恶。作者认为，人脸是反映痛苦心灵的镜子。主人公从来就没有长出过胡子，那仅是他幻想的结果，亲人中没有任何一人发现他的秘密，而他因为这胡子而变得富有攻击性，最后成为一名变态狂。卡勒更多地从人物自身寻找恶的原因，俄罗斯反乌托邦文学家则在人自身和社会环境双重重压下寻找人变为反英雄的原因。

此外，20世纪末的俄罗斯反乌托邦文学对日益发展的科学技术表现出浓厚的兴趣。比如《蝴衣》中克谢妮娅建立的狂人网站就涉及小说的两个重要主题：一是权力关系的主题和社会关系的主题，二是互联网时代人与人交往的主题。虽然《夜猎》发表于1995年，但科兹洛夫显然已注意到信息技术的发展对政治活动的控制存在诸多可能性。上述文学文本的作者几乎都把目光转向全球化之后的人类生存状态，当世界变成地球村后，单纯地描写某一个国家的故事不足以解释主人公行为背后的原因。俄罗斯反乌托邦小说对人类社会的未来有一种很悲观的预测,斯托利亚洛夫(Столяров A.)对此的解释为:"从过去到现在,人类文明的发展轨迹可归结为从远古时代到传统时代,从古希腊罗马时代到中世纪,从中世纪到近代,每一次变化都会引起经济、社会、文化和宗教结构方面的震荡,但无论震荡多大,都没有动摇人的生物学本质。"① 显然,这种观点并不新颖,弗洛伊德早就确定了人的生物学本质,认为社会的发展之所以是非理性的是因为人是非理性的动物,"超我"作为社会道德评判的机制固然能在一定的条件下起作用,但人的心灵是一个深不见底的由"本我"构成的黑洞,"本我"一旦失控,人就不再是社会和道德意义上的动物,而是生物学意义上的存在物。科学技术的发展在解放人的劳动的同时,也释放了黑洞中的怪兽。从这个意义上讲,反英雄的出现几乎是一种必然。

---

① Столяров А. Розовое и голубое//Новый мир, 2004, №11, с. 117–118.

第十一章
末日图景

——《夜猎》中的反乌托邦意蕴

科兹洛夫①的长篇小说《夜猎》创作于 1987~1993 年，这是俄罗斯社会最为动荡的时期之一。

文学作为社会生活的记录，不可能不直接或者间接地反映这段历史。布伊达（Буйда Ю. В.）的《埃尔默》（Ермо）、马卡宁的《地下人，或当代英雄》、佩列文的《奥蒙·拉》（Омон Ра）和维克多·叶罗菲耶夫的《俄罗斯美女》（Русская красавица）等作品皆从不同视角透视了苏联解体前后俄罗斯人的精神生活。瓦尔拉莫夫（Варламов А.）在获反布克奖的小说《人之初》（Рождение，1995，又译作《诞生》）中就再现了男人面对整个社会巨变时的迷茫。与《夜猎》不同的是，瓦尔拉莫夫

---

① 全称为"尤里·维尔亚莫维奇·科兹洛夫"（Юрий Вильямович Козлов），于 1953 年生于大卢基市，受当作家的父亲影响，科兹洛夫从小就对文学创作有浓厚的兴趣。1970 年考入莫斯科印刷学院，毕业后进入《少先队》杂志社工作，由于工作上的便利，他在该杂志发表了他的处女作《普希金山上荡秋千》（Качели в пушкинских горах）。真正引起文坛关注的是他 1979 年发表的《发明自行车》（Изобретение велосипеда），这是一部讲述在荷尔蒙作用下，一群十分冲动的年轻人迈进成人世界的故事。1988 年发表的《荒漠般的少年时代》（Пустыня отрочества）显示了他后来创作中的反乌托邦倾向，即青睐用现实来推测未来图景的创作理念。该长篇描写了一群在楼顶建立自己国家的少年，在这部小说里，他已经暗示了苏联解体的必然性。《夜猎》不过是《荒漠般的少年时代》的升级版，描述的不再是一个地区或者城市的故事，而是为人类的未来设想出的一种可能的现实和无法避免的生存困境。目前，科兹洛夫的作品《夜猎》和《预言家之井》已经译成中文。

或者说是小说中的主人公对未来充满了信心,所以在小说的结尾,历经死亡考验的早产儿"闭上了小眼睛,温馨的梦境将他带入未来,带入雷声大作风声呼啸的生活,从今后他要面对生活中许许多多的事物"①,虽然前路依然坎坷,但婴儿毕竟活了下来。相比之下,在《夜猎》中,主人公安东心爱的女人佐拉怀着身孕惨死于所爱之人的误伤下,象征希望的孩子尚未见天日就已经和妈妈一道被埋葬在用手榴弹炸出的深坑之中。

第一节 《夜猎》的创作基调与内容

《夜猎》最初发表在1995年《莫斯科》杂志的第1~4期上,1996年出版单行本。在这个俄罗斯文化的黑铁时代,一些地下出版物纷纷来到地上,潜流文学变成了显流文学,比如哈里托诺夫(Марк Харитонов)写于20世纪80年代的《命运线,或米洛舍维奇的小箱子》(Линии судьбы, или Сундучок Милашевича)。这段时间文坛上最令人惊喜的作品是佩列文的《夏伯阳与虚空》、符拉基莫夫(Владимов Г. Н.)的《将军和他的部队》(Генерал и его армия)等。这些作品最显著的特征是,用丰富的后现代主义元素制造出炫目迷离的故事,各种叙事策略把文学变成文字的游戏和语言的实验品,对斯大林时期的历史、文化和军事的反思与解构成为畅销文学作品屡试不爽的利器。《夜猎》在这种背景下登场,其风头显然不如同一时期著名作家阿斯塔菲耶夫(Астафьев В.)的《被诅咒的和被杀害的》(Прокляты и убиты, 1995)。尽管如此,依然有人发现了这部小说的真正价值,巴甫洛夫(Павлов О.)认为小说所描述的图景代表了当代俄罗斯知识分子对未来的焦虑,小说是作者的良心之作,而科兹洛夫、托尔斯泰娅等人有别于传统的现实主义作家,也有人称他们为边缘的现实主义作家。② 国内有学者持类似的看法,认为《夜

---

① 瓦尔拉莫夫:《人之初》,郑永旺译,《俄罗斯文艺》1996年第5期,第26页。
② 参见 Павлов О. Метафизика русской прозы. http://lib.ru/PROZA/PAVLOV_O/kritika1998.txt.

猎》是一部典型的反乌托邦作品，小说秉承了某些现实主义创作原则，精确地指出了故事发生的时间和地点，同时作品在新现实主义的包装下夹带了俄罗斯传统中批判现实主义的"私货"，比如对死亡的认知，对神在世意义的阐释等，同时也隐约可见后现代主义的叙事元素，如对宏大叙事的解构等。① 20世纪90年代的俄罗斯文学逐渐被后现代化，因此这种夹带后现代主义"私货"的现象也不足为奇。此外，"整个20世纪，特别是20世纪的最后几年，是反乌托邦思想的镜像时期"②。后现代主义的解构策略和反乌托邦思想是一对孪生兄弟，在这一历史时期相互渗透、相互影响，成为文学创作的范式之一。

《夜猎》共分两部分，第一部分为"残疾人乐园"，主要讲述安东与叶列娜和安东与残疾人群体的故事。安东跳火车后误入一片核污染区，在此邂逅残疾人格利沙。在离开这个群体独立生活之后，安东又遇见来自塔斯马尼亚并了解南极大陆国家的叶列娜。一次偶然的机会安东结识了佐拉，并开始了他的政治生涯。这一部分的精彩之处是作者塑造了一个奇特的老太婆形象，她的存在解释了无论是以努库斯为首都的超级国家，还是那个遥远的南极大陆，都不能为人类提供一个舒适惬意的未来。第二部分为"文化部长"，以安东进入省政府担任文化部长为主线，引出安东人生从悲剧到喜剧然后再次变成悲剧的过程。小说中的事件像许多反乌托邦小说一样，指向遥远的未来——2200年前后。此时，人们熟悉的国家已经变成了一个个名字十分怪异的省份。安东所在的地区是毗邻意大利省的帕诺尼亚 YI 低地省。诸国的消失并不意味着世界缺少政府机构，吉尔吉斯的努库斯是一个超庞大国家的首都。国家存在的唯一性意味着只能有唯一的官方语言，即所谓的基本语，除此之外的其他语言则为方言。然而，作为一部与苏联现实最为接近甚至直接表现极权主义制度崩溃的作品，《夜猎》既不同于扎米亚京的《我们》这样的经典反乌托邦作品，也有别于同时代的沃伊诺维奇的《莫斯科

---

① 参见郑永旺《世界末日之后的追寻——破译〈夜猎〉》（代序），载科兹洛夫《夜猎》，郑永旺、傅星寰译，昆仑出版社，1999，第 4 页。
② Юрьева Л. М. Русская антиутопия в контексте мировой литературы. М.：ИМЛИ РАН，2005，с. 9.

2042》、托尔斯泰娅的《野猫精》和索罗金的《蓝油脂》等作品。《我们》无法直抒胸臆，只能隐晦地表达作者对当下生存状态的不满，《野猫精》等作品则过于强调叙事的奇幻性，对现实，特别是对苏联的政治制度有一定程度的批判和反思，但这些批判与反思更多为叙事服务。《夜猎》则能够直面现实的种种不堪，用立场明确的语言痛斥过去的当权者。而圣彼得堡这个俄罗斯城市的骄傲在小说中已经成为一个传说，只有一首歌曲能使人依稀回忆起这个城市，但歌曲的内容说明这是一个堕落的索多玛。① 反乌托邦小说《夜猎》不是那种崇尚空洞的文字游戏和貌似玄妙的谈经论道之作，作者能透过事物的表象看到其本质，并以哲人的智慧之笔在现实的土壤上描绘未来。但是，这种未来基于这样一种假设，即如果那种政治体制没有垮塌，未来将会是另外一个样子。

第二节　《夜猎》的反乌托邦时空

反乌托邦小说中主人公的结局基本都具有悲剧色彩。巴赫金认为主人公是小说事件的承担者（носитель основного события），透过书中人物的行动，读者可以窥视作者对现实的理解，换言之，作者正是借助主人公的意识、行动来建构他所理解的现实。悲剧色彩与主人公安东性格的双重性——动物性和人性——密切相关。动物性的养成和生活环境有关，从被安置在保育院之日起，他就学会了运用丛林法则为生存争得可怜的空间。另外，小说以《夜猎》（Ночная охота）为书名显示了作者对这个世界丛林法则的诠释，以及安东本人为能生存下去所采用的极端方式。俄文标题中的"ночной"（黑夜的）出自希腊语"nyks"，意为"一昼夜里从太阳落山到太阳升起这个时间段"②。但从整个叙事过程看，"ночной"显然隐藏着更为深刻的寓意。"夜"是混沌之神卡奥斯（Chaos）的女儿，是世界万物的

---

① 歌词大意是："有个城市叫圣彼得堡，破福特轿车到处跑，太阳高挂摩天楼，姑娘给糖就睡觉。"参见科兹洛夫《夜猎》，郑永旺、傅星寰译，昆仑出版社，1999，第118~119页。
② Ильяхов А. Г. Этимологический словарь: античные корни в русском языке. М.: АСТ · Астрель, 2010, с. 296.

源泉。根据赫西俄德《神谱》的解释，正是这个"夜"生下了死亡、梦、衰落、忧伤、饥饿、欺骗和无序。①"夜"所生下的几个儿女恰恰构成了这部小说中的人类生存图景，"夜"在书名中作为限定语预设了安东必须面对的生死考验是一种无法回避的生活情境。"охота"（狩猎）是俄语动词"охотиться"的名词形式，一般指人借助某种工具或者设置某些陷阱获取动物的行为和方法，一般来说这个动作所指涉的客体为人之外的动物。但小说对这个单词作了新的阐释。当安东发现自己的残疾人朋友被残酷杀害后，突然心中升起一股难以控制的杀戮欲望。

> 安东突然领悟，他心中所有复杂尖锐难以控制的感受事实上源于人对人的杀戮欲望。以前他常常觉得自己是被追杀的人或者是某人潜在的牺牲品，他从来没有过狩猎他人的感觉。此番出战他也并非出于一种善良的意愿。此时此刻他的猎物便是残酷地猎取了手无寸铁的残疾人的职业杀手……但他是个例外，他这个刚刚学会打枪的人却要去猎取真正凶残的猎人。②

可见，《夜猎》的内容既涵盖了安东个人命运的走向，也透过他个人的命运折射出未来世界的疯狂与怪诞。所以说，科兹洛夫笔下的现实"不同于叶·施瓦尔茨的《蛇妖》，也异于基·布雷切夫的《宠儿》，更有别于柳·彼得鲁舍夫斯卡娅的现代童话"③。安东没有借助类似超现实的表现手法完成个人命运的转折，他在一个残酷的难以存活的世界里实现了从逃犯到文化部长的跨越。然而要想实现这一切，就必须依照"夜猎"的丛林法则应对现实的苦难和挑战死亡的威胁，因此，在2200年这个反乌托邦时空，安东必须成为一名善于"猎人"的战士。

---

① Ботвинник М. Н., Коган Б. М., Рабинович М. Б., Селецкий Б. П. Мифологический словарь. М.：Просвещение，1994，с. 103.
② 科兹洛夫：《夜猎》，郑永旺、傅星寰译，昆仑出版社，1999，第149页。
③ 郑永旺：《世界末日之后的追寻——破译〈夜猎〉》（代序），载科兹洛夫《夜猎》，郑永旺、傅星寰译，昆仑出版社，1999，第3页。

安东的命运悲剧还表现为他对爱情的态度和他的爱情故事结局。在他生活的世界里,爱情这个专属于人类的、高尚的感情也可以通过对女性的肉体进行生物学意义上的分析来获得,这等于剥离了这种情感的崇高意义。爱情是美好的,以爱情为媒介的性同样是美好的,而且具有唯一性,所以劳伦斯坦言:"如果你憎恨性,你就是憎恨美。如果你爱活生生的美,那么你会对性抱以尊重。"① 但生存显然比获取性的享受更为重要。所以,在污染区邂逅叶列娜之后,他所遵循的丛林法则开始发挥作用,即"为了延长自己的生命,免遭背后的袭击,就要善于消灭自己的同类,这是安东的信条"②。尽管如此,安东身上依然闪烁着那个时代十分稀有的人性微光。人性中残存的善以安东对爱的朦胧向往和对自由的理解这样的方式表现出来。小学时的玩伴,一个在那个时期十分罕见的和爸爸妈妈在一起生活的女孩被匪徒枪杀之后,他意识到爱的珍贵和失去爱的残酷。当他的同学布鲁诺、康姑娘等人因相信所谓的未来美好生活愿景而选择去劳动训练营之时,他不惜以生命为代价跳下飞奔的火车来赌一下自己的运气。与这种拥有双重人格的主人公相对应的时空也必然是独特的。小说通过第三人称视角来表现情节在时空中的发展。

小说中几乎不存在安东缺席情况下的事件,这就是所谓的"限知视角"所产生的叙事效应。亨利·詹姆斯认为:"小说艺术的成功与否,这在很大程度上取决于小说家所选择的视点。"③ 视角的重要性主要体现为能否确定其中所描写的事件具有真实性和亲历感。"事件"(событие)是指人物对文本中"语义场"(семантические поля)的"穿越"(переход),这种"穿越"基于两点:第一,主人公的行为是作者和读者能够接受的;第二,"穿越"能引发一系列后果,即能保证在主人公不知情的情况下其他人物的活动具有合理性。正常情况下,以第一人称视角为基础视角的小说情节建立在主人公"知情"的前提下,任何其他事情的发生必须引发"我"的"眼耳

---

① 劳伦斯:《性爱之美》,张丽鑫译,时代文艺出版社,2003,第3页。
② 科兹洛夫:《夜猎》,郑永旺、傅星寰译,昆仑出版社,1999,第25页。
③ 转引自殷企平《詹姆斯小说理论评述》,《外国语》(上海外国语大学学报)1998年第4期,第27页。

鼻舌身意"之反应，才能出现"色声香味触法"的诸多可能。歌德的《少年维特的烦恼》、扎米亚京的《我们》和缪塞的《一个世纪儿的忏悔》以及许多忏悔录体裁和自传体裁作品都喜欢这种叙事策略，从某种意义上讲，这也是一种"限知视角"。虽然第三人称视角在许多大型史诗作品（如托尔斯泰的《战争与和平》）中经常被作家采用，并具有"上帝视角"的效应，但科兹洛夫显然对"上帝视角"进行了限定。这种限定关系体现为几个人物关系的链条。从这个意义上讲，《夜猎》不是块茎结构，而是树状结构。

第一个链条是安东—路易—福凯依—斯列莎。安东通过路易知道自己的办公地点在图书馆，在那里发现了福凯依，从而确定了斯列莎的特工身份。在这个看似平凡的地方，隐藏着庞大帝国的后门，这个后门就是操控国家的计算机系统。

第二个链条是安东—格维多—尼古拉—不管部副部长。前两个人是安东在匪徒占领省城后第一次政府成员选举会议上认识的，此二人一直想方设法诋毁 Reinstallation 政策，是安东生命安全最大的威胁。

第三个链条是安东—格利沙—叶列娜。安东在残疾人乐园的时光与这两个人密切相关这个链条显示了安东从猎物变成猎人的重要过程。

第四个链条是安东—佐拉和奥马尔—科尼亚维丘斯—兰开斯特。该链条主要讲述安东如何从一名开小差的中学生成为文化部长的。从此之后，安东成为真正的战士和反英雄。

然而，"限知视角"限制了安东的表达，或者说，安东由于个人的阅历、知识结构和年纪等，无法表达小说更深刻的意蕴，所以必须借助其他办法来增加"限知视角"的功能，即亨利·詹姆斯所推崇的"油灯说"（lamp），让一组人物围绕着主人公，像油灯一样点亮主人公视线的盲点，这种办法可以解决"视点人物智力平庸时，过分依赖单一视角只能把读者引入歧途"[1]的问题。小说中这些"油灯"就是佐拉、叶列娜和科尼亚维丘斯等人物，正是他们弥补了安东叙述的不足。

---

[1] 殷企平：《詹姆斯小说理论评述》，《外国语》（上海外国语大学学报）1998 年第 4 期，第 27 页。

第一盏"油灯"是帕诺尼亚 YI 低地省和南极大陆的知情者叶列娜。

独特的时空构成是反乌托邦小说的标志，除了将故事发生的时间锁定在未来的某一时间段外，《夜猎》中还存在一个与当下世界对应的、可望而不可即的南极大陆。扎米亚京在《我们》中明确了在"绿色长城"外存在一个野蛮人的世界，"绿色长城"是两者之间的界线，该界线不仅是 D–503 的心理界限，也是一条实际的物理界线。在纳博科夫的《斩首的邀请》里，辛辛那图斯把这个世界用"там"（彼岸世界）来表示，实际上这个"там"不过是辛辛那图斯对可能的现实的一种模糊理解，换言之，这个"там"仅仅具有心理层面的地理意义，并非物理意义上的空间。现实的不完美使反乌托邦小说的主人公们把希望寄托在别处，甚至小说中的主人公也宁愿生活在米兰·昆德拉所说的"别处"，如《夜猎》中的格利沙、康姑娘和布鲁诺等。在许多反乌托邦小说中，都存在一个与当下现实对应的可能的世界，《夜猎》亦是如此。这个世界存在的价值在于能给主人公（或小说中的其他人）以某种遐想，为主人公的活动提供动力。

与 D–503 通过"古屋"进入"绿色长城"外的世界不同，安东没有登上他所向往的南极大陆上的美好国度。

南极大陆的故事是由小说中的"油灯"之一叶列娜在临死前讲述的，该大陆成了令安东魂牵梦绕的理想国。通过这盏"油灯"，安东看到了希望。具有讽刺意味的是，这个理想国是由一群狂热主义者建立起来的，那个以六个大胡子为首的国度其实尚没有消失，只是原来的极权主义者被人赶到了南极大陆，建立起了一个按需分配的社会。对于安东所在的世界而言，那个国家的确令人神往，遗憾的是，在南极大陆和安东的国家之间有一条人为制造的漂浮在海洋上的核污染带，任何人在没有保护的情况下穿越这条隔离带是必死无疑的。很显然，核污染带具有《我们》中"绿色长城"的作用，只是它十分不友好。问题是，这个理想国和安东的世界之间的关系是什么，这也是小说让人思考的地方。

这个理想国视"民主"和"自由"为"十分肮脏的东西"[1]，人们的一

---

[1] 科兹洛夫：《夜猎》，郑永旺、傅星寰译，昆仑出版社，1999，第135页。

切行为都受到控制。之前人数众多的政党被赶到南极大陆后变成同样庞大的政治组织。该组织利用南极大陆之外的资源建立起一个封闭的乌托邦圣地。叶列娜所幻想的就是能再次回到那个美妙的地方。这个依靠核污染带保护自己的地方到底是不是人类最后的伊甸园？小说没有给出答案，但从南极之国的构建过程和人的生存方式看，这个地方同样是反乌托邦。"《我们》中的'大一统国'通过对自由的有效控制使人们获得了无限的物质满足并享有统一的无差别的幸福生活"[1]，南极之国建立了能够保障社会各行各业正常运行的超大核反应堆，《夜猎》中的这个地方相当于《我们》中的"大一统国"，但是这个国家的建立是以牺牲超级大国的生态为代价的。所以，一方面安东在后来的岁月中一直筹划能够去此地，另一方面他深知，他面临的末日图景全是由这个南极之国造成的，"我们在这儿虽生犹死，他们在那边花天酒地，用核废料毒害我们"[2]。叶列娜作为"油灯"的意义就在于此，但"南极之国"的确点亮了安东对生活的希望。叶列娜临死前所说的一番话更验证了她具有"油灯"的功能。

"你母亲叫什么名？"安东又提出一个愚蠢的问题。

"莱特，"叶列娜说，"太平洋方言的意思是'光明'（light）。当我在油轮上穿越死亡带失去知觉时，我朦胧之中感觉到妈妈在一道黄色的闪光中望着我，她本人就是一盏灯。"[3]

正是这盏"灯"点亮了安东心中的希望，让他在以后的冒险中能够活下来，因为他时刻向往有一天能够来到这个梦想中的乌托邦。

第二盏"油灯"是玩转现实世界的计算机专家福凯依。

福凯依是小说第二部分"文化部长"中一盏重要的"油灯"，他照亮了

---

[1] Павлова О. А. «Мы» Е. Замятина как роман-антиутопия（к проблемам жанрового мышления）//Творческое наследие Е. Замятина: взгляд из согодня. В 6 т. Т. 6. Тамбов: Изд. Тамбовского университета, 1997, с. 62－63.
[2] 科兹洛夫：《夜猎》，郑永旺、傅星寰译，昆仑出版社，1999，第137页。
[3] 科兹洛夫：《夜猎》，郑永旺、傅星寰译，昆仑出版社，1999，第144页。

超级大国一个不被人知晓的角落。该人物的意义在于诠释科学技术这个反乌托邦小说的重要元素在该作品中是如何发挥作用的。

安东的办公地点是市图书馆,此处的看门人福凯依是以酒鬼的形象出现的,作为知识圣殿的图书馆收藏的最后一本书竟然是 2014 年出版的《民主主义者台式日历》。文化产品在一个匪徒横行的社会是奢侈品,《夜猎》所设置的人文背景和奥威尔《1984》中的非常相似,当生存成为当下最主要的问题时,文化不过是当权者统治民众的遮羞布。因此,当安东以文化部长的身份出现在《民主报》报社的时候,他敢用手枪威胁总编 "明天报纸登上天气很热"①。与《我们》《美妙的新世界》《1984》等反乌托邦小说不同的是,《夜猎》缺少技术主义的气息,除了描述核污染和武器之外,只有极少的几处情节出现了和电脑设备相关的信息,如在第一次政府成员选举会议上,当兰开斯特大尉发言时,安东发现,"一些人掏出便签纸,还有一些人在膝盖上支起 Notebook,随时准备记下大尉英明的思想"②。在缺少技术主义气息的环境里,到处充斥着依靠机械暴力的帕诺尼亚 YI 低地省的图书馆里竟然有一台能操控安东命运的计算机。安东因自己的 Reinstallation 政策失败而面临死亡时,福凯依告诉他这个庞大的国家行政中心和各省的联系全依赖计算机,如果能使最高权力机关相信安东的政策是成功的,那他将躲过这场劫难。

"老人家," 在那天夜里安东将床上醉醺醺的福凯依扶起,"我们要编写一个程序,其要点如下:中央选举委员会承认大选结果,承认除格维多、尼古拉和不管部副部长之外的所有政府成员的任命决定;名为 Reinstallation 的新思维理应受到表彰,为此中央将从国家预算中拨出 10 万亿卡拉卢布支持帕诺尼亚 YI 低地省;中央要求邻省要与帕诺尼亚保持友好的关系,并如数归还偷走的车皮……"③

---

① 科兹洛夫:《夜猎》,郑永旺、傅星寰译,昆仑出版社,1999,第 283 页。
② 科兹洛夫:《夜猎》,郑永旺、傅星寰译,昆仑出版社,1999,第 261 页。
③ 科兹洛夫:《夜猎》,郑永旺、傅星寰译,昆仑出版社,1999,第 366 页。

技术掌控命运的可能性在小说中并不存在。技术以设备为载体，尽管计算机的使用者福凯依通过黑客软件成为亿万富翁，但他之所以依然蜗居在图书馆肮脏的小屋里，喝着散发着霉菌气味的自酿啤酒，是因为在一个拥有金钱但缺少支配金钱的武器的现实里，金钱毫无用处。拥有安装了红外瞄准镜狙击枪的兰开斯特大尉最后被人用枪狙击，其肥壮的尸体被人制成食品出售，这是因为在一个缺少正义和公理的世界里，自认为拥有狙击枪就是上帝的兰开斯特忘记了，匪徒和政客之间没有区别，所谓的胜者王侯败者寇在小说中表现得非常突出。福凯依的故事说明，科学技术发展到一定程度之时，只有受到理性约束才能为人类造福，否则就会像安东所断言的那样，"技术，尤其是复杂技术永远是与人敌对的。它仿佛会读懂人的想法并在决定性的时刻……进行破坏"①。福凯依让安东知道了超级大国的运行仰仗计算机网络系统，这个系统让福凯依发了大财，让安东的 Reinstallation 政策获得短暂的认可，最后也是网络系统让安东面临死亡威胁。在福凯依的帮助下，安东在键盘上输入了关于镇压帕诺尼亚叛乱的信息，并从努库斯调来了政府军队。但天有不测风云，由于安东所在省份的领导层发生内讧，在政府军和匪徒的双重夹击下，他的战友科尼亚维丘斯、黑客兼亿万富翁福凯依等皆不幸身亡。

第三节　女性男性化：一种自然选择

俄罗斯文学中的女性审美和俄罗斯文化中的女性崇拜有密切的关系。有学者指出，文学对女性价值的崇高化表现了俄罗斯人文传统的独特性。具体而言，伟大正面的女性形象往往和玛科什、大自然母亲、大地母亲和圣母崇拜结合在一起。② 从《伊戈尔远征记》中的雅罗斯拉夫娜到拉斯普京《告别马焦拉》中的达莉娅，都表现了女性的神性特质，她们头顶上的灵氛传达了拯救世界（或者某个群体）的热望。19 世纪、20 世纪乃至当

---

① 科兹洛夫：《夜猎》，郑永旺、傅星寰译，昆仑出版社，1999，第 395 页。
② 参见金亚娜《期盼索菲亚——俄罗斯文学中的"永恒女性"崇拜哲学与文化探源》，人民文学出版社，2009，第 67 页。

下的俄罗斯文学（这里主要指经典文学或者高雅文学，并不包括通俗文学）中，女性之美被多重符码化，具体表现为，涉及女性之美时，作家往往将其上升为一种超越肉体的精神力量，并使这种力量成为能够左右民族意识的重要部分。即便涉及女性的身体，小说家也能对其进行巧妙地处理，使其具有赎罪和报应这样"草蛇灰线"的功能。比如《卡拉马佐夫兄弟》中被费多尔·卡拉马佐夫强暴的善良但有些智障的女信徒，她生下的孩子斯麦尔佳科夫最终杀掉了费多尔·卡拉马佐夫，从而论证了基督教的"报应说"真实不虚；托尔斯泰《复活》里的玛丝洛娃虽然是一名处于社会底层的妓女，但她灵魂中的善最终唤醒了聂赫留朵夫。值得注意的是，19世纪经典文学作品论及女性之美时，往往回避女性审美价值和性的关系，性似乎成为美的羁绊。比如在普希金的笔下，达吉亚娜作为一位理想的俄罗斯女性（идеальная русская женщина）所代表的是一种极其纯净的非尘世之美。女人之美在于其深邃恬淡的内心世界，所以，普希金用诸如"Итак, она звалась Татьяной. \ Ни красотой сестры своей, \ Ни свежестью ее румяной \ Не привлекала б она очей"这样能彰显女性内在之美的诗句来描写达吉亚娜。在这种美的镜像之中，人们只能感受俄罗斯式的超越俗世羁绊的美，而发现不了托尔斯泰在《复活》中表现的玛丝洛娃那种紧贴现实的平凡之美。一方面，女性作为美的载体在文学世界中漫游；另一方面，已婚妇女，特别是宗法制社会里的女性，理应恪守妇道。至于对性的描写，在俄罗斯文学经典中几乎成为一个禁区，因为这和美相矛盾。性在《叶甫盖尼·奥涅金》中被爱情的絮语所掩盖，并不构成奥涅金爱情悲剧的原因，甚至连背景都不是。安娜与沃伦斯基之间的爱情故事虽然和性有密切关系，但托尔斯泰并没有花大量笔墨去深化性的实际功能和性爱的细节描写。在爱情之美和性爱之疯狂方面，经典作家选择了爱情所具有的"高贵的单纯和静穆的伟大"（温克尔曼语）。她们在俄罗斯文学中几近"理性女性"（идеальные женщины）。但对于《夜猎》中的女性群体而言，如果她们遵循"标准女性"（стандартные женщины）和"理想女性"的标准来生活，等待她们的可能只有死亡。因此，以上两种女性的标准在反乌托邦社会与现实之间存在巨大的反差，最主要的是不能帮助人们生存下去。所以，无论是佐拉、叶列娜还是斯列莎，她们都不是传统意义上的女性，而是"反女性"（антиженщина）。

"反女性"这个说法曾出现在沃兹涅先斯基（Вознесенский А.）一首名为《姿势》（Поза）的诗中。原诗如下：

Голос крови
Как электронная машина,
Я был пророчески смешон：
В меня вошла антимужчина.
（Я-антиженщина！Я-он！）
Меня фатально из меня,
Она астральна и крылата.
Я-абажур！
Любовь, как лампа,
Просвечивает сквозь меня！

血之声
如同神谕所说的那样，
我像电子计算机一样玄妙：
一个反男性走进我的内心。
（我是反女性！我就是他！）
我命中注定源于我自身，
她是星空中有翼的天使。
而我是灯罩！
爱情犹似一盏灯，
光线穿过我的身体！（参考译文）[1]

---

[1] 转引自 Лазарев Л., Рассадин С. Сарнов Б. Из цикла «О странностях любви»//Вопросы литературы, 1965, №8, с. 67.

这首诗中的"я"根据形容词的短尾形式"смешон"来判断是一名男性，而阳性名词"мужчина"（男人）附上前缀"анти"之后就变成了阴性名词。但诗中紧接着出现的"Я-антиженщина! Я-он!"又对"我"作了解释："我"虽然是男人，但这个男人身上又具有女人的特征，而那个反女性则具有男性特征。

什么样的女性属于反女性？反女性依然是女性，只是在女性的气质中存在男性的因素，这种因素不是生理上的，而是具有负能量的行为和气质。如果仅把该词置于日常生活语境中去理解，就是虽然反女性具有女性的一切生理特征，但其行为方式和由行为方式引发的一系列后果和真正意义上的女性不同。小说《夜猎》中的女性在生理上显然与一般女性没有差异，但由于生活在世界一体化、环境污染化、政治强人化、人生虚无化的时代里，她们必须和男人一样坚韧和无耻，为了生存可以出卖肉体，也可以拿起武器进行屠杀。如果说传统意义上的女性承担着繁衍下一代的任务，那么小说中一些特定的女性因为受到污染和人种问题而被剥夺了这样的使命，比如姓康的中国姑娘注定无法生出孩子。即便有些女人可以生出孩子，也不一定出于爱情，还可能是因为苟合，比如兰开斯特的母亲生下兰开斯特。

佐拉是《夜猎》中作者着墨最多的女性。这是一个拥有黑人血统的女孩，她身材迷人，身手敏捷，看似温柔的外表下藏着一颗职业杀手冷酷的心。8岁时，她被选为地区行政长官蒙哥马利的妻子，15岁时，她杀掉了自己年迈的丈夫并和奥马尔搭档成为匪徒中的骨干力量。她利用自己的姿色来控制有利用价值的男人，最后在新政府中担任人权代表，由匪徒变成政府要员。安东把她形容为瓦尔基利亚女神，"只不过古代女神不会像她那样说一口流利的脏话，也不会和老头子同床共枕，除了和老头睡觉外，她还是个匪徒和残忍的杀手。当他与佐拉拥抱时她所表现出的脉脉温情不过是一场骗局"[1]。和这样的女人在一起，18岁的安东所仰仗的不是爱的力量，而是他不可抑制的本能以及不惧死亡的生活态度。

在文学作品中，爱情是刻画人物的重要元素之一，女人则是爱情的动

---

[1] 科兹洛夫：《夜猎》，郑永旺、傅星寰译，昆仑出版社，1999，第183页。

物。这种美好的人类情感之所以有存在的必要性,是因为男人必须同样相信爱情。在叶列娜临死时,安东告诉这个为爱而流浪到核污染区的女人:"你活了这么一大把年纪,怎么到现在还不明白,爱情就是自由,而自由就意味着死亡。"① 爱情和自由的关系及其和死亡的联系的定律同样适用于佐拉。她首先是一名杀手,小说用大量细节描写来渲染佐拉的杀手本领和嗜血习性,比如枪杀奥马尔和在争夺帕诺尼亚 YI 低地省战斗中的表现。安东对她的爱恋更多和荷尔蒙有关,而她之所以委身安东既是因为有生理上的需求,更是因为她发现了安东有成为优秀杀手的潜质。作为一名反女性,佐拉的人生信念更为中性化,当安东提议和她躲起来过一种更为逍遥的生活时,她的回答代表了她对混乱时代生活的理解,她说:"在偏僻的角落躲起来生活还有什么意思?"② 所谓的爱情,在反乌托邦的现实里,基本已经沦为"发泄"的代名词,劳伦斯所赞赏的"性爱之美"变成了本能的恣意妄为。爱情的沦落象征着反乌托邦世界的残酷现实,换言之,作者是借助小说中人物对待爱情的态度来书写反乌托邦空间中人的非人化生存境遇,爱情的绝对自由是建立在人时刻与死亡共舞的前提之下,一旦人与人之间只剩欲望,没有了爱情,那么这个世界就开启了末日进程。所以,"当消除了差异,到达自由之巅时,未来反乌托邦世界的本质就是践灭人性,它是停滞与死亡的代名词"③。佐拉是俄罗斯文学中的一个新型女性,她身上缺少传统女性那种能指引人上升的"长存之德",她不再是普希金所希望的那种"纯洁美好的精灵"(как гений чистой красоты),她身上蕴藏着足以毁灭世界的美。仅就"美毁灭世界"而言,佐拉这个形象在俄罗斯文学中是有原型的。

陀思妥耶夫斯基在小说《白痴》中提出了贯穿他创作实践始终的公共命题:"美拯救世界"。在这部小说里,娜斯泰谢拥有足以翻转世界的美丽。这个美丽的女人之所以选择死亡,是因为"美拯救世界"需要如

---

① 科兹洛夫:《夜猎》,郑永旺、傅星寰译,昆仑出版社,1999,第 94 页。
② 科兹洛夫:《夜猎》,郑永旺、傅星寰译,昆仑出版社,1999,第 114 页。
③ 谢春艳:《美拯救世界:俄罗斯文学中的圣徒式女性形象》,人民文学出版社,2008,第 205 页。

下条件：第一，美之所以能拯救世界，是因为"这个世界有可能被拯救"①；第二，拯救之所以发生，是因为女性能够且愿意承担这样的使命。当上述两个条件都不具备时，死亡不失为另外的拯救方式。在《白痴》中，据维亚切斯拉夫·伊凡诺夫考证，"娜斯泰谢的名字来源于希腊文安娜斯塔西斯，这个名字的意思是复活"②，但复活的先决条件是毁灭。所以，她命丧罗果任之手与其说是生命的陨灭，不如说是生命浴火，尽管如此，生命浴火，却未见重生。因此，"复活"的说法值得商榷。《夜猎》里的"佐拉"（Зола）这个名字出自"зола"，意为"灰烬"（остаток от сжигания чего-н. в виде серочерной пыли）③，透过其名字的象征意义，基本可以判断出她的结局。佐拉一出场，她的肤色成为描写的重点。

佐拉脸不大，却长一张愚蠢的、向外翻卷的大嘴唇，胯骨很宽，两腿细长，皮肤白中透着烟灰色。④

灰烬意味着某种物质死亡后呈现的状态，"烟灰色"又可以象征人的负面情绪，它象征着佐拉心中无法熄灭的仇恨之火，最后这把火没有拯救世界，反倒烧死了佐拉自己。佐拉临死前，她灰灰的脸色显示了死亡的威力，"从前，那是一种生命的火焰潜藏于下的灰；现在——这是一种没有火焰的，已冷却了的灰色，灰得几近苍白，几近燃烧过多次的骨灰的灰白"⑤。

反女性是对反乌托邦世界女性形象的概括。在埋葬佐拉的过程中，斯列

---

① 郑永旺：《从"美拯救世界"看陀思妥耶夫斯基的苦难美学》，《哲学动态》2013年第9期，第82页。
② 转引自赖因哈德·劳特《陀思妥耶夫斯基哲学》，沈真等译，广西师范大学出版社，2005，第208页。
③ Ожегов С. И. Словарь русского языка. М. : Русский язык, 1982, с. 209.
④ 科兹洛夫：《夜猎》，郑永旺、傅星寰译，昆仑出版社，1999，第70页。
⑤ 科兹洛夫：《夜猎》，郑永旺、傅星寰译，昆仑出版社，1999，第490页。

莎为《堂吉诃德》设想了一个结局,即"堂吉诃德死了"[1],这也意味着以堂吉诃德为精神支柱并在行动上模仿此人的安东在未来没有活下去的可能。叶列娜作为给安东带来南极大陆信息的老人,曾用《堂吉诃德》一书来唤醒安东内心深处的好奇心,她力劝安东割开她的胸膛,在极其清醒的状态下滚入自己挖出的深坑里。叶列娜是以堂吉诃德为信念激发安东活下去的女性。佐拉是安东共同患过难的战友和情人,在大屠杀中和安东的死敌(维克多)一起携带贵重宝石出逃,最后惨死在曾经的爱人安东之手。总之,判断反女性形象不是以幻象入手,而是在现实可能性的基础上进行论证。人之所以会吃人,是因为食物短缺,女性之所以和男人一样具有毁灭的力量,是因为在反乌托邦时空中,女性并不会因为其性别特征而获得免死金牌。另外,小说从另一个方面论证了女性的负面形象,这和以往俄罗斯文学对女性审美无限拔高有很大不同。菲利斯·切斯勒用雨果《悲惨世界》中范亭(又译作"芳汀")被同性羞辱的例子来说明弱者相残的现象,她得出的结论是:"在一个男人无尽的暴力行径和贪婪本性已经暴露无遗的世界里,女性的仁慈并不能帮助拯救或安慰范亭。也许拯救或安慰不了与范亭一样的其他女人。"[2] 女性的自我拯救不再仅仅依靠爱情和身体,同时要依靠强有力的肌肉和钢铁般的意志。《夜猎》中的女性审美特质传达了在反乌托邦思维下的女性除了充当美的化身、自然母亲的代言者外,也有可能在这种温柔的表象之下蕴含暴力的冲动。比如斯列莎,安东第一次见到她时,"在她渐渐失去光彩的但仍然很美的脸庞上读出了巨大的悲哀和难以排遣的对世界的怜悯之情"[3],但实际上,这个外表柔弱的女子不仅是《民主报》的"第一支笔",也是潜伏很深的来自努库斯的特工,且身手敏捷。

第四节 上帝是谁

作为一部反乌托邦小说,《夜猎》除了表现女性在世界末日图景中的悲

---

[1] 科兹洛夫:《夜猎》,郑永旺、傅星寰译,昆仑出版社,1999,第493页。
[2] 菲利斯·切斯勒:《女性的负面》,汪洪友译,中国社会科学出版社,2006,第33页。
[3] 科兹洛夫:《夜猎》,郑永旺、傅星寰译,昆仑出版社,1999,第277页。

惨命运外，还提供了一种理解信仰和宗教的新视角。

　　信仰和宗教是两种既有联系又有区别的人类思维，而且，每个民族因其所经历的历史事件不同、所处的地理位置不同，其信仰和宗教存在不同的特质。不过，在卡西尔那里，信仰和宗教都是神话思维的结果，他在《人论》中对此的解释是："从我们的观点来看，我们称为非理性的、原逻辑的、神秘的东西，都是神话解释或宗教解释由之出发的诸前提，而不是解释的方式。"① 但信仰和宗教合并为不可拆分的思想共同体是在信仰被谱系化之后的事情，也就是当人们把一种普遍的神话思维当成确定不移的真实，并按照世代相传的仪轨加以强化之后的事情。比如，当人们对无法抗拒的自然力量和超自然现象感到迷惘时，当人们希望摆脱死亡获得永生时，信仰作为宗教的形态开始产生。"信仰"（вера）一词来源于拉丁文（verus），即俄语中的"правдивый"和"верный"，意为说真话，即信仰者认为自己对周围世界的认识是真实的、正确的和合法的。② 宗教（религия）则为信仰者提供了另外的可能性。从词源学的角度分析，"религия"一词来源于拉丁文"religio"，意为"虔诚"、"圣物"和"崇拜之物"③，其最初的含义为"在对神（вог）和诸神（воги）信仰的前提之下的世界观和世界感受"④。总体来说，神或者上帝之所以如此重要，是因为人能够意识到自己的必死性，因而有追求永生的诉求。所以，死亡成为宗教信仰得以普及的原因之一，这就是卡西尔所说的人之所以信仰宗教，是因为"宗教产生于对神的绝对依赖感"⑤。但是，依赖感的存在有两个前提：第一，人们借助宗教真切地触摸到了上帝的力量，即便这种力量实际上是一种幻象；第二，宗教和权力联姻，使得信仰成为捆绑人们思维的绳索。

---

① 恩斯特·卡西尔：《人论》，甘阳译，上海译文出版社，2003，第127页。
② Ильяхов А. Г. Этимологический словарь: античные корни в русском языке. М.: АСТ · Астрель, 2010, с. 97.
③ Ильяхов А. Г. Этимологический словарь: античные корни в русском языке. М.: АСТ · Астрель, 2010, с. 376.
④ Ильяхов А. Г. Этимологический словарь: античные корни в русском языке. М.: АСТ · Астрель, 2010, с. 376.
⑤ 恩斯特·卡西尔：《人论》，甘阳译，上海译文出版社，2003，第144页。

《夜猎》中这两个前提其实都不存在，但人们摆脱死亡的愿望并未消失。宗教信仰在小说中的人物那里，成为对上帝的戏谑，成为统治者或者个人攫取权力以及震慑民众的工具。所以，与其说把反乌托邦世界中的基督教理解为"世界观和世界感受"，不如说是以宗教之名来实现个人目的的话语。于是，宗教在危机四伏的"人可以猎人"的环境中衍化出新的形态。

上帝是《夜猎》的关键词，无论安东还是小说中的其他人都反复以上帝的名义或者以否定上帝的名义来言说其行为及信念的合法性。而上帝到底是谁，这对于小说中的人物来说具有特别重要的意义。当人们说出"上帝"（God/Бог）这个词的时候，他似乎以一个拟人化的形象出现在人们的意识中，在《圣经》的《旧约》里，上帝依照自己的形象用泥土捏制了人类的始祖亚当，上帝首先是"他"而不是"她"，弗洛伊德指出，上帝是"一种父亲的替代；或者，更确切地说……他是一个被夸大了的父亲……他是一个在童年时代所看到和体验到的父亲的摹本"[①]。简而言之，所谓的上帝就是无所不能的权威的化身。但在安东所生活的2200年，由于科技的发展和环境的变化，特别是"国家"这个概念已经变成历史名词的时候，人所仰仗的权威不再是无所不能的上帝，而是武器，安东所接受的教育使他很容易接受这样的观点，即全新的上帝实际就是武器，"新宗教的主要特点是将武器神化，从袖珍手枪到坦克和导弹运输车之类的庞然大物都有了相应的神位"[②]。这也就意味着，在这个空间里，上帝一定是以复数形式存在的。这个复数概念体现为：第一，上帝有很多，很多的上帝就意味着混乱，而且上帝不一定以"圣灵"（святой дух）的方式存在；第二，上帝很多其实就意味着上帝已死。

如果不是以"圣灵"的方式存在，那么上帝一定会以其他方式显示自己的权威性。但恰恰相反，在叶列娜看来，世界上的一切混乱皆是上帝所为，"上帝是有一回打开其中的一个地狱，把自己的圣子接入天堂，另外一

[①] 转引自安德鲁·本尼特、尼古拉·罗伊尔《关键词：文学、批评与理论导论》，汪正龙、李永新译，广西师范大学出版社，2007，第156页。
[②] 科兹洛夫：《夜猎》，郑永旺、傅星寰译，昆仑出版社，1999，第8页。

次上帝将人分类,让一部分人进入如阴间一样的乐园,上帝为另外一些人在充满生机的地球上建起了这所人间地狱,其内部情况和阴间的天堂一般无二"①。无论是天堂还是地狱都是上帝的杰作,两者的区别不在于人们在其中的感受,而仅在于名称的不同。安东和叶列娜等人的绝望来自上帝的沉默,所以,当安东坐进直升机驾驶室准备开动这架他从未接触过的机器怪兽的时候,他之所以如此有信心,是因为他知道,"这个世界被野蛮的无序所统治,野蛮的无序如果被严明的有序所取代,另一种更加野蛮的无序会取而代之"②。野蛮不但可以制服另外的野蛮,也可以对付机器,"他越是果断地驾驶,飞机反而愈是驯服"③。兰开斯特大尉相信上帝,但他所信仰的上帝是一个立陶宛人,这个"上帝掌握着能使人产生美德的神秘射线"④。作为这个地区最有权力的人,当端起安装了红外瞄准镜的狙击枪时,他感觉自己就是上帝,上帝"是一切现实存在"⑤。当然,对于斯列莎来说,"巴鲍斯特拉斯·唐就是上帝,上帝就是巴鲍斯特拉斯"⑥;对于福凯依来说,上帝就是无所不能的信息流和数据包,就是让中央无条件相信由帕诺尼亚YI低地省发出的关于本地的行政信息;对于佐拉来说,她所能支配的身体就是她的上帝,上帝就是能玩转男人的女性的身体。"上帝已死"尽管是尼采提出的观点,但至少在尼采那个时代上帝还活着,但对于安东等人而言,上帝是一个摆设,他虽然以各种名义在场,其实这种在场等于缺席。复数的神等于宣告上帝真的死了。在《查拉图斯特拉如是说》中尼采没有明确告诉读者上帝死亡的原因,但对上帝之死可能的原因作了暗示,这暗示的背后是人的身影。

> 真的,人是一条肮脏的河流。为了接纳这条河流,人们必须是海,且本身并不变脏。⑦

---

① 科兹洛夫:《夜猎》,郑永旺、傅星寰译,昆仑出版社,1999,第33页。
② 科兹洛夫:《夜猎》,郑永旺、傅星寰译,昆仑出版社,1999,第174页。
③ 科兹洛夫:《夜猎》,郑永旺、傅星寰译,昆仑出版社,1999,第174页。
④ 科兹洛夫:《夜猎》,郑永旺、傅星寰译,昆仑出版社,1999,第222页。
⑤ 科兹洛夫:《夜猎》,郑永旺、傅星寰译,昆仑出版社,1999,第224页。
⑥ 科兹洛夫:《夜猎》,郑永旺、傅星寰译,昆仑出版社,1999,第285页。
⑦ 尼采:《查拉图斯特拉如是说》,黄明嘉译,漓江出版社,2000,第7页。

几乎可以确定，人的肮脏可能是造成上帝死亡的原因。人必须是海，才能洗净自身的肮脏，但人在尼采的眼中是卑微的生物，尼采说："你们走过了由蠕虫变人的道路，可是你们中仍有许多人是蠕虫。"① 反乌托邦小说《夜猎》中的末日图景就是这些蠕虫的杰作，这种图景之所以和上帝是谁这一问题联系起来，在很大程度上是因为宗教信仰问题已经成为俄罗斯文学的基因，但在《夜猎》中，这种基因发生了变异。这种变异和俄罗斯文学在20世纪经历了由"一元"到"多元"的发展过程密切相关②，另外，按罗兰·巴特的说法，"上帝的观念通常不可避免地与真理、在场、启示、意义等观念联系在一起"③，即上帝作为一个虚拟人的形象和上帝已死的观念并不意味着人们能够摆脱他的话语。因为上帝就是创造世界的"to be"句型，即"使……存在"，何光沪把这种句型理解为上帝神性的显现。

> 摩西五经说上帝耶和华是"自有永有"（I am what I am），"有"即存在，这里"存在"的原文有"使……存在"之意。因为耶和华即雅赫维的原文 Jahweh 或 Jah，与西伯来动词 jyh 或 hwh（是、在）有关，这个动词有运动的内涵，有"导致……存在"之意，所以世界的本源即耶和华本身，就是一种赋予存在的活动，即创造活动。④

《夜猎》没有否定上帝是这个世界原创者的观念，但否认这个原创者拥有继续驾驭这个世界的能力，否认他是唯一支配万物的力量。"to be"对于安东、兰开斯特和科尼亚维丘斯等人来说，不再仅仅表示创造，还可以表示改变。但改变具有不同的可能性，破坏也是改变，改变也是"to be"的意义之一。《约翰福音》中"太初有道，道与神同在，道就是神"强调上帝和意义之间的联系，"道"即语言，即逻各斯，即意义。但这个意义的实现即

---

① 尼采：《查拉图斯特拉如是说》，黄明嘉译，漓江出版社，2000，第6页。
② 参见任光宣等《俄罗斯文学的神性传统——20世纪俄罗斯文学与基督教》，北京大学出版社，2010，第242页。
③ 转引自安德鲁·本尼特、尼古拉·罗伊尔《关键词：文学、批评与理论导论》，汪正龙、李永新译，广西师范大学出版社，2007，第157页。
④ 何光沪：《月映万川——宗教·社会与人生》，中国社会科学出版社，2003，第187页。

便在宗教信仰之中也可以作不同的理解，一种是"自有永有"，还有一种是弗雷泽所提到的宗教的权力诉求。他说："如果宗教所包含的首先是对统治世界的神灵的信仰，其次是要取悦于它们的企图，那么这种宗教显然是认定自然的进程在某种程度上是可塑的或可变的，可以说服或诱使这些控制自然进程的强有力的神灵们，按照我们的利益改变事物发展的趋向。"① 安东和兰开斯特等人同样在宗教中看到了这种企图，任何当权者都会根据自己的需要来解释和变革宗教。

《夜猎》对上帝存在的意义的阐释实际上是使人回到柏拉图在《理想国》的洞穴喻中所看到的景象。在柏拉图的洞穴喻中，人类自孩提时代就生活在这里，他们的腿和颈被链条锁住以防他们逃跑，头也被链条锁住，因而只能前瞻，不能四顾。在他们的背后高处，有火光在远远闪烁；火光和囚徒之间，是一条斜向洞口的道路；沿着这条路，在囚徒和火堆之间，有一堵矮墙，类似演木偶戏的幕幛。一些背负器物的人来回穿梭，木石以及其他材料组成的动物身影出现在矮墙上。一些人在说话，另一些人在沉思。当有一天其中一个人成功地获得自由，走出洞口时，他走向光明的同时也将感受到巨大的痛苦，炫目的光亮使他痛苦不堪，他不能看见在先前的位置上看到的影子的现实。这时某人对他说，他先前所见只是一种幻象，而今，随着他接近存在、他的眼睛转向实在，他有了更清晰的视野。他的向导指出他们先前看到的影子比他现在指明的物体更为真实。安东就如同那个习惯了在洞穴生活的人，他把上帝比作那射向他眼睛的夺目阳光，这道阳光让他所看到的世界发生了变异，具体而言，上帝成为一种幻象，成为一种构成自我心理安慰的工具。"幻象"一词源自拉丁语中的"simulatio"，原初意义为"可见度""伪装"，现特指一种对另外一种现象、行为和物体模仿所形成的现象、行为和物体的影像。鲍德里亚仿真文化理论的核心概念是"幻象"（simulacrum）和"仿真"（simulation）。鲍德里亚对此的解释是，西方的全部信念似乎都押在"表征"这么一个小小的赌注上，即一个符号可以指向一个深层意义，一个符号可以和意义交换，而且，这一交换是得到上帝的保

---

① 弗雷泽：《金枝》，徐育新、汪培基、张泽石译，新世界出版社，2006，第53页。

证的。鲍德里亚进一步说道,当"上帝"也可以模仿的时候,我们的语言系统就变得无足轻重了,它就变得什么也不是——只是一个庞大的幻象,这样,它也就谈不上真实不真实了。① 幻象的产生也与尼采"上帝已死"的言说有关,"上帝已死"的后果是"否定上帝就意味着否定世界背后的任何终极目的,结果就是否定我们的生活因之而可能具有的意义背景"②。上帝之所以可以被模仿,是因为上帝已经成为一个小小的信念符号,所以,在安东的眼里,《圣经》不再神圣,上帝不再庄严,信仰是自我欺骗的言说。早在1922年出版的《西方的没落》一书里,斯宾格勒就指出,上帝死后,人可能会模仿上帝,而且这种模仿是有原因的,"他(人)胆敢扮演上帝的角色;因此很容易理解:这些人为的事物——因为在这里,技艺是作为自然的对立概念而出现的——的最早发明者和专家,尤其是锻工技艺的保护者,何以会被周围的人看作是不可思议的,且视情况而将他们看作是敬畏和恐惧的对象"③。人创造了自己的崇拜对象——上帝,认为他能够凌驾于人之上,但是,当上帝无法让他的独子耶稣在世间行使三种力量(即《卡拉马佐夫兄弟》中宗教大法官所说的"奇迹、神秘和权威")时,当武器具有和这三种力量相同的功能时,人不再战战兢兢地"扮演上帝的角色",而是像科尼亚维丘斯和兰开斯特等人一样,毫无顾忌地称自己就是上帝。

宗教之所以存在,很大程度上是因为上帝向自己虔诚的信徒们许诺了一个无限美好的后生命状态,以消除他们对死亡的恐惧和焦虑。但当上帝发现他所创制的世界已经坏掉的时候,同样可以借助洪水等灾害毁掉他的子民,如其所言,"我要使洪水泛滥到地上,毁灭天下。凡地上有血肉、有气息的活物,无一不死"④。《夜猎》的人物对上帝可以毁灭一切的言说很感兴趣,因为这种言说为现实的可怕找到了一个无法获得证明的借口,比如叶列娜在

---

① 参见盛宁《人文困惑与反思——西方后现代主义思潮批评》,生活·读书·新知三联书店,1999,第267页。
② 大卫·雷·格里芬:《后现代宗教》,孙慕天译,中国城市出版社,2003,第95页。
③ 奥斯瓦尔德·斯宾格勒:《西方的没落》(第二卷),吴琼译,上海三联书店,2006,第464页。
④ 《创世记》6:17。

谈到上帝与毁灭的关系时就发表了如下宏论：

> 上帝之永恒完全是上帝自己将一切对自己有利的答案归于自己的账下，而把一切错误的东西说成是人类的罪恶，这未免有些荒唐。①

叶列娜信仰上帝，但她的信仰在她生命走向终点之时发生了变化，她对上帝的"善"提出质疑，她说："随着我的生命里程的日趋缩短，我对上帝的信仰也日趋摇摆不定。"② 她的朋友安东对上帝存在之意义的理解和死亡相关。在他所生活的环境里，个人的生存是以他人的死亡为代价的，即"一个人可以采取任何行动，哪怕是危险的行动，只要该行动以别人的死亡来延缓自己的死亡就行"③。换个视角看，上帝和安东的关系也可以得出另外一种结论，在兰开斯特眼里，上帝是偏爱安东的，他让很多人死于非命，却让安东能够死里逃生。（"上帝为什么让那么多的人白白送死，偏偏让你死里逃生？"④）但对于安东而言，他之所以能活下来，是因为他了解死亡世界的规则，那就是不能害怕死亡，越是害怕，越可能死去，所以，"安东不怕死。死亡和工作、睡眠、性及饮食一道成了他生活中不可或缺的一部分"⑤。因为安东比任何人都清楚，上帝对人的"最终奖赏只能是死亡"⑥，既然如此，何不把死亡当成自己的上帝来进行战斗呢？

信仰得以深入人心的条件（除了国家的干预之外）就是要有一些愿意为宗教践行自己的信念的人，要有一些如《卡拉马佐夫兄弟》中佐西马长老或者《白痴》中梅什金公爵一类的坚定的信仰者。但是在 2200 年的世界，这样的信仰者并不存在，不存在的原因是上帝从未显示过他的神迹。这里的景象与瓦尔拉莫夫在《沉没的方舟》里所展现的图景十分相似，人的精神世界之丧失使得妖孽丛生。《沉没的方舟》中的柳博之所以能够用"末

---

① 科兹洛夫：《夜猎》，郑永旺、傅星寰译，昆仑出版社，1999，第45页。
② 科兹洛夫：《夜猎》，郑永旺、傅星寰译，昆仑出版社，1999，第44页。
③ 科兹洛夫：《夜猎》，郑永旺、傅星寰译，昆仑出版社，1999，第351页。
④ 科兹洛夫：《夜猎》，郑永旺、傅星寰译，昆仑出版社，1999，第223页。
⑤ 科兹洛夫：《夜猎》，郑永旺、傅星寰译，昆仑出版社，1999，第49页。
⑥ 科兹洛夫：《夜猎》，郑永旺、傅星寰译，昆仑出版社，1999，第351页。

约教会"的名义为非作歹，是因为俄罗斯面临神离场的时代，即尼采在《悲剧的诞生》中所谈及的酒神精神占统治地位的蛮族文化时代。在《夜猎》中，神离场的时代虽然已经到来，但任何以上帝的名义组织起来的活动都无法唤起人们信仰的热情。按理说，遍地是死亡景象的帕诺尼亚 YI 低地省更能激发人们对上帝的信仰，因为宗教能够向人们暗示，宇宙之中存在一种强大的力量，这种力量被表述为"亚伯拉罕所信的，是那叫死人复活、使无变为有的神"①，但这些神圣力量之所以不存在，是因为在这个 100 多年都没有出版过书籍的地方，这些关于上帝的神圣力量只能是传说，而传说最容易被个体的需要所异化。这种个体不仅有正常人安东，也有受过核辐射的妓女、刑事犯、失业者和无家可归的孩子，比如一群接受九年核辐射伤害的人突然变成了一个新的人类物种，他们"想在钽铀放射地区开展大规模的建党工作。签名，盖戳，一切都搞得有模有样"②。人类异化的力量如此可怕，以至于能导致文化的丧失，除了安东的那本《堂吉诃德》外，已经找不到可以传承上帝神圣力量的载体了，于是，上帝在反乌托邦的末日图景中就是一个传说。

---

① 《罗马书》4：17。
② 科兹洛夫：《夜猎》，郑永旺、傅星寰译，昆仑出版社，1999，第 219 页。

第十二章
《夏伯阳与虚空》：关于反英雄的神话

佩列文①的《夏伯阳与虚空》从发表之日起，其思想主旨和诗学特征就成为文坛关注的焦点。反乌托邦对于苏联解体前的苏联文学和苏联解体后的新俄罗斯文学而言，类似于格式塔心理学"图—底"关系中的"底"，基于此，有学者认为："在苏联文学的最后七年中，反乌托邦精神又一次迎来了它的高涨。以'回归文学'、'反思文学'和'侨民文学'为主体，反乌托邦精神得到了前所未有的解放。在这最后七年的苏联文学中，国家乌托邦精神再也找不到显在的存在方式了，它再也无法占据主导地位。"②反乌托邦情绪是戈尔巴乔夫"新思维"效果的体现，这种说法有一定的道理，但需要补充的是，随着苏联的解体，特别是当后现代文化变成文学创作不可忽视的背景时，反乌托邦精神与后现代解构精神的联姻就更使得文学中的反乌托邦思想成为书写的常态（"图—底"关系中的"底"）。换言之，"由于俄罗斯后现代主义文学在产生之初就具有一种天然的反乌托邦性，那么无疑，这种反乌托邦性也就顺理成章地作为俄罗斯后现代主义

---

① 维克多·奥列格维奇·佩列文（Виктор Олегович Пелевин），于1962年11月22日生于莫斯科，父亲是国立莫斯科褒曼技术大学的老师。1985年，佩列文考入莫斯科动力学院电力设备与工业和交通自动化系。他的处女作《伊格纳特巫师和众人》（Колдун Игнат и люди）发表于1989年的《科学与宗教》杂志上。本书所研究的作品《夏伯阳与虚空》在1996年的《旗》（Знамя）上连载。佩列文是当代俄罗斯文坛非常活跃的作家，其作品被译成多种文字。

② 董晓：《乌托邦与反乌托邦：对峙与嬗变——苏联文学发展历程论》，花城出版社，2010，第251页。

文学中一种坚不可摧的内在理念，深植于一切时期的俄罗斯后现代主义文学之中了"①。

第一节 作为存在的难民的反英雄

《夏伯阳与虚空》正是对这种内在理念的文学表达。其中，个体的呢喃与后现代主义的游戏巧妙结合构成了这部小说独有的"精神分裂叙事"，即由于文化杂糅性和多元性的在场，眼前单数的世界（мир）变成了复数的世界（миры）。佩列文在他的《"百事"一代》（Generation «П»，1999）中用塔塔尔斯基的一番话来表述后现代文化语境中的世界感受。

> Russia was always notorious for the gap between culture and civilization. Now there is no more culture. No more civilization. The only thing that remains in the gap. The way they see you.②

断裂与无序就是文化的存在方式，其后果就是马克·柯里所说的"一个人就是一种叙事"③。个体叙事中的反乌托邦精神体现为，个人为了彰显存在感和自我价值，必须把个体的呢喃变成呐喊。呐喊依然无法解决存在感的问题，因为世界的复数特征导致了世界的虚无，从而使人成为"存在的难民"。而存在的难民也是反英雄存在感的证明方式。

---

① 赵杨：《颠覆与重构：论俄罗斯后现代主义文学的反乌托邦性》，黑龙江人民出版社，2009，第46页。
② 原文字母均为大写。佩列文对这段英文的注释为："В России всегда существовал разрыв между культурой и цивилизацией. Культуры больше нет. Цивилизации больше нет. Остался только Gap. То, каким тебя видят."刘文飞的译文是："俄罗斯以文化和文明著称。如今再无文化。再无文明。惟一留存的就是鸿沟。他们看你的方式。"参见佩列文《"百事"一代》，刘文飞译，人民文学出版社，2001，第76页。
③ 马克·柯里：《后现代叙事理论》，宁一中译，北京大学出版社，2003，第110页。

《夏伯阳与虚空》中的"虚空"就是一个典型的"存在的难民"[①]。虚空首先出现在1919年的音乐鼻烟盒酒吧,与他同在一处的还有托尔斯泰和勃留索夫等人,但当他再次睁开眼睛的时候,他已经来到1990年的精神病院。在1990年的时空维度中,1919年的虚空和国内战争时期布琼尼麾下大名鼎鼎的夏伯阳在一起的故事不过是在药物作用下的胡言乱语;在1919年的时空维度中,1990年则是病态的他对安娜讲述的梦境。如果说1919年虚幻不真,就否定了托尔斯泰和勃留索夫等人的存在,这和历史事实不符;如果说1919年的时空是真实的,那么1990年精神病院中的病友谢尔久克等人则成了虚妄,但1990年的铁木尔·铁木罗维奇明确告诉虚空,所谓的夏伯阳和机枪手安娜的故事都是虚空自我伪人格的产物。一般来说,"穿越"作为一种叙事形式通常具有往返性,但这种往返无法多次进行,因为多次的"穿越"会使主人公对自我身份定位产生疑惑,最后穿越者成为"存在的难民"。另外,穿越者往往有一个初始身份,后来的身份是穿越后因各种事件的发生而添加上去的。但虚空不同,"他的两个身份都是真实的,这种肉身的悬置让他在不同的事件和空间皆感到不同程度的焦虑"[②],这个世界就像黑男爵荣格告诉他的一样,"只不过是我们从生下来就开始学习制造的集体视觉化"[③]。换句话说,人只存在于自我意识之中,周围的一切不过是人视觉意识的产物。虚空把这种状态理解为梦和醒之间的临界状态,"处于那种每个人都熟悉的梦与醒的临界地带,处于非物质的世界,在这里,周围的一切都成了瞬间产生并消融于意识中的幻象和思想,而这些幻象和思想所包围的人本身又绝对不在场"[④]。这种中间状态是佩列文很多作品里人物的存在形式,"佩列文文学世界里的各种生物以中间状态存在着,他们存在于生活和

[①] "存在的难民"这个概念最早是郑永旺在专著《游戏·禅宗·后现代——佩列文后现代主义诗学研究》中提出的,其核心思想是,如果现实和梦境纠缠在一起,难以分清何为真实何为虚幻,那么在这种情况下,主人公必定陷入寻找"原初真实"的恐惧之中,这种具有双主体地位的人被称为"存在的难民"。参见郑永旺《游戏·禅宗·后现代——佩列文后现代主义诗学研究》,人民文学出版社,2006,第205页。

[②] 郑永旺:《游戏·禅宗·后现代——佩列文后现代主义诗学研究》,人民文学出版社,2006,第207页。

[③] 佩列文:《夏伯阳与虚空》,郑体武译,上海译文出版社,2004,第286页。

[④] 佩列文:《夏伯阳与虚空》,郑体武译,上海译文出版社,2004,第139页。

文学、肉体和精神、苏联和非苏联、真实和虚幻及正常和荒谬的中间地带"[1]。如果说经典的反乌托邦小说尚能确定一个较为恒定的未来或者当下时空，佩列文作品的反乌托邦精神则是通过虚空脚下不断漂移的土地来表现的，主人公所要做的是不断在两个时空中游荡，以获得最终的身份声明，但是在小说的结尾，虚空的愿望依然未能实现。一些学者认为："很难说佩列文哪部小说就是地道的'反乌托邦'作品，但他的'反乌托邦'情结却是以种种不同形态显现在他的小说创作里。"[2] 小说的创作背景是俄罗斯后现代主义文学大行其道的时候，因此如果在更大的文化语境中来观照作品，就可以判断这是一部后现代小说，其中的游戏设置、互文的狂欢和对东方思想（特别是禅宗和藏传佛教的格鲁派）的解构和重构，是这部后现代小说最为典型的元素。基于此就不难发现，这也是一部反乌托邦情绪浓郁且拥有诸多反乌托邦体裁要素的作品。小说通过主人公虚空（小说以第一人称"我"为叙述视角）在两个时空中的往返来揭示，无论是在1919年的国内战争时期还是在1990年的苏联时期，在佩列文的后现代主义诗学里，这两个时空都是"佩列文解构苏维埃英雄神话和当代俄罗斯现实最强大的武器"[3]，也是反乌托邦精神（思想）的源文本。苏维埃英雄赖以生存的环境因为"世界是幻象"[4] 的命题而从人们的集体无意识中剥离，从而由英雄变成反英雄。从这个意义上讲，日本学者沼野所说的"俄罗斯文学史上最具魔幻力量的作品"[5] 中的"魔幻力量"不仅指作品的东方情调，同时也是对反英雄

---

[1] Николаев П. Русские писатели 20 века. М.：Научное издательство «Большая российская энциклопедия», Издательство«Рандеву-ам», 2000, с. 543.

[2] 温玉霞：《后现代语境下的"反乌托邦"情结——维·佩列文的小说创作图景》，《俄罗斯文艺》2010年第1期，第12页。

[3] 李新梅：《现实与虚幻：维克多·佩列文后现代主义小说的艺术图景》，复旦大学出版社，2012，第127页。

[4] "世界是幻象"显然是惠能那首著名偈子（菩提本无树，明镜亦非台，本来无一物，何处惹尘埃）的俄文演绎。谢尔久克说："东方的智者说过，世界就是幻象。"这种演绎的基础首先是"мир"和"мираж"具有相同的词根，即虚空所说的"请您注意'世界'和'幻象'这两个词深刻的同源性"。参见佩列文《夏伯阳与虚空》，郑体武译，上海译文出版社，2004，第133、156页。

[5] Мицуеси Намано. Тюкан Сусэцу. Пелевин, Акунин и Мураками успешно заполняют «лакуну»между серьезной и массовой литературой//Независимая газета, 1 декабря 2000.

存在原因的解释。小说借助虚空的视角还原了夏伯阳、富尔曼诺夫等人的真实身份。因此,如果要理解夏伯阳的反英雄形象,就无法摆脱虚空视角和在这种视角下的阐释。

第二节　被颠覆的集体无意识

富尔曼诺夫的长篇小说《恰巴耶夫》和电影《夏伯阳》是佩列文《夏伯阳与虚空》的源文本。① 这两个源文本所塑造的人物广为人们传诵,成为苏维埃时期英雄生活的范例,最后,富尔曼诺夫笔下的恰巴耶夫等人以一种文化标记和精神符号潜入民族的集体无意识之中。俄罗斯英雄神话和西方文化对英雄的理解基本一致,即英雄同古希腊、古罗马神话有无法割裂的联系。俄语"герой"来自希腊文"heros",具有"半神半人"② 之意。平凡大众皆需要"手持闪光的利剑来拯救他们的英雄,这位英雄的一击、一触和他的存在将解放这片土地"③。在富尔曼诺夫的笔下,恰巴耶夫就具有这种英雄史诗中常常出现的超人品质,"他的所作所为,正合这些人的胃口。他具有这些群众的一切长处,特别是他们认为宝贵而崇高的长处——个人的英勇、大胆、无畏和果断"④。尽管富尔曼诺夫也承认恰巴耶夫有这样或者那样的缺点,但这实际上并没有损害他英雄的形象,因为即便是在《荷马史诗》里,阿喀琉斯、奥德修斯和阿伽门农等人也都不是完人,在他们身上毕竟还流着凡人的血液。恰巴耶夫这个"富有魔力的、惊人的名字"⑤ 之所以能代表因战争而生成的集体无意识中的一小部分内容,是因为该人物的

---

① 郑体武译本把"Чапаев"翻译成夏伯阳,可能更多考虑了小说 Чапаев и Пустота 与1958年传播到中国的电影《夏伯阳》的文际关系,换言之,译者认为当前小说与电影《夏伯阳》而不是与小说《恰巴耶夫》有更紧密的联系。由于着重点不同,对书名的翻译自然不同,英译本的解决方案是译成 Buddha's Littel Finger (《佛的小指》)。本书采纳郑体武的译法。
② Ильяхов А. Г. Этимологический словарь: античные корни в русском языке. М.: АСТ・Астрель, 2010, с. 111.
③ 约瑟夫·坎贝尔:《千面英雄》,张承谟译,上海文艺出版社,2000,第12页。
④ 费多尔·富尔曼诺夫:《恰巴耶夫》,郑泽生译,外国文学出版社,1981,第232页。
⑤ 费多尔·富尔曼诺夫:《恰巴耶夫》,郑泽生译,外国文学出版社,1981,第31页。

确曾在现实中存在过，经过富尔曼诺夫小说的加工和电影《夏伯阳》的传播，夏伯阳构成了之前的苏联和现在的俄罗斯民众对英雄的集体想象，民间流传着各种各样关于此人的段子就是这种想象存在的证明。在电影《夏伯阳》中，夏伯阳之死是个人性格的悲剧，而个人性格悲剧是英雄的宿命，就像阿喀琉斯的悲剧不是因为他个人能力不足，而是因为他的脚踝没有被冥河之水浸泡过，所以他的死亡是被预设的，他的命运悲剧是事先编排好的。悲剧是指传统意义上的和神话传说中的英雄无法躲避的宿命，就像阿喀琉斯的脚踝会在某天成为英雄之死的原因一样。然而，源文本中夏伯阳（指电影《夏伯阳》中的人物）或者恰巴耶夫的死亡结局本身就缺少宏大叙事的庄严，他们是在泅渡乌拉尔河的时候被敌人乱枪打死的。在富尔曼诺夫的小说里，英雄的悲剧性表现为："恰巴耶夫和另外一个人继续向前游去，眼看就要靠近对岸了，就在这当儿，一颗残忍的子弹打在恰巴耶夫的头上。"① 宏大叙事的缺席与英雄业绩之间的强烈反差使人们的集体想象变形，苏联人或者俄罗斯人更愿意相信"恰巴耶夫并没有淹死在白茫茫的乌拉尔河中"②，而是以某种神奇的方式活在人间，成为半人半神的英雄。同样，电影《夏伯阳》中夏伯阳的性格缺陷就是他的"阿喀琉斯的脚踝"，他没有能够泅渡乌拉尔河，反倒使自己成了神的祭品。《夏伯阳与虚空》显然对英雄之死的警示作用进行了重新演绎，夏伯阳虽然和虚空一道跳入乌拉尔河，但其意义在于夸大该小说的禅宗特质，即他跌入"永恒之爱的相对之河"（乌拉尔河）③。这条河体现了这部禅宗小说用"蜡烛喻"贯彻"色即是空，空即是色"④的思想，是为了让虚空登上轮回的列车，最后让其能够摆脱"存在的

---

① 费多尔·富尔曼诺夫：《恰巴耶夫》，郑泽生译，外国文学出版社，1981，第367页。
② 叶·纳乌莫夫：《富曼诺夫》，梅子译，上海文艺出版社，1961，第29~30页。富曼诺夫，即富尔曼诺夫。
③ 佩列文：《夏伯阳与虚空》，郑体武译，上海译文出版社，2004，第374页。
④ 在郑体武译本中这句话是用"空是所有的形式"来表述的。在《般若波罗蜜多心经》中"色"和"空"的意思可用《阿毗达摩品类足论》卷十二中的"色云何？谓指所有色，一切四大种及四大种所造色"来解释，"色"指的是我们所处的物理世界，即所谓的"地、火、水、风"，而"空"是万物的缘起，也是深藏在事物表象下面的本质，是世界本真的存在方式。参见郑永旺《〈夏伯阳与虚空〉的佛教元素解读》，《俄罗斯文艺》2008年第2期，第31页。

难民"之身份,突破"中间状态",找到原初的真实,即回归真正的自我。佩列文笔下的夏伯阳作为一名红军指战员,已经颠覆了生存在俄罗斯人集体无意识中的传奇英雄的形象,是对英雄的解构。俄语单词"герой"除了表示建立功勋的非凡人物之外,在《夏伯阳与虚空》中尚有"能体现一个时代或者某种环境特征的人物"[①] 这样的含义。按佩列文的说法,该文本完全诞生于"空"中,其人物由于摆脱了人(这里指创作者佩列文,也可以指书中佛教阵线主席图尔库七世所说的笔记书写者)的羁绊,所以能够窥见世界构成的秘密,英雄则成了触摸这种秘密的关键。[②] 俄罗斯后现代主义文学强调的是,后现代背景下物质世界的幻象化和消费性特征已经让英雄们感到万分孤独,而社会大众艺术(соц-арт 或 соц-art)[③] 的经典造型使俄罗斯传统文化成为后现代主义的讽拟资源,去中心化和平面化的后现代主义文学让普希金这轮诗歌的太阳在西尼亚夫斯基(Синявский А.)的《与普希金散步》(Прогулки с Пушкиным)中成为一般的发光体。普希金作为俄罗斯人的骄傲却因能够与之散步,而被西尼亚夫斯基降解其形象。"прогулка"是动词"гулять"的名词形式,除了"散步"的意义外,尚有"与某人关系暧昧"(быть в близких, любовных отношениях с кем-н)[④] 之意,在这部著名的俄罗斯后现代主义早期作品中,普希金从主人公(герой)和俄罗

[①] Лицо, воплощающее в себе характерные черты эпохи, среды. 参见 Ожегов С. И. Словарь русского языка. М.: Русский язык, 1982, с. 116。

[②] 佩列文把罗兰·巴特的"作者之死"当成一种写作策略,即文本的产生完全是一个神秘的事件。参见 Пелевин В. *Когда я пишу, я двигаюсь на ощупь.* Семинар писателя в Токийском университете, 26 октября 2001. http://www.susi.ru/stol/pelevin.html。

[③] "соц-арт"或"соц-art"又称"索茨艺术",是指 20 世纪二三十年代俄罗斯造型艺术中的一种大众性的、以调侃苏联政治、社会等意识形态领域内一些事件为内容的艺术流派。在后来的发展演变中,"соц-арт"作为一种艺术方法不仅存在于造型艺术领域,也逐渐渗透到文学领域里,特别是在思想意识完全解冻的 20 世纪八九十年代,"соц-арт"已经与西方的"pop art"(波普艺术)等值,构成了后现代主义文学中的如 П. 巴辛斯基所说的"边缘的激情"。1972 年,可玛尔和梅拉米德将"соц-арт"定义为一种后现代主义对传统文化全面解构的叙事手段,而图皮岑娜(Тупицына М.)的专著《索茨艺术:俄罗斯伪英雄格调》(Соц-арт: русский псевдогероический стиль, 1984)和《索茨艺术:俄罗斯解构主义的力量》(Соц-арт: русское деконструктивное усилие, 1986)奠定了"соц-арт"作为后现代主义文学解构苏联(当然也包括现在的俄罗斯)历史文化平台的地位。

[④] Ожегов С. И. Словарь русского языка. М.: Русский язык, 1982, с. 133。

斯人文精神的象征变成了反英雄。格里切娃（Горичева Т.）所说的"在文学作品中再创造英雄人物已经非常难"①和哈罗德·布鲁姆所说的"影响的焦虑"意思相似，后者认为"有能耐的诗人站在前驱面前，就像艾克哈特（或爱默生）站在上帝前面。他不是被创造的一部分。他是灵魂的最精华部分——未被创造出来的物质"，如此一来，"迟来者的中心问题必然是重复"②。这也与约翰·巴思（John Barth）在《枯竭的文学》（*The Literature of Exhaustion*, 1967）中提出的人类已经进入文学史的新阶段——"枯竭的文学"——相互对应。但前两者仅是就文学创作过程中的叙事方法和技巧而言的，似乎没有涉及问题的本质，即英雄之所以消失是因为世界已经度过了靠英雄主宰历史的时段。但在格里切娃看来，英雄之所以消失是因为他们对世界的变化感到迷惑，是因为他们无法把握眼前的现实。人能成为英雄的前提是了解当下所处时代的基本走向，但是当"世界是幻象"这一命题把虚空们行动的方式和思考问题的方法变成"我在故我思"和"我思故你在"时，英雄面临的困境是根本确定不了眼前现实的真假，被幻象化的后现代世界无法产生英雄，但可以产生反英雄。佩列文在小说《寻风记》（Запись о поиске ветра，2004）中发展了《夏伯阳与虚空》中的现实观，他认为所谓的现实不过是一个人为的阴谋，"这个阴谋的实质就是我们所谓的世界不过是一些象形文字的影子，而象形文字所制造的一切其实和现实世界一点关系都没有，只是这些文字自我之间的相互反映。因为一个象形文字的形状总要通过其他象形文字折射出来……饱受原罪之苦的人相信，这不仅仅是一种反映，其中一定还有别的东西。其实根本没有什么别的东西。任何地方都没有。没有。任何时候都不曾有过。这就是人愚蠢之处的体现"③。这种极端的现实观同样是反乌托邦思想的体现，因为这种现实就是鲍德里亚所强调的"超真实"，"它强调了后工业化时代工具理性的话语霸权和它的复制欲望"④。然而，经

---

① Горичева Т. *Православие и постмодернизм*. Л. : Издательство Ленинградского университета, 1999, с. 55.
② 哈罗德·布鲁姆：《影响的焦虑》，徐文博译，江苏教育出版社，2006，第80页。
③ Пелевин В. Запись о поиске ветра//Диалектика Переходного Периода из Неоткуда в Никуда. М. : Эксмо, 2004, с. 374 - 375.
④ 郑永旺：《〈夏伯阳与虚空〉的佛教元素解读》，《俄罗斯文艺》2008年第2期，第30页。

过这种欲望加工的人已经被符码化,被符码化的人相当于扎米亚京笔下的"号民",他们面对的世界图景必然是悲惨的。英雄很难在"号民"中产生,英雄更不会在幻象中迷失。在文学创作层面,鲁德尼奥夫(Руднев В.)提出了一个更加前卫的推断,即"在后现代已经没有可共戏拟的文本资源了,戏拟是文学对逝去的现代主义的回忆,戏拟是建立在前文本的神圣性基础上的讽拟,而后现代缺少的恰恰是文本的神圣性,因为神圣性的资源都已经被挖掘殆尽"①,这与格里切娃从哲学的高度所得出的结论基本一致。然而,这里存在一个巨大的悖论:如果夏伯阳是给虚空颁发难民证的神,他就不应该是存在的难民,因为难民在奔波中感受到的是肉体的沉重,他需要在穿行于两个不同的空间时寻找难民监狱的薄弱之处。但如果他是神,他一定可以让虚空摆脱噩梦的困扰,但他没有做到。恰恰相反,用安娜的话说,虚空的灾难可能还与恰巴耶夫——"世祖"——有关。此处,《夏伯阳与虚空》中夏伯阳的意义在于颠覆传统的、沉淀在俄罗斯人心中的夏伯阳的英雄形象。

反英雄是对英雄行为的重新注释,而且,反英雄不是反面人物的同义词,"反英雄是伴随着'英雄'的产生而产生的"②。产生后现代主义英雄的背景与早期文学中的英雄所诞生的土壤不同,后现代语境下的艺术更重视其消费性,车尔尼雪夫斯基的"文学是生活的教科书"公式在后现代主义的文化语境中已经失效,车尔尼雪夫斯基笔下的"新人"可能被"新新人类"刷新。佩列文作品中的主人公(俄语的主人公和英雄都是"герой")不追求崇高,因为没有崇高;他们躲避庄严,因为庄严必须诞生在不再漂移的土地上。《"百事"一代》中的塔塔尔斯基、《苏联太守传》(СССР Тайшоу Чжуань)中的张七都生活在"水晶的世界"。在佩列文的小说《水晶世界》(Хрустальный мир)中,尼古拉在酒精的作用下发现,"俄罗斯是如此的美丽,以至于他的眼泪止不住地流

---

① Руднев В. Словарь культуры XX века: Ключевые понятия и тексты. М.: Аграф, 1999, с. 224.
② 王岚:《反英雄》,载赵一凡、张中载、李德恩主编《西方文论关键词》,外语教学与研究出版社,2006,第103页。

了下来"①。此外,反英雄就后现代诗学来讲还有另外一层含义,就是对源文本中的英雄进行重构后的英雄,如对夏伯阳、安娜和佩奇卡的重构。反英雄之"反"代表了一种运动。一般来说,这是崇高的反方向运动。《夏伯阳与虚空》中的反英雄形象既源于一种对英雄的重构,也强调反英雄之"反"运动的过程。两者皆是小说由于互文性手法的导入而产生的戏仿产物,是有意误读的成果之一。就个体而言,反英雄的品格是对源文本中英雄性格的否定或改写。试对比不同文本中的夏伯阳或恰巴耶夫(见表12-1)。

表 12-1 不同文本中的夏伯阳或恰巴耶夫

序号	电影和小说中的夏伯阳(恰巴耶夫)	佩列文笔下的夏伯阳
1	身材不高,留着向上翘的胡子	身材不高,精干,上翘的黑胡子
2	嗜酒,但酒只能起到负面的作用	认为酒是哲学思想和神秘主义思想的催化剂和源泉
3	前身份为哥萨克,现身份为军人	前身份为"世祖",现身份为军人
4	使用的武器为马刀和手枪	对刀迷恋,刀折射神秘的集体无意识
5	性格狂躁,但不失幽默	性格难以捉摸,没有幽默感
6	语言粗鲁,能煽动人的情绪	擅长文字游戏,认为存在是语言的游戏
7	对知识分子持蔑视的态度	本身就是知识分子的导师
8	拥有众多狂热的拥护者	拥有面孔模糊、没有思想意识的部下
9	有流氓无产者习气	有神秘主义哲学家气质
10	死于乌拉尔河	跃入乌拉尔河,跳上轮回的列车

虽然外形上的相似性可使当前文本与源文本构成文际关系,但这种文际关系的目的在于表现两者在思想上的差异性,从而实现戏谑的目的。但《夏伯阳与虚空》所戏谑的对象是早已定型了的、已经成为集体无意识的艺术形象。夏伯阳的出场亮相是在受众没有任何心理预设情况下的急转弯,佩

---

① Пелевин В. Хрустальный мир//Желтая стрела. М.:Эксмо, 2005, с.191. 陀思妥耶夫斯基在《地下室手记》中提及的"水晶宫"、车尔尼雪夫斯基在《怎么办?》中描绘的"铁骨水晶宫"和扎米亚京《我们》里的"玻璃天堂"都是关于未来世界的隐喻,是乌托邦思想和反乌托邦思想的体现。佩列文继承了这种观点,在《水晶世界》里把未来比作美丽而易碎的水晶世界,既继承了俄罗斯经典作家对未来世界的想象,又阐释了这个世界的新成员——"水晶世界"。

氏用"香槟"和"刚毅平静的脸"①打造了一个和源文本既有联系又有区别的人物。戏仿所造成的心理落差之大及其跌落速度之快与两个源文本形成鲜明的对比。

与富尔曼诺夫的《恰巴耶夫》和电影《夏伯阳》相比,《夏伯阳与虚空》中夏伯阳的出场地点特殊,他的神态也显示出知识分子思想的深刻与凝重。他可以用艺术家的身份(在埃尔年处夏伯阳甚至弹奏了莫扎特的《F小调赋格曲》)与诗人虚空进行交谈。电影中,夏伯阳的亮相是他出来拦截一个被捷克人打败后把枪支丢进河里的士兵,然后以傲慢的态度接待来师里负责政治思想工作的格雷奇科夫。

第三节 反英雄的哲学内涵和思想诉求

反英雄的形象是在对源文本中的人物进行急速转换后产生的新形象。这种转换既有当前文本对源文本人物的矮化,也有对其中人物的拔高。无论矮化或者拔高,人物形象的转换成了后现代文本互文策略——戏仿——最重要的特点之一,成了对源文本人物的总体形象进行魔鬼化的临床手术。在布鲁姆的理论中,魔鬼化指的是"伟大的原作继续保持其伟大,但却失去了其独创性,进入了超自然世界——其光辉的归宿地——魔鬼的势力范围"②。"魔鬼化"是一种逆崇高运动,是对先驱的"崇高"的反拨。在《恰巴耶夫》中,反英雄的名单上也包括安卡(在电影《夏伯阳》、小说《夏伯阳与虚空》中为"安娜")。这个在电影中充当佩奇卡恋人的女机枪手在《夏伯阳与虚空》中成了夏伯阳的侄女,她学生般的装束和扁平的胸部代表了后现代的"雌雄同体"(哈桑语)特征,与电影中安娜的丰满形成了强烈的对比。更重要的是,安娜与夏伯阳一道,用"黏土机枪"平息了叛乱,她对机枪功能的演示是"世界是幻象"这个禅宗哲学思想的形象化再现过程,女性气质与其说是为了展示安娜在虚空意识中构成的性幻想,不如说是代表

---

① 佩列文:《夏伯阳与虚空》,郑体武译,上海译文出版社,2004,第26页。
② 哈罗德·布鲁姆:《影响的焦虑》,徐文博译,江苏教育出版社,2006,第103页。

了一种对中性女人之美的追求，一种超越性别特征的人之概念化设想。源文本和当前文本中的故事背景都是战火纷飞的1919年，但佩列文笔下的夏伯阳并没有如源文本那样通过激烈的战斗来解决问题，他以"世祖"的身份动用了化世界于无形的"黏土机枪"，只需小指指向眼前的世界，顷刻间寰宇便清静了。这种具有奇幻色调的解决冲突的手段背离了英雄用鲜血和生命捍卫荣誉或保卫家园的范式。夏伯阳、安娜乃至富尔曼诺夫等人生存的原始背景依然如故，但这些人物所承担任务的义理变换使"图—底"能够分离，形成了新的英雄，即反英雄。由古希腊阿伽门农手下的那帮英雄传承下来的英雄的永恒魅力之所以至今仍能成为西方文化中沉于意识深处的思维模式，是因为它们代表了人类的童年与个人的童年相撞时迸发出的关于英雄历史使命感的火花。然而，作为一部后现代文本中的英雄，夏伯阳不可能去填补物质与精神相互碰撞时，在灵魂与肉体的厮杀中所形成的空缺。反英雄的冲击力来自源文本对英雄的描写，其所保留的原始背景为戏仿提供了可利用的资源，否则会使戏仿的艺术效果大打折扣，原因是当前文本中的这些和源文本中有关的若隐若现的元素可以唤醒读者记忆中夏伯阳的原型，使读者将两者（算电影的话应该是三者）联系起来，去对比一个冲锋陷阵的英雄和一个满口哲学术语的神秘主义者，从而产生巨大的审美感受和艺术冲击。

　　反英雄的生成机制和文本固有的彼岸色彩有关，彼岸色彩使文本在文学的底版上涂抹了哲理的色调，这也是使文本变成"图"的一种强大机制。夏伯阳反复强调，世界是不存在的，世界（这里的世界主要是指眼睛所及的客观现实）之所以被人觉察，是因为有很多人在凝视眼前的虚无，于是在虚无之中诞生了原野、花草和夏夜，证明这些物质是集体的幻觉成了夏伯阳必须要完成的任务。但是他显然没有完成，因为和他一起跳入乌拉尔河的虚空在睁开眼睛后发现他从一个"集体视觉化"的幻觉来到了另一个"集体视觉化"的幻觉。夏伯阳的存在本身就折射了反英雄所具有的黑色幽默。夏伯阳处于神和人的两难境地，虚空的"我存在，他们才存在"的相对主义视角将夏伯阳带入了"绝对之爱的相对之河"。黑男爵所向往的内蒙古和夏伯阳的虚无（乌拉尔河）没有把虚空带入万劫不复的永恒之中，反而让神一脚踏空。

《夏伯阳与虚空》采用的是第一人称叙述视角,"我"(虚空)的目光决定了夏伯阳、谢尔久克、黑男爵荣格、安娜等人的存在,换言之,小说中的虚空代表了人的意识,而其他人和事物代表了意识所触及的客体。夏伯阳之所以被观照是因为他在虚空的视线范围内,他成了虚空在1919年为1990年的出院所写的日记的内容。《夏伯阳与虚空》在第一眼看上去是写主观人物虚空寻找摆脱难民困境的通途,并在读者面前关闭了那扇通向永恒的大门,再仔细审视的话,就能发现存在一个与虚空寻找突围之路的平行情节——虚空在永恒中的存在。那扇被虚空关闭的门总是能被夏伯阳打开。1990年在精神病院中虚空所画的一幅画、虚空出院后在音乐鼻烟盒酒吧里发生的枪击事件等都成了夏伯阳为读者开启通向永恒之门的暗示。也许,夏伯阳本不应该再次出现,他完全可以像以前一样指挥自己的整个师的兵力,或者清洗自己的爱马,或者独自一人在澡堂里品尝农村人自酿的酒。但是,当他用"黏土机枪"把一切都消灭了之后,他作为反英雄的使命也就结束了。就像他在此之前告诉虚空的那样,想知道真相的话,"就睁开眼吧"。但是在虚空睁开眼后,他就不应该再见到夏伯阳。遗憾的是,夏伯阳的咒语似乎无法应验,他再次将虚空拖入轮回之中。这其实与他的关于世界不真的理论相悖。那么,"我"再次遇到夏伯阳的时候,是该相信自己的感觉,还是该相信"世界就是幻象"这个命题呢?佩列文没有给出答案。作为阿那伽玛佛化身的夏伯阳也没有给出答案。这大概就是对禅宗"本来无一物"的另一种解读。一般来说,"事件的亲历者之所以能够获得他在小说中的地位是因为参动者自身的话语使他有别于其他人"[①]。在《夏伯阳与虚空》中这种情况未必可信,因为即便虚空本人所参与的一切活动看似真实,由于"世界是幻象"这一前提的存在,这种"有别于他人"的言说也变得可疑。但有一点是可以确定的,就是其他人的存在必须以"我"的存在为前提条件,这是一种以其他人为参照物的"图—底"结构关系。就该文本来说,人们很容易识别虚空、夏伯阳、埃尔年等代表各自不同意识形态的话语参动者的身份特征。虚空讲述的枪击"幽灵"事件是他参动者身份的标志。

---

① 史忠义:《20世纪法国小说诗学》,社会科学文献出版社,2000,第46~47页。

幽灵本来用于象征黑暗的力量，但在《共产党宣言》里，幽灵代表了正义和希望。

　　一个幽灵，共产主义的幽灵，在欧洲游荡。为了对这个幽灵进行神圣的围剿，旧欧洲的一切势力，教皇和沙皇、梅特涅和基佐、法国的激进派和德国的警察，都联合起来了。①

俄语单词"призрак"的释义为"出现在想象中的具有形象特征的某物或某人，幻觉，幻象"。② 俄文版《共产党宣言》的第一句话就用了这个单词（Призрак бродит по Европе, призрак коммунизма. Призрак）。该词与德语单词"Gespenst"的意思相同，但德语中的"umgehen"（游荡）常常与"Gespenst"连用，表示鬼魂的出没，而俄语中的"бродить"除了表示"游荡"之外，尚有"流浪""居无定所"等含义。虚空借"在欧洲游荡"的"幽灵"表达了他自身生存的窘境和他对信仰所持的否定态度，"幽灵"可以是个人编织的幻象，也可以是集体臆造的信仰幻觉。通过对"幽灵"的揶揄，他试图显示他作为一个颓废派诗人对新世界的认知，这种认知被夏伯阳和黑男爵由世界是"集体视觉化的产物"和"призрак"的另外一个含义"海市蜃楼"所证明。夏伯阳关于莱布尼茨单子的追问把他从一个红军指挥官置换成一个思想家。

　　"请你告诉我，这个单子在哪里？"
　　"在我的意识里。"
　　"而你的意识在哪里？"
　　"就在这里。"我拍拍自己的脑袋，说道。
　　"而你的脑袋在哪里？"
　　"在肩膀上。"

---

① 马克思、恩格斯：《共产党宣言》，人民出版社，2018，第 26 页。
② Образ кого-чего-н., представляющийся в воображении, видение, то, что мерещится. 参见 Ожегов С. И. Словарь русского языка. М. : Русский язык, 1982, с. 524.

"而肩膀在哪里?"

"在房间里。"

"而房间在哪里?"

"在房子里。"

"而房子呢?"

"在俄罗斯。"

"而俄罗斯又在哪里?"

"在灾难里,瓦西里·伊万诺维奇。"

"别来这一套,"他严厉地呵斥道,"开玩笑要得到长官的命令才行。说。"

"还会在哪里?在地球上。"

我们碰了一下杯,一饮而尽。

"而地球在哪里?"

"在宇宙里。"

"而宇宙在哪里?"

我想了一下。

"在自身里。"

"而这个'在自身里'又在哪里?"

"在我的意识里。"①

在这段对话中,夏伯阳通过对虚空的追问,迫使后者最后把世界变成个人和集体视觉化的产物,从而体现了小说提出的一个观点,即"世界是幻象"(мир-мираж)。"世界是幻象"也是对小说禅宗思想的照应,不过深究这段话的逻辑链条,很容易发现其出处。《楞严经》中佛祖和阿难的对话被称为"七处征心"说,其目的同样是通过阿难告诉信众,世界的本质是空的。

这段对话表明,夏伯阳和虚空在小说中建立了不同于富尔曼诺夫《恰

---

① 佩列文:《夏伯阳与虚空》,郑体武译,上海译文出版社,2004,第174~175页。

巴耶夫》和电影《夏伯阳》的"语义代码",即把那本曾经让人对完美社会充满无限遐想的小说和电影降解为发生在虚空的梦中的记录,抑或是别尔(Белл Д.)所强调的,"世界成为没有自然与物体的真实空间,这样的事件只能存在于人的意识之中"①。但这种追问所得到的"空"未必是佛教中的"空",用龙树菩萨的《十八空论》中的话来说,这是一种否定事物存在本质的"恶趣空"。这种空观所导致的结果是,那色彩斑斓的永恒之河乌拉尔河以及让人毛骨悚然的幽冥世界不是发生在物质世界,它们只能存在于人的意识层面,但是,人的意识也是物质发展到一定阶段的产物。所以,佩列文对"空"存在误读(或有意的误读),这种误读也是该小说中的反英雄是存在的难民的原因。

在英雄与反英雄的二元对立中,富尔曼诺夫的小说《恰巴耶夫》里的主人公无论是克雷奇科夫,还是副官佩奇卡,抑或恰巴耶夫本人,都被佩列文的《夏伯阳与虚空》纳入了"反英雄"形象系列,甚至作家富尔曼诺夫在《夏伯阳与虚空》中也变成了鬼鬼祟祟的阴谋家,虚空在夏伯阳的诱导下相信,此人不可能是小说《恰巴耶夫》的作者。这些人作为英雄在源文本中的出现是马克思主义思想体系的文学解释,他们的行动可以用格雷马斯的施动结构理论表述。马克思主义思想体系的分配形态为:

  主体——人
  客体——无产阶级
  发出者——历史
  接受者——人类
  反对者——资产阶级
  辅助者——工人阶级②

富尔曼诺夫的《恰巴耶夫》以及电影《夏伯阳》的施动结构基本上与

---

① Белл Д. Культурные противоречия капитализма. Современная философия: словарь и хрестоматия. Ростов-на-Дону: Феникс, 1995, с. 351.
② A. J. 格雷马斯:《结构语义学》,蒋梓骅译,百花文艺出版社,2001,第 265~266 页。

格雷马斯的施动结构理论相同：

　　主体——代表国家意志的列宁
　　对象——荣誉
　　施动者——以伏龙芝为代表的红军司令部
　　受动者——恰巴耶夫、克雷奇科夫等
　　帮助者——工人阶级、党员干部、受压迫的人民群众和少数哥萨克
　　反对者——白匪军、哥萨克武装等

但在佩列文的《夏伯阳与虚空》中，施动结构发生了巨大的变化，具体如下：

　　主体——虚空，在两个时空中反复穿越的人，他无法摆脱一人双主体的困惑
　　对象——内蒙古，夏伯阳声称此地存在于一个不存在的地方
　　施动者——被解构的布尔什维克主义①
　　受动者——传统意义上的英雄被哲学家和神秘主义者夏伯阳及穿行于两个世界的虚空所取代
　　帮助者——纺织工人成了富尔曼诺夫造反的工具，红与黑如同洋葱头一样无法分辨，因此，帮助者和反对者没有区别
　　反对者——被鲁迅先生称为"战士、文人、共产主义者的富尔曼诺夫"及他领导的旨在让"幽灵"能在整个欧洲游荡的纺织工人

杰姆逊指出："按照格雷马斯的语义结构学分析文本，首先就要找到这种叙事当中的第一个缺陷。"② 对于佩列文的小说《夏伯阳与虚空》来讲，这个缺陷就是人不可能具备双主体特征，要么是 A，要么是 B，不可能既是

---

① "布尔什维克主义，只要彻底接受，它就能激活昏睡于心中的一种崇高希望。"参见佩列文《夏伯阳与虚空》，郑体武译，上海译文出版社，2004，第 151 页。
② 杰姆逊：《后现代主义与文化理论》，唐小兵译，北京大学出版社，1997，第 124 页。

A 又是 B，否则就会让人对现实的真实性产生怀疑。对"我"来说，1919年和1990年这两个时空都拥有存在的权利，这种缺陷的直接后果是叙事的幻想化和世界的幻象化。然而，当两者同时要求这种存在权利的时候便出现一个悖论：如果1990年是真实的，那么1919年便是梦的产物，反之同样成立。这就确定了整个故事的叙述视角是由虚空决定的。在第七章虚空与黑男爵穿行于冥界之时，他发现了这个缺陷：

  夏伯阳和安娜在哪里？那个有着瓷砖墙和砸碎的亚里士多德胸像的飘忽不定的夜晚世界在哪里？现在他们哪儿都不在……只是因为我存在，他们才存在。①

  如此一来，整个关于夏伯阳的事迹都建立在"思绪遄飞"的梦境之上，也正是为了弥补这样的缺陷，才会在小说的最后，也就是虚空出院重新回到莫斯科的时刻，夏伯阳和安娜再度出现，完成了这种对叙事缺陷的弥补工作，从而让虚空再次进入永无止境的梦境。然而，小说故事的结局必须合理，所以在小说开端，佩列文假托图尔库七世的佛教界人士为小说做了一个类似出版前言的东西，声称"本书20年代上半期完稿于内蒙古的一座寺院"，小说的写作时间既不是1919年，也不是1990年，从而验证了《金刚经》的"三心不可得"之说。

  英雄以获取功绩和荣誉为自己的追求，但在《夏伯阳与虚空》中，英雄取得功绩的办法是如此简单，只要朝需要的地方挥动一下"黏土机枪"，所有任务都可在瞬间完成。无论夏伯阳如何了得，对于这个英雄来说，他的存在不过是摆脱虚空对自己存在的困惑和理解现实之真（或假）的工具。英雄最大的敌人是命运，如俄狄浦斯之杀父娶母。对于反英雄而言，命运不过是个借口，无论是夏伯阳还是虚空，他们仿佛都是昆德拉笔下"生活在别处"的人，因为"别处"并不在现实之中，所以一切都有可能。读者无法期望在夏伯阳身上看到将共产主义这个被马克思称为"幽灵"的东西任

---

① 佩列文：《夏伯阳与虚空》，郑体武译，上海译文出版社，2004，第269页。

意放飞的可能性，但在富尔曼诺夫的行动中可找到将代表"共产主义思想"和神秘主义思想融为一体的夏伯阳式的设想彻底毁灭的可能性。将《恰巴耶夫》小说的作者引入《夏伯阳与虚空》中不但彻底表明了夏伯阳存在之虚妄性，同时表明了图尔库七世所说的那番话的正确性，即"他无论如何也不可能是该书的创作者"[1]。俄罗斯文学中有一系列关于英雄神话的小说，特别是在以社会主义现实主义为创作指南的那个时期，然而其中一部分英雄是基于英雄思想制造出来的关于英雄的幻觉。后现代主义文学的降解效应早就摘掉了英雄头上奇妙的光环，毁灭了产生奥蒙·拉们的生存环境。如杰姆逊在引用布莱希特的话时所言："布莱希特在《伽利略》里谈过需要英雄的国家是可悲的。英雄是不存在的。英雄只是意识形态上的一种完美。"[2] 这种悲观思想在夏伯阳这个人物形象上得到了充分的折射，一个国内战争时期的伟大英雄实际上是一个神秘主义者，他可以用"黏土机枪"来决定世界存在与否，英雄的过往不过是一个精神分裂症患者的梦境。在佩列文创作该小说的20世纪末，俄罗斯社会正发生剧烈的动荡，他敏锐地觉察到时代变迁之后英雄迅速贬值。也许，"作家们通过反英雄这种不理想的方式来表达对理想的渴望，揭示人类永远不会停止对自身前途和利益的思考，从这个意义上讲，'反英雄'和'英雄'一样是永远不会在作品中消失的"[3]。

---

[1] 在《夏伯阳与虚空》中，富尔曼诺夫是一个阴谋家，作家否认他是小说《恰巴耶夫》的创作者。参见佩列文《夏伯阳与虚空》，郑体武译，上海译文出版社，2004，第3页。
[2] 杰姆逊：《后现代主义与文化理论》，唐小兵译，北京大学出版社，1997，第155页。
[3] 王岚：《反英雄》，载赵一凡、张中载、李德恩主编《西方文论关键词》，外语教学与研究出版社，2006，第112页。

参考文献

中文作品

1. 〔英〕阿道斯·伦纳德·赫胥黎：《美妙的新世界》，孙法理译，译林出版社，2010。
2. 〔英〕奥威尔：《1984》，董乐山译，辽宁教育出版社，1998。
3. 〔俄〕《勃洛克、叶赛宁诗选》，郑体武、郑铮译，人民文学出版社，1998。
4. 〔英〕查尔斯·狄更斯：《双城记》，叶红译，长江文艺出版社，2006。
5. 〔俄〕车尔尼雪夫斯基：《怎么办？》，蒋路译，人民文学出版社，1982。
6. 〔俄〕费多尔·富尔曼诺夫：《恰巴耶夫》，郑泽生译，外国文学出版社，1981。
7. 〔俄〕高尔基：《以身试法的人》，郑永旺译，《俄苏文学》1989年第4期。
8. 〔俄〕拉吉舍夫：《从彼得堡到莫斯科旅行记》，汤毓强、吴育群、张均欧译，外国文学出版社，1982。
9. 〔俄〕莱蒙托夫：《当代英雄》，力冈译，浙江文艺出版社，2004。
10. 〔俄〕马卡宁：《地下人，或当代英雄》，田大畏译，外国文学出版社，2002。
11. 〔苏〕米·布尔加科夫：《大师和玛加丽塔》，高惠群译，上海译文出版社，2005。
12. 〔苏〕米·布尔加科夫：《孽卵》，周启超译，解放军文艺出版社，1999。

13. 〔美〕纳博科夫：《微暗的火》，梅绍武译，时代文艺出版社，1999。
14. 〔美〕V. 纳博科夫：《斩首的邀请》，崔洪国、蒋立珠译，时代文艺出版社，1999。
15. 〔俄〕尼·阿·涅克拉索夫：《谁在俄罗斯能过好日子》，飞白译，上海译文出版社，1979。
16. 〔俄〕佩列文：《"百事"一代》，刘文飞译，人民文学出版社，2001。
17. 〔俄〕佩列文：《夏伯阳与虚空》，郑体武译，上海译文出版社，2004。
18. 〔俄〕佩列文：《一个中国人的俄罗斯南柯梦——一个中国的民间故事》，王进波译，《俄罗斯文艺》2002年第4期。
19. 〔苏〕普拉东诺夫：《基坑》，载普拉东诺夫《美好而狂暴的世界》，徐振亚译，浙江文艺出版社，2003。
20. 〔苏〕A. 普拉东诺夫：《切文古尔镇》，古扬译，漓江出版社，1997。
21. 〔俄〕普希金：《高加索的俘虏》，载《普希金全集》（第四卷），郑体武、冯春译，河北教育出版社，1999。
22. 〔俄〕普希金：《一八二九年远征时的埃尔祖鲁姆之行》，载《普希金文集》（小说二、散文），冯春译，上海译文出版社，1993。
23. 〔西〕塞万提斯：《堂吉诃德》，董燕生译，浙江文艺出版社，1995。
24. 〔俄〕塔吉亚娜·托尔斯泰娅：《野猫精》，陈训明译，上海译文出版社，2005。
25. 〔英〕托马斯·莫尔：《乌托邦》，戴镏龄译，商务印书馆，1996。
26. 〔俄〕陀思妥耶夫斯基：《地下室手记》，陈尘译，解放军文艺出版社，1998。
27. 〔俄〕陀思妥耶夫斯基：《卡拉马佐夫兄弟》（上），耿济之译，人民文学出版社，2007。
28. 〔俄〕陀思妥耶夫斯基：《罪与罚》，朱海观、王汶译，人民文学出版社，2006。
29. 〔俄〕瓦尔拉莫夫：《人之初》，郑永旺译，《俄罗斯文艺》1996年第5期。
30. 徐振亚主编《陀思妥耶夫斯基集》（上），花城出版社，2008。
31. 〔俄〕亚历山大·普希金：《叶甫盖尼·奥涅金》，智量译，长江文艺出版社，2008。

32. 〔俄〕尤·科兹洛夫：《夜猎》，郑永旺、傅星寰译，昆仑出版社，1999。

33. 〔苏〕扎米亚京：《我们》，范国恩译，辽宁教育出版社，2003。

俄文作品

34. Азольский А. Диверсант//Новый мир，2002，№3.

35. Андреев Л. Н. Бездна//Андреев Л. Н. Избранное. М.：Советская Россия，1988.

36. Бегбедр Ф. Окно в мир. М.：Иностранка，2005.

37. Брюсов В. Республика Южного Креста. http：//az. lib. ru/b/brjusow_ w_ j/text_ 0360. shtml.

38. Варламов А. Булгаков（роман-биография，часть вторая）//Москва，2008，№5.

39. Войнович Вл. Н. Москва 2042. http：//www. lib. ru/PROZA/WOJNOWICH/moskwa. txt.

40. Волос А. Аниматор. http：//royallib. ru/book/volos_ andrey/animator. html.

41. Гастев А. Поэзия рабочего удара. М.：Художественная литература，1923.

42. Герасимов М. Железные цветы. Самара：Центропечать，1919.

43. Горалик Л.，Кузнецов С. Нет. М.：Эксмо，2005.

44. Дауйер Д.，Флинн К. Башни-близнецы. СПб.：Амфора，2006.

45. Ерофеев Вене. Москва-Петушки. М.：Вагриус，2000.

46. Замятин Е. Ловец человеков//Мы. М.：Эксмо，2007.

47. Замятин Е. Мы//Мы. М.：Эксмо，2007.

48. Кузнецов С. Шкурка бабочки. М.：Эксмо，2006.

49. Мережковский К. С. Прогресс отвратителен//Мережковский К. С. Рай земной，или Сон в зимнюю ночь. Сказка XXVII века. М.：Приор，2001.

50. Набоков В. Приглашение на казнь. http：//www. lib. ru/NABOKOW/invitation. txt.

51. Пелевин В. Бубен верхнего мира//Желтая стрела. М.：Эксмо, 2005.
52. Пелевин В. Запись о поиске ветра//Диалектика Переходного Периода из Неоткуда в Никуда. М.：Эксмо, 2004.
53. Пелевин В. Хрустальный мир//Желтая стреля. М.：Эксмо, 2005.
54. Петрушевская Л. Новые Робинзоны//Новый мир, 1989, №8.
55. Платонов А. Чевенгур//Котлован. Роман. Повести. Рассказы. Екатеринбург：У-Фактория, 2005.
56. Платонов А. Котлован//Котлован. Роман. Повести. Рассказы. Екатеринбург：У-Фактория, 2005.
57. Пушкин А. С. Полное собрание сочинений В 10 т. Т. 5. Л.：Наука, 1978.
58. Рождественский Р. Собр. соч. в т 3 томах. Т. 2. М.：Художественная литература, 1985.
59. Славникова О. 2017. М.：Вагриус, 2006.
60. Тихонов Н. Полдень в пути. М.：Советская Россия, 1972.
61. Терц А. Любимов//Терц А. Собрание сочинений в 2 томах. Т. 1. М.：СП«Старт», 1992.
62. Терц А. Прогулки с Пушкиным. München：Im Werden Verlag, 2006.
63. Федоров Н. Вечер в 2217 году//Вечер в 2217 году. Русская литературная утопия. М.：Прогресс, 1990.
64. Чаянов А. Путешествие моего брата Алексея в страну крестьянской утопии//Вечер в 2217. М.：Прогресс, 1990.
65. Эренбург И. Необычайные похождения Хулио Хуренито и его учеников. СПб.：Азбука, 2012.

中文译著及译文

66. 〔法〕A. J. 格雷马斯：《结构语义学》，蒋梓骅译，百花文艺出版社，2001。
67. 〔俄〕B. 沃兹德维任斯基：《1917～1921年俄国文学试述》，蒋勇敏、冯玉律译，《俄罗斯文艺》1998年第3期。

68. 〔美〕艾里希·弗洛姆:《健全的社会》,孙恺祥译,上海译文出版社,2011。

69. 〔美〕艾里希·弗洛姆:《逃避自由》,刘林海译,上海译文出版社,2017。

70. 〔英〕安德鲁·本尼特、尼古拉·罗伊尔:《关键词:文学、批评与理论导论》,汪正龙、李永新译,广西师范大学出版社,2007。

71. 〔德〕奥斯瓦尔德·斯宾格勒:《西方的没落》(第二卷),吴琼译,上海三联书店,2006。

72. 〔苏〕《巴赫金全集》(第三卷),白春仁、晓河译,河北教育出版社,1998。

73. 〔苏〕《巴赫金全集》(第五卷),白春仁、顾亚铃译,河北教育出版社,1998。

74. 〔法〕柏格森:《时间与自由意志》,吴士栋译,商务印书馆,2005。

75. 〔俄〕别尔嘉耶夫等:《哲学船事件》,伍宇星编译,花城出版社,2009。

76. 〔俄〕《别林斯基选集》(第二卷),满涛译,上海译文出版社,1979。

77. 〔俄〕《车尔尼雪夫斯基选集》(上卷),周扬、缪灵珠、辛未艾译,生活·读书·新知三联书店,1958。

78. 〔美〕大卫·雷·格里芬:《后现代宗教》,孙慕天译,中国城市出版社,2003。

79. 〔法〕丹纳:《艺术哲学》,傅雷译,人民文学出版社,1983。

80. 〔德〕恩斯特·卡西尔:《人论》,甘阳译,上海译文出版社,2003。

81. 〔美〕菲利斯·切斯勒:《女性的负面》,汪洪友译,中国社会科学出版社,2006。

82. 〔俄〕弗兰克:《俄国知识人与精神偶像》,徐凤林译,学林出版社,1999。

83. 〔美〕弗雷德里克·詹姆逊:《时间的种子》,王逢振译,江苏教育出版社,2006。

84. 〔美〕弗雷德里克·詹姆逊:《"现时乌托邦"和"多种多样的乌托邦"》,王逢振译,《华中师范大学学报》(人文社会科学版)2008年第

3 期。

85. 〔英〕弗雷泽：《金枝》，徐育新、汪培基、张泽石译，新世界出版社，2006。

86. 〔奥〕弗洛伊德：《梦的解析》，丹宁译，国际文化出版公司，1999。

87. 〔俄〕符·维·阿格诺索夫：《20世纪俄罗斯文学》，凌建侯等译，中国人民大学出版社，2001。

88. 〔法〕古斯塔夫·勒庞：《乌合之众：群体时代的大众心理》，张倩倩译，北京联合出版公司，2016。

89. 〔美〕哈罗德·布鲁姆：《影响的焦虑》，徐文博译，江苏教育出版社，2006。

90. 〔德〕黑格尔：《哲学史演讲录》（第二卷），贺麟、王太庆译，商务印书馆，1979。

91. 〔美〕杰姆逊：《后现代主义与文化理论》，唐小兵译，北京大学出版社，1997。

92. 〔德〕赖因哈德·劳特：《陀思妥耶夫斯基哲学》，沈真等译，广西师范大学出版社，2005。

93. 〔英〕劳伦斯：《性爱之美》，张丽鑫译，时代文艺出版社，2003。

94. 〔美〕勒内·韦勒克、奥斯汀·沃伦：《文学理论》，刘象愚、邢培明、陈圣生、李哲明译，江苏教育出版社，2005。

95. 〔法〕罗兰·巴特：《文之悦》，屠友祥译，上海人民出版社，2002。

96. 〔英〕罗素：《西方哲学史》（上卷），何兆武、李约瑟译，商务印书馆，1997。

97. 〔英〕马克·柯里：《后现代叙事理论》，宁一中译，北京大学出版社，2003。

98. 〔德〕马克思、恩格斯：《共产党宣言》，人民出版社，2018。

99. 〔俄〕米尔顿：《自然与文化：悲观哲学经验》，郑永旺、冯小庆译，《求是学刊》2011年第6期。

100. 〔俄〕尼·别尔嘉耶夫：《俄罗斯思想》，雷永生、邱守娟译，生活·读书·新知三联书店，1995。

101. 〔德〕尼采：《查拉图斯特拉如是说》，黄明嘉译，漓江出版社，2000。
102. 〔俄〕尼古拉·别尔嘉耶夫：《论人的使命·神与人的生存辩证法》，张百春译，上海人民出版社，2007。
103. 〔俄〕恰达耶夫：《哲学书简》，刘文飞译，作家出版社，1998。
104. 《圣经》（研读版），香港环球圣经公会有限公司，2009。
105. 〔俄〕瓦季姆·梅茹耶夫：《文化之思——文化哲学概观》，郑永旺等译，黑龙江大学出版社，2019。
106. 〔俄〕瓦·叶·哈利泽夫：《文学学导论》，周启超、王加兴、黄玫、夏忠宪译，北京大学出版社，2006。
107. 〔美〕维克多·泰勒、查尔斯·温奎斯特编《后现代主义百科全书》，章燕、李自修等译，吉林人民出版社，2007。
108. 《新旧约全书》，中国基督教协会，1994。
109. 〔苏〕叶·纳乌莫夫：《富曼诺夫》，梅子译，上海文艺出版社，1961。
110. 〔俄〕叶·伊·扎米亚京：《明天》，闫洪波译，东方出版社，2000。
111. 〔英〕以赛亚·伯林：《俄国思想家》，彭淮栋译，译林出版社，2003。
112. 〔美〕约瑟夫·坎贝尔：《千面英雄》，张承谟译，上海文艺出版社，2000。

中文论著及论文

113. 淡修安：《整体存在的虚妄与个体存在的盲目——对长篇小说〈切文古尔〉的深度解读》，《西安外国语大学学报》2009年第1期。
114. 董晓：《乌托邦与反乌托邦：对峙与嬗变——苏联文学发展历程论》，花城出版社，2010。
115. 冯小庆：《普拉东诺夫的反乌托邦三部曲的思想与诗学研究》，博士学位论文，黑龙江大学，2012。
116. 傅星寰、车威娜：《俄罗斯文学"彼得堡—莫斯科"题材及诗学范式刍议》，《辽宁师范大学学报》（社会科学版）2010年第4期。
117. 高宣扬：《后现代》，中国社会科学出版社，2003。
118. 何光沪：《月映万川——宗教·社会与人生》，中国社会科学出版社，2003。
119. 何云波：《屠格涅夫爱情观的二律背反》，《湘潭大学社会科学学报》

1987 年第 A1 期。

120. 胡经之主编《西方文艺理论名著教程》（上、下），北京大学出版社，1989。

121. 金亚娜：《俄国文化研究论集》，黑龙江教育出版社，1994。

122. 金亚娜：《期盼索菲亚——俄罗斯文学中的"永恒女性"崇拜哲学与文化探源》，人民文学出版社，2009。

123. 金雁：《十月革命的真相》，http：//www.21ccom.net/articles/lsjd/lsjj/article_201005069032.html。

124. 《恐怖袭击弥漫全球，每年平均 2000 多起》，http：//data.163.com/14/0504/23/9REI6E0D00014MTN.html。

125. 李新梅：《现实与虚幻：维克多·佩列文后现代主义小说的艺术图景》，复旦大学出版社，2012。

126. 梁坤：《俄罗斯宇宙论——现代生态世界观的思想根源》，《俄罗斯文艺》2009 年第 4 期。

127. 卢风：《论现代技术对人的挤压》，http：//www.douban.com/group/topic/1618710/。

128. 《罗莎·卢森堡》，http：//baike.baidu.com/view/621381.htm?from_id=11205569&type=syn&fromtitle=罗莎卢森堡&fr=aladdin。

129. 《犬儒哲学》，http：//baike.baidu.com/link?url=us-BPTVXRip5mbPV1dI1aqRsU_4qh38Q6aSB75n9P9gyRiJiV9_oXUT2lrHEz7Vb。

130. 任光宣等：《俄罗斯文学的神性传统——20 世纪俄罗斯文学与基督教》，北京大学出版社，2010。

131. 盛宁：《人文困惑与反思——西方后现代主义思潮批评》，生活·读书·新知三联书店，1999。

132. 史忠义：《20 世纪法国小说诗学》，社会科学文献出版社，2000。

133. 檀明山：《象征学全书》，台海出版社，2001。

134. 汪介之：《俄罗斯现代文学史》，中国社会科学出版社，2013。

135. 王一平：《反乌托邦小说对"消费乌托邦"的预演与批判》，《外国文学评论》2013 年第 4 期。

136. 温玉霞：《颠覆传统文学的另类文本——索罗金作品解读》，载曹顺庆主编《中外文化与文论》第十二辑，四川大学出版社，2005。

137. 温玉霞：《后现代语境下的"反乌托邦"情结——维·佩列文的小说创作图景》，《俄罗斯文艺》2010年第1期。

138. 吴娟：《纳博科夫〈斩首的邀请〉的道德主题和政治诉求》，《英语研究》2012年第1期。

139. 吴泽霖：《扎米亚京的〈我们〉开禁的再思考》，《俄罗斯文艺》2000年第2期。

140. 谢春艳：《美拯救世界：俄罗斯文学中的圣徒式女性形象》，人民文学出版社，2008。

141. 薛君智：《与人民共呼吸、共患难——评普拉东诺夫及其长篇小说〈切文古尔镇〉》（代译序），载普拉东诺夫《切文古尔镇》，古扬译，漓江出版社，1997。

142. 杨巨平：《犬儒派与庄子学派处世观辨析》，《南开学报》（哲学社会科学版）2006年第3期。

143. 殷企平：《詹姆斯小说理论评述》，《外国语》（上海外国语大学学报）1998年第4期。

144. 张冰：《从〈审讯桌〉到〈野猫精〉——俄罗斯传统文化与当代文学》，载森华主编《当代俄罗斯文学：多元、多样、多变》，外语教学与研究出版社，2010。

145. 张建华、任光宣、余一中：《俄罗斯文学选集》，外语教学与研究出版社，1998。

146. 赵杨：《颠覆与重构：论俄罗斯后现代主义文学的反乌托邦性》，黑龙江人民出版社，2009。

147. 赵一凡、张中载、李德恩主编《西方文论关键词》，外语教学与研究出版社，2006。

148. 郑永旺：《穿越阴阳界——从〈叶列阿扎尔〉和〈人的一生〉来分析安德列耶夫的死亡世界》，《俄罗斯文艺》2000年第4期。

149. 郑永旺：《反乌托邦小说的根、人和魂——兼论俄罗斯反乌托邦小说》，

《俄罗斯文艺》2010 年第 1 期。

150. 郑永旺：《论世纪末的俄罗斯文学》，《新疆大学学报》（社会科学版）2000 年第 4 期。

151. 郑永旺：《生存是关于绝望的艺术——苏联文学界的"麻雀"普拉东诺夫及其麻雀喻》，《大公报》2018 年 4 月 8 日。

152. 郑永旺：《圣徒与叛徒的二律背反——论安德列耶夫小说〈加略人犹大〉中的神学叙事》，《外语与外语教学》2014 年第 2 期。

153. 郑永旺：《〈夏伯阳与虚空〉的佛教元素解读》，《俄罗斯文艺》2008 年第 2 期。

154. 郑永旺：《游戏·禅宗·后现代——佩列文后现代主义诗学研究》，人民文学出版社，2006。

155. 郑永旺：《作为俄罗斯后现代主义小说叙事策略的游戏》，《外语学刊》2010 年第 6 期。

156. 郑永旺：《作为巨大未思之物的俄罗斯后现代主义文学》，《求是学刊》2013 年第 6 期。

157. 郑永旺等：《俄罗斯后现代主义文学研究——理论分析与文本解读》，人民文学出版社，2017。

158. 祖国颂：《叙事的诗学》，安徽大学出版社，2003。

俄文论著及论文

159. Авербах Л. О целостных масштабах и частных Макарах//Октябрь，1929，№1.

160. Аксючиц В. Русский характер-современные выводы. Историческая судьба. http：//www. apn. ru/publications/article23413. htm.

161. Александров В. Е. Набоков и потусторонность：метафизика，этика，эстетика. СПб.：Алетейя，1999.

162. Анастасьев Н. А. Феномен Набокова. М.：Советский писатель，1992.

163. Андреев И. В.，Баско И. В. Православная Россия в русской литературе. М.：Издательство Флинта · Наука，2005.

164. Аннинский Л. Откровение и сокровение//Литературное обозрение，

1989, №9.

165. Антиутопия. Материал из Википедии — свободной энциклопедии, http://ru.wikipedia.org/wiki/%D0%90%D0%BD%D1%82%D0%B8%D1%83%D1%82%D0%BE%D0%BF%D0%B8%D1%8F.

166. Арсентьева Н. Н. Становление антиутопического жанра в русской литературе. Ч. 1, 2. М. : МПГУ им. В. И. Ленина, 1993.

167. Баршт А. К. Онтологические ресурсы вещества (Н. Ф. Федоров, В. И. Вернадский, А. П. Платонов) //На пороге грядущего: Памяти Николая Федоровича Федорова (1829 - 1903). М. : «Пашков дом», 2004.

168. Баршт К. А. Поэтика прозы Андрея Платонова. СПб. : СПб. университет, 2000.

169. Бахтин М. М. Эпос и роман//Бахтин М. М. Вопросы литературы и эстетики. М. : Художественная литература, 1975.

170. Бердяев Н. Через много лет//Хаксли О. О дивный новый мир. СПб. : Амфора, 1999.

171. Белая Г. Закономерности стилевого развития советской прозы. М. : Наука, 1977.

172. Белл Д. Культурные противоречия капитализма. Современная философия: словарь и хрестоматия. Ростов-на-Дону: Феникс, 1995.

173. Белый А. Революция и культура//Белый А. Критика. Эстетика. Теория символизма. В 2 - х. Т. 2. М. : Искусство, 1994.

174. Бердяев Н. А. Миросозерцание Достоевского. Париж: Издательство YMCA-PRESS, 1923.

175. Бицилли П. М. Трагедия русской культуры: Исследование. Статья. Рецензии. М. : Русский путь, 2000.

176. Битов А. Пятьдесят лет без Платонова//Звезда, 2011, №1.

177. Ботвинник М. Н. , Коган Б. М. , Рабинович М. Б. , Селецкий Б. П. Мифологический словарь. М. : Просвещение, 1994.

178. Васильев В. Андрей Платонов. М. : Современник, 1990.

179. Волков А. Можно ли научиться жить без всего? http://ogrik2.ru/b/aleksandr-volkov/100-velikih-tajn-zemli/26144/mozhno-li-nauchitsya-zhit-bez-vsego/102.

180. Воробьева А. Н. Русская антиутопия XX начала XXI веков в контексте мировой антиупопии. Диссертация на соискание ученой степени доктора филологических наук. Самарская государственная академия культуры и искусств, 2009.

181. Вулис А. Литературные зеркала. М.: Советский писатель, 1991.

182. Галецкий В. Россия в контексте вызовов демографической глобализации//Знамя, 2007, №4.

183. Гальцева Р., Роднянская И. Помеха-человек: Опыт века в зеркале антиутопий//Новый мир, 1988, №7.

184. Геллер М. Андрей Платонов в поисках счастья. Париж: YMCF-PRESS, 1982.

185. Генис А. Соч. в 8 т. Т. 2. Екатеринбург: У-Фактория, 2003.

186. Горичева Т. Православие и постмодернизм. Л.: Издательство Ленинградского университета, 1999.

187. Горалик, Линор. http://ru.wikipedia.org/wiki/%C3%EE%F0%E0%EB%E8%EA,_%CB%E8%ED%EE%F0.

188. Гюнтер Х. Железная гармония (Государство как тотальное произведение искусства) //Вопросы литературы, 1992, №1.

189. Гюнтер Г. Жанровые проблемы утопии и «Чевенгур» А. Платонова// Утопия и утопическое мышление. М.: Прогресс, 1991.

190. Даманская А. Смерть Е. И. Замятина (письмо из Парижа) //Сегодня, 1937, №71.

191. Долженко А. Что значит быть «ловцами человеков»?, http://www.mgarsky-monastery.org/kolokol.php?id=1741.

192. Достоевский Ф. М. Полн. соб. соч в 30 томах, том 25. Л: Наука, 1983.

193. Дунаев М. М. Православие и русская литература. В 6 томах. Т. 6. М. : Христианская литература, 1996.

194. Евтушенко Е. Психоз пролетариату не нужен. Судьба Платонова: Неоконченные споры. М. : Молодая гвардия. 1990.

195. Ерофеев Вик. Русский метароман В. Набокова, или в поисках потерянного рая//Вопросы литературы, 1988, №10.

196. Ерофеев Вик. В поисках потерянного рая//Ерофеев Вик. В лабиринте проклятых вопросов. М. : Союз фотохудожников России, 1996.

197. Ерофеев Вик. Энциклопедия русской души. М. : Зебра Е. 2005.

198. Елисеев Н. Азольский и его герои//Новый мир, 1997, №8.

199. Зиновьева О. Начало//Наш современник. 2002, №10.

200. Замятин Д. Н. Культура и пространство. М. : Знак, 2006.

201. Замятин Д. Н. Империя пространства-Географические образы в романе А. Платонова«Чевенгур», http: //imwerden. de/pdf/o_ platonove_ d_ zamyatin. pdf.

202. Замятин Е. Новая русская проза//Серапионовы братья. М. : Школа-пресс, 1998.

203. Замятин Е. И. Избранные произведения в 2 т. Т. 2. М. : Советская Россия, 1990.

204. Замятин Е. И. Я боюсь: Литературная критика. Публицистика. Воспоминания. М. : Наследие, 1999.

205. Замятин Е. Сочинения. М. : Современник, 1988.

206. Замятин Е. И. О синтетизме//Замятин Е. И. Избранные произведения в 2 т. Т. 2. М. : Художественная литература, 1990.

207. Зверев А. Когда пробьет последний час природы...//Вопросы литературы. 1989, №1.

208. Золотусский И. Крушение обстракций//Новый мир, 1989, №1.

209. Иванова Н. Намеренные несчастливцы? — о прозе новой волны. Дружба народов, 1989, № 7.

210. Иванова Н. Писатель и политика//Знамя, 2008, №11.

211. Ильичев Ф., Федосеев П. Н., Ковалев С. М., Панов Г. В. Философский энциклопедический словарь. М.: Советская энциклопедия, 1983.

212. Ионин Л. То, чего нигде нет. Размышление о романах-антиутопиях// Новое время, 1988, №25.

213. Ильяхов И. Г. Этимологический словарь: античные корни в русском языке. М.: АСТ · Астрель, 2010.

214. История русского советского романа. В 2 - х кн. Кн. 1. Под редакцией Пушкин. дом. Инст. рус. лит-ры АН СССР. М.:, Л.: Наука, 1965.

215. Карпов А. Н. «Приглашение на казнь» и тюремная литература эпохи романтизма (к проблеме Набоков и романтизм)//Русская литература, 2000, №2.

216. Казак В. Лексикон русской литературы XX века. М.: ТИК«Культура», 1996.

217. Кантор К. М. Без истины стыдно жить//Вопросы философии. 1989, №3.

218. Клейман И. Э. Роман Замятина «Мы» и карнавально-мениппейная традиция//Творческое наследие Евгения Замятина: взгляд из сегодня в 6 книгах. Кн. 6. Тамбов.: Изд. Тамбовского университета, 1997.

219. Клепикова Е. Невыносимый Набоков. Тверь: ООО «Другие берега», 2002.

220. Ковалев В. А. История русского советского романа. В 2 - х кн. Кн. 1. М.: Наука, 1965.

221. Ковтун Н. В. Русская литературная упопия второй половины XXвека. Томск: Издательство Томского университета, 2005.

222. Колесов В. В. Слово и дело. М.: Издательство С. - Петербургского университета, 2004.

223. Колесникова Е. И. Духовные контексты творчества Платонова//Творчество Андрея Платонова. Исследование и материалы. Кн. 3. СПб: Наука, 2004.

224. Кузнецов И. В. Конфликт «роли» и «личности» в русской прозе первой половине XX столетия//Русская словесность, 2007, №1.

225. Кузнецов П. Утопия одиночества//Новый мир, 1992, №10.

226. Кузнецов, Сергей Юрьевич. http: //ru. wikipedia. org/wiki/%CA%F3% E7%ED%E5%F6%EE%E2,_%D1%E5%F0%E3%E5%E9_% DE%F0%FC%E5%E2%E8%F7.

227. Кузнецов Ф. «Тихий Дон»: Судьба и правда великого романа. М. : ИМЛИ РАН, 2005.

228. Кузьмина Е. Ю. Поэтика романа-антиутопии (на материале русской литературы 20 века), диссертация на соискание ученой степени кандидата филологичеких наук. Российский государственный гуманитарный университет. Москва, 2005.

229. Лакшин В. «Антиутопия»Евгения Замятина//Знамя, 1988, №4.

230. Лазарев Л. , Рассадин С. Сарнов Б. Из цикла«О странностях любви»// Вопросы литературы, 1965, №8.

231. Латынина А. Люди как люди. Работа как работа//Новый мир, 2004, №6.

232. Латынина А. В ожидании золотого века//Октябрь, 1989, №6.

233. Линецкий В. За что же все-таки казнили Цицинната Ц. ? //Октябрь, 1993, №12.

234. Липовецкий М. Свободы черная работа: об артистической прозе нового поколения//Вопросы литературы, 1989, №9.

235. Лосев А. Ф. Очерки античного символизма и мифологии. М. : Мысль, 1993.

236. Луначарский А. В. Статьи о советской литературе. М. : Учпедгиз, 1958.

237. Максимова Е. Символика «Дома» - «Антидома» в творчестве Е. Замятина//Аврора, 1994, №9 - №10.

238. Мальмстад Д. , Флейшман Л. Из биографии Замятина (новые

материалы) //Stanford Slavic studies, vol. 1. California: Stanford University Press, 1987.

239. Маравалль А. Утопия и реформизм: утопия и утопическое мышление. М.: Прогресс, 1991.

240. Межуев В. М. Идея культуры: очерки по философии культуры. М.: Прогресс-Традиция, 2006.

241. Мениппея. http://ru.wikipedia.org/wiki/%CC%E5%ED%E8%EF%EF%E5%FF.

242. Минц З. Г. О трилогии Д. С. Мережковского «Христос и Антихрист». http://novruslit.ru/library/? p =47.

243. Мицуеси Намано, Тюкан Сусэцу. Пелевин, Акунин и Мураками успешно заполняют «лакуну» между серьезной и массовой литературой//Независимая газета, 1 декабря 2000.

244. Михеев М. Сон, явь или утопия. Еще один комментарий к "Чевенгуру" Платонова. http://www.ruthenia.ru/logos/number/2001_1/2001_1_08.htm.

245. Мюре Ф. После Истории//Иностранная литература, 2001, №4.

246. Нахов И. М. Философия киников. М.: Наука, 1982.

247. Неклесса А. Пакс экономикана (Pax Economicana), или эпилог истории//Новый мир, 1999, №9.

248. Николаев П. Русские писатели 20 века. М.: Научное издательство «Большая российская энциклопедия», Издательство «Рандеву-ам», 2000.

249. Николаев П. А. Русские писатели 20 века: Биографический словарь. М.: Большая Российская энциклопедия; Рандеву-А. М., 2008.

250. Николюкин А. Н. Литературная энциклопедия терминов и понятий. М.: НПК«Интелвак», 2003.

251. Новыков Вл. Возвращение к здравому смыслу: Субъективные заметки читателя антиутопии//Знамя, 1989, №7.

252. Новиков Т. Пространственно-временные координаты в утопии и антиутопии: А. Платонов и западный утопический роман//Вестник МГУ, 1997, № 1.

253. Ожегов С. И. Словарь русского языка. М.: «Русский язык», 1982.

254. Павлова О. А. «Мы» Е. Замятина как роман-антиутопия (к проблемам жанрового мышления) //Творческое наследие Е. Замятина: взгляд из согодня. В 6 т. т. 6. Тамбов: Изд. Тамбовского университета, 1997.

255. Павлов О. Метафизика русской прозы. http://lib.ru/PROZA/PAVLOV_O/kritika1998.txt.

256. Пелевин В. Когда я пишу, я двигаюсь на ощупь. Семинар писателя в Токийском университете, 26 октября 2001. http://www.susi.ru/stol/pelevin.html.

257. Пешковский А. М. Русский синтаксис в научном освещении. М.: Государственное учебно-педагогическое издательство министерства просвещения РСФСР, 1956.

258. Пильняк, Борис Андреевич, Википедия. http://ru.wikipedia.org/wiki/%CF%E8%EB%FC%ED%FF%EA,_%C1%EE%F0%E8%F1_%C0%ED%E4%F0%E5%E5%E2%E8%F7#cite_note-4.

259. Полный список изданий и произведений книги Михаил Булгаков «Мастер и Маргарита». http://www.livelib.ru/book/456189/editions.

260. Полонски Р. Еще раз о Платонове//Знамя, 2002, №8.

261. Радциг С. И. История древнегреческой литературы. М.: Высшая школа, 1977.

262. Распутин В. Г. Литература спасет Россию. http://platonov-ap.ru/materials/bio/rasputin-literatura-spaset-rossiyu.

263. Ревич В. Перекресток утопий. М.: ИВ РАН, 1998.

264. Розанов В. В. Легенда о Великом инквизиторе Ф. М. Достоевского: Опыт критического комментария//Розанов В. В. Мысли о литературе. М.: Современник, 1989.

265. Романов С. С. Антиутопические традиции русской литературы и вклад Е. И. Замятина в становление жанра антиутопии. Диссертация на соискание ученой степени кандидата филологических наук. Курск, 1998.

266. Руднев В. П. Словарь культуры XX века: Ключевые понятия и тексты. М.: Аграф, 1999.

267. Свирида И. И. Пространство и культура: аспекты изучения//Славяноведение, 2003, №4.

268. Семенов С. Преодоление трагедии. М.: Современный писатель, 1989.

269. Сербиненко В. Три века скитаний в мире утопии//Новый мир, 1989, №5.

270. Смирнова Л. А. Русская литература конца XIX-начала XX века. М.: ЛАКОМ-КНИГА, 2001.

271. Скороспелова Е. Б. Замятин и его роман «Мы». М.: Изд. Московского университета, 2002.

272. Скороспелова Е. Б. Комментарии//Замятин Е. И. Избранные произведение. М.: Советская Россия, 1990.

273. Словарь крылатых слов и выражений. http://dic.academic.ru/dic.nsf/dic_wingwords/1766/Незаменимых.

274. Софронова Л. А. Культура сквозь призму поэтики. М.: Языки славянских культур, 2006.

275. Столяров А. Розовое и голубое//Новый мир, 2004, №11.

276. Тамарченко Е. Уроки фантастики//В мире фантастики. М.: Молодая гвардия, 1989, с. 133.

277. Тамарченко Н. Д. Эпика//Теория литературы. Том 3. Роды и жанры (основные проблемы в историческом освещении). М.: ИМЛИ РАН, 2003.

278. Тимофеев Л. И., Тураев С. В. Краткий словарь литературоведческих терминов. М.: Просвещение, 1978.

279. Тимофеева А. В. Жанровое своеобразие романа-антиутопии в русской литературе 60 – 80 годов 20 века. Диссертация на соискание ученой степени кандидата филологических наук. Российский университет дружбы народов. Москва, 1995.

280. Толкиен Р. Р. О волшебных сказках//Утопия и утопическое мышление. Антология зарубежной литературы. М.: Прогресс, 1991.

281. Толково-энциклопедический словарь. Под редакции Снарской С. М. СПб.: Норинт, 2006.

282. Тургенев И. С. Полное собрание сочинений в 12 томах. Т. 12. М.: Издательство «Издание А. Ф. Маркса», 1980.

283. Тынянов Ю. Литературное сегодня//Тынянов Ю. Н. Поэтика. История литературы. Кино. М.: Наука, 1977.

284. Уваров М. С. Русский коммунизм как постмодернизм. Отчуждение человека в перспективе глобализации мира. СПб: Петрополис, 2001.

285. Уэллек Р., Уоррен О. Теория литературы. М.: Высшая школа, 1978.

286. Фанегина Г. Л. Русская проза конца 20 века. М.: Издательство «Флинта» · Издательство«Наука», 2005.

287. Франк С. Ересь утопизма//Новый журнал, 1946, №14.

288. Френсис Фукуяма. Конец истории? http://www.ckp.ru/biblio/f/hist_ends.htm.

289. Чаликова В. Крик еретика (Антиутопия Евг. Замятина) //Вопросы философии, 1991, №1.

290. Чалмаев В. К сокровенному человеку. М.: Советский писатель, 1989.

291. Чанцев А. Метафизика боли, или краткий курс карнографии//НЛО, 2006, №2.

292. Чупринин С. Другая проза. Литературная газета. 8 февраля 1989.

293. Шаховская З. А. В поисках Набокова. Отражения. М.: Книга, 1991.

294. Шервинский С. В. Валерий Брюсов//Литературное наследство. Валерий Брюсов. Т. 85. М.: Наука, 1976.

295. Шестаков В. Социальная антиутопия Олдоса Хаксли-миф и реальность// Новый мир, 1969, №7.

296. Шестов Л. Что такое русский большевизм? //Странник. Вып. 1. http：// jorkoffski. livejournal. com/424924. html.

297. Шкловский Е. Лицом к человеку. М. : Знание, 1989.

298. Щербак-Жуков А. Писать сатиру реалистичнее, чем пушут реалисты// Независимая газета, 18 марта 2010.

299. Эренбург И. Главное-страсть//Вопросы литературы, 1969, №4.

300. Юрьева Л. М. Русская антиутопия в контексте мировой литературы. М. : ИМЛИ РАН, 2005.

其他文献

301. A. S. Hornby, E. V. Gatenby, H. Wakefied, *The Advanced Learner's Dictionary of Current English with Chinese Translation*, Hong Kong： Oxford University Press, 1982.

302. D. Bell, *The Coming of the Post-Industrial Society*, New York： Basic Books, 1973.

303. D. J. Richards, *Zamyatin： A Soviet Heretic*, London： Bowes & Bowes, 1962.

304. D. S. Mirsky, *A History of Russian Literature from the Earliest Times to 1925*, London： Overseas Publications Interchange Ltd. , 1992.

305. H. Himmel, "Utopia", in Lexicon der Weltliteratur im 20 Jahrbundert, Freiburg-Basel-Wien, Herder, 1960 – 1961.

306. L. Mumford, *The Story of Utopias*, New York： Boni and liveright, 1922.

307. V. Nabokov, *Speak Memory： An Autobiography Resisted*, New York： G. P. Putman's Sons, 1967.

308. Wilper Gero von. Sachwörterbuch der Literatur. 7. Verarb. U. Erw. Auf. Stuttgart： Kröner, 1989.

后 记

《悬崖》于1869在《欧洲导报》连载后，挑剔的评论家指出，主人公莱斯基的性格前后差别很大，他的种种行为缺少内在的逻辑，冈察洛夫的回应是，"作品在我的心里住得太久了"。我把这句话换成更通俗的说法，这部小说就像女人腹中的胎儿，到日子就该出生，怀太久就容易变成哪吒。《悬崖》创作周期长达20年，这期间，作家经历了很多不平凡的"平凡的故事"，包括与屠格涅夫等人的矛盾，他的心境发生了变化，笔下人物的性格自然有所变形。

我的这部专著是国家社会科学基金项目"俄罗斯反乌托邦文学研究"的结项成果，也经历了较为漫长的写作阶段和出版前的审校时间，立项时为2010年，完成时是2014年，然后是在硬盘中的蛰伏期，直到2018年苏醒，2020年出版。

10年，我从不到50的中年人，变成了即将退休的老教授。10年前，我还有"拟把疏狂图一醉"的豪情，10年后，体会到"风流总被雨打风吹去"的苍凉。从事俄罗斯文学研究，阐释者难免受作品思想的冲击和文本内外诸事的影响。教学工作量大，科研任务繁重，研究重心转移，于是，我渐渐把《点燃洞穴的微光——俄罗斯反乌托邦文学研究》变成了像《悬崖》一样"在心里住得太久"之物。在交付出版社之前，我对书稿的结构、内容等方面进行了修改。看着这些熟悉的文字，心中难免生出许多感慨。总之，10年光阴在文字之间留下了时代的细纹，不能不让人想起莱蒙托夫的诗句"岁月匆匆，美好易逝"。

专著出版，我要感谢很多人，正是他们的鼓励和帮助，让我重拾激情。

感谢社会科学文献出版社的史晓琳老师，史老师对书稿倾注了很多心血，就其思想、主题、内容与我进行多次沟通，交换意见。她提出的很多宝贵的意见和建议让我受益匪浅。我们的目标一致：让这部学术专著早日出版，服务于俄罗斯文学研究。感谢社会科学文献出版社的许文文老师，她的编辑校对让专著增色不少。阅读许老师的批注，就是一次难得的学习之旅，我被她深厚的文字功底和严谨的工作态度折服，但愿有机会向许老师当面请教。感谢黑龙江大学俄罗斯语言文学与文化研究中心的主任叶其松教授，在他的催促和帮助之下，我才下决心修改项目成果；同时感谢中心为专著出版提供资金支持。感谢远在莫斯科的 Светлана Солнцева 和黑龙江大学的 Галина Корчевская，每当我阅读俄语文献遇到无法解决的问题时，总是第一时间向这两位老师寻求帮助并能得到完美的解答。感谢我的学生孙影，我让她帮助我修改体例时，她还是样子很萌的博士生，如今已成家立业，在西北工业大学工作，祝她一切顺利。允许我对中国社会科学院的侯玮红研究员和庞大鹏研究员表示特别的感谢，感谢他们在百忙之中阅读这部文学研究著作并进行隆重的推介。

最后感谢所有给予我帮助的亲人、朋友、博士生、研究生。名单太长，不一一列举。所有感谢都在心中……

收到史老师补写"后记"的提醒时，我正处在疫情蠢蠢欲动的大连。此时此刻，2020 年 7 月 30 日星期四上午 9 点整，阳光灿烂，空气质量优。我翻开谢尔盖·卢基杨年科的科幻小说《草图》的第 18 章，看到了这样一句话："Есть очарование в безрассудности"（无限诱惑植根于人的非理性）。纵观俄罗斯文学，总能发现思想者的身影，他们像《我们》中的 D-503，通过"古屋"逃离"玻璃宫殿"，去"绿色长城"外探寻新的可能。也许，正因为有他们的摸索和不畏牺牲的精神，人才不会异化为普拉东诺夫笔下的麻雀。

我突然意识到，此言不谬。

郑永旺

2020 年 7 月 30 日于大连沙河口金福小区

图书在版编目(CIP)数据

点亮洞穴的微光：俄罗斯反乌托邦文学研究/郑永旺著. - - 北京：社会科学文献出版社，2020.10（2023.7 重印）
ISBN 978 - 7 - 5201 - 6679 - 9

Ⅰ.①点⋯ Ⅱ.①郑⋯ Ⅲ.①乌托邦 - 文学流派研究 - 俄罗斯 Ⅳ.①I512.06

中国版本图书馆 CIP 数据核字（2020）第 084355 号

点亮洞穴的微光
——俄罗斯反乌托邦文学研究

著　　者 / 郑永旺

出 版 人 / 王利民
责任编辑 / 高　靖
文稿编辑 / 许文文
责任印制 / 王京美

出　　版 / 社会科学文献出版社·国际出版分社（010）59367142
　　　　　地址：北京市北三环中路甲 29 号院华龙大厦　邮编：100029
　　　　　网址：www.ssap.com.cn
发　　行 / 社会科学文献出版社（010）59367028
印　　装 / 北京虎彩文化传播有限公司

规　　格 / 开 本：787mm × 1092mm　1/16
　　　　　印 张：20.25　字 数：321 千字
版　　次 / 2020 年 10 月第 1 版　2023 年 7 月第 2 次印刷
书　　号 / ISBN 978 - 7 - 5201 - 6679 - 9
定　　价 / 118.00 元

读者服务电话：4008918866

版权所有 翻印必究